STEPHANIE LAURENS | Diablo

byblos

Título original: *Devil's Bride*

Traducción: Ana del Valle

1.ª edición: enero 2006
1.ª reimpresión: junio 2006
2.ª reimpresión: diciembre 2006

Bailén, 84 - 08009 Barcelona (España)
www.edicionesb.com

Diseño de cubierta: Estudio Ediciones B
Diseño de colección: Ignacio Ballesteros

Printed in Spain
ISBN: 84-666-2710-3
ISBN 13: 978-84-666-2710-8
Depósito legal: B. 54.515-2006

Impreso por LIBERDÚPLEX, S.L.U.
Ctra. BV 2249 Km 7,4 Polígono Torrentfondo
08791 - Sant Llorenç d'Hortons (Barcelona)

STEPHANIE LAURENS | Diablo

1

Somersham, Cambridgeshire, agosto de 1818

—La duquesa es tan... tan... bueno, en realidad es de lo más encantadora, tan... —con una sonrisa angelical, el señor Postlethwaite, vicario de Somersham, gesticuló vivazmente— tan del Continente... Ya sabe a qué me refiero.

A Honoria Wetherby le habría gustado saberlo, pero no lo sabía. Se encontraba a la puerta de la vicaría y esperaba que llegase la calesa. Después de ocupar un cargo nuevo, una de las primeras cosas que siempre hacía era sonsacar información al vicario local. Por desgracia, en aquella ocasión en que su necesidad de información era más acuciante que nunca, los comentarios del señor Postlethwaite eran vagos y no le servirían de mucha ayuda. Asintió para animarlo a hablar y se aferró a lo único que podía significar algo.

—¿La duquesa ha nacido en el extranjero? —preguntó.

—La duquesa madre —dijo el señor Postlethwaite—. Ahora le gusta que la llamen así, pero ¿extranjera? —Con la cabeza ladeada, consideró la cuestión—. Es posible que algunos la llamen así porque nació y se crió en Francia, pero lleva tanto tiempo entre nosotros que ya forma parte de este paisaje. En realidad —sus ojos se iluminaron—, es una especie de rasgo peculiar en nuestro limitado y monótono horizonte.

Eso Honoria ya lo había averiguado y por esa razón quería saber más.

—¿La duquesa madre se reúne con la congregación de fieles? No veo armas ducales.

Con la mirada puesta en la iglesia de piedra pulida que se alzaba detrás de la vicaría, Honoria recordó las numerosas inscripciones conmemorativas que honraban a los difuntos de varias casas señoriales, entre ellas algunas ramas de los Claypole, la familia a cuya casa había llegado el sábado, pero en ningún lugar vio placas ducales con el nombre y los títulos inscritos.

—A veces —respondió el señor Postlethwaite—. Pero en la mansión hay una iglesia privada, estupendamente dirigida. El capellán es Merryweather. La devoción de la duquesa es cabal. —Sacudió la cabeza con tristeza—. Lo cual no es un rasgo habitual en esa familia.

Honoria contuvo el impulso de apretar los dientes. ¿Qué familia? Llevaba tres días detrás de esa información. Dado que su nueva ama, lady Claypole, parecía convencida de que su hija Melissa, de quien Honoria se iba a encargar, estaba destinada a ser la próxima duquesa, lo más inteligente sería averiguar todo lo que pudiera del duque y su familia. El apellido ayudaría.

Por decisión personal había pasado poco tiempo con la nobleza pero, gracias a las largas cartas de su hermano Michael, estaba muy bien informada de las familias que formaban ese círculo dorado, un círculo en el que ella había nacido. Si se enteraba del nombre o del título principal, podría averiguar mucho más.

No obstante, pese a pasarse una hora del domingo explicando con exasperante detalle por qué Melissa estaba destinada a ser duquesa, lady Claypole no había mencionado el título del afortunado duque. Como supuso que lo descubriría enseguida, Honoria no se lo había preguntado directamente a la dama. Acababa de conocerla y poner de manifiesto su ignorancia le pareció innecesario. Después de hacerse cargo de Melissa y su hermana pequeña Annabel, se prohibió hacerles preguntas. Demostrar una ignorancia tan grande era una invitación a los problemas. La misma razón le había impedido hacer averiguaciones sobre el personal de la mansión de los Claypole. Segura de que se enteraría de todo lo que quisiera cuando las damas de la caridad le dieran la bienvenida, decidió tomarse la tarde libre para asistir a la reunión más provechosa del pueblo.

Había olvidado que, en esa región, al duque y la duquesa madre se los mencionaba siempre en términos genéricos. Todos los vecinos sabían a quiénes se referían; ella todavía no. Lamentablemente, el evidente desdén con que las otras damas veían las aspiraciones ducales de lady Claypole dificultaba formular esa simple pregunta. Impertérrita, Honoria había soportado una larga reunión en la que se había planificado una recogida de fondos para cambiar el viejo tejado de la iglesia. Luego había explorado todo el templo y leído todas las placas que había encontrado sin averiguar nada.

Respiró hondo, dispuesta a admitir su ignorancia.

—¿A quién...?

—¡Oh, Ralph, estabas aquí! —La señora Postlethwaite llegó corriendo por el sendero—. Siento interrumpirla, querida —dijo, dedicando una sonrisa a Honoria antes de mirar a su esposo—. Ha venido un chico de la casa de la anciana señora Mickleham. Quiere verte cuanto antes.

—Aquí tiene, señorita.

Honoria se volvió y vio que el jardinero del vicario

sujetaba al malhumorado caballo que el mozo de cuadras de los Claypole había enganchado a la calesa. Con los labios apretados, saludó a la señora Postlethwaite con la cabeza y luego salió por la puerta que el vicario sostenía abierta. Tomó las riendas con una tensa sonrisa y permitió que el jardinero la ayudara a sentarse.

—Espero verla el domingo próximo, señorita Wetherby.

—No creo que nada me impida venir, señor Postlethwaite. —Honoria asintió con altivez. Y mientras ponía el caballo en marcha, pensó que si a la semana siguiente todavía no había descubierto quién era ese afortunado duque, no soltaría al vicario hasta que se lo dijera.

Con la mente llena de sombríos pensamientos, cruzó el pueblo y cuando dejaba atrás las últimas casas advirtió la pesadez del aire. Alzó la vista y vio que se acercaban nubes de tormenta por el oeste.

Se puso tensa y respiró con dificultad. Miró hacia adelante, hacia el cruce al que estaba a punto de llegar. La carretera que llevaba a Chatteris seguía recto, luego doblaba hacia el norte, en dirección a la tormenta y, al cabo de tres millas, desembocaba en la carretera que llevaba a Claypole.

Una ráfaga de viento la sacudió, silbando burlonamente. Honoria se sobresaltó; el caballo se movió inquieto. Obligándolo a detenerse, Honoria se arrepintió de haber estado tanto tiempo fuera. El nombre de un duque no tenía mucha importancia. En cambio, la tormenta que se aproximaba sí.

Posó la mirada en el camino que salía de la carretera junto al indicador. Se alejaba, serpenteante, entre campos de rastrojos y luego atravesaba un denso bosque que cubría una pequeña elevación. Le habían dicho que era un atajo que llevaba a Claypole Hall, a pocos metros de la entrada principal de la mansión. Era la única posibilidad de llegar antes de que empezase la tormenta.

Contempló las nubes oscuras que crecían como un oleaje celestial y tomó una decisión. Se irguió en la calesa, dio un golpe a las riendas y dirigió el caballo. Ansioso, el animal se puso en marcha y la llevó por los campos dorados cada vez más oscuros a medida que las nubes se hacían más densas.

Un chasquido apagado atravesó la pesada quietud. Honoria miró al frente, contemplando los árboles que se acercaban deprisa. ¿Cazadores furtivos? Pero si la caza había corrido a refugiarse de la tormenta... Seguía pensando en el extraño sonido cuando llegó al bosque. Con el caballo al trote, los árboles los envolvieron.

Para hacer caso omiso de la tormenta y de la inquietud de que era presa, Honoria pensó en la familia que la había contratado y, medio en broma, a dudar de que esas personas fueran merecedoras de su talento. Los pobres no pueden elegir, habría dicho cualquier otra institutriz. Por fortuna, ella no era sólo una institutriz. Era rica y podía vivir sin trabajar. Por voluntad propia y por su carácter excéntrico, había dejado atrás una vida llena de comodidades. Quería vivir una vida que le permitiera utilizar sus habilidades, lo cual significaba que podía elegir a quienes la contrataban y, por lo general, siempre acertaba en la elección. En cambio, en esta ocasión, una intervención del destino la había enviado a casa de los Claypole y éstos no la habían impresionado.

El viento se alzó con un grito fantasmal y luego se apagó en un gimiente sollozo. Las ramas se movieron y oscilaron y las plantas se doblaron.

Honoria encogió los hombros y volvió a concentrarse en los Claypole, sobre todo en Melissa, la hija mayor, futura duquesa. Honoria hizo una mueca. Melissa era delgada, estaba poco desarrollada para su edad y tenía la piel muy clara, por no decir descolorida. En cuanto a su carácter, había grabado en su corazón la máxima «oír y callar» y nunca decía más de dos palabras seguidas. Dos palabras inteligentes, eso sí. La única gracia que hasta entonces Honoria le había descubierto era el porte, que era elegante, aunque ella no fuese consciente de eso. En todo lo demás, tendría que trabajar duro para que Melissa alcanzara el nivel de duquesa, nada menos.

Esos pensamientos la irritaron pero a la vez la distrajeron de la inquietud que le producía no poder ver el cielo a través de la bóveda que formaba el tupido bosque. Dejando de lado la molesta cuestión de la identidad del duque, se dedicó a reflexionar sobre las cualidades que lady Claypole había atribuido al fantasma.

Era una persona considerada, un terrateniente excelente, maduro pero no viejo, atento, le había dicho lady Claypole, con ganas de echar raíces y llenar el cuarto de los niños. El retrato que había hecho la dama mostraba a un hombre sobrio, serio, reservado, casi un recluso. Esto último lo había añadido Honoria. Era incapaz de imaginar cómo un duque que no fuera una persona retirada desearía pedir la mano de Melissa, tal como lady Claypole afirmaba que había hecho ese duque.

El caballo tiraba y Honoria mantenía tensas las riendas. Habían pasado ante la entrada de dos senderos que se perdían, ondulantes, entre unos árboles tan densos que no se veía nada a los pocos metros. Su camino dobló hacia la izquierda, en una curva sin visibilidad. El caballo ladeó la cabeza y siguió adelante a paso más lento.

El lado ascendente de la curva terminó y el caballo liberado del esfuerzo, aceleró el paso. A Honoria le resbalaron las riendas de la mano. Soltó una maldición y las recuperó con firmeza. Se echó hacia atrás y luchó con la bestia.

El caballo tiró. Honoria gritó y por una vez no tuvo piedad de la boca del animal. Los latidos se le aceleraron y obligó al caballo a detenerse. El animal se quedó inmóvil, tembloroso y con la piel titilante. Honoria frunció el entrecejo. Todavía no había oído ningún trueno, miró al frente y vio un cuerpo tendido en el camino, junto a la cuneta.

El tiempo se detuvo, hasta el viento se aquietó.

—¡Dios santo! —exclamó Honoria.

Ante su susurro, las hojas suspiraron. El tono metálico de la sangre recién derramada dejaba una estela en el camino. El caballo se movió de lado y Honoria lo estabilizó, aprovechando el momento para tragarse, conmocionada, el nudo que se le había formado en la garganta. No tuvo que mirar otra vez para ver el charco brillante que se acumulaba junto al cuerpo. Acababan de dispararle, tal vez aún estuviese vivo.

Se apeó de la calesa. El caballo se quedó quieto, con la cabeza gacha. Acercándose a la cuneta, ató las riendas a una rama con un nudo fuerte. Luego se quitó los guantes y se los metió en el bolsillo. Después se volvió y, respirando hondo, avanzó hacia el camino.

El hombre todavía estaba vivo, lo supo en el momento en que se arrodilló en la hierba a su lado. Respiraba con dificultad. Estaba tendido de costado, con los brazos hacia delante. Honoria tiró del hombro derecho y lo puso boca arriba. Su respiración mejoró pero ella apenas lo notó porque tenía la vista clavada en el orificio que le desgarraba el costado izquierdo de la chaqueta. Cada vez que respiraba, manaba sangre de la herida.

Tenía que cortar la hemorragia. Honoria cogió un pañuelo pero tras echar otro vistazo a la herida decidió que no le serviría para nada. Se quitó el chal de seda color topacio que llevaba encima del vestido marrón e improvisó una almohadilla. Apartó la empapada chaqueta y, sin tocar la camisa destrozada, puso la improvisada compresa en el orificio de la herida. Entonces le miró la cara.

Era joven, demasiado joven para morir. Tenía el semblante pálido y sus rasgos eran firmes y atractivos, con la tersura de la juventud. Unos mechones de abundante cabello castaño le caían sobre la frente y sobre sus ojos cerrados se arqueaban unas pobladas cejas oscuras.

Honoria notó un calor pegajoso en los dedos. Ni el pañuelo ni el chal podían detener el flujo de sangre. Posó la mirada en el corbatín del joven. Abrió la presilla con que se sujetaba, se lo quitó, formó otro apósito con él y lo presionó sobre la herida. De pronto se oyó un trueno.

Un profundo retumbo llenó el aire. El caballo se asustó y echó a correr camino adelante haciendo resonar sus cascos. Consternada e impotente, Honoria vio cómo la calesa pasaba ante ella con las ramas donde había atado las riendas botando detrás.

Entonces un relámpago rasgó el cielo. El destello quedó medio oculto por la bóveda de árboles pero iluminó un poco el camino con una blanca luz espectral. Honoria cerró los ojos y se esforzó en ahuyentar los recuerdos.

Oyó un leve gemido. Abrió los ojos y miró al herido, pero éste seguía inconsciente.

—¡Estupendo! —Miró alrededor: la verdad era ineludible. Estaba sola en el bosque, bajo los árboles, el lugar más próximo donde refugiarse a millas de distancia, sin medio de transporte en un sitio que había visto por primera vez hacía cuatro días, con una tormenta que arrancaba las hojas de los árboles y, a su lado, un hombre malherido. ¿Cómo demonios iba a ayudarlo?

Su mente era un vacío de inquietud, que de repente

se llenó con ruido de cascos. Primero pensó que estaba soñando, pero el ruido sonaba cada vez más fuerte y cercano. Tambaleante, y sin dejar de presionar el apósito, se incorporó. Los cascos estaban cada vez más cerca. En el último minuto, se puso en pie y, con audacia, se situó en medio del camino.

El suelo tembló, el trueno la envolvió. Alzando la cabeza, contempló a la muerte.

Un gran semental negro relinchó y se encabritó ante ella, con sus cascos de hierro en el aire a pocos centímetros de su cabeza. A lomos de la bestia iba montado un hombre vestido de negro, de anchas espaldas que ocultaban la escasa luz del crepúsculo, oscura y salvaje melena y rasgos duros y satánicos.

El semental posó las patas en el suelo y no la alcanzó por un palmo y medio. Furioso, el animal tiró de las riendas e intentó golpearla con la cabeza. Al no conseguirlo, intentó encabritarse de nuevo. Los brazos del jinete se tensaron y el hombre presionó sus largos muslos en los flancos del caballo. Durante un minuto que pareció eterno, el hombre y la bestia lucharon, hasta que el animal reconoció la superioridad del jinete con un resoplido tembloroso y se calmó.

Con el corazón en un puño, Honoria alzó la mirada hacia el rostro del jinete y sus ojos se encontraron. Incluso en aquella penumbra, su color no pudo pasarle por alto. Eran de un verde pálido y transparente, parecían ancianos, unos ojos que todo lo ven. Grandes, hundidos bajo dos cejas morenas muy arqueadas, eran el rasgo dominante de una cara excepcional. Su mirada era penetrante, hipnótica, irreal. En ese instante, Honoria supo que se trataba del diablo que se había presentado a por uno de los suyos. Y también a por ella.

Entonces, el aire que la rodeaba se volvió azul.

2

—Por todos los nombres del demonio, ¿qué haces aquí, mujer?

Después de una serie de imaginativas maldiciones, esa pregunta, formulada con la fuerza suficiente para detener la tormenta, hizo volver a Honoria a la realidad. Miró al impresionante jinete montado en el semental y luego, con altiva dignidad, retrocedió un paso y señaló el cuerpo de la cuneta.

—Lo he encontrado hace unos minutos. Ha recibido un disparo y no puedo detener la hemorragia.

Los ojos del jinete se posaron en la figura inmóvil. Honoria se volvió y se acercó al herido, pero el jinete no se movió. Ella lo miró y vio que el amplio pecho dentro de lo que parecía una chaqueta de montar oscura no cesaba de expandirse mientras el hombre respiraba hondo.

—Aprieta más la compresa. Más —le dijo, mirándola.

Y desmontó del caballo con un gesto de poder contenido tan elocuente que Honoria se sintió aturdida de nuevo.

—Eso es precisamente lo que estaba haciendo —murmuró, arrodillándose al lado de su paciente.

—Apóyate en él, utiliza todo tu peso —dijo el jinete mientras ataba las riendas del semental a un árbol.

Honoria arrugó la frente e hizo lo que le decía el jinete. En su voz profunda había un timbre imperativo. Como esperaba que la ayudara con el herido, decidió que no era el momento de ofenderse. Lo oyó acercarse con pasos firmes al principio, luego más lentos y titubeantes hasta detenerse por completo. Iba a levantar la cabeza pero él empezó a caminar otra vez.

Se puso al otro lado del herido evitando el gran charco de sangre. Agachándose, observó al joven.

Honoria lo miró con disimulo.

De cerca, el efecto de su rostro no disminuía ni un ápice, antes bien, la impresión que causaban sus rasgos angulosos —una nariz decididamente patricia y unos labios largos, finos y provocadoramente móviles— se veía realzada. Su cabello era negro como la noche, tan abundante y ondulado que formaba gruesos mechones. Sus ojos, clavados en el herido, quedaban ocultos bajo sus párpados. Honoria prefirió no seguir mirándolo porque necesitaba toda su claridad mental para ayudar al joven.

—A ver, muéstrame el orificio de la bala.

¿Fue un temblor lo que Honoria captó en esa voz sombría, un temblor tan profundo que resonó en todo su interior? Miró al hombre y vio que no demostraba ni un asomo de emoción. No, ese temblor lo había imaginado.

Levantó la empapada compresa y él se inclinó sobre la herida, dejando que la escasa luz llegara hasta ella. Soltó un gruñido, asintió y se balanceó sobre sus talones mientras ella cambiaba la compresa.

Al levantar la mirada, Honoria vio que el hombre tenía el entrecejo fruncido. Entonces él alzó sus gruesos párpados y sus ojos se encontraron. Honoria quedó de nuevo sorprendida por aquellos ojos que parecían omniscientes.

Sonó un trueno y a continuación un relámpago rasgó el cielo.

Honoria sintió miedo pero se esforzó en controlar la respiración. Volvió a mirar a su salvador, que no había apartado los ojos de ella. Gotas de lluvia golpeaban las hojas y caían en el polvo del camino.

—Tendremos que ponernos a cubierto —dijo, alzando los ojos—. La tormenta ya está aquí.

Se puso en pie estirando lentamente sus largas piernas. Todavía arrodillada, Honoria se sintió obligada a dejar que sus ojos ascendieran por las botas, los largos y musculosos muslos, más arriba de las caderas y de la estrecha cintura hasta la enormidad de su pecho para llegar a su rostro. Era alto, grande, delgado, de extremidades bien musculadas; tenía un cuerpo extraordinariamente poderoso.

De repente, advirtió que tenía la boca seca y que su estado de ánimo se alteraba.

—¿Y dónde? Estamos a millas de cualquier sitio. —Su salvador posó los ojos en su rostro y le dedicó una inquietante mirada. Sus fuerzas flaquearon—. ¿No es así?

—Cerca de aquí hay una cabaña de leñador —respondió él, mirando hacia los árboles—. Un sendero lleva hasta allí.

Así que el hombre era de la zona... Honoria suspiró aliviada.

—¿Y cómo lo llevaremos?

—Yo lo llevaré. —No dijo «por supuesto» pero Honoria lo oyó. Luego hizo una mueca—. Pero tenemos que vendarle la herida antes de moverlo.

Acto seguido, se quitó la chaqueta, la dejó sobre una rama cercana y se dispuso a quitarse la camisa. Honoria dejó de mirarlo para volver a concentrarse en el herido. Al cabo de unos segundos vio una fina camisa de algodón colgando delante de su cara, sostenida por unos dedos largos y bronceados.

—Dóblala y utiliza las mangas para atársela alrededor del cuerpo.

Honoria frunció el entrecejo. Alzó una mano para cogerla y luego levantó la mirada hasta su rostro, sin fijarse en su amplio pecho bronceado y el vello negro y rizado que lo adornaba.

—Si me releva en su cuidado, me quitaré la enagua. Necesitamos más tela para taponar el orificio.

Él arqueó las cejas, luego asintió y se agachó, poniendo dos dedos largos y fuertes sobre la almohadilla. Honoria retiró la mano y se puso en pie.

Deprisa, sin pensar demasiado en lo que hacía, cruzó al otro lado del camino. Se puso de cara a los árboles, se levantó la parte delantera del vestido y tiró de las cintas de sujeción de su enagua.

—Supongo que no eres aficionada a los calzoncillos...

Honoria contuvo una exclamación y miró por encima del hombro pero su salvador todavía miraba en dirección opuesta. Como ella no respondía, él añadió:

—Podríamos hacer apósitos más grandes.

—No, no lo soy —refunfuñó Honoria al tiempo que sus enaguas se deslizaban piernas abajo. Las recogió y regresó.

La visión que las palabras de él habían evocado era ridícula. Honoria recuperó la compostura y, mientras se arrodillaba junto al herido, le lanzó una mirada que le habría levantado ampollas, pero él tenía los ojos clavados en el joven tendido en el suelo. Maldiciendo para sí, atribuyó su comentario lascivo a una costumbre bien arraigada.

Tras doblar las enaguas, las colocó debajo de la camisa de él, que quitó la mano para que ella pusiera el nuevo apósito improvisado.

—Deja las mangas colgando. Yo lo incorporaré y entonces tú se las atas a la espalda.

Honoria se preguntó cómo se las apañaría para cargar el peso del joven que, además, estaba inconsciente. Maravillosamente bien, fue la respuesta. Alzó el cuerpo y lo irguió con un solo movimiento rápido. Ella se puso en pie y él sostuvo al herido contra su pecho. Con una manga en la mano, Honoria se agachó y buscó a tientas la otra. Sus dedos rozaron la piel caliente y los músculos se contrajeron en señal de respuesta. Fingió no haberlo notado y tras localizar la otra manga, tiró de ella y ató los extremos de ambas con un fuerte nudo.

El hombre soltó un largo suspiro entre dientes. Por un instante, sus extraños ojos brillaron.

—Vamos. Tú tendrás que llevar a *Suleimán*. —Con la cabeza, señaló el monstruo negro que comía hierba junto al camino.

—Suleimán era un turco traicionero —dijo Honoria, mirando el semental.

—Así es.

—No hablará en serio, ¿verdad? —dijo volviéndose al hombre.

—No podemos dejarlo aquí. Si se suelta y la tormenta lo asusta, podría dañar algo o a alguien.

Poco convencida, Honoria agarró la chaqueta de él que colgaba de una rama y estudió al semental.

—¿Está seguro de que no morderá? —Como no obtuvo respuesta, se volvió a mirar, boquiabierta, a su salvador—. ¿Espera que yo... ?

—Sólo tienes que coger las riendas y se comportará como es debido.

En su tono había tal carga de impaciencia e irritación masculinas que ella obedeció a regañadientes. Miró el caballo y, negándose a dejarse intimidar, metió la chaqueta sobre la silla y soltó las riendas. Las sujetó con fuerza y dio un par de pasos, pero el caballo no se movió.

—Vamos, *Suleimán*.

El caballo obedeció y avanzó. Honoria caminó deprisa, intentando ponerse fuera del alcance de los dientes de aquel monstruo. Su salvador la miró comprensivamente y también se puso en marcha.

Se encontraban en la parte más densa del bosque y las ramas de los árboles se entretejían sobre su cabeza formando un palio de hojas. Como si flexionara los músculos, el viento sopló en rachas que movieron las hojas y precipitaron una ducha de gotas de lluvia sobre ellos.

Honoria vio que su salvador avanzaba con aquella difícil carga por una curva cerrada. Cuando se enderezó, los músculos de la espalda se movieron, ondulándose suavemente bajo su tensa piel. Una gota de lluvia solitaria cayó temblorosa y brilló sobre su bronceado hombro y luego se deslizó despacio espalda abajo. Honoria siguió todo su descenso y, cuando la vio desaparecer bajo su cinturón, tragó saliva.

No entendía por qué aquella visión la había afectado tanto. Estaba acostumbrada a ver torsos masculinos desde la infancia, en los campos y en las forjas, y nunca la habían dejado sin aliento. De todas formas, no recordaba haber visto nunca un torso como aquél.

—¿Qué hacías caminando sola por estos parajes? —preguntó él mirando hacia atrás. Se detuvo, se cambió al herido de hombro y siguió andando.

—No caminaba, exactamente —explicó Honoria—. Volvía del pueblo con la calesa, vi que se acercaba una tormenta y se me ocurrió tomar un atajo.

—¿Qué calesa?

—Cuando vi el cuerpo tendido, bajé y me acerqué. Pero un trueno asustó al caballo, que huyó.

—Ya.

Honoria entrecerró los ojos. No lo había visto poner los ojos en blanco pero supo que lo había hecho.

—La rama a la que había atado las riendas se rompió, no es que se soltase el nudo.

Él se volvió hacia ella con rostro inexpresivo, pero los labios no estaban completamente cerrados.

—Comprendo —dijo.

La palabra más evasiva que jamás hubiera oído. Honoria hizo una mueca a su irritante espalda y siguió avanzando en silencio. Pese a la carga, él caminaba ligero. Con unos botines de ante que no eran para caminos pedregosos, Honoria resbalaba y trastabillaba, intentando no quedarse rezagada. Por desgracia, no podía seguirle el paso y la tormenta era cada vez más intensa.

Aquel pensamiento molesto la hizo reaccionar. Desde el mismo momento en que se habían encontrado, se había sentido irritada y desazonada. Él se había mostrado brusco, claramente arrogante, imposible, en una manera difícil de definir. Sin embargo, hacía lo que debía hacerse, deprisa y con eficiencia. Honoria tenía que estar agradecida.

Tras evitar una maraña de raíces que sobresalían del suelo, decidió que era su capacidad de mando lo que más destacaba en él, como si se atribuyese el derecho incuestionable de dirigir, dar órdenes y ser obedecido. Y siendo Honoria quien era, acostumbrada también a que la obedeciesen, aquella actitud no le sentó bien.

Al descubrirse de nuevo con la mirada clavada en su espalda, hechizada por los sugerentes movimientos de sus músculos, volvió a invadirle la irritación y se aferró a ella por la seguridad que le proporcionaba. Ese hombre era imposible, en todos los sentidos.

Él volvió la vista y se encontró con su expresión ceñuda. Arqueó las cejas y sus ojos se encontraron. Luego volvió la vista al frente.

—Ya casi hemos llegado —dijo.

Honoria soltó el aire que se le había quedado atascado en la garganta y se permitió una mueca de disgusto. ¿Quién demonios era aquel hombre?

Un caballero, eso seguro. El caballo, la ropa y los modales lo atestiguaban. Aparte de eso, a saber. Pasó revista a las impresiones que le había causado y no descubrió intranquilidad. Estaba segura de que con aquel hombre se encontraba a salvo. Su trabajo de institutriz durante seis años le había aguzado el sentido de la intuición y siempre se dejaba guiar por ella. Cuando llegaran al refugio, se presentarían. Como dama de buena cuna, no tenía que preguntarle el nombre y sí hacerle saber quién era ella.

La penumbra bajo los árboles disminuyó y al cabo de diez pasos llegaron a un gran claro donde se alzaba una cabaña de madera con el tejado en buen estado. Honoria vio que el camino se bifurcaba, a derecha e izquierda. Él apretó el paso y se dirigió hacia la puerta de la cabaña.

—Ahí al lado hay una especie de establo. Ata a *Suleimán* en él. Átalo a algo que no se rompa —añadió, volviendo fugazmente la cabeza.

La mirada airada de Honoria chocó contra sus anchas espaldas. Aceleró el paso, empujada por el creciente ulular del viento. Las hojas caídas se arremolinaban como derviches y se sujetó la falda. El monstruo negro iba a su lado. El establo era poco más que una choza, construido contra una pared de la cabaña.

Honoria contempló los maderos en busca de un lugar en que atar el caballo.

—Supongo que no estás acostumbrado a estos establos —le informó al animal—, pero tendrás que conformarte con lo que hay.

Pasó las riendas por el madero y tiró con fuerza para apretar el nudo. Agarró la chaqueta y estaba a punto de alejarse cuando la enorme cabeza negra se volvió, y la miró con un gran ojo abierto que parecía extrañamente vulnerable.

—Tranquilo —le dijo Honoria, dándole unas palmadas en el hocico.

Con ese sabio consejo, se recogió la falda y corrió hacia la cabaña. La tormenta eligió ese preciso momento para rasgar el cielo. Los relámpagos chasquearon, los truenos retumbaron y el viento aulló, empujándola hacia el interior. Al entrar, cerró la puerta y apoyó la espalda contra ella, con los ojos cerrados y sosteniendo la chaqueta con fuerza contra el pecho. La lluvia tamborileaba en el tejado y en la puerta. El viento sacudió los postigos y las vigas crujieron. El corazón le latió con fuerza: en el interior de sus párpados vio la luz blanca que sabía que presagiaba la muerte.

Hipó para recuperar el aliento y luego se obligó a abrir los ojos. Vio a su salvador junto al joven tendido en el jergón de una burda cama. La casa estaba a oscuras, iluminada por los tenues restos de luz del crepúsculo que se colaban entre las tablillas de los postigos.

—Enciende la vela y luego ven y prepara las mantas.

Esa simple orden puso a Honoria en acción. Se dirigió hacia la mesa que dominaba aquel habitáculo de una sola habitación. La vela se hallaba en una palmatoria y a su lado había una yesca. Dejó la chaqueta en un extremo y luego encendió una chispa y acercó la vela para que prendiera. Un suave resplandor iluminó la habitación. Satisfecha, se encaminó hacia el camastro. La pequeña vivienda estaba llena de muebles diversos. Junto a la chimenea de piedra había un viejo sillón de orejas y, frente a él, una gran silla de madera labrada con la tapicería raída. Las sillas, la cama y la mesa ocupaban casi todo el espacio disponible y junto a las paredes había un arcón y dos rústicas cómodas. El cabezal de la cama estaba apoyado contra la pared y Honoria encontró las mantas pulcramente dobladas a los pies.

—¿Quién vive aquí? —quiso saber.

—Un guardabosques pero, como estamos en agosto, debe de hallarse en los bosques de Earith. Sólo viene en invierno. —Honoria se apresuró a tapar al herido—. ¡Espera! Estará más cómodo si le quitamos la chaqueta. —La miró con aquellos ojos ultraterrenos y después se concentró en el joven—. A ver si puedes quitarle la manga.

Cuando le había aplicado el improvisado vendaje había procurado que la chaqueta quedase libre. Honoria tiró de la manga con suavidad y ésta empezó a salir centímetro a centímetro.

—Este pobre idiota probablemente tardó una hora en ponérsela —se burló su salvador.

Honoria alzó los ojos, segura de que la voz de él había vibrado al pronunciar «idiota». Lo miró y la invadió un terrible presentimiento.

—Tira con más fuerza —dijo el hombre—. Ahora mismo no siente nada.

Ella lo hizo y entre ambos consiguieron sacar un brazo. Con un suspiro de alivio, él acabó de quitarle por completo la chaqueta. Ambos se quedaron mirando el pálido y demacrado rostro del herido que sobresalía bajo una raída manta.

Un relámpago rasgó el cielo. Honoria miró a su salvador.

—¿No tendríamos que llamar a un médico? —preguntó.

Un trueno retumbó y, cuando su eco se apagó, el hombre volvió la cabeza hacia ella, sus gruesos párpados se abrieron y sus miradas se encontraron. Honoria leyó la respuesta en el verde pálido de sus ojos, atemporales, infinitos, llenos de una triste desolación.

—No sobrevivirá, ¿verdad?

Él desvió su apremiante mirada y sacudió la cabeza.

—¿Está seguro? —preguntó Honoria aunque se temía que su salvador estaba en lo cierto.

—La muerte y yo somos viejos conocidos —respondió, torciendo sus finos labios. La frase quedó suspendida en el gélido aire y Honoria agradeció que siguiera—: Estuve en Waterloo. Una gran victoria, nos dijeron después. Para los que la vivimos, fue como el infierno en la Tierra. En un solo día vi morir más hombres de los que nadie ve morir en toda su vida. Me temo que... —Un trueno ahogó sus palabras—. Me temo que no llegará a mañana.

Tras estas palabras se produjo el silencio. Honoria lo creyó. La desolación del hombre dejaba poco espacio a la duda.

—Ya has visto la herida. La bala le ha rozado el corazón o una de las grandes arterias cercanas. Es por eso que la hemorragia no se detiene. —Miró la mancha que se había formado en el jergón—. Cada vez que su corazón late, está más cerca de la muerte.

Honoria contempló el rostro inocente del joven y respiró hondo. Luego miró a su salvador y no supo si su expresión impasible era verdadera o fingida. Él recogió la chaqueta del muchacho y frunció el entrecejo.

—¿Qué ocurre? —preguntó Honoria al verlo tan interesado en la prenda.

—El botón ha desviado la bala, ¿ves? —Acercó el botón a la vela para que Honoria viese la hendidura y la tela quemada a su alrededor—. De no haber sido por el botón, la bala le habría alcanzado de lleno el corazón.

—Pues es una pena —dijo Honoria con una mueca.

Él la miró con unos ojos verdes extrañamente vacíos y ella alzó las manos en un gesto de impotencia—. En estas circunstancias, quiero decir, una muerte lenta en vez de una muerte rápida...

Él no dijo nada y continuó examinando el botón. Honoria apretó los labios para intentar controlar el impulso de preguntar pero no lo consiguió.

—¿Y bien?

—Bien... —Dudó un instante y prosiguió—: Un disparo limpio al corazón con una pistola de cañón largo y calibre pequeño, a una distancia razonable. No era un fusil ni una pistola de arzón, y de más cerca habría quemado más la ropa. Un tiro como éste requiere una gran puntería.

—Y mucha sangre fría, supongo.

—También.

La lluvia golpeaba contra las paredes y los postigos. Honoria se incorporó.

—Si enciende el fuego, calentaré un poco de agua y lo lavaré para quitarle la sangre. —Esa sugerencia le valió una mirada de sorpresa, a la que ella respondió con serena resolución—: Si va a morir, al menos que muera limpio.

Por un instante Honoria pensó que lo había dejado perplejo, ya que su mirada no se movió. Pero él asintió como dándole permiso, dejando claro que consideraba que el joven herido estaba a su cuidado.

Ella fue hacia el hogar y él la siguió con paso silencioso, tratándose de un hombre tan corpulento. Ella se detuvo ante la chimenea, miró por encima del hombro y dio un respingo al verlo a su lado.

Era grande, más grande de lo que había creído. A ella a menudo la llamaban «la Larga», pero aquel hombre le sacaba un par de palmos y le tapaba la luz de la vela, con su expresivo rostro en la penumbra y el cabello negro como una corona azabache alrededor de la cabeza. Era el Príncipe de las Tinieblas personificado y, por primera vez en su vida, Honoria se sintió pequeña, frágil y muy vulnerable.

—Hay un pozo junto al establo. —Se acercó a la chimenea y la vela brilló en los curvos contornos de su brazo al tiempo que agarraba una cacerola colgada de un gancho—. Será mejor que también vaya a ver a *Suleimán*, pero primero encenderé el fuego.

Con la respiración entrecortada, Honoria se hizo a un lado y él dispuso los troncos bajo la trébede. A tan poca distancia, su voz reverberaba en su interior, lo que le producía una sensación inquietante.

Cuando el fuego hubo prendido, Honoria revolvió en las cómodas hasta encontrar paños limpios y una lata de té. Le oyó pasar junto a ella y agarrar un cubo colgado de un gancho. Luego oyó el chasquido del pestillo de la puerta y miró alrededor. El hombre se hallaba en el umbral, desnudo de cintura para arriba, y su silueta se recortaba contra un hiriente destello de luz: una figura primaria en un mundo primario. El viento entró arremolinado y de repente se detuvo. La puerta se había cerrado y él se había marchado.

Estallaron varios truenos antes de que regresara. Cuando finalmente lo hizo y la puerta se cerró a sus espaldas, la tensión que sentía Honoria se relajó. Entonces notó que estaba totalmente empapado.

—Tenga —le dijo, tendiéndole uno de los trapos más grandes que había encontrado.

Luego agarró la cacerola con agua y, agachada junto al hogar, la puso a hervir, segura de que no quería mirarlo mientras se secaba aquel torso impresionante. Cuando el agua hirvió, cogió un tazón.

Él esperaba junto a la cama y Honoria estuvo tentada de decirle que se secara junto al fuego, pero no lo hizo. El hombre tenía la mirada clavada en el rostro del joven.

Tras dejar el recipiente en la arqueta que había junto a la cama, mojó un paño, lo escurrió y lo pasó por la cara del herido para quitarle el polvo y la tierra del camino. La limpieza le realzó la inocencia y puso de relieve lo absurdo de su muerte. Honoria apretó los labios y siguió con su tarea hasta que llegó a la camisa ensangrentada.

—Déjame a mí —dijo el hombre que la había salvado.

Ella retrocedió y, con dos buenos tirones, rasgó el tejido y le quitó el lado izquierdo de la camisa.

—Dame un paño.

Honoria mojó y escurrió uno y se lo tendió. Trabajaron codo con codo bajo la temblorosa luz y ella se maravilló de que unas manos tan grandes pudieran ser tan dulces y de lo bien que trataba con la muerte alguien tan poderosamente vivo.

Cuando hubieron terminado, tapó al herido con otra manta, recogió los paños empapados y los puso en la jofaina. Él la precedió hasta el hogar y, mientras Honoria dejaba la jofaina sobre la mesa, le pareció oír un susurro.

—¿Diablo?

Fue un murmullo tan débil que sólo lo escuchó ella. Se volvió y fue hasta la cama. Los párpados del joven se movían.

—Diablo, tengo... tengo que...

—Tranquilo —susurró ella, poniéndole una mano en la frente—. Aquí no hay ningún diablo, no permitiremos que te lleve.

—No... Tengo que verlo. —El joven frunció el ceño y movió la cabeza contra su mano—. Tengo que verlo...

Unas manos firmes se cerraron sobre los hombros de Honoria, que soltó una exclamación al notar que la apartaban a un lado. Libre de su mano, el joven abrió unos ojos vidriosos y se debatió para incorporarse.

—Túmbate, Tolly. Estoy aquí.

Honoria contempló, boquiabierta, cómo su salvador acostaba de nuevo al joven. Su voz y su tacto calmaron al agonizante, que se tumbó visiblemente relajado y los ojos clavados en el hombre.

—Bien —dijo con un hilo de voz—. Te he encontrado. —Una débil sonrisa cruzó su rostro. Luego intentó incorporarse de nuevo y dijo—: Tengo que contarte...

Sus apremiantes palabras se vieron interrumpidas por un acceso de tos que lo dejó aún más débil. El hombre lo estrechó entre sus brazos como si quisiera infundir fuerza a aquel cuerpo que languidecía. Cuando la tos remitió, Honoria cogió un paño limpio y se lo tendió. Él tendió al muchacho y le secó la sangre de los labios.

—¿Tolly?

No hubo respuesta. El herido estaba inconsciente de nuevo.

—Estáis emparentados. —No fue una pregunta, sino una afirmación. Ella lo había entendido desde que el joven abrió los ojos. El parecido no sólo estaba en la frente ancha sino en el arco de las cejas y la forma de los ojos.

—Somos primos. —Su rostro volvía a ser sombrío—. Primos carnales. Es uno de los más jóvenes, apenas tiene veinte años.

Su tono hizo que Honoria se preguntara cuántos años tendría él. Entre los treinta y los cuarenta, seguro, pero por su rostro era imposible saberlo. En cambio, su actitud era la de alguien muy sabio, con una sabiduría aprendida, como si la experiencia hubiese templado su carácter.

El hombre puso una mano en la frente de su primo y apartó un mechón de cabello de su macilenta cara.

El grave gemido del viento se convirtió en un canto fúnebre.

3

Honoria se había quedado varada en una casita con un joven agonizante y un hombre a quien sus conocidos llamaban Diablo. Sentada en el sillón de orejas junto al hogar, bebió té de una taza y sopesó su situación. Era de noche y la tormenta no daba señales de remitir. Aunque marcharse era su deseo más acuciante, no podía hacerlo.

Miró a su salvador, que seguía sentado en el borde del jergón. Honoria hizo una mueca. Aunque aún no sabía su nombre, le había inspirado respeto y despertado apoyo moral.

Hacía media hora que el joven había hablado y Diablo —ella no sabía de qué otra manera llamarlo— no se había movido de la cama de su primo agonizante. Su rostro permanecía impasible, sin mostrar ni un atisbo de emoción. Sin embargo, detrás de la fachada había emoción, una emoción que ensombrecía el verde de sus ojos. Honoria conocía la conmoción y el dolor que causaban las muertes repentinas, conocía las esperas en silencio y los velatorios. Volvió a posar la mirada en las llamas y bebió un sorbo de té.

Al cabo de un rato oyó el crujido de la cama y unos pasos que se acercaban. Sin verlo, sintió que él se sentaba en la gran silla labrada y olía el polvo que se había levantado de la gastada tapicería. El agua puesta al fuego hirvió. Ella se inclinó y la vertió en el tazón que había preparado con té. Se lo tendió.

—Gracias —dijo él, con sus largos dedos rozando los de ella por un fugaz instante y acariciándole la cara con los ojos verdes.

Bebió en silencio, con la vista clavada en las llamas, y Honoria hizo lo propio.

Los minutos pasaron. Él recogió sus largas piernas y cruzó los tobillos. Honoria sintió su mirada en el rostro.

—¿Y qué te ha traído a Somersham, señorita...?

Era la frase que había estado esperando.

—Wetherby —respondió.

En vez de responder con el suyo —señor tal, lord cual—, él entrecerró los ojos e insistió:

—¿Tu nombre completo?

—Honoria Prudence Wetherby —respondió con cierta acritud.

El hombre arqueó las cejas y la inquietante mirada verde no titubeó.

—¿No Honoria Prudence Anstruther-Wetherby?

—¿Cómo lo sabe?

—Estoy emparentado con tu abuelo.

—Supongo que va a decirme que me parezco a él —replicó Honoria arrugando el entrecejo.

—Ahora que lo dices, tal vez haya cierto parecido. En la barbilla, ¿no? —Soltó una carcajada breve, suave y profunda que reverberó en lo más hondo de Honoria. Lo miró encendida—. Sí, se parece a la del viejo Magnus —comentó su torturador.

—¿Qué?

—Magnus Anstruther-Wetherby es un viejo caballero irascible y terriblemente obstinado.

—¿Lo conoce bien?

—No demasiado. Mi padre lo conocía mejor.

Sin saber si creérselo, Honoria lo miró beber un sorbo de té. Su nombre completo no era ningún secreto de estado aunque no se molestaba en utilizarlo para corroborar su parentesco con ese caballero de Londres irascible y obstinado.

—Había un segundo hijo, ¿verdad? —El hombre que la había salvado la estudiaba con aire pensativo—. Se pelearon... Sí, ya me acuerdo. Se casó contra la voluntad de Magnus con una de las chicas Montgomery. ¿Eres su hija?

Honoria se puso rígida y asintió con la cabeza.

—Lo cual nos lleva de vuelta a mi primera pregunta, señorita Anstruther-Wetherby. ¿Qué demonios estás haciendo aquí, honrando nuestra apartada región?

Honoria dudó. Había una inquietud en los largos miembros de él, un nerviosismo no causado por ella sino por el joven del jergón. El hombre necesitaba conversación.

—Soy institutriz, de las que proporcionan el acabado.

—¿El acabado?

—Sí —asintió ella—. Preparo a las chicas para salir del nido. Sólo estoy con sus familias el año anterior a que emprendan el vuelo.

—¿Y qué demonios piensa de eso el viejo Magnus? —La miró con incredulidad y fascinación.

—No tengo ni idea. Nunca le he pedido opinión.

Él volvió a reír, con el mismo sonido grave y sensual. Honoria contuvo el impulso de gritar.

—¿Qué ha sido de tu familia? —preguntó él, recuperando la seriedad.

Honoria titubeó. Pero contarle su vida no le perjudicaría y si la historia conseguía distraerlo, tanto mejor.

—Mis padres murieron en un accidente cuando yo tenía dieciséis años. Mi hermano tenía diecinueve. Vivíamos en Hampshire pero, después del accidente, fui a vivir a Leicestershire, con la hermana de mi madre.

—Me sorprende que Magnus no interviniera —comentó él, con ceño.

—Michael le informó de las muertes pero no asistió al funeral. —Honoria se encogió de hombros—. Tampoco lo esperábamos. Después de la desavenencia entre papá y él no volvió a haber contacto. —Apretó brevemente los labios—. Papá juró que nunca le pediría nada.

—Está claro que la terquedad es un rasgo de la familia.

—Tras un año en Leicestershire —prosiguió Honoria haciendo caso omiso del comentario—, quise hacerme institutriz. —Alzó la mirada y se encontró con aquellos ojos verdes tan perspicaces.

—¿Tu tía no te acogió bien?

—Sí, me acogió muy bien —respondió ella tras un suspiro—. Se casó con alguien socialmente inferior. No alguien de una clase algo inferior, de esos que han hecho enfadar tanto a los Anstruther-Wetherby, sino alguien totalmente fuera de su rango. —Hizo una pausa, recordando la casa de su tía, llena de niños y perros—. Ella se alegró y me acogió muy bien, pero... —Hizo una mueca y miró el rostro sombrío que tenía delante—. Aquello no era para mí.

—¿No estabas a gusto?

—No. Cuando pasó el período de luto, pensé en mis posibilidades. El dinero, por supuesto, nunca ha sido un problema. Michael quería que me comprase una casa en algún pueblo tranquilo y seguro pero...

—Pero eso no es para ti...

—No me imagino llevando una vida tan monótona. —Alzó la barbilla—. Me parece injusto que las mujeres se vean obligadas a llevar una vida tan aburrida y que sólo los caballeros puedan vivir aventuras excitantes.

—Personalmente, opino que lo mejor es compartir la excitación —replicó él arqueando las cejas.

Honoria abrió la boca para manifestar su acuerdo pero se encontró con su mirada. Parpadeó y lo miró de nuevo, pero el brillo lascivo había desaparecido.

—En mi caso, decidí hacerme cargo de mi propia vida y trabajar para llevar una existencia más excitante.

—¿Como institutriz? —Su fija mirada verde denotaba auténtico interés.

—No, eso es sólo una fase intermedia. Decidí que, con dieciocho años, era demasiado joven para recorrer África en busca de aventuras y opté por seguir los pasos de lady Stanhope.

—¡Dios bendito!

—Lo tengo todo planeado. —Honoria hizo caso omiso de su tono burlón—. Mi máxima ambición es ir en camello hasta la Esfinge. Hacer esa expedición siendo tan joven no me pareció recomendable, por lo que decidí que podía esperar unos años trabajando de institutriz y no quedándome más de un año con cada familia. Como sólo tengo que procurarme la ropa, mi capital aumenta mientras visito distintas regiones y vivo con familias selectas. Esto último tranquiliza a Michael.

—Ah, sí, tu hermano. ¿Y él qué hace, mientras tú esperas que pasen los años?

—Michael es el secretario de lord Carlisle. —Honoria miró a su interrogador comedidamente.

—A Carlisle sí lo conozco pero no a su secretario. ¿Debo entender que tu hermano tiene aspiraciones políticas?

—Lord Carlisle era amigo de papá y se avino a ser el padrino de Michael.

—¿Qué te llevó a ser institutriz como ocupación

temporal? —preguntó tras arquear las cejas fugazmente y apurar el té.

—¿Qué otra cosa podía hacer? —Se encogió de hombros—. Me habían educado para ser presentada en sociedad. Papá estaba empeñado en que fuera presentada a la nobleza, con bombo y platillo, y que desfilara delante de mi abuelo. Esperaba que hiciese una buena boda para demostrarle al abuelo que ya nadie compartía sus anticuadas ideas.

—Pero tus padres murieron antes de que fueras presentada en sociedad, ¿no?

—Sí —asintió Honoria—. Lady Harwell, una vieja amiga de mamá, tenía una hija dos años menor que yo. Después de posponer mi puesta de largo le confié mi idea: había pensado que, con mi ascendencia y mi preparación, podía dedicarme a enseñar a otras chicas. Lady Harwell se avino a hacerme una prueba. Cuando terminé de preparar a Miranda, ésta atrapó a un conde y, después de eso, ya nunca he ambicionado títulos.

—Las delicias de la mamá casamentera. —En su voz había un matiz de cinismo—. ¿Y a quién preparas aquí en Somersham?

—A Melissa Claypole. —Esa pregunta hizo que Honoria volviera de golpe a la realidad.

—¿Es la rubia o la morena? —preguntó él, con ceño.

—La rubia. —Honoria apoyó la barbilla en la mano y miró las llamas—. Una señorita insípida y carente de conversación. Sólo Dios sabe cuánto tendré que trabajar para volverla atractiva. Me había contratado lady Oxley, pero su hija de seis años cogió la escarlatina y luego murió la propia lady. Cuando eso ocurrió yo ya había rechazado las demás ofertas, pero la carta de los Claypole llegó más tarde y yo no había contestado todavía, por lo que acepté sin hacer mis comprobaciones habituales.

—¿Comprobaciones?

—Yo no trabajo para cualquiera. —Honoria contuvo un bostezo y se hundió en el sillón—. Siempre me aseguro de que sea una familia de buen tono, bien relacionada, para que me lleguen las invitaciones adecuadas, y suficientemente previsora para que las facturas de la sombrerera no supongan un cataclismo.

—Por no hablar de las modistas...

—Exacto. Ninguna chica conseguirá pescar a un duque si viste como una criada.

—Indudablemente. ¿Tengo que entender que los Claypole no cumplían tus estrictos requisitos?

—Sólo llevo con ellos desde el domingo. —Honoria frunció el entrecejo—. Pero tengo una desagradable sospecha... —Dejó la frase inconclusa y se encogió de hombros—. Por fortuna, parece que Melissa ya está comprometida... Con un duque, nada menos.

—¿Un duque? —preguntó su salvador tras una pausa.

—Eso parece. Si vive por aquí, debe de conocerlo: sobrio y reservado, retirado, creo. Y si lady Claypole dice la verdad, ya se ha integrado en su círculo de relaciones. —Honoria se removió, inquieta, en el asiento—. ¿Lo conoce?

—No tengo el placer. —Sus ojos verde claro la miraron despacio, al tiempo que meneaba la cabeza.

—¡Uf! —Honoria volvió a hundirse en el sillón—. Empiezo a pensar que es un ermitaño. ¿Está seguro de que...?

Pero él ya no la escuchaba. Entonces ella también oyó la respiración fatigosa del joven herido. Diablo se levantó y se acercó a la cama. Se sentó en el borde y tomó las manos del joven entre las suyas. Desde el sillón, Honoria oyó que la respiración era cada vez más ronca y difícil.

Tras quince dolorosos minutos, el seco sonido cesó.

Un silencio ultraterrenal llenó la casa. Hasta la tormenta calló. Honoria cerró los ojos y rezó en silencio. Luego, el viento se alzó lleno de lamentos, como un canto fúnebre de la naturaleza.

Abrió los ojos y vio que Diablo había cruzado las manos de su primo sobre el pecho. Él seguía sentado en el borde del jergón, con los ojos clavados en aquellos rasgos pálidos que no volverían a moverse. Veía a su primo con vida, riendo, hablando. Honoria sabía cómo reaccionaba la mente ante la muerte. Tenía un nudo en el corazón pero no podía hacer nada al respecto. Se hundió en el sillón y lo dejó solo con sus recuerdos.

Debió de dormirse porque, cuando abrió los ojos, Diablo estaba agachado junto al hogar. La vela se había consumido y la única luz de la habitación era la del fuego. Medio dormida, vio que él ponía troncos en las llamas para que hubiese calor toda la noche.

Durante la conversación anterior, ella había mantenido los ojos clavados en su rostro o en las llamas. En esos momentos, con la luz del fuego que esculpía sus brazos y hombros, se sació de esa visión. En su bronceada piel había algo que la impulsaba a tocarla, a extender las manos sobre aquel cálido espacio, a curvarlas alrededor de los duros músculos.

Pero se resistió al deseo con los brazos cruzados y las manos agarrándose los codos, aunque no pudo controlar un estremecimiento.

Él se incorporó con un ágil movimiento. Se acercó a la mesa, cogió su suave chaqueta y se la tendió.

—Ten.

Honoria la miró, desafiando el deseo casi insoportable de fijarse en su torso en vez de hacerlo en la prenda. Tragó saliva, negó con la cabeza y luego lo miró directamente a la cara.

—No, no la necesito. Lo que ocurre es que acabo de despertar. No tengo frío. —Esto último era cierto, ya que el fuego calentaba toda la habitación.

Él arqueó despacio una ceja y sus ojos verdes no dejaron de mirarla; luego, la otra ceja se unió a la primera. Se encogió de hombros.

—Como quieras.

Volvió a ocupar su sitio en la vieja silla tallada y miró alrededor. Sus ojos se demoraron en la figura yacente cubierta con la manta. Después, recostándose en la silla, la miró y dijo:

—Sugiero que durmamos todo lo que podamos. Por la mañana, la tormenta habrá pasado.

Honoria asintió, aliviada al ver que se ponía la chaqueta sobre aquel inquietante pecho. Diablo apoyó la cabeza en el respaldo y cerró los ojos. Sus pestañas formaban crecientes de luna negros sobre sus pómulos prominentes. La luz centelleaba sobre las austeras planicies de su rostro, un rostro duro pero no insensible. El contorno sensual de sus labios contradecía la aspereza de su mandíbula y el arco elegante de sus cejas acentuaba su ancha frente. Unos mechones indómitos de cabello negro azabache enmarcaban el conjunto. Honoria sonrió y cerró los ojos. Ese hombre tenía que haber sido un pirata.

Como el cansancio le empañaba los pensamientos y el cuerpo se había relajado con el calor del fuego, no le resultó difícil regresar a los sueños.

Sylvester Sebastian Cynster, sexto duque de St. Ives, conocido como «ese diablo de Cynster» por un puñado selecto de servidores, como «Diablo Cynster» por las gentes de buen tono, y simplemente como «Diablo» por sus amigos íntimos, contemplaba a su futura esposa con los ojos entrecerrados. ¿Qué debía de saber su madre, la duquesa madre, de Honoria Prudence Anstruther-Wetherby?

Ese pensamiento casi lo hizo sonreír, pero el manto oscuro que colgaba sobre su mente no permitió que sus labios se curvaran. Para la muerte de Tolly sólo había una respuesta: se haría justicia, pero la venganza movería la espada. Ninguna otra cosa lo aplacaría ni a él ni a los demás hombres de su clan. Pese a su propensión a la imprudencia, los Cynster morían en la cama.

Sin embargo, vengar la muerte de Tolly significaría enterrar el pasado. Ese día había doblado un nuevo recodo en su camino; su compañera para el trecho siguiente se movía, inquieta, en el sillón de orejas que tenía delante.

Diablo vio que se tranquilizaba y se preguntó qué estaría turbando sus sueños. Él mismo, seguramente. Ella lo turbaba a él y le era imposible conciliar el sueño.

Cuando salió de La Finca esa mañana, no sabía que andaba buscando una esposa. En cambio, el destino sí lo sabía. Había puesto a Honoria Prudence en su camino de tal forma que él no había podido limitarse a adelantarla y dejarla atrás. El desasosiego que lo invadió recientemente parecía de una sola pieza y formaba parte de los planes del destino. Hastiado de las porfías de su última conquista, había regresado a La Finca y mandado un mensaje a Veleta para que lo acompañara a una cacería. Veleta tenía que haberse reunido con él esa tarde. Con todo un día de caza por delante, había ensillado a *Suleimán* y había salido a sus campos.

Sus extensas propiedades nunca le habían fallado a la hora de proporcionarle sosiego. En ellas podía concentrar la mente en quién era o qué era. Entonces estalló la tormenta y atajó por el bosque en dirección a la entrada trasera de La Finca. Eso lo puso en camino hacia Tolly... y hacia Honoria Prudence. El destino no había hecho otra cosa que tejer una bandera roja. Nadie había sugerido nunca que le costase entender las cosas. Se había hecho famoso por saber aprovechar las oportunidades y ya había tomado una decisión con respecto a Honoria Prudence.

Sería la esposa ideal.

Para empezar, era alta, de figura redondeada, ni esbelta ni gruesa, pero claramente femenina. Su cabello castaño claro brillaba exquisitamente, con unas finas hebras que se escapaban del moño que llevaba en lo alto de la cabeza. Su rostro, en forma de corazón, era cautivador, clásico y de huesos hermosos, de nariz recta y pequeña, cejas arqueadas y ancha frente. Tenía labios carnosos y rosados. Los ojos, su rasgo más hermoso, eran grandes, con largas pestañas y de color gris brumoso. Lo que había dicho de su barbilla era cierto: era el único rasgo que le recordaba a su abuelo, no en la forma sino en la determinación que transmitía.

Físicamente, era una proposición muy atractiva ya que había conseguido cautivar su veleidoso interés.

Y lo más importante: era insólitamente juiciosa, no parecía dada a arranques ni a crisis nerviosas. Eso había quedado claro desde el principio, cuando la encontró, alta y erguida, sin encogerse bajo el peso de los epítetos que él tan libremente le lanzó. Luego, ella lo había gratificado con una mirada que su madre no habría podido mejorar y lo había encaminado al problema.

Su valentía lo impresionó. En vez de ponerse histérica, algo que las damas de alta cuna solían hacer al encontrarse a un hombre desangrándose en el camino, Honoria había sido ingeniosa y práctica. A Diablo no se le escaparon sus esfuerzos por dominar el miedo que le producía la tormenta y él había hecho todo lo posible por distraerla. Las respuestas instantáneas a sus órdenes —casi había visto erizarse el vello de su nuca— habían hecho que distraerla fuese tarea fácil. Haberse quitado la camisa tampoco estuvo mal.

Sus labios se curvaron pero los apretó con firmeza. Eso, por supuesto, era otra buena razón para seguir los consejos del destino.

Durante los últimos diecisiete años, pese a todas las distracciones que las damas habían querido proporcionarle, su instinto básico había permanecido sujeto a su voluntad de una manera cabal y absoluta.

Sin embargo, Honoria Prudence parecía haber establecido un vínculo directo con esa parte de su mente que, como ocurría con todos los hombres del clan Cynster, andaba siempre en busca de posibles candidatas. Era el cazador que había en él. Normalmente, esa actividad no lo distraía de cualquier otra cosa que se llevase entre manos. Sólo permitía que su naturaleza cazadora se manifestase cuando realmente podía ocuparse de ella.

Ese día había tropezado más de una vez con sus apetitos lascivos.

Su pregunta sobre los calzoncillos era un ejemplo de ello y, si bien había distraído a Honoria quitándose la camisa, ese acto, a su vez, lo había distraído a él. Había notado su mirada, una sensación que no experimentaba desde hacía mucho tiempo. Con treinta y dos años, se creía inmune, endurecido, demasiado experimentado para caer víctima de sus propios deseos.

Era de esperar que, cuando hubiese poseído a Honoria unas cuantas veces, varias decenas tal vez, ese desasosiego pasase. El que fuera nieta de Magnus Anstruther-Wetherby, una nieta especialmente rebelde, sería la guinda que coronaría su pastel de bodas. Diablo saboreó aquel pensamiento.

No le había dicho, por supuesto, cómo se llamaba. De haberlo hecho, ella no se habría dormido. Había advertido casi al instante que Honoria no sabía quién era. No había ninguna razón para que debiera reconocerlo. En cambio, sí reconocería su nombre.

Su peculiar profesión le permitía estar al día de los cotilleos de las buenas familias, no tenía duda sobre eso, por lo que, si le hubiera dicho su nombre, ella habría establecido el parentesco y reaccionado en consecuencia. Eso hubiese resultado exasperante para ambos.

Convencerla de que no había ninguna razón para preocuparse le habría costado un gran esfuerzo que, en esos momentos, no podía hacer. Todavía tenía que afrontar el asesinato de Tolly, y para ello necesitaba calma y compostura. La actitud directa de Honoria y su sentido práctico, casi digno de una esposa, le había resultado alentador y extrañamente reconfortante.

El fuego brilló iluminando el rostro de la muchacha. Diablo estudió la delicada curva de su mejilla y se fijó en la vulnerable ternura de sus labios. Le revelaría su identidad por la mañana. ¿Qué diría ella? Las posibilidades, pensó, eran muchas. Cuando se dedicaba a sopesar las más probables, Honoria emitió un gemido y se irguió en el sillón.

Diablo abrió los ojos del todo y advirtió que la tormenta había recobrado su ferocidad. Los truenos retumbaban cada vez más cerca. El viento se alzó en un repentino aullido y se produjo un fuerte crujido en las vigas.

Honoria contuvo una exclamación y se puso en pie. Con los ojos cerrados y los brazos extendidos, caminó hacia delante.

Diablo se levantó y, agarrándola por la cintura, la desvió de la chimenea.

Con un sollozo de dolor, Honoria se volvió y se lanzó a sus brazos, a los que se cogió con fuerza al tiempo que apoyaba la mejilla en su pecho. Instintivamente, Diablo la abrazó y sintió los sollozos que la contraían. Retrocedió un paso, perdió el equilibrio y se sentó en la vieja silla.

Honoria no se soltó y lo siguió en su caída. Recogió las piernas y se acurrucó en su regazo sollozando en silencio.

Diablo inclinó la cabeza y miró su rostro. Tenía los ojos cerrados, pero no con fuerza. Las lágrimas surcaban sus mejillas y, sin embargo, estaba dormida.

Honoria tembló, atrapada en su pesadilla. Intentó tragarse un sollozo pero otro se formó en su lugar.

Al observarla, Diablo sintió un profundo dolor removerse en su pecho. Las lágrimas se formaban bajo sus párpados, se acumulaban y luego resbalaban despacio por sus mejillas.

Se le encogió el estómago. Con suavidad, volvió la cabeza de Honoria hacia arriba. La muchacha no se despertó y las lágrimas continuaron brotando.

Diablo no pudo soportarlo. Agachó la cabeza y apoyó los labios sobre los de ella.

Atrapada en un dolor tan negro, tan denso que ni siquiera los relámpagos podían atravesarlo, Honoria sintió la calidez y la firmeza de unos labios. La inesperada sensación la sorprendió y la liberó de su pesadilla. La negrura retrocedió, se apartó y recuperó el aliento.

Unos dedos fuertes se curvaban alrededor de su mandíbula. Los labios que la habían sorprendido regresaron y la calidez llenó todo su ser, alejando el frío de la muerte. Aquellos labios seguían pegados a los suyos, tranquilizadoramente vivos, el vínculo entre un sueño y el siguiente. Pasó de la pesadilla a una sensación de paz, de estar a gusto y segura gracias a la fuerza que la rodeaba y a los latidos de un corazón que no era el suyo.

No estaba sola en la desgracia. Allí había alguien que le daba calor y que mantenía los recuerdos a distancia. El hielo de sus venas se derritió, sus labios se suavizaron y, con un titubeo, devolvieron el beso.

Diablo controló sus instintos justo antes de que se disparasen. Ella seguía dormida y lo último que quería era despertarla y que se asustase. La batalla para resistirse a sus demonios, que clamaban que profundizase en la caricia y la convirtiese en algo que distaba mucho de un beso inocente, era furiosa, tan feroz como la tormenta. Venció, pero el esfuerzo lo dejó tembloroso.

Ella se apartó. Diablo alzó la cabeza y la oyó susurrar algo. Luego, los labios esbozaron una sonrisa inequívocamente femenina, se movió y se acurrucó en su regazo.

Diablo contuvo una exclamación y se mordió el labio.

Honoria volvió a apoyar la mejilla contra su pecho y durmió tranquila, sin agitación.

Al menos había conseguido que no llorase más. Con la mandíbula apretada, Diablo se recordó que era eso, y sólo eso, lo que pretendía. Gracias al destino, tendría todo el tiempo del mundo para pedir su recompensa por el daño que ella le estaba causando, para pedir un premio a la altura de su extraordinaria rectitud. Por una vez, su halo debía estar reluciente.

Pasó algo más de media hora pensando en otras cosas hasta que consiguió relajarse. Ella ya estaba profundamente dormida. Se movió con cuidado para acomodarse mejor y entonces advirtió que el fuego se estaba apagando. Cogió su chaqueta y la echó por los hombros de su futura esposa.

Luego, con una sonrisa en los labios, apoyó la cabeza en el respaldo de la silla y cerró los ojos.

Diablo despertó con la cabeza sobre los rizos de Honoria.

Parpadeó. La luz del sol se colaba entre los postigos. Ella seguía profundamente dormida, acurrucada contra él, con las piernas recogidas sobre sus muslos. Entonces oyó el sonido de cascos que se acercaban. Tenía que ser Veleta, que iba en su búsqueda.

Se incorporó e hizo una mueca de dolor cuando sus doloridos músculos protestaron. Su futura esposa no se movió. Tomándola en sus brazos, se puso en pie. Honoria murmuró entre dientes y volvió a apoyar la cabeza en su hombro. Él la depositó cuidadosamente en el sillón de orejas, arropándola con la chaqueta. Ante el contacto de la fría tela, ella frunció el entrecejo unos instantes pero luego sus facciones se relajaron y volvió a caer en un profundo sueño.

Diablo se desperezó. Después, pasándose los dedos por el pecho, se dirigió a la puerta y la abrió bostezando.

—¡Por el infierno y el diablo! —maldijo entre dientes al ver a sus visitantes. Había estado en lo cierto con respecto a Veleta, su primo, que, montado en un caballo negro, se detenía ante la casa. A su lado se detuvo otro caballero. Con el rostro inexpresivo, Diablo saludó con la cabeza a Charles, su único primo mayor que él y hermanastro de Tolly.

Sin embargo, eso no era lo peor. Por el otro camino avanzaban cuatro caballos al trote, con lord Claypole, lady Claypole y dos mozos de cuadras.

—¡Alteza! Qué sorpresa encontrarlo aquí... —Lady Claypole, una mujer de rasgos angulosos y cabello rizado, apenas miró a Veleta y a Charles antes de posar su mirada en Diablo con sus prominentes ojos azules.

—La tormenta me impidió volver a casa —dijo Diablo. Apoyó un brazo en el quicio de la puerta y llenó todo el umbral.

—¿De veras? Ha sido una noche espantosa. —Lord Claypole, un caballero bajo y rechoncho, detuvo su montura—. ¿Puedo preguntarle, Alteza, si ha visto a nuestra institutriz? Ayer tomó la calesa para ir a Somersham, pero la calesa regresó a casa sin ella y no hemos vuelto a saber nada.

—La tormenta era muy fuerte —dijo Diablo, inexpresivo.

—Sí, mucho. —Lord Claypole asintió con vehemencia—. Supongo que el caballo se asustó y volvió a casa como una exhalación. Un animal cabezota. Creo que encontraremos sana y salva a la señorita Wetherby en la vicaría. —Su señoría miró a su esposa, aún absorta en la visión de Diablo—. ¿No crees, querida?

—Oh, estoy segura de que está bien. —Lady Claypole se encogió de hombros—. Qué desconsiderado por su parte habernos hecho pasar este apuro. —Dirigió una lánguida sonrisa a Diablo y luego señaló a los mozos de cuadras—. Pensábamos organizar una búsqueda, pero creo que milord tiene razón. Debe de estar refugiada en la vicaría. La señorita Wetherby —le informó— llega con las más altas recomendaciones.

—¿De veras? —Diablo arqueó las cejas.

—Me las ha dado la señora Acheson-Smythe. Del más alto nivel, muy exclusivas. Como es de suponer, cuando supo de mi Melissa, rechazó todas sus demás ofertas y... —Se interrumpió con sus protuberantes ojos abiertos como platos. Miraba más allá del hombro desnudo del hombre y se había quedado boquiabierta.

Diablo bajó el brazo con un suspiro y se volvió para ver la aparición de Honoria. Se acercó a él, parpadeando de sueño, con una mano a la espalda y la otra apartándose unos rizos errantes de la cara. Sus párpados se veían pesados, llevaba el moño medio suelto y de él se soltaban unas hebras castañas teñidas de dorado que formaban como un aura alrededor de su cabeza. Estaba deliciosamente desaliñada y con las mejillas algo sonrosadas, como si ambos se hubiesen estado divirtiendo como los Claypole imaginaban.

Honoria miró hacia fuera y se quedó inmóvil. Luego se enderezó, con una fresca elegancia y sin señal de consternación en el rostro. Diablo frunció los labios en señal de aprobación y reconocimiento.

—Y bien, señorita...

El tono estridente de lady Claypole rezumaba indignación y rabia. Diablo la fulminó con una mirada tan clara y directa que cualquier persona mínimamente inteligente la habría tomado como una advertencia, pero la dama no era tan aguda.

—Un buen lío, claro que sí. Bien, señorita Wetherby, si es esto a lo que se dedica cuando dice que va a ver al vicario, ¡no vuelva a poner los pies en la mansión Claypole!

—Ejem. —Más atento que su esposa, lord Claypole le tiró de la manga—. Querida...

—¡Cómo pueden haberme aconsejado tan mal! ¡La señora Acheson-Smythe me va a oír!

—¡No! De veras, Margery. —Advirtiendo la cara de Diablo, lord Claypole intentó impedir que su esposa cometiera un suicidio social—. Eso no será necesario.

—¿No? —Lady Claypole lo miró como si se hubiera vuelto loco. Se libró de sus manos y, muy erguida, anunció—: Si nos hace llegar su nueva dirección, le mandaremos su equipaje.

—Qué amable... —El murmullo ronroneante de Diablo contenía acero suficiente para conseguir lo que lord Claypole no había logrado—. Mande el equipaje de la señorita Anstruther-Wetherby a La Finca.

Se produjo un largo silencio.

—¿Anstruther-Wetherby? —repitió lady Claypole, inclinándose hacia delante.

—¿La Finca? —repitió Charles Cynster. Su caballo se movía y hollaba el suelo.

—¿Es eso cierto, señorita? —lo interrumpió de repente lady Claypole, mirando a Honoria—. ¿O no es más que una mentira que ha conseguido hacer tragar a Su Alteza?

¿Su Alteza? Por un instante, la mente de Honoria se arremolinó. Miró de soslayo al diablo que tenía a su lado y sus ojos se encontraron fugazmente con la frescura verde de los suyos. En ese momento lo habría dado todo por quedarse a solas y poder hablarle como se merecía. En cambio, alzó la barbilla y miró a lady Claypole con calma.

—Como Su Alteza ha creído oportuno comunicarle —dijo, con un leve énfasis en el título—, soy una Anstruther-Wetherby. Para no despertar intereses descorteses o injustificados, he decidido no utilizar ese apellido.

—No sé cómo voy a contárselo a mis hijas. —El comentario del apellido no había conseguido sacarla de sus trece.

—Le sugiero, señora —intervino Diablo mirándola al tiempo que tomaba de la mano a Honoria y le apretaba los dedos en señal de aviso antes de llevárselos a los labios—, que les diga a sus hijas que han tenido el honor de haber sido instruidas, aunque haya sido por tan poco tiempo, por mi duquesa.

—¡Su duquesa!

La exclamación estalló en tres gargantas. De la nobleza, el único que permaneció en silencio fue Veleta Cynster.

La mente de Honoria se arremolinó otra vez y Diablo le apretó los dedos con más fuerza. Con expresión serena y una leve sonrisa miró el rostro de su supuesto prometido.

—¿En serio, Su Alteza? Es imposible que haya decidido eso. —Lady Claypole había palidecido—. Este asunto no merece ningún sacrificio. Estoy segura de que la señorita Wetherby estará encantada de llegar a alguna clase de acuerdo...

Su voz se interrumpió, silenciada por la expresión de Diablo. Durante un largo momento la traspasó con sus ojos verdes y luego miró a lord Claypole con la misma frialdad.

—Esperaba, milord, que usted y su esposa recibieran con aprobación a mi duquesa. —Las graves notas de su voz transmitían amenaza.

—Pues claro que sí —replicó lord Claypole tras tragar saliva—, sin dudarlo, en absoluto. —Agarró las riendas y alargó el brazo hacia su esposa—. Felicidades y todo eso. Ahora creo que deberíamos marcharnos. Si Su Alteza nos disculpa... Vamos, querida. —Con un tirón de las riendas, volvió su caballo y el de su mujer. El grupo se marchó del claro a toda prisa.

Aliviada, Honoria estudió a los otros jinetes. Le bastó una mirada para identificar al más cercano como familiar del... del duque llamado Diablo. Su mente tropezó con ese pensamiento pero no podía establecer el parentesco. El caballero en cuestión volvió la cabeza. Con las manos perezosamente cruzadas en la perilla de la montura, era increíblemente atractivo. Su tez, cabello y cejas eran menos espectaculares que los de Diablo, pero era de su misma estatura y casi tan corpulento. Compartían un rasgo peculiar: el simple acto de volver la cabeza tenía la misma elegancia que los movimientos de Diablo, una gracia masculina que excitaba los sentidos.

La mirada del jinete se posó en ella, una mirada cabal, y luego, curvando los labios en una sutil sonrisa, miró a Diablo.

—Veo que no necesitas ser rescatado. —El tono de voz y los modales confirmaron el parentesco.

—No, no necesitamos rescate. Ven, pasa. Ha ocurrido un accidente.

La mirada del jinete se aguzó. Honoria habría jurado que entre los dos se había producido una comunicación tácita. Sin decir palabra, el caballero desmontó.

Su compañero seguía en su montura. Se trataba de un viejo con cabello claro y ralo, de complexión fuerte, el rostro redondo y las facciones más carnosas que las aguileñas de los otros dos hombres. Miró a Diablo a los ojos y finalmente también desmontó.

—¿Quiénes son? —preguntó Honoria en un susurro, mientras el primer hombre se acercaba a la puerta tras haber atado al caballo.

—Otros dos primos míos. El que se acerca es Veleta. Al menos, así le llamamos. El otro es Charles, hermano de Tolly.

—¿Hermano? —Honoria comparó la figura de aquel tipo corpulento con la del joven muerto.

—Hermanastro —corrigió Diablo. La tomó por el codo y la llevó consigo.

Había pasado mucho tiempo desde que alguien la obligara físicamente a hacer algo, y desde luego era la primera vez que un hombre se atrevía a ello. La presunción de Diablo la dejó sin palabras. Su don de mando era tan poderoso que resultaba imposible desobedecerlo. El corazón de Honoria, que finalmente se había serenado después del impacto de que él le besara los dedos, se aceleró de nuevo.

A cinco pasos de la puerta, se detuvo, la soltó y la miró.

—Espera aquí; puedes sentarte en ese tronco. Tal vez tardemos un poco.

Por un instante ella estuvo a punto de rebelarse. Pero tras aquellos ojos verdes había algo implacable, algo que daba órdenes con la absoluta certeza de que serían obedecidas. Estuvo tentada de desafiar ese algo y desafiarlo a él, de objetar sus perentorio mandato. Sin embargo, sabía lo que había dentro de la cabaña.

—Muy bien —dijo a regañadientes y asintiendo con la cabeza.

Se volvió, con las faldas arremolinándose, y Diablo la contempló dirigirse hacia el tronco apoyado en unos maderos. De pronto se detuvo y, sin volver la cabeza, volvió a asentir y añadió:

—Su Alteza.

Con la mirada clavada en sus oscilantes caderas, Diablo la vio reanudar el paso y su interés por ella aumentó sensiblemente. Hasta ese día, a ninguna mujer le había pasado por la cabeza siquiera cuestionar sus órdenes. Diablo sabía perfectamente que eran autocráticas. Honoria las había cuestionado e incluso había estado a punto de no cumplirlas. De no haber sido porque Tolly estaba de cuerpo presente en la cabaña, lo habría hecho.

Cuando ella llegó al tronco, Diablo se volvió satisfecho. Veleta lo esperaba en el umbral.

—¿Qué ha pasado?

—Tolly ha muerto. Le han disparado —respondió Diablo con el rostro endurecido.

—¿Quién? —preguntó Veleta.

—Eso todavía no lo sé —repuso Diablo, mirando acercarse a Charles—. Entra.

Se detuvieron en semicírculo a los pies del burdo camastro y contemplaron el cuerpo de Tolly. Veleta había sido lugarteniente de Diablo en Waterloo y Charles su ayudante. Habían presenciado la muerte muchas veces, pero estar familiarizados con ella no suavizaba el golpe. Con una voz vacía de emoción, Diablo relató todo lo que sabía. Repitió las últimas palabras de Tolly. Charles, completamente inexpresivo, se fijó en cada sílaba. Luego se produjo un largo silencio. A la luz que se colaba por la puerta, el cadáver de Tolly se veía más fuera de lugar que la noche anterior.

—¡Dios mío, Tolly! —exclamó Charles con voz entrecortada. Se cubrió el rostro con una mano y se hundió en el borde del jergón.

Diablo apretó la mandíbula y los puños. La muerte ya no tenía la capacidad de pasmarlo. El dolor estaba ahí, pero le daría rienda suelta en privado. Era el jefe de su clan y su principal deber era mandar. Era lo que esperaban de él y lo que esperaba de sí mismo. Y además, tenía que proteger a Honoria Prudence.

Ese pensamiento le dio fuerzas y lo ayudó a librarse de la vorágine de congoja que asolaba su mente. Respiró hondo, retrocedió y se retiró hasta el espacio delante de la chimenea.

Al cabo de unos minutos, Veleta se reunió con él y miró hacia la puerta.

—¿Lo encontró la mujer? —preguntó.

—Por suerte —asintió Diablo—, no es de las que se ponen histéricas. ¿Qué está haciendo Charles aquí? —preguntó en voz baja.

—Cuando llegué, me lo encontré en La Finca. Dijo que había seguido a Tolly hasta aquí por una cuestión de negocios. Llamó a los aposentos de Tolly pero el viejo Mick le dijo que Tolly había salido hacia aquí.

—Pues sí, aquí está —replicó Diablo con una mueca.

—¿Dónde está tu camisa? —preguntó Veleta, mirando su torso desnudo.

—Es el vendaje. —Suspiró y se irguió—. Llevaré a la señorita Anstruther-Wetherby a La Finca y mandaré un carro.

—Y yo me quedaré y velaré el cadáver. —Una media sonrisa rozó los labios de Veleta—. Siempre te tocan los mejores papeles.

—Éste me llega con una bola y una cadena —replicó Diablo con otra media sonrisa.

—¿Hablas en serio?

—Más que nunca. —Diablo miró el jergón—. Vigila a Charles.

Veleta asintió.

La luz del sol casi lo cegó. Diablo parpadeó y miró hacia el tronco. Estaba vacío. Soltó una maldición y un terrible pensamiento cruzó su mente. ¿Y si Honoria había intentado montar a *Suleimán?* El corazón le palpitó repentinamente. Con los músculos tensos, corrió hacia el establo cuando vio algo que se movía.

Honoria no había ido al establo. Con los ojos acostumbrándose a la luz, Diablo la vio caminar nerviosa de un lado a otro del tronco. La falda color pardo se mezclaba con los troncos de los árboles y la había camuflado por un momento. Su temor disminuyó y la miró con detenimiento.

Honoria lo notó. Alzó los ojos y lo vio, desnudo de cintura para arriba, la mismísima imagen de un bucanero que la miraba, inmóvil, con irritación en cada uno de sus rasgos. Sus ojos se encontraron por un momento y ella apartó la mirada. Con la barbilla alzada, se sentó decorosamente en el tronco.

Diablo esperó sin desviar sus penetrantes ojos verdes

y luego, al parecer satisfecho de que ella se quedase donde él había dicho, se encaminó hacia el establo.

Honoria apretó los dientes y se dijo que él no le importaba. Era un experto en manipulación e intimidación, pero a ella eso no le preocupaba. Iría a esa finca suya, esperaría que llegase su equipaje y luego se marcharía. Podría dedicar su tiempo a conocer a la duquesa madre.

Por lo menos había resuelto una parte del misterio que la carcomía: había conocido al escurridizo duque. La imagen que había llevado en la mente durante los tres últimos días, la imagen que lady Claypole había pintado, de un noble retirado, blando y retraído, había vuelto a formarse. Pero esa imagen no encajaba con la realidad. El duque llamado Diablo no era blando ni retraído. Era un tirano de primera clase. Y en lo que se refería a la afirmación de lady Claypole según la cual él se encontraba atrapado en su círculo de amistades, la dama estaba muy equivocada.

Aun así, había conocido al duque aunque todavía no supiera su nombre. En cambio, le costaba creer que la idea de presentarse a sí mismo no le hubiese pasado por la cabeza en algún momento de las últimas quince horas.

Honoria se revolvió, echando de menos su enagua. El tronco era áspero y rugoso y le aguijoneaba las carnes. Desde donde estaba, veía la entrada del establo y, por las sombras que se movían en él, supuso que Diablo estaba ensillando a su demoníaco caballo. Probablemente iría hasta La Finca y ordenaría transporte para ella y el cuerpo de su primo.

Viendo cerca el final de su inesperada aventura, se permitió unos minutos de reflexión. Para su sorpresa, su mente se llenó de ideas sobre Diablo. Era arrogante, altanero, dominante, y la lista de adjetivos podía continuar, pero también era asombrosamente atractivo, podía ser cautivador si lo deseaba y, sospechó, poseía un diabólico sentido del humor. Había visto al duque lo bastante para que se hubiera ganado su respeto y lo suficiente al hombre para sentir una atracción visceral.

Sin embargo, no deseaba pasar demasiado tiempo en compañía de un tirano llamado Diablo. Los caballeros como él eran muy agradables siempre que mantuviesen una respetuosa distancia y no fueran parientes.

Había llegado a esta firme conclusión cuando él reapareció, llevando a *Suleimán*. El semental estaba asustadizo y el hombre sombrío. Al verlo acercarse, Honoria se puso en pie.

Se detuvo ante ella, con *Suleimán* a su lado. Como tenía el tronco detrás, Honoria no pudo retroceder. Antes de que pudiera moverse de lado, Diablo se enrolló las riendas en el puño y alargó el brazo para agarrarla.

Cuando ella advirtió sus intenciones, ya estaba precariamente montada de lado en el lomo de *Suleimán*. Se sujetó de la perilla y exclamó:

—¿Qué demonios...?

—Te llevo a casa —le dijo él, mirándola con impaciencia y ceño.

—¿Me lleva a su casa, a La Finca? —Honoria parpadeó. En las palabras de Diablo había algo que no le gustó.

—La Finca de Somersham. —Diablo se agarró a la perilla. Como Honoria iba en la parte delantera de la montura, él no tenía intención de utilizar los estribos.

—¡Espere! —dijo Honoria con los ojos como platos.

—¿Qué? —Su manera de mirarla sólo podía proceder de un hombre impaciente.

—Se olvida de la chaqueta. Está en la cabaña. —Honoria intentó contener el pánico que le producía la idea de notar su pecho desnudo presionado contra su espalda, ni siquiera a un palmo de distancia.

—Veleta la traerá.

—¡No! ¿Quién ha visto nunca a un duque cabalgando con el pecho desnudo a campo traviesa? Bueno, quiero decir que podría resfriarse. —Horrorizada, Honoria vio que aquellos ojos verde pálidos veían mucho más de lo que ella pensaba.

—Pues tendrás que acostumbrarte —le sugirió él sosteniéndole la mirada. Luego, de un salto, montó en la silla detrás de ella.

4

El único consuelo que Honoria encontraba en su posición a lomos de *Suleimán* era que su torturador, tras ella, no le veía la cara. Por fortuna, no veía el rubor que le teñía no sólo las mejillas sino también el cuello. Diablo notó su rigidez justo en el instante en que montó en la silla tras ella, la envolvió con un brazo musculoso y la atrajo hacia sí.

En el preciso momento en que él la había tocado, Honoria había cerrado los ojos y el pánico le había impedido gritar. Por primera vez en su vida, pensó que iba a desmayarse. La acerada fuerza que la rodeaba era irresistible y, cuando consiguió controlar sus ardientes sensaciones y pudo pensar racionalmente otra vez, ya salían del sendero y tomaban el camino.

Honoria miró alrededor, luego hacia abajo y se agarró al brazo que la sujetaba por la cintura.

—No te muevas y no te caerás —dijo él.

Ella puso unos ojos como platos. Sentía todas las palabras que él decía. También sentía un penetrante calor que emanaba del pecho, los brazos y los muslos de Diablo. En cualquier parte que la rozasen, su piel se encendía. Recorrían de vuelta el camino que ella había hecho con la calesa. La curva cerrada quedaba justo delante.

—¿La Finca de Somersham es su residencia principal?

—Es mi casa. Mi madre pasa en ella casi todo el año.

No había duque de Somersham. Cuando doblaron la curva, Honoria decidió que ya tenía bastante. Sus caderas y nalgas estaban firmemente apretadas entre los duros muslos de Diablo. Se hallaban cada vez más cerca y ella ni siquiera sabía su nombre.

—¿Qué título tiene?

—Títulos. —El semental intentó desviarse hacia un lado del camino pero Diablo se lo impidió con firmeza—. Duque de St. Ives, marqués de Earith, conde de Strathfiel, vizconde de Wellsborough, vizconde de Moreland...

La lista continuó. Honoria se inclinó contra su brazo para poder verle la cara. Cuando acabó de enumerar sus títulos, habían pasado ya por el lugar de la tragedia del día anterior y doblaban el recodo siguiente. Él bajó la mirada y ella, con los ojos entrecerrados, le preguntó:

—¿Ya ha terminado?

—En realidad no. Ésa es la letanía que me hicieron aprender cuando llevaba pantalón corto, pero hay adiciones recientes que no sé bien dónde encajan.

Él volvió a bajar la vista y Honoria miró inexpresivamente su pecho. Por fin había comprendido el elusivo parentesco.

«Los Cynster poseen St. Ives», era el verso de una poesía que su madre le había enseñado, en la que se citaban las más antiguas familias de la nobleza. Y si los Cynster aún poseían St. Ives, eso quería decir... De repente, se fijó en los rasgos esculpidos del hombre que la abrazaba con tanta facilidad.

—¿Sois Diablo Cynster?

Sus ojos se encontraron. Mientras ella lo miraba atónita, Diablo arqueó arrogantemente una ceja.

—¿Quieres pruebas de ello?

¿Pruebas? ¿Qué otras pruebas necesitaba? Una mirada a aquellos ojos atemporales que lo sabían todo, en aquel rostro que mostraba una fuerza acerada perfectamente combinada con una sensualidad imperiosa, bastaba para disipar cualquier duda. Honoria miró al frente. Si antes su mente se había quedado aturdida, ahora era un torbellino.

Los Cynster... La nobleza no sería lo mismo sin ellos. Eran una raza aparte: desenfrenada, hedonista, imprevisible. Junto a los mismos antepasados de Honoria, los Cynster habían cruzado el canal con Guillermo el Conquistador, y mientras los de ella habían adquirido poder mediante la política y las finanzas, los de él perseguían lo mismo a través de medios más directos. Eran, y siempre habían sido, los guerreros supremos: fuertes, valientes e inteligentes, hombres nacidos para liderar. A través de los siglos se habían lanzado a cualquier conflicto que tuviesen posibilidad de ganar con una pasión temeraria que hacía que todos sus adversarios sensatos se lo pensaran dos veces. En consecuencia, todos los reyes a partir de Guillermo habían procurado aplacar a los poderosos señores de St. Ives. Por fortuna y a causa de algún extraño giro de la naturaleza, los Cynster eran tan apasionados en la batalla como con la tierra.

Además, por suerte o por predestinación, a su heroísmo en la guerra se unía una capacidad casi sobrenatural de supervivencia. Tras la batalla de Waterloo, en la que tantas familias nobles perdieron varios miembros, se había popularizado una frase nacida del temor respetuoso y del rencor: los Cynster eran invencibles. Siete de ellos habían estado en el campo de batalla y los siete habían regresado, sanos y salvos, con sólo unos pocos rasguños.

También eran invencibles en su arrogancia, un rasgo acicateado por la conciencia de que tenían tanto talento como creían, y esa situación engendraba en mortales menos favorecidos una especie de respeto renuente.

No se trataba de que los Cynster exigiesen respeto, se limitaban a tomarlo como si lo mereciesen.

Aunque sólo fuese verdad la mitad de las historias que se contaban, la generación actual era igual de desenfrenada, hedonista e imprevisible que las anteriores. Y el cabeza actual del clan era el más desenfrenado, hedonista e imprevisible de todos. Era el duque de St. Ives, que la había levantado en volandas para sentarla en el caballo y llevarla a casa. El mismo que le había dicho que se acostumbrara a su torso desnudo, el pirata autócrata que había proclamado sin parpadear que ella sería su duquesa.

De repente, Honoria pensó que tal vez estaba suponiendo demasiado. Las cosas no tenían por qué salir como pensaba. Tampoco le importaba; sabía dónde la llevaba la vida, y la llevaba a África.

—Cuando vea de nuevo a las chicas Claypole —dijo ella tras aclararse la garganta—, tal vez se comporten de una manera descortés. Son hijas de su madre, debo decir.

—Ya te apañarás tú con ellas —replicó Diablo y Honoria sintió que se encogía de hombros.

—Yo no estaré —dijo con firmeza.

—Estaremos aquí muy a menudo. Pasaremos parte del año en Londres y en mis otras propiedades, pero La Finca siempre será nuestra casa. Pero no te preocupes por mí, no soy tan estúpido como para encontrarme con las aspirantes locales decepcionadas sin aprovecharme de tu falda.

—¿Cómo dice? —Honoria se volvió y lo miró.

—Para esconderme detrás —replicó él sosteniéndole la mirada al tiempo que esbozaba una leve sonrisa.

La tentación era demasiado grande.

—Creía que los Cynster eran invencibles —dijo Honoria, arqueando una arrogante ceja.

—El truco está en no exponerse caprichosamente al fuego enemigo —replicó con una brillante sonrisa.

Impresionada por la fuerza de esa huidiza sonrisa, Honoria parpadeó y miró al frente. Al fin y el cabo, tampoco había ninguna razón para que lo mirase innecesariamente a la cara.

—Lamento tener que frustrar sus planes, pero dentro de pocos días me marcharé.

—Lamento tener que contradecirte —la voz de Diablo le llegó en forma de ronroneo en la oreja—, pues vamos a casarnos. Por tanto, no te marcharás a ningún sitio.

Honoria apretó los dientes para controlar los estremecedores cosquilleos que le recorrieron la espalda. Volvió la cabeza y miró aquellos ojos que hipnotizaban.

—Sólo lo ha dicho para picar a lady Claypole. —Al ver que no respondía sino que le sostenía la mirada, Honoria volvió la cabeza, encogiendo altivamente los hombros—. Los caballeros no engañan así a las damas.

El silencio que siguió estaba perfectamente medido para hacerla poner nerviosa. Honoria sabía que, cuando hablase, su voz sería profunda, grave y aterciopelada.

—Yo nunca engaño, al menos con las palabras. Y no soy un caballero, soy un noble, una diferencia que, estoy seguro, conoces muy bien.

Honoria supo lo que eso significaba y, aunque sus entrañas le temblaban, no estaba dispuesta a rendirse.

—No voy a casarme con usted.

—Si eso es lo que piensas, mi querida señorita Anstruther-Wetherby, temo que olvidas unas cuantas cuestiones pertinentes.

—¿Como cuáles?

—Como la noche pasada. Estuvimos juntos bajo el mismo techo, en la misma habitación, sin dama de compañía.

—Sí, pero había un hombre muerto, su primo. Todo el mundo sabe lo mucho que usted lo quería. Con su cuerpo en la cama, nadie imaginará que haya podido ocurrir algo vejatorio. —Convencida de que jugaba una carta ganadora, no le extrañó el silencio que siguió a sus palabras.

Salieron del bosque a la luz de la mañana de finales de verano. Era temprano y el frío de la noche todavía tenía que retirarse. El camino seguía una zanja llena de agua. Al frente y a cada lado se alzaban hileras de árboles retorcidos.

—Quiero pedirte que no menciones cómo encontramos a Tolly, salvo ante el magistrado y la familia, claro.

—¿Qué quiere decir? —preguntó Honoria con ceño.

—Me gustaría que creyesen que lo hemos encontrado esta mañana, ya muerto.

Honoria apretó los labios y vio que sus defensas caían; no podía negarse a su petición, sobre todo porque era nimia.

—Muy bien, pero ¿por qué?

—Cuando se sepa que lo mató un bandolero ya habrá bastante conmoción. Preferiría ahorraros, a ti y a mi tía, la molestia de los interrogatorios. Si se enteran de que murió después de que lo encontráramos, te preguntarán por el caso cada vez que aparezcas en público.

Ella no podía negarse. Sabía que la nobleza disfrutaba con las especulaciones.

—¿Y por qué no podemos decir que ya estaba muerto cuando lo encontramos ayer? —quiso saber Honoria.

—Porque en ese caso será difícil explicar por qué no

te dejé al cuidado del cuerpo y volví a casa para disponer lo necesario.

—Dado que parece impermeable a los elementos, ¿por qué no se marchó cuando murió?

—Era demasiado tarde.

¿Porque su reputación ya estaba mancillada? Honoria se tragó un bufido de impaciencia. Vio un muro de piedra entre los árboles que, al parecer, rodeaba el prado. A lo lejos divisó una casa grande, con el tejado y las ventanas más altas visibles por encima de unos elevados setos.

—De todas formas —prosiguió ella—, lady Claypole estuvo acertada en algo: no hay necesidad de ningún alboroto.

—¿Eh?

—Es muy sencillo. Como lady Claypole no me dará ninguna recomendación, tal vez su madre de usted pueda hacerlo.

—Lo veo difícil.

—¿Por qué? —Honoria se volvió de repente—. Su madre sabe quién soy, del mismo modo que lo sabe usted.

—Precisamente por eso —replicó él, mirándola con sus claros ojos verdes.

Honoria deseó que mirarlo con los ojos entrecerrados surtiera en él algún efecto. Sabía que no era así pero lo intentó de todos modos.

—Dadas las circunstancias, pensaba que su madre haría todo lo posible por ayudarme.

—Estoy seguro de que lo hará y, precisamente por eso, no moverá un solo dedo para ayudarte a encontrar otro empleo como institutriz.

—¿Cómo puede ser tan chapada a la antigua?

—No recuerdo que nunca nadie la haya calificado de ese modo.

—Creo que sería inteligente que me dirigiera más al norte, a la región de los Lagos, tal vez.

Diablo suspiró y ella lo notó.

—Mi querida señorita Anstruther-Wetherby, permite que te aclare algunos detalles. Primero, la historia de que hemos pasado la noche juntos en una cabaña de leñador se sabrá, nada más seguro que eso. Pese a todas las amonestaciones de su azorado esposo, lady Claypole no podrá resistir la tentación de contar a sus amigos el último escándalo en que se ha visto implicado el duque de St. Ives. Todo en absoluto secreto, por supuesto, lo cual garantiza que llegue a todos los oídos de toda la nobleza. Después de eso, tu reputación valdrá menos que un comino. Pese a lo que te digan, nadie creerá en tu inocencia. En estos momentos, tus posibilidades de obtener trabajo en una casa de nivel suficiente para tranquilizar a tu hermano son nulas.

—Me permito informarle, Su Alteza, que no soy una adolescente —hizo una mueca y miró los árboles que se acercaban—, sino una mujer madura con experiencia. No soy una presa fácil.

—Lamentablemente, querida, has confundido causa y efecto. Si hubieses sido una chica recién salida de la escuela, pocos imaginarían que anoche yo hiciera otra cosa que dormir... —Se interrumpió y redujo el paso del caballo al acercarse a los árboles—. De todos es sabido que prefiero desafíos más estimulantes.

—Esto es ridículo —replicó Honoria, enfadada—. Pero si ni siquiera había una cama.

—No hay necesidad de cama, créeme. —El pecho que le rozaba la espalda tembló brevemente.

Honoria apretó los labios y miró los árboles, airada. El camino se dirigía hacia unos muros de piedra de medio metro de grosor y tres metros de alto. Una entrada en forma de arco daba paso a una avenida bordeada de álamos. Entre las hojas que se movían, Honoria divisó la casa. Era enorme. Tenía un bloque central con alas perpendiculares en cada extremo, como una E sin la barra del medio. A un lado se alzaban unos grandes establos. La proximidad de los establos la impulsó a hablar.

—Sugiero, Su Alteza, que nos pongamos de acuerdo en disentir acerca de lo ocurrido la pasada noche. Sé que está preocupado pero no veo ninguna razón para atarme a un matrimonio a fin de evitar unas habladurías que sólo durarán unos meses. Dada su reputación, no puede discutírmelo. —Eso, creyó Honoria, era un toque revelador.

—Mi querida señorita Anstruther-Wetherby —el ronroneo suave y letal sonó en su oreja izquierda y notó un intenso cosquilleo en la espalda—, permite que te aclare una cuestión: no tengo ninguna intención de discutir. Tú, una Anstruther-Wetherby, te has visto en una situación comprometida, por inocente que sea, por mí, un Cynster. Por lo tanto, no hay ninguna duda acerca de lo que corresponde hacer ni puede haber discusión al respecto.

Honoria apretó los dientes con tanta fuerza que le dolió la mandíbula. El esfuerzo por reprimir el estremecimiento que le producía aquel murmullo ronroneante la aturdió hasta que llegaron al arco del establo. Pasaron bajo él, con los cascos de *Suleimán* resonando en los guijarros. Dos mozos de cuadras corrieron hacia ellos pero se detuvieron antes de llegar al animal.

—¿Dónde está Melton?

—No ha regresado todavía, Su Alteza.

Honoria oyó que su salvador —¿o era captor?— maldecía entre dientes. Sin previo aviso, desmontó del caballo tomándola en brazos. Honoria no tuvo tiempo ni de gritar.

Recobró el aliento y advirtió que sus pies aún no tocaban el suelo. Diablo la sostenía contra su cuerpo y Honoria se estremeció de nuevo. Iba a protestar cuando él la dejó en tierra.

Con los labios apretados, se compuso las faldas altivamente. Luego se enderezó y se volvió hacia él, que la tomó de la mano, agarró las riendas y se encaminó hacia el establo, llevándola consigo.

Honoria se tragó la protesta. Prefería ir con él que esperar en el patio del establo, donde sería presa de la curiosidad de los mozos de cuadras. La penumbra, cargada con los olores familiares de heno y caballos, la envolvió.

—¿Por qué no lo cepillan tus mozos? —preguntó.

—Todos le tienen miedo. Sólo puede tocarlo el viejo Melton.

Honoria miró a *Suleimán* y éste le devolvió la mirada.

Su amo se detuvo ante una gran cuadra y entró. Honoria se apoyó contra la puerta de la cuadra. Con los brazos cruzados, sopesó la situación en que se encontraba mientras su captor —estaba cada vez más segura de que ésa era la descripción más exacta de él— frotaba a su temible caballo.

Sus músculos se tensaban y se relajaban. La visión era subyugante. Diablo le había dicho que se acostumbrase a ella. Honoria dudaba de conseguirlo. Él se agachó, se incorporó y con un rápido movimiento pasó al otro lado del caballo. Honoria vio su pecho y tuvo que contener una exclamación. Diablo la miró.

Sus ojos se encontraron brevemente. Honoria desvió la mirada, primero hacia un clavo de la pared, luego hacia las vigas del techo, maldiciéndose por su reacción, al tiempo que deseaba tener un abanico en la mano.

Nunca era aconsejable intimar con autócratas pero,

dado que no tenía opción, necesitó recordarse que era terrible reconocer que él tenía poder sobre ella.

Decidida a mantener el suyo, ordenó calma a su mente. Si Diablo creía que el honor exigía que se casara con ella, tendría que cambiar la manera de abordar la cuestión.

—No me parece justo —dijo— que sólo porque la tormenta me impidiese volver a la mansión y porque me refugiara en la misma cabaña que usted, tenga que cambiar el curso de mi vida. No soy una espectadora pasiva que espera que las cosas vayan ocurriendo. ¡Tengo planes!

—¿Como montar en camello a la sombra de la Esfinge? —ironizó Diablo alzando la vista. La imaginaba en el camello, seguida de un grupo de jeques bereberes que se parecían mucho a él y que también pensaban como él.

—Exactamente. Y explorar Costa de Marfil, otro lugar lleno de aventuras, según me han contado.

Piratas y comerciantes de esclavos. Diablo dejó el cepillo y se secó las manos en los pantalones.

—Pues tendrás que conformarte con convertirte en una Cynster. Nadie ha sugerido nunca que no sea una existencia excitante.

—No voy a casarme con usted.

El destello de sus ojos y la posición de su barbilla indicaban que su mente Anstruther-Wetherby había tomado una decisión. Diablo supo que iba a disfrutar cada minuto que tardara en hacérsela cambiar y se acercó a ella.

Como era de esperar, Honoria no retrocedió ni un paso, aunque él vio que se esforzaba contra el impulso de hacerlo. Sin detenerse, pasó las manos por su cintura y la levantó en volandas para depositarla de nuevo en el suelo, contra la pared junto a la puerta de la cuadra. Con un control encomiable, retiró las manos, sosteniendo la puerta medio abierta con una de ellas y poniendo la otra en la pared, junto al hombro de Honoria.

Sintiéndose enjaulada, ella lo miró con ferocidad. Él intentó no fijarse en el movimiento de sus pechos mientras respiraba hondo.

—¿Tienes algo en contra de esta proposición? —preguntó antes de que ella tuviera tiempo de hablar.

Honoria no apartó sus ojos de los de él ya que todo su campo de visión se había llenado con su masculina desnudez. Cuando el corazón dejó de palpitarle, arqueó las cejas, altiva.

—No tengo ningún deseo de casarme por culpa de unas anticuadas normas sociales.

—¿Ésa es la suma de tus objeciones?

—Bueno, también está África, por supuesto.

—Olvídate de África. ¿Hay alguna otra razón que, en tu opinión, suponga un impedimento a nuestro matrimonio?

Su arrogancia, su autoridad despótica, su pecho desnudo. Honoria estuvo tentada de recitarle toda la lista pero ninguna de sus objeciones constituía un impedimento al matrimonio. Estudió sus ojos en busca de alguna pista que le sirviera de respuesta pero quedó de nuevo fascinada por su extraordinaria palidez. Eran transparentes como estanques de agua verde y clara, con las emociones y los pensamientos destellando como un pez de azogue en sus profundidades.

—No.

—Bien.

Honoria vislumbró en sus ojos algún sentimiento, alivio tal vez, antes de que sus gruesos párpados los ocultaran. Diablo se irguió, la tomó de la mano y anduvo hacia la puerta del establo. Honoria contuvo una maldición, se recogió la falda y lo siguió. Se dirigieron hacia el arco principal. Detrás se alzaba la casa, tranquila bajo el sol matinal.

—Será mejor que des un descanso a tu mente, señorita Anstruther-Wetherby. —La miró, con su rostro duro como el granito—. No voy a casarme contigo por ninguna norma social. Si lo piensas, verás que eso es absurdo. A los Cynster, como bien sabes, las normas sociales nos importan un pimiento. Para nosotros, la sociedad puede pensar lo que quiera pero no puede darnos órdenes.

—Pero... si ése es el caso y, dada su reputación, creo que lo es, ¿por qué insiste en casarse conmigo?

—Porque lo deseo.

Esas palabras constituían una respuesta tan obvia como la sencilla pregunta que se derivaba de ella.

—¿Sólo porque lo desea?

Él asintió.

—¿Y eso es todo?

—Para un Cynster —la mirada que le lanzó estaba destinada a someterla—, ésa es razón suficiente. De hecho, no hay razón mejor que ésa. —Miró de nuevo al frente.

Honoria le preguntó:

—¿Quiere casarse conmigo habiéndome visto ayer por primera vez?

Él asintió de nuevo.

—¿Por qué?

—Necesito una esposa y tú eres la candidata perfecta. —Le lanzó una mirada tan breve que ella no pudo descifrarla. Dicho esto, cambió de dirección y apretó el paso aún más.

—No soy un caballo de competición.

Sus labios se curvaron levemente pero redujo el paso para que ella no tuviera que correr. Habían llegado al sendero de gravilla que bordeaba la casa. Honoria tardó un instante en repetirse la respuesta de Diablo y otro en captar su debilidad.

—Sigue pareciéndome ridículo. Seguro que la mitad de la población femenina de la nobleza espera coger su pañuelo cada vez que usted se suena.

—La mitad como mínimo.

—Entonces ¿por qué yo?

Diablo estuvo tentado de contárselo con todos los detalles. En cambio, apretó los dientes y murmuró:

—Porque eres única.

—¿Única?

Era única porque se atrevía a discutirle las decisiones. Diablo se detuvo, alzó los ojos al cielo como pidiendo fuerzas para tratar con una Anstruther-Wetherby y luego la miró.

—Déjame que lo diga de otro modo: eres una atractiva Anstruther-Wetherby con la que he pasado una noche a solas y con la que aún no me he acostado. —Esbozó una sonrisa—. Supongo que prefieres que nos casemos antes de que lo haga, ¿verdad?

La expresión de aturdimiento de Honoria fue como un bálsamo para el alma de Diablo. Sus ojos grises clavados en los de él se ensancharon más y más. Supo lo que veía: la lascivia que ardía en su interior tenía que reflejarse en sus verdes ojos.

Esperaba que ella se disolviera en parloteos incoherentes. En cambio, Honoria se libró enseguida de su mirada, parpadeó y lo miró con los ojos entrecerrados.

—No me casaré para poder acostarme con usted... Quiero decir que... —Se interrumpió y corrigió—: Para que usted pueda acostarse conmigo.

—Bien —dijo Diablo al ver el rubor que teñía sus mejillas. Le apretó la mano con más fuerza, se volvió y siguió caminando.

Durante el camino de vuelta de la cabaña, Honoria se había movido y retorcido contra su cuerpo y, cuando llegaron al establo, Diablo estaba terriblemente excitado. No sabía cómo había conseguido no tumbarla en el heno para desfogarse, pero ahora tenía una dolorosa jaqueca y, si no seguía caminando, si no seguía haciéndola caminar, la tentación lo asaltaría de nuevo. Cuando doblaban por la esquina de la casa, dijo:

—Tú puedes casarte conmigo por un puñado de razones sensatas y socialmente aceptables. Yo me casaré contigo para tenerte en mi cama.

—Pues eso es... ¡Dios mío!

Honoria se detuvo y miró alrededor con los ojos abiertos como platos. La Finca de Somersham se extendía ante ella, deleitándose en el sol de la mañana. Era una casa enorme, construida un siglo antes con piedra color miel de una elegancia exquisita. Se trataba de una residencia confortable que dominaba un gran jardín. Apenas vislumbró el lago que se extendía al otro extremo del jardín, los robles que bordeaban la curvada calzada de acceso y la pared de piedra sobre la cual colgaban rosas blancas con el rocío brillando en las corolas perfumadas.

En el otro lado del lago se oían parloteos de patos; el aire era fresco y olía a hierba recién cortada, pero lo que más la había impresionado era la casa. Se veía robusta, seductora, con grandeza en cada una de sus líneas aunque los salientes se habían suavizado con el paso de los años. El sol se reflejaba en hileras y más hileras de ventanas con vidrieras emplomadas. Las altas puertas de roble de doble hoja estaban enmarcadas en un pórtico de estilo clásico. Como una encantadora dama ablandada por la experiencia, la casa de Diablo tentaba y cautivaba.

Él le había propuesto hacerla señora de todo aquello.

Ese pensamiento cruzó su mente y aunque sabía que él la estaba mirando, por un momento se permitió imaginar cómo sería. Había nacido, sido criada y preparada para aquello. Ante ella se extendía lo que tendría que haber sido su destino. No obstante, convertirse en su duquesa significaba arriesgar...

«No —se prometió Honoria para sus adentros—. Nunca más.»

Tras cerrar los ojos de la tentación a la casa, respiró hondo y vio la cima blasonada en piedra de la fachada del pórtico, un escudo en el que se veía un ciervo rampante en un campo de flor de lis. Bajo el escudo había un amplio lazo esculpido en piedra con una inscripción. Las palabras estaban en latín y tardó unos instantes en traducirlas.

—¿Tener... y retener?

—Es el lema de la familia Cynster. —Unos dedos fuertes se cerraron alrededor de los suyos.

—¿Adónde me lleva? —Honoria puso los ojos en blanco. Una fuerza irresistible la llevaba hacia las escaleras. En su mente destelló una visión de cortinas de gasa y cojines de seda: la guarida privada del pirata.

—A que conozcas a mi madre. Por cierto, prefiere que la llamen duquesa madre.

—Pero usted no está casado —comentó Honoria frunciendo el entrecejo.

—Todavía. Es su sutil manera de recordarme mi deber.

Sutil. Honoria se preguntó qué haría la dama si quisiera hacer valer sus razones de una manera enérgica. Fuera como fuese, había llegado el momento de dejar en claro sus intenciones. Sería un error cruzar el umbral de aquella puerta, tras el cual, no había duda, Diablo gobernaba como un rey, sin llegar antes a algún acuerdo sobre su futura relación o la ausencia de ella.

Llegaron al porche. Él se detuvo y la soltó. Mirándolo, Honoria se irguió.

—Su Alteza, deberíamos...

Las puertas se abrieron y un mayordomo las sostuvo majestuosamente. Como se le había escapado la oportunidad de hablar con Diablo, Honoria intentó no enfurecerse.

El mayordomo miraba a su señor con una sonrisa de genuino afecto.

—Buenos días, Su Alteza.

—Buenos días, Webster —respondió Diablo.

Honoria no se movió. No iba a cruzar ese umbral hasta que él reconociera el derecho que tenía ella de hacer caso omiso de las normas sociales, igual que hacía él cuando le apetecía.

Con un gesto, él le indicó que entrara y en el mismo instante Honoria notó su mano en la parte trasera de la cintura. Sin las enaguas, sólo una fina capa de tejido separaba la piel de su firme mano. Él no ejerció presión sino que, en una hechizadora búsqueda, recorrió despacio su espalda hacia abajo. Cuando llegó a la curva de sus nalgas, Honoria contuvo una exclamación y se apresuró a cruzar el umbral de la puerta. Él la siguió.

—Ésta es la señorita Anstruther-Wetherby, Webster. —Miró hacia ella y Honoria captó victoria en sus ojos—. Se va a quedar. Su equipaje llegará esta mañana.

—Haré que lleven sus pertenencias a la habitación de huéspedes, señorita —dijo el mayordomo con una marcada reverencia.

Rígida, Honoria asintió con la cabeza. El corazón seguía aleteando en su garganta y sentía calor y frío en los lugares más extraños de su piel. No le pasaba por alto la actitud del mayordomo, que no parecía sorprendido de que su amo fuera sin camisa. ¿Era ella la única que encontraba extraordinario su pecho desnudo? Contuvo su incredulidad, arrugó un poco más la nariz y miró alrededor.

La impresión que causaba la casa desde fuera se mantenía en el interior. El elegante vestíbulo de techos altos estaba iluminado por las claraboyas y ventanas que flanqueaban la puerta principal. Las paredes estaban empapeladas con motivos de flor de lis azul sobre un fondo marfil. Los paneles de madera, todos de roble claro, brillaban suavemente y las baldosas del suelo, azules y blancas, creaban en la estancia un ambiente despejado y ligero. De allí partían unas escaleras de roble barnizado, con el balaustre exquisitamente tallado, que subían en un largo y empinado trecho para después dividirse en dos brazos que llevaban a la galería superior.

Webster informó a su señor de la presencia de sus primos. Diablo asintió lacónicamente y preguntó:

—¿Dónde está la duquesa madre?

—En la sala matinal, su alteza.

—Voy a llevar a la señorita Anstruther-Wetherby con ella. Espérame aquí.

El mayordomo le hizo una reverencia.

Diablo la miró. Con una lánguida elegancia que le puso los nervios de punta, le indicó con un gesto que lo acompañara. En su interior, Honoria seguía temblando y se decía que era de indignación. Cruzó el vestíbulo con la cara en alto.

Las instrucciones dadas al mayordomo le recordaron lo que el enfrentamiento con Diablo había alejado de su mente. A medida que se acercaban a la sala matinal, Honoria pensó que tal vez había estado discutiendo sin que hubiese motivo. Diablo alcanzó el tirador de la puerta, pero antes de abrirla le tomó los dedos y se los apretó. Ella se libró de su mano con un tirón y él la miró con incipiente impaciencia.

—Lo siento —sonrió ella, comprensiva—, lo había olvidado. Debe de estar muy aturdido por la muerte de su primo. —Hablaba en voz muy baja, con tono tranquilizador—. Podemos hablar de todo esto más tarde, pero en realidad, no hay razón para que nos casemos. Me atrevería a decir que, cuando haya superado la conmoción, verá las cosas como yo.

Él le sostuvo la mirada, inexpresivo. Entonces sus rasgos se endurecieron y dijo:

—No cuentes con ello. —Acto seguido, abrió la puerta de par en par y la hizo pasar. La siguió y cerró la puerta a sus espaldas.

Una mujer pequeña y bien proporcionada, con el cabello negro surcado de gris, estaba sentada ante el hogar, con un aro de bordar en el regazo. Alzó la vista y, al tiempo que tendía la mano, esbozó la sonrisa más espléndida y acogedora que Honoria hubiese visto nunca.

—Has llegado por fin, Sylvester. Me preguntaba dónde te habías metido. ¿Y ella quién es?

Los antecedentes franceses de su madre se dejaban sentir en su acento y también en su tez, en el cabello antaño negro como el de su hijo combinado con una piel de alabastro, en los movimientos rápidos y elegantes de las manos, en los rasgos alegres y en la mirada franca y aprobatoria que dedicó a Honoria.

Honoria maldijo para sus adentros las arrugas de su falda y cruzó la sala con la cabeza erguida. La duquesa madre no parecía sorprendida de que su hijo fuera desnudo de cintura para arriba.

—*Maman.* —Para sorpresa de Honoria, su demoníaco captor se inclinó y besó a su madre en la mejilla. Ella aceptó el tributo como si fuese un derecho adquirido. Cuando Diablo se incorporó, lo miró inquisitivamente, de una manera tan imperiosa como la de él arrogante—. Me dijiste que te trajera a tu sucesora cuando la encontrase. Permite que te presente a la señorita Honoria Prudence AnstrutherWetherby. —Dedicó una breve mirada a Honoria—. La duquesa madre de St. Ives. —Volviéndose hacia su madre, añadió—: La señorita Anstruther-Wetherby residía con los Claypole, su equipaje llegará hoy mismo. Os dejaré a solas para que os conozcáis.

Y con una breve reverencia se marchó, cerrando la puerta a sus espaldas. Pasmada, Honoria miró a la duquesa y se sintió aliviada al ver que no era la única que se había quedado pasmada.

Entonces, la duquesa madre alzó la mirada y le dedicó una sonrisa tan cariñosa y acogedora como la que había esbozado al recibir a su hijo. Honoria sintió que la calidez invadía su corazón. La expresión de la duquesa era comprensiva, alentadora.

—Ven, querida mía, siéntate. —Con un gesto, indicó la *chaise* que estaba junto a su silla—. Si has tenido que vértelas con Sylvester, necesitas descansar. A veces es muy irritante.

Honoria contuvo el impulso de expresar su acuerdo con ella y se sentó.

—Tienes que disculpar a mi hijo. Es un tanto... —Hizo una pausa, buscando la palabra adecuada. Esbozó una mueca y dijo—: *Detressé.*

—Creo que tiene muchas cosas en la cabeza.

—¿En la cabeza? —La duquesa arqueó sus finas cejas. Luego sonrió, con los ojos centelleantes fijados nuevamente en Honoria—. Pero ahora, querida, como mi hijo tan *detressé* ha ordenado, tenemos que conocernos. Y como vas a ser mi nuera, te llamaré simplemente Honoria. ¿Te parece bien? —preguntó, arqueando de nuevo las cejas.

—Si así lo desea, señora —respondió Honoria con una sonrisa y dejando de lado la cuestión principal.

—Lo deseo de todo corazón, querida —dijo la duquesa madre con una sonrisa radiante.

5

Tras una hora de sutil interrogatorio, Honoria pudo escapar de la duquesa madre, contenta de que, si bien le había contado la historia de su vida, había conseguido evitar cualquier alusión a la muerte de Tolly.

Fue conducida a una elegante habitación donde se lavó y se cambió de ropa. Con renovada confianza en sí misma, se dirigió a lo que tal vez sería su encuentro con la justicia.

El magistrado ya había llegado y, mientras Diablo hablaba con él, Veleta había comunicado la triste noticia a la duquesa madre. Cuando Honoria entró en el vestíbulo, vio que la duquesa era presa de un ataque histriónico. Si bien era cierto que estaba apenada, el sentimiento principal era de furia e indignación.

—No tienes que disculparte por no habérmelo contado antes —le dijo a Honoria—. Sé lo que ha ocurrido. Como buen Cynster, ese hijo mío tan caballeroso ha querido mantenerme apartada del asunto. Ahora quiero que tú me cuentes los detalles. —Le indicó con un gesto que se sentara.

Honoria lo hizo y, apenas había terminado su relato, un sonido de ruedas en la gravilla indicó que el magistrado se marchaba.

Cuando Diablo regresó, Veleta se dirigió a él:

—¿Cuál es el veredicto?

—Muerte por disparo realizado por una persona desconocida —respondió Diablo mirándolo a los ojos—. Un salteador de caminos, probablemente.

—¿Un salteador de caminos? —repitió Honoria, mirándolo.

—O eso o un cazador furtivo —respondió Diablo, encogiéndose de hombros. Se volvió hacia su madre y añadió—: He mandado llamar a Arthur y Louise.

Lord Arthur Cynster y su esposa Louise eran los padres de Tolly.

A continuación, se produjo una detallada discusión acerca de quién tenía que ser avisado de la muerte del muchacho, las ceremonias a preparar y cómo acomodar a las personas que asistirían, casi todas de la nobleza.

Diablo se encargaría de las dos primeras cuestiones y la duquesa organizaría las habitaciones y las comidas.

Pese a su firme intención de mantenerse al margen de la familia de Diablo, Honoria no pudo permitir que ese peso recayese en los frágiles hombros de la duquesa madre, sobre todo porque su especial preparación le permitiría aligerarle estupendamente bien la carga.

Debido a que era una Anstruther-Wetherby que había presenciado la muerte de Tolly, sería invitada al funeral y tendría que asistir a él por poco que le apeteciese, por lo cual no podría marcharse de La Finca hasta que éste se hubiera celebrado. Así las cosas, no había ninguna razón para no ofrecer su ayuda. Además, permanecer sentada en su habitación mientras todos en la casa trajinaban de un lado a otro no era propio de ella.

Al cabo de unos minutos ya estaba inmersa entre las listas: listas principales, listas derivadas y al final listas de comprobación. El mediodía y la tarde transcurrieron con una intensa actividad.

Webster y el ama de llaves, una mujer de aspecto venerable llamada señora Hull, coordinaron la ejecución de las órdenes de la duquesa.

Una legión de sirvientas y criados abrió y limpió habitaciones largo tiempo no utilizadas y en las granjas cercanas fueron contratados ayudantes para que trabajaran en las cocinas y los establos. No obstante, todo aquel frenesí era callado y sombrío. No se oyó una sola risa ni se vio ninguna sonrisa.

La noche cayó inquieta y agitada.

Al día siguiente, Honoria despertó a un día gris. Sobre La Finca había caído un manto fúnebre que se hizo más denso con la llegada del primer carruaje.

La duquesa salió a recibirlo y llevó a su acongojada hermana política a sus aposentos.

Honoria se escabulló, con la intención de refugiarse en la glorieta que había junto al jardín delantero. Al llegar a la mitad de él, vio a Diablo caminando entre los árboles. Estaba con el capellán Merryweather y un grupo de hombres intentando elegir la ubicación de la tumba. Diablo la vio y ella se detuvo.

Salió de entre los árboles con grandes zancadas; llevaba pantalones de ante y brillantes botas altas, una fina camisa blanca de mangas ondulantes abierta en el cuello y un chaleco de cuero. Pese a una vestimenta que distaba mucho de ser convencional, con sus vistosos colores, se le veía impresionante. Parecía un pirata.

Sus ojos la recorrieron despacio, deteniéndose en la falda gris lavanda, un color muy apropiado para el medio luto. Su expresión era dura e impasible y, sin embargo, Honoria notó que aprobaba el vestido.

—Han llegado sus tíos —le dijo ella.

Diablo no se detuvo y arqueó una ceja.

—Buenos días, Honoria Prudence. —Le tomó la mano, la puso en su brazo y, diestramente, la volvió en dirección a la casa—. Espero que hayas dormido bien.

—Perfectamente, gracias. —Como no tenía opción, Honoria caminó con paso rápido a su lado. Contuvo el impulso de rebelarse.

—Supongo que mamá se ha hecho cargo de mi tía.

Honoria asintió, mirándolo a los ojos.

—En ese caso —añadió él mirando al frente—, necesitaré tu ayuda. —Otro carruaje con crespones negros se dirigía hacia la entrada—. Ésos deben de ser los hermanos pequeños de Tolly.

Miró a Honoria, que respiró hondo e inclinó la cabeza. Con paso cada vez más apresurado, llegaron a la calzada en el instante en que el carruaje se detenía.

Se apeó un muchacho. Con ojos como platos, miró aturdidamente hacia la casa. Entonces oyó los pasos y se volvió. Delgado, esbelto y temblando de emoción, miró a Diablo con un rostro carente de color y los labios apretados. Sus desconsolados ojos brillaron un instante y estuvo tentado de lanzarse a sus brazos. Honoria lo vio reprimir el impulso y recuperar la compostura tragando saliva.

Diablo se acercó al chico y le puso una mano en el hombro, apretándoselo para darle consuelo. Luego miró al interior del carruaje y llamó al resto de ocupantes.

—Venid —dijo.

Primero ayudó a bajar a una muchacha que sollozaba en silencio y luego a la otra. Ambas tenían abundantes rizos castaños y tez delicada. Cuatro enormes ojos azules se llenaron de lágrimas y sus esbeltas figuras temblaron con los sollozos. Tendrían unos dieciséis años, calculó Honoria, y eran gemelas. Sin el menor asomo de timidez o miedo, se agarraron a Diablo, pasándole los brazos por la cintura.

Diablo les rodeó los hombros y se volvió hacia Honoria.

—Ésta es Honoria Prudence, para vosotras la señorita Anstruther-Wetherby. Ella cuidará de ambas. Sabe muy bien lo que se siente cuando se pierde a un ser querido.

Las dos muchachas estaban demasiado compungidas para saludar como era debido. Honoria lo comprendió y, cuando Diablo se apartó de las chicas, ella ocupó su lugar. Les rodeó los hombros y las llevó hacia la casa.

—Vamos —les dijo—. Os enseñaré vuestra habitación. Vuestros padres ya están dentro.

Permitieron que las acompañara escalinata arriba y Honoria advirtió que la miraban con curiosidad.

En el porche, ambas hicieron una pausa y se secaron las lágrimas. Honoria lanzó una rápida mirada a sus espaldas y vio que Diablo, vuelto hacia el jardín, con un brazo en los esbeltos hombros del joven, hablaba con él. Se acercó a las chicas, que estaban temblando y las instó a seguir. Ambas se resistieron.

—¿Tendremos que...? Quiero decir... —Una de ellas la miró.

—¿Tendremos que verlo? —dijo la otra—. ¿Tiene la cara muy desfigurada?

A Honoria se le encogió el corazón y sintió compasión por ellas, una empatía largo tiempo enterrada en su interior.

—Si no queréis, no será necesario —dijo en voz baja y tono tranquilizador—. Pero su aspecto es muy calmado, como fue siempre, supongo. Guapo, relajado y sereno.

Las dos muchachas la miraron con esperanza.

—Yo estaba con él cuando murió —se sintió obligada a añadir Honoria.

—¿Sí? —En el tono de las muchachas había cierto escepticismo juvenil.

—Vuestro primo también estaba.

—Oh. —Ambas volvieron la cabeza para mirar a Diablo y luego asintieron.

—Y ahora, será mejor que os instaléis. —Honoria miró hacia el carruaje y vio que unas doncellas se habían acercado a él y unos mozos desataban el equipaje del techo—. Seguro que os apetece lavaros la cara y cambiaros de ropa antes de que llegue el resto de la familia.

Con sonrisas desvaídas dedicadas a Webster, al que encontraron en el vestíbulo, subieron al piso de arriba.

La estancia asignada a las muchachas estaba al final de un ala. Honoria prometió que pasaría a recogerlas al cabo de un rato, las dejó al cuidado de una doncella y volvió a la planta baja, justo a tiempo de recibir a otros recién llegados.

El resto del día transcurrió volando. Los carruajes llegaron uno tras otro, con damas, caballeros de rígido cuello y numerosos caballeretes sin rango.

Diablo y Veleta estaban en todas partes a la vez. Recibían a los invitados y respondían a sus preguntas. Charles también estaba presente, con rostro inexpresivo y actitud formal.

Honoria se situó junto a la escalinata y ayudó a la duquesa madre a recibir a los familiares y amigos íntimos que iban a alojarse en la gran mansión. Sin moverse del lado de su anfitriona, comprobó que ésta la presentaba de un modo ligeramente vago.

—Y ésta es la señorita Anstruther-Wetherby, que me hace compañía.

La prima Cynster a quien iban dirigidas esas palabras intercambió saludos con Honoria, intrigada. La especulación brilló en sus ojos.

—¿De veras? —Sonrió con gazmoñería y elegancia—. Es un placer conocerla, querida.

Honoria respondió con un murmullo cortés y evasivo. Cuando había ofrecido su ayuda a la duquesa, no había previsto la situación en que eso la pondría, pero ahora no podía volverse atrás. Con una sonrisa en los labios, decidió hacer caso omiso de los tejemanejes de su anfitriona, no sin advertir que era todavía más obstinada que su hijo.

La familia rindió honores al muerto por la tarde. Honoria fue a buscar a las hermanas de Tolly a la habitación distante que les habían asignado.

Estaban esperando, pálidas pero sosegadas, juvenilmente vulnerables en sus trajes de muselina negra. Honoria las estudió con ojos expertos y luego asintió.

—No estáis mal —dijo. Las chicas se acercaron a ella, vacilantes. Era obvio que temían lo que estaba por llegar. Honoria sonrió para darles ánimos—. Vuestro primo no me ha dicho vuestros nombres.

—Yo soy Amelia, señorita Anstruther-Wetherby —dijo la más cercana a ella, haciéndole una reverencia.

—Y yo Amanda —añadió la otra, igualmente elegante, haciendo lo mismo que su hermana.

—Supongo que si os llamo «Amy», responderéis las dos. —Honoria arqueó las cejas.

—Pues sí —reconoció Amelia.

Aquella simple ocurrencia las hizo sonreír.

—¿Es cierto lo que ha dicho Diablo? —preguntó Amanda, poniéndose seria de nuevo—. ¿Sabe lo que es perder a un ser querido?

—Sí —respondió Honoria, mirando sus ojos ingenuos—. Perdí a mis padres. Sufrieron un accidente de carruaje cuando yo tenía dieciséis años.

—¿Murieron los dos? —Amelia parecía pasmada—. Debió de ser terrible, peor que perder un hermano.

Con una cierta rigidez, Honoria inclinó la cabeza.

—Perder a cualquier miembro de la familia siempre es duro, pero cuando nos dejan, tenemos que seguir adelante. Es una deuda que tenemos con ellos, con su recuerdo y con nosotros mismos.

Aquel comentario profundo dejó sorprendidas a las dos chicas, y Honoria las condujo hacia las escaleras camino de la capilla privada situada junto a la galería.

Las gemelas hicieron un alto en la puerta y observaron los negros atavíos de sus tíos y tías y de sus primos más mayores, todos callados y cabizbajos.

Las dos reaccionaron como Honoria esperaba: sus espaldas se pusieron tensas, respiraron hondo, irguieron los hombros y entraron despacio en la silenciosa sala. Tomadas de la mano, se acercaron al ataúd, colocado sobre unos caballetes ante el altar.

Amparada por las sombras de la puerta, Honoria contempló lo que, en esencia, era una escena de su pasado. La sombría paz de la capilla la atrajo e iba a sentarse en el último banco cuando Diablo la vio. Vestido con chaqueta y pantalones negros, camisa blanca y corbata negra, parecía exactamente lo que era: un hombre diabólico y muy guapo y el jefe de su clan. Situado junto al ataúd, arqueó una ceja con una expresión mezcla sutil de invitación y desafío.

Tolly no estaba emparentado con Honoria, pero ella había presenciado su muerte. Dudó un instante y luego siguió a las hermanas de Tolly por el pasillo.

Las gemelas avanzaron, la una pegada a la otra, y se sentaron en el banco contiguo al de su llorosa madre. Honoria se detuvo y miró la inocencia que ni siquiera la muerte podía borrar. Como había dicho a las chicas, el rostro de Tolly estaba relajado y sereno, sin señales de la herida que tenía en el pecho. Sólo la terrible palidez de su piel atestiguaba que no volvería a despertar.

Honoria había visto la muerte otras veces pero nunca como entonces. A los muertos anteriores se los había llevado Dios y, aparte de dolerse por ellos, no había nada que hacer. A Tolly se lo había llevado un hombre y las consecuencias serían por completo diferentes. Frunció el entrecejo.

—¿Qué ocurre? —La voz de Diablo sonó a sus espaldas, grave.

Honoria se volvió y, con ceño, buscó sus ojos. Diablo lo sabía, ¿cómo no iba a saberlo? ¿Por qué, pues...? Un escalofrío recorrió su alma. Tembló y desvió la mirada.

—Ven. —Diablo la tomó por el brazo. Honoria permitió que la llevara hasta un banco. Él se sentó a su lado y ella notó que la miraba pero mantuvo la cabeza gacha.

Entonces la madre de Tolly se puso en pie y, apoyándose en su marido, se acercó al ataúd y depositó una rosa blanca sobre él. La ceremonia había terminado. Mientras salían detrás de la duquesa madre y de los padres de Tolly hacia el salón, nadie dijo nada.

En el vestíbulo principal, Diablo hizo un aparte con Honoria a la sombra de las escaleras. Cuando hubieron pasado los últimos rezagados, dijo en voz baja:

—Lo siento, no tendría que haber insistido. No me di cuenta de que te recordaría a tus padres.

Honoria lo miró a los ojos. No eran buenos para ocultar emociones ya que sus claras profundidades eran demasiado transparentes. En esos momentos, se veían contritos.

—No ha sido eso. Lo que realmente me impresionó... —Honoria hizo otra pausa, buscando sus ojos— fue lo injusto de su muerte. ¿Estás de acuerdo con el veredicto del magistrado? —preguntó, tuteándolo impulsivamente.

—Por completo. —Su rostro se había endurecido

y parecía la máscara de un guerrero. Entrecerró los párpados, ocultando aquellos ojos que todo lo sabían con unas pestañas que eran un aturdidor velo. Con un gesto lánguido, señaló hacia el salón—. Sugiero que nos reunamos con los demás.

Aquella repentina indicación final hizo titubear a Honoria. Con su aplomo habitual, dejó que fuese él quien abriera el camino y luego, cuando vio que tantas miradas se volvían hacia ellos, soltó una maldición para sus adentros.

El que hubiesen entrado juntos, después de los otros invitados, apoyaba la imagen que Diablo y la duquesa madre querían proyectar de ella como prometida del duque. Aquellos matices sutiles eran el pan de cada día entre los nobles. Honoria lo sabía y estaba acostumbrada a utilizar ese tipo de señales para beneficio propio. En aquella ocasión, sin embargo, se encontró enfrentándose a un maestro o, mejor dicho, a dos maestros a la vez. La duquesa no era ninguna principiante en ese juego.

El salón estaba lleno a rebosar de familiares próximos, parientes lejanos y amigos íntimos. Pese a las voces amortiguadas, el rumor era considerable. La duquesa madre estaba sentada en la *chaise* junto a la madre de Tolly. Diablo llevó a Honoria con Amelia y Amanda, que conversaban, nerviosas, con una dama muy anciana.

—Si necesitas ayuda con los nombres o parentescos, pregunta a las gemelas. Eso las hará sentir útiles.

—Por más que quiera distraerlas —replicó Honoria inclinando la cabeza con frialdad—, eso no será necesario. A fin de cuentas, es muy improbable que vuelva a coincidir otra vez con algún miembro de tu familia. —Majestuosa y distante, alzó la cabeza y se encontró con la mirada tenebrosa y ceñuda que Diablo le dedicó con una calma inexorable.

Amanda y Amelia se volvieron hacia ellos con idéntica mirada suplicante en los ojos.

—Oh, Sylvester —la anciana extendió una arrugada mano y agarró a Diablo por la manga—, qué pena que nos veamos de nuevo en una ocasión tan triste...

—Sí, prima Clara. —Con elegancia, Diablo introdujo a Honoria en el círculo—. Creo —dijo— que ya os habéis conocido. —Un brillo indigno de confianza iluminó sus ojos. Honoria contuvo el aliento estupefacta y vio que él sonreía maliciosamente a su prima Clara—. Es la señorita Anstruther-Wetherby —añadió.

Honoria suspiró aliviada y dedicó una serena aunque un tanto tensa sonrisa a la anciana Clara.

—Oh, sí, por supuesto. —El rostro de la dama se iluminó—. ¡Es un placer conocerte, querida! Esperaba con ansia... —Clara miró con picardía a Diablo y luego dedicó una dulce sonrisa a Honoria—. Bueno —dio unas palmaditas a Honoria en la mano—, baste con decir que estamos todos encantados.

Honoria conocía a una persona que distaba mucho de estar encantada pero, como Amanda y Amelia estaban mirando, se vio obligada a encajar la transparente suposición de Clara con una cortés sonrisa. Buscó los ojos de Diablo y le pareció ver en ellos un centelleo de satisfacción.

Él los desvió y tomó la mano de Clara, agachándose para que la anciana no tuviera que mirar tan arriba.

—¿Has hablado con Arthur?

—Todavía no. —Clara miró alrededor—. Con tanta gente, no he podido encontrarlo.

—Está allí, junto a la ventana. Ven. Te llevaré con él.

—Eres muy amable. —El rostro de Clara se había iluminado—. Claro que siempre fuiste un buen chico. —Saludó con la cabeza a las gemelas e hizo lo propio con

Honoria, demorándose algo más en el gesto. Luego dejó que Diablo abriera el camino.

Honoria los vio marcharse, Diablo tan grande y poderoso, tan arrogante, sin preocuparse en absoluto por las arrugas que las garras como de pájaro de Clara le dejaban en la camisa. ¿Un buen chico? Honoria maldijo para sus adentros.

—Menos mal que has venido —dijo Amanda, tragando saliva—. Quería que habláramos de Tolly y no sabía... no sabíamos qué hacer.

—¿Para que callara? —Honoria les dedicó una tranquilizadora sonrisa—. No os preocupéis, sólo los muy viejos hacen preguntas. Y ahora... —Miró en derredor—. Decidme quiénes son los más jóvenes. Diablo me ha dicho sus nombres pero los he olvidado.

Era mentira pero serviría para distraer a las gemelas. Aparte de ellas, Simon y sus dos hermanas pequeñas, Henrietta y Mary, de diez y trece años respectivamente, tenían tres primas más pequeñas.

—Heather tiene catorce. Elizabeth, la llamamos Eliza, tiene trece y Angélica diez, igual que Henrietta.

—Son hijas del tío Martin y la tía Celia. Gabriel y Lucifer son sus hermanos mayores.

¿Gabriel y Lucifer? Honoria iba a abrir la boca para pedir una explicación pero en ese preciso instante vio que la duquesa madre la estaba mirando. En su expresión captó una tácita petición de ayuda. Su hermana política seguía agarrándole las manos con fuerza. La duquesa hizo una seña con los ojos hacia Webster, que se hallaba discretamente apostado junto a la puerta. La tensión en su seria figura indicaba que algo no iba bien.

Honoria miró de nuevo a la duquesa y supo que le pedía ayuda y que esa respuesta positiva sería interpretada como confirmación de otro acuerdo, un acuerdo de matrimonio entre Diablo y ella. Pero su petición de ayuda era muy real y, de todas las damas presentes, ella era sin duda la mejor preparada para afrontar cualquier desastre que hubiese ocurrido.

Honoria se sintió entre dos aguas y finalmente asintió. Camino de la puerta, se acordó de las gemelas, volvió la cabeza y las llamó.

—Venid conmigo.

Cruzó la sala majestuosamente. Webster abrió la puerta y se hizo a un lado para que entrase. El mayordomo esperó a que pasasen las muchachas, hizo lo propio y luego la cerró a sus espaldas. En el vestíbulo la aguardaba la señora Hull.

—¿Qué ha ocurrido?

La señora Hull lanzó una rápida mirada a Webster antes de mirar a Honoria. A ésta no se le escapó el significado de esa mirada. Webster confirmaba que la duquesa madre había delegado en ella.

—Los pastelillos, señorita. Como aquí había tanto trabajo, los mandamos hacer en el pueblo. La señora Hobbs hace unos pasteles excelentes, hemos recurrido a ella en ocasiones similares.

—¿Y esta vez los pastelillos no están tan buenos como era de esperar?

—No es eso, señorita. —El rostro de la señora Hull se tensó—. He mandado a dos criados con la calesa, como hago siempre. La señora Hobbs tenía listos los pastelillos y los cargaron en unas bandejas. Ya casi estaban de vuelta... —una pausa para respirar hondo de manera ominosa— cuando ese demoníaco caballo de Su Alteza apareció encabritándose y lanzándose sobre la vieja yegua de la calesa. Los dulces salieron volando. —La señora Hull convirtió sus ojos en dos finas rendijas—. ¡Y ese caballo del diablo se los ha comido casi todos!

Honoria se llevó el índice a los labios y agachó la cabeza, pensativa. Luego miró a Webster. Su rostro era inexpresivo.

—Como Su Alteza hoy no tenía tiempo de cabalgar, el jefe de cuadras sacó el caballo para que corriera un rato. El camino que viene del pueblo pasa por la dehesa de los caballos.

—Comprendo. —Honoria tensó la mandíbula. A pesar de la solemnidad de la ocasión y la crisis inminente, la visión de *Suleimán* zampándose los pequeños y delicados pasteles era demasiado.

—Así que ya ve, señorita. No sé qué vamos a hacer, con todos esos invitados. Y ni siquiera hay galletas suficientes. —La señora Hull estaba muy seria.

—Claro. —Honoria irguió la cabeza y consideró las posibilidades—. Panecillos —decidió.

—¿Panecillos, señorita? —La señora Hull pareció sorprendida pero al punto su expresión se volvió calculadora.

—Sólo son las cuatro —dijo Honoria tras consultar el reloj de pared—. El té no tiene que servirse hasta dentro de media hora. Si pudiéramos ofrecerles algún entretenimiento... —Miró a Webster—. ¿A qué hora van a servir la cena?

—A las siete, señorita.

—Pues retrasa la cena hasta las ocho. Notifícalo a los criados de los invitados. Señora Hull, tiene una hora para hacer todos los panecillos que pueda. Disponga de todos los ayudantes que necesite. Tomaremos panecillos con mermelada. ¿Tiene mermelada de moras? Sería un toque adecuado.

—Por supuesto. —A la señora Hull le brillaban los ojos—. Tenemos nuestra propia mermelada de moras, la mejor de todas.

—Muy bien. También serviremos crema a quien le apetezca y haremos panecillos de queso y especias.

—Ahora mismo pongo manos a la obra, señorita. —Tras una leve reverencia, la señora Hull corrió hacia la cocina.

—¿Ha hablado usted de entretenimiento, señorita, para que la señora Hull tenga media hora más de tiempo?

—No es tarea fácil, dadas las circunstancias.

—Por supuesto.

—¿Podemos ayudar?

Honoria y Webster se volvieron hacia las gemelas.

—En lo del entretenimiento, quiero decir —explicó Amanda.

—A lo mejor... —Honoria arqueó las cejas y miró hacia el salón—. Venid conmigo.

Con Webster detrás, entraron en la sala de música que había junto al salón.

—¿Qué instrumentos tocáis? —preguntó Honoria, señalando los que había en hilera junto a la pared.

—Yo el pianoforte —respondió Amelia.

—Y yo el arpa —dijo Amanda.

Ante ellos había buenos ejemplos de ambos instrumentos. Webster se apresuró a ponerlos en el lugar adecuado.

—¿Tocáis juntas? —Las muchachas asintieron—. Bien, ¿y qué piezas tocáis? Pensad en piezas lentas, de duelo, réquiems o partes de éstos.

Para su alivio, las gemelas estaban bien preparadas y tenían un buen repertorio. Cinco minutos después, descubrió que también poseían un talento considerable.

—Excelente. —Honoria intercambió miradas de alivio con Webster—. Que nadie os distraiga. Tendréis que tocar cuarenta minutos como mínimo. Si se os acaba el repertorio, repetid las piezas otra vez. Cuando veáis que llegan las bandejas del té, paráis.

Las gemelas asintieron y empezaron a tocar un tema litúrgico.

—¿Abro las puertas, señorita? —preguntó Webster.

—Sí, y las que dan a la terraza también.

Tanto el salón como la sala de música daban a una larga terraza. Webster abrió de par en par las dos puertas que flaqueaban la chimenea y que unían ambas estancias. Cuando los acordes envolvieron las conversaciones, las cabezas se volvieron hacia la sala de música.

Poco a poco, atraídos por la música, las damas y los caballeros fueron pasando a la estancia contigua.

Las gemelas, acostumbradas a tocar ante su familia, no fallaron. Había sillas suficientes y los caballeros las situaron para las damas, que se sentaron formando pequeños grupos, mientras los hombres permanecían en pie.

Desde su posición junto a la puerta de la terraza, Honoria vio cumplido su objetivo de entretenerlos. De repente, notó una presencia familiar a sus espaldas.

Se volvió y se encontró con los inquisitivos ojos verdes de Diablo.

—Eso ha estado muy inspirado. ¿Qué ha ocurrido?

—Tu diabólico caballo se comió los pastelillos para el té. La señora Hull no está impresionada. Creo que tiene la intención de hacer carne picada con tu semental.

—No lo hará. —Diablo estaba muy cerca de ella, con el hombro apoyado contra el marco de la puerta.

Honoria sintió que su pecho temblaba con una carcajada contenida.

—Tú menciona a tu caballo y verás cómo tu madre corre a coger la cuchilla.

—No me digas que tú no tocas ningún instrumento —dijo él tras una pausa en la que miró alrededor.

—Toco el clavicordio pero no soy hermana de Tolly. —Tuvo que hacer un esfuerzo para contener su enojo—. Y de paso —prosiguió con el mismo tono amable—, te advierto de que por más que conspiréis tu madre y tú, no me casaré contigo.

—¿Quieres apostar algo?

Honoria sintió su mirada en su rostro y sus palabras le provocaron un escalofrío.

—¿Con un depravado como tú? —Alzó la barbilla y con un gesto despectivo de la mano añadió—: Eres un tahúr.

—De los que casi nunca pierden.

La voz profunda de Diablo resonó en su interior y ella se obligó a encogerse de hombros, altiva.

Diablo no se movió. Recorrió el rostro de Honoria con los ojos pero no dijo nada más.

Para su alivio, la estratagema de Honoria funcionó. Cuando llegó el té, con los panecillos recién horneados con mermelada, todo estuvo perfecto. Las gemelas se retiraron entre discretos y sinceros aplausos. Sólo con mirarlas a la cara, se veía lo mucho que significaba para ellas haber podido contribuir de algún modo.

—Mañana las haremos tocar otra vez —le dijo Diablo al oído.

—¿Mañana? —Honoria tuvo que luchar para contener un temblor.

—Después del entierro. —Diablo la miró fijamente a los ojos—. Se sentirán mejor si pueden ser útiles otra vez.

La dejó meditabunda y volvió con una taza de té para ella. Honoria la aceptó y entonces advirtió lo mucho que la necesitaba. Además de comprenderla muy bien, Diablo se comportó como un caballero y la presentó a los amigos de la familia. Honoria no tuvo que recurrir a la imaginación para saber cómo la veían esas personas: su deferencia hacia ella era muy especial. Los acontecimientos de la tarde, orquestados por Diablo y la duquesa madre y en los que había participado aquel demoníaco caballo, le habían transmitido un mensaje: que iba a ser la esposa del duque.

La velada transcurrió deprisa. La cena, a la que asistieron todos los invitados, fue sobria. Nadie tenía ganas de distracción y la mayoría se acostó temprano. Sobre la casa cayó un manto de tristeza y melancolía, como si el edificio también estuviera de luto.

En su habitación, tumbada en la cama, Honoria dio unos puñetazos en la almohada y se ordenó dormir. Al cabo de cinco minutos de moverse inquieta, se puso boca arriba y miró el dosel.

Era culpa de Diablo. De Diablo y su madre. Honoria había intentado no comportarse como la futura duquesa pero no lo había conseguido. Y aún peor, superficialmente era perfecta para esa posición, algo evidente a todos los que se paraban a pensar en ello. Empezaba a creer que estaba luchando contra el destino.

Honoria se puso de lado. Ella, Honoria Prudence Anstruther-Wetherby, no sería obligada a hacer algo que no quisiera hacer. Era obvio que tanto la duquesa como Diablo harían todo lo posible por tentarla, por convencerla de que aceptara su propuesta, una propuesta que él no había formulado correctamente. Honoria nunca olvidaría esto último: Diablo se había limitado a dar por sentado que se casaría con él.

Desde el principio había sabido que él era un hombre imposible, incluso cuando creía que sólo era un escudero de la zona. Como duque era doblemente imposible. Aparte de todo lo demás, como su pecho, por ejemplo, era un tirano de primera clase. Las mujeres sensatas no se casaban con tiranos.

Se aferró a su sentido común y extrajo fuerza de su lógica incuestionable. Mantener en la mente la imagen de Diablo la ayudaba bastante. Una mirada a su rostro, a todo lo demás, era todo lo que necesitaba para reforzar su conclusión.

Y esa imagen también le permitía reconocer el origen de una inquietud más honda. Pese a toda la fuerza de carácter de Diablo, a todos los sentimientos familiares que aparentaba, pese incluso a lo que creyera la prima Clara, Diablo estaba dando la espalda a su primo muerto. Escondía su muerte bajo la proverbial alfombra para que no interfiriese en su búsqueda hedonista del placer.

Honoria no quería creerlo, pero ella misma lo había oído. Diablo había declarado que a Tolly lo había matado un bandolero o un cazador furtivo. Todo el mundo lo había creído, el magistrado incluido. Era el cabeza de familia, casi un déspota. Para ellos, lo que declarase Diablo Cynster, duque de St. Ives, era la verdad. La única inclinada a cuestionar esa declaración era ella. A Tolly no lo había matado un bandolero o un cazador furtivo.

¿Por qué un bandido iba a matar a un joven desarmado? Los bandoleros quitaban a sus víctimas todo lo que llevaran de valor. Y Tolly conservaba una pesada bolsa, ella la había notado en su bolsillo. ¿Y si Tolly había intentado, con la impetuosidad de la juventud, defenderse? Honoria no había visto armas. Parecía difícil que la hubiese lanzado lejos mientras caía de su caballo. Era muy poco probable que lo hubiera matado un bandolero.

En cuanto a los cazadores furtivos, el propio Diablo lo había desmentido. No lo habían matado con un fusil ni con una escopeta, había dicho, sino con una pistola. Y los cazadores furtivos no utilizaban pistolas.

A Tolly lo habían asesinado.

Honoria no supo cuándo llegó a esa conclusión, pero era tan inevitable como el amanecer que se acercaba.

Se sentó y ahuecó la almohada, luego se recostó y contempló la noche. ¿Por qué se sentía tan implicada en lo ocurrido? Era como si pensase que sobre ella había caído la responsabilidad de que se hiciese justicia.

Pero aquélla no era la causa de su insomnio.

Había oído la voz de Tolly en la cabaña, notado cuán aliviado se había sentido al descubrir que había encontrado a Diablo. Había pensado que estaba a salvo, con alguien que lo protegería. Honoria había visto a Diablo cuidar de él muy afectado, pero su conducta negando la evidencia de su asesinato se contradecía con esos cuidados.

Si de verdad le importase, ¿no estaría buscando al asesino, haciendo todo lo posible por encontrarlo? ¿O sus cuidados y su preocupación no eran más que una actitud superficial? Detrás de esa fachada de fortaleza, ¿era débil y pusilánime?

Honoria no podía creerlo. No quería creerlo.

Cerró los ojos y trató de dormir.

6

Era una ilusión, todo era una ilusión y un arrogante juego de prestidigitación. A la mañana siguiente, durante el funeral, a Honoria se le cayó la venda de los ojos.

Asistió una multitud considerable. En la capilla de la finca, un edificio de piedra rodeado de árboles que daban sombra a las tumbas de los Cynster muertos hasta entonces, se celebró un oficio corto.

Luego, Diablo y sus primos llevaron el féretro hasta la tumba, situada en un pequeño claro tras la primera línea de árboles. En contra de su intención de mezclarse con la multitud, Honoria fue acompañada primero por Veleta, que la tomó del brazo, incluyéndola así en la procesión familiar camino de la capilla; luego, Amanda y Amelia la requirieron para que fueran juntas a la tumba, admitiendo que cumplían órdenes de Diablo. Un funeral no era lugar para protestar. Resignada, Honoria capituló y aceptó situarse detrás de las gemelas junto a la tumba.

Fue entonces cuando supo la verdad.

Los hombres de la familia habían formado una hilera al otro lado de la tumba. Frente a ella estaban los hermanos de Tolly, Charles con Simon a su lado. Diablo se situó junto a Simon. Honoria observó cómo ponía una mano en el hombro de Simon. El muchacho alzó la vista y Honoria vio que intercambiaban una mirada y captó aquella comunicación callada en la que Diablo era un experto.

Junto a él estaba Veleta, tras ellos y a su alrededor se encontraba una sólida falange de hombres Cynster. Su parentesco era evidente: sus rostros, contemplados a la vez, tenían los mismos rasgos obstinados y autocráticos. Eran seis, sin contar a Simon ni a Charles, uno por su edad y otro por su carácter. Entre los seis, el color de cabello cambiaba, desde el negro azabache de Diablo hasta el castaño claro. El color de los ojos también variaba. Todo lo demás era igual.

Del grupo que estaba frente a ella emanaba una fuerza poderosa y masculina. Diablo era el líder. Formaban un grupo pero cada uno de ellos contribuía a la totalidad. El dolor de todos los demás asistentes era indeterminado; en cambio el de los primos de Tolly tenía determinación y formaba una fuerza cohesionada, directa y centrada.

Centrada en la tumba de Tolly.

Honoria entrecerró los ojos. La gente todavía se situaba alrededor de la sepultura. Amanda y Amelia estaban tensas. Honoria se inclinó y susurró:

—Decidme los nombres de vuestros primos varones.

Las gemelas la miraron y luego lo hicieron al otro lado de la tumba. Amelia habló primero.

—El que está al lado de Diablo es Veleta, pero a él ya lo conoces.

—Pero ése no será su nombre verdadero.

—Su nombre verdadero es Spencer —susurró Amanda—, pero no se te ocurra llamarlo así.

—El que está detrás de Diablo es Richard, pero le llaman Escándalo. Es hermano de Diablo.

—Y el que está detrás de Veleta es Harry, su hermano más pequeño. Lo llaman Demonio.

—¿Harry Demonio?

—Sí —asintió Amanda—. El que está junto a Veleta es Gabriel.

—Su nombre verdadero es Rupert, es el hijo mayor de tío Martin.

—Y supongo que el que está detrás de Gabriel es Lucifer, ¿verdad? —preguntó Honoria—. ¿Su hermano?

—Exacto. Su nombre real es Alasdair.

Honoria se irguió y se preguntó por qué utilizaban esos seudónimos, una pregunta que no formularía a las gemelas. Contempló aquellas seis caras masculinas y las captó a la perfección. Ninguna fuerza en la Tierra les impediría llevar al asesino de Tolly ante la justicia.

Como eran Cynster, cabía esperar de ellos que quisieran vengar la muerte de Tolly. Y también porque eran Cynster, se asegurarían de que ni las mujeres de la familia, ni los ancianos ni los niños, es decir, todos los que estaban a su cuidado, no se vieran mezclados en esa violencia. La muerte y la venganza eran su reino privado, el fuego del hogar era para el descanso.

Lo cual estaba todo muy bien pero...

La última plegaria fue recitada y la tierra empezó a caer sobre el ataúd. La madre de Tolly flaqueó entre los brazos de sus cuñadas y su esposo acudió a su lado. Amelia y Amanda tiraron de las manos de Honoria para regresar a la casa.

Charles y los otros Cynster se habían marchado, pero Simon, Diablo y los otros cinco seguían en su sitio, con la mirada clavada todavía en la tumba. Antes de volverse, Honoria vio a Simon alzar la vista y mirar a Diablo con una pregunta en sus grandes ojos. Vio la respuesta de Diablo, su mano apretando el hombro del joven y la callada promesa que le hizo asintiendo con la cabeza.

Honoria supo perfectamente en qué consistía esa promesa.

Cruzó el jardín acompañada de las gemelas y pensó en su situación. Al día siguiente mandaría llamar a su hermano Michael, pero éste tardaría unos días en llegar. Esos días le serían útiles.

Tenía que ver cómo se hacía justicia, tenía el deber de vengar aquella inocencia segada, sin duda la razón de que tuviese siempre presente el rostro de Tolly. Era imposible mandar a los Cynster adultos a vengar esa inocencia. Su venganza estaría acicateada por sus espíritus guerreros, por la defensa de la familia, del clan. En cambio, ella sería la defensora de la inocencia. También tenía un papel que desempeñar.

Iba en busca de excitación, aventura e intriga y el destino la había llevado allí. No sería ella quien se lo discutiera.

La ceremonia final estuvo muy concurrida. Muchos de los caballeros y nobles llegados de Londres se quedaron después del entierro. En media hora, Honoria fue presentada a más espadachines de los que esperaba conocer en toda su vida. Por fortuna, su inclusión en el grupo familiar había transmitido un claro mensaje de que debía ser respetada y protegida.

Las gemelas volvieron a tocar sus instrumentos y la multitud llenó el salón, la sala de música y la terraza.

Mientras charlaba con los familiares de los Cynster y otros parientes nobles, Honoria vigiló estrechamente a Diablo y a sus cinco acólitos. Enseguida advirtió que se traían algo entre manos. Diablo estaba en el salón, de espaldas a las puertas abiertas de la terraza. Los otros recorrían la estancia y de vez en cuando se acercaban a él para intercambiar información sin hablar, sólo mirándose a los ojos.

Honoria no podía hacer nada para descifrar aquella comunicación tácita. Volvió a concentrarse en su conversación con lady Sheffield, que era quien la interrogaba en ese momento.

—Como es natural —decía la dama—, esta terrible situación retrasará las cosas.

—¿De veras? —preguntó Honoria, deliberadamente vaga y arqueando las cejas.

—Tres meses de luto —prosiguió lady Sheffield—, y eso nos pone en diciembre.

—Invierno —comentó Honoria, atenta. Luego sonrió y dijo—: Discúlpeme, señora, pero tengo que hablar con Webster.

Conservando la sonrisa se dirigió hacia la puerta, segura de cómo serían interpretadas sus palabras. Cruzó el salón sorteando grupos de invitados. En unas mesas auxiliares habían bandejas de diminutos emparedados. Cogió una de ellas, anduvo hacia la sala de música y luego salió a la terraza.

Se situó a la espalda de Diablo, vuelta hacia el jardín. Los emparedados enseguida atrajeron compañía.

—Soy lady Harrington —se presentó una anciana dama—. Conozco a tu abuelo. Hace mucho que no lo veo. Espero que siga bien.

—Eso espero también yo —replicó en voz baja.

—Hurst no sabe nada y Gilford tampoco.

Sin volverse y arriesgarse a que uno de los primos de Diablo la descubriera, Honoria no supo cuál de ellos hablaba, pero sí conocía la voz de Diablo.

—Veleta ha preguntado a Blackwell. Prueba con Gelling.

—Qué emparedados tan buenos. —Lady Harrington tomó otro—. Oh, ésa es lady Smallworts; también conoce a tu abuelo. ¡Ven, Dulcie!

Lady Harrington hizo una seña a otra emperifollada dama. A espaldas de Honoria llegaba otra información:

—Nada por parte de Dashwood, y lo he presionado mucho. No oculta nada, esta clase de juego no es de su estilo.

—¿Hay aquí alguien más de esa parte de la ciudad?

—Probaré con Giles Edgeworth.

Unos caballeros más ancianos abordaron a Diablo y éste se vio obligado a conversar. Honoria aprovechó la oportunidad para prestar atención a lady Smallworts.

—¡Oh sí, querida! —La dama estudiaba su rostro a través de unos impertinentes—. Guardas cierto parecido con él, eso seguro. ¿No crees, Arethusa? En la barbilla, sobre todo.

Tras tomar nota mental de examinarse la barbilla la siguiente vez que se mirase en el espejo, Honoria sonrió y cuando vio que las dos damas se enfrascaban en una conversación, se centró en la actividad que tenía lugar a sus espaldas.

—No ha habido suerte con Farnsworth ni con Girton.

—Pues tiene que haber algo en algún sitio —dijo Diablo con un suspiro.

—Sí, tiene que haberlo. Seguiremos buscándolo hasta encontrarlo. —Tras una pausa, el primo que fuese, añadió—: Probaré con Caffrey.

Ten cuidado. No quiero que mañana toda la ciudad esté enterada de esto.

—Descuida.

Honoria casi vio la sonrisa Cynster que debió de acompañar esa palabra.

Otros reclamaron la atención de Diablo y Honoria aportó su granito de arena en la discusión sobre si la muselina bordada continuaría estando de moda en la temporada siguiente.

Al cabo de un rato un primo de Diablo se acercó a él. Cuando Veleta empezó a informar —Honoria reconoció su voz—, los invitados ya empezaban a marcharse.

—Olvídate de Hillsworth y de su familia. Si el problema viene de ahí, será preciso que Harry investigue más.

—Hablando de Harry..

—No irá con ninguno de los míos.

—Aquí vienen los demás —dijo Veleta.

—Ni un susurro, ni un guiño.

—Imposible.

—Ni un asomo de sospecha.

—Lo cual significa —dijo Diablo— que todos tendremos que salir de caza.

—Pero ¿en qué dirección?

—En todas. —Diablo hizo una pausa—. Demonio, tú te ocuparás de los caminos. Veleta, tú de las tabernas. Gabriel, de las casas de huéspedes. Escándalo hará lo que sabe hacer mejor: sonsacar a las damas, lo cual deja las casas de citas a Lucifer.

—¿Y tú? —preguntó Veleta.

—Me encargaré de investigar esta zona.

—Bien, yo saldré hacia Londres esta noche.

—Y yo.

—Y yo... Puedo llevarte si quieres. Tengo un asiento libre.

Sus voces se desvanecieron mezclándose con los murmullos de la multitud. Lady Smallworts y lady Harrington habían pasado a ocuparse de los misterios de los últimos gorros de bonete. Había llegado el momento de que Honoria se retirase. Ya había oído todo lo que necesitaba.

—Si las damas me disculpan...

—Oh, querida —lady Harrington la tomó de la mano—, yo quería preguntarte si es verdad.

—¿Verdad?

—Oh, querida, en qué líos te metes cuando no me tienes a mí de guardaespaldas.

Era la voz de Veleta. Honoria supo en qué momento Diablo se volvió y la vio allí. Notó su mirada en la nuca y los hombros y se puso rígida. Deseó volverse, pero lady Harrington le sujetaba la mano.

—Lo de tu boda con... —Lady Harrington se interrumpió y miró un punto situado tras la espalda de Honoria. Sus ojos se ensancharon de placer—. Oh, buenas tardes, St. Ives.

—Lady Harrington.

No fue su voz ni la sutil amenaza que había en ella lo que produjo un estremecimiento a Honoria, sino la firme mano que se curvó posesivamente alrededor de su cintura.

Diablo tomó la mano que lady Harrington soltó, y Honoria vio que sus dedos, atrapados entre los suyos, subían inexorablemente hacia los labios de él. Hizo acopio de fuerzas para la sensación que experimentaría cuando los notase en sus dedos.

Pero él le volvió la mano y presionó sus labios contra la muñeca.

Si hubiese sido una mujer más débil, se habría desmayado.

—¿Qué decía, señora? —preguntó Diablo a la dama.

—Nada importante. —Lady Harrington resplandecía—. Me habéis dado todas las respuestas que necesitaba. —Hizo un guiño a Honoria y tiró a lady Smallworts del brazo—. Ven, Dulcie, he visto a Harriet en el jardín. Si nos apresuramos, podremos saludarla antes de que se marche. Su Alteza. —La dama inclinó la cabeza y miró a Honoria—. Nos veremos en la ciudad, querida. Da recuerdos míos a tu abuelo.

—Por supuesto —dijo Honoria con voz entrecortada. Le faltaba el aire debido a los largos dedos de Diablo que atrapaban los suyos. Si volvía a besarle la muñeca, se desmayaría.

—Saluda a las damas —le sugirió su torturador.

—¿Con qué? —susurró ella—. ¿Con la bandeja?

—Me parece que ya no la necesitas más. Thomas se la llevará.

Apareció un criado y la tomó. En la terraza quedaba poca gente. Honoria esperó pero él no le soltó la muñeca. En cambio, le pasó el otro brazo por la cintura. Honoria sentía su pecho, sus muslos duros como el hierro tras ella y sus brazos, que eran como una jaula que la aprisionaban.

—¿Te has enterado de muchas cosas aquí en la terraza? —Las palabras, suaves, profundas y graves, le hicieron cosquillas en la oreja.

—Sí, más que nada sobre la muselina bordada. ¿Y sabías que los últimos gorros de bonete llevan un volante en el borde?

—¿De veras? ¿Y qué más?

—Eso era lo que lady Smallworts quería saber.

—¿Y tú qué quieres saber, Honoria Prudence?

Tenía una forma inconfundible y letal de pronunciar su nombre, arrastrando levemente las erres, de forma que unas palabras tan decorosamente inglesas se convertían en algo más sensual. Honoria reprimió un escalofrío.

—Quiero saber qué te traes entre manos.

—¿Lo que voy a hacer contigo, mujer entrometida? —La sacudió levemente.

Honoria contuvo una exclamación al ver que perdía contacto con el suelo.

—¿Por qué no me dejas en el suelo, para empezar?

—¡Sylvester! ¿Qué haces? ¡Deja a Honoria en el suelo de inmediato! —La salvó oportunamente la duquesa madre.

Él obedeció de mala gana y en el momento en que sus pies tocaron el suelo, la duquesa la tomó del brazo.

—Ven, querida. Quiero que conozcas a alguien.

Sin volver la cabeza, Honoria huyó con la duquesa.

Todo el resto del día intentó que se la viera lo menos posible. Los invitados se marcharon después del acto final pero muchos familiares se quedaron. Honoria no quería encontrarse a solas con Diablo, sobre todo porque ya había visto cuál era su estado de ánimo, y se refugió en la glorieta, un hexágono de madera blanca festoneado con una plataforma amarilla.

Con el bordado en el regazo, contempló los carruajes que se alejaban por la calzada tras ser despedidos por Diablo. La tarde se convertía ya en noche cuando Charles Cynster bajó la escalinata frontal y cruzó el jardín en dirección a la glorieta.

—Buenas tardes, querida —le dijo al entrar, inclinando la cabeza—. Quería hablar contigo antes de volver a Londres y Sylvester me ha dicho que te encontraría aquí.

De poco le había servido el refugio... Honoria estudió al hermano mayor de Tolly con ojo crítico. Era mayor que Diablo, lo que lo convertía en el más entrado en años de los primos Cynster. Tenía una figura extraordinaria, con metro ochenta de estatura y constitución robusta, pero carecía de la línea esbelta de la familia. Su rostro era más redondo, con grandes mandíbulas. Sus ojos, posados en ella, eran castaños y, dada la dolorosa pérdida que acababa de sufrir, a Honoria le sorprendió la determinación de su mirada.

En la glorieta sólo había un largo sofá de mimbre con cojines de calicó. Con un gesto, lo invitó a sentarse. Para su alivio, declinó la invitación y se apoyó contra el alféizar de la ventana. Honoria arqueó una ceja. Al parecer, Diablo había enviado a Charles para que la convenciera de que dejase la muerte de Tolly en manos de los Cynster.

—Quiero darle las gracias por haber ayudado a Tolly. Sylvester me lo ha contado. —Los labios de Charles se curvaron en una triste sonrisa—. Según sus palabras, «lo ayudó por encima y más allá de lo que puede esperarse de una dama en su situación».

—Pese a lo que diga su primo, no hice más que lo que habría hecho cualquier dama con sentido práctico. —Honoria inclinó la cabeza con gratitud.

—Sea como fuere... —Charles se interrumpió y Honoria alzó los ojos hasta encontrarse con los de él—. Mi querida señorita Anstruther-Wetherby, espero que me disculpe si voy al grano.

—Prefiero que lo haga. —Dejó de lado la labor y le prestó toda su atención.

—Opino que, en vez de ser recompensada por su ayuda, la han puesto en una situación denigrante. —La miró—. Discúlpeme, pero ésta es una cuestión muy delicada. Comprendo que por haber prestado ayuda a mi hermano y haberse quedado sin medio de transporte por culpa de la tormenta, se vio obligada a pasar la noche en compañía de Sylvester y ahora se encuentra en un compromiso y casi obligada a aceptar su proposición. —Honoria abrió la boca pero él la acalló con un gesto de la mano—. Permítame terminar. Sé que muchas damas enloquecerían de alegría ante la idea de convertirse en la duquesa de St. Ives, fueran cuales fuesen las circunstancias. Usted es una Anstruther-Wetherby, descendiente de una antigua familia casi tan orgullosa como la nuestra. Es una mujer sensata, independiente y, como usted misma reconoce, con sentido práctico.

»Me han dicho que ha elegido vivir una vida anónima, lo cual me parece injusto a cambio de sus buenos oficios, y se ve obligada a convertirse en la esposa de Sylvester, un papel que no sólo sería demasiado exigente sino que también distaría mucho de ser una recompensa. —Hizo una pausa y añadió—: Para una dama de su sensibilidad. —Dudó, como sopesando sus palabras, y prosiguió—: Sylvester tiene una reputación muy concreta, como casi todos los Cynster. Parece improbable que un leopardo tan entregado a la caza cambie de costumbres.

—Pocas cosas hay en su valoración con las que yo no pueda estar de acuerdo, señor Cynster. —Honoria arqueó las cejas, altiva.

—En realidad, querida —la sonrisa de Charles no iluminó su rostro—, creo que nosotros podríamos entendernos muy bien y espero que comprenda mis motivos para proponerle una solución alternativa que le permita salir de una situación inmerecida.

—¿Una solución alternativa? —Honoria estaba cada vez más incómoda. No esperaba que Charles quisiera perjudicar a Diablo. En realidad, estaba sorprendida.

—Una alternativa más aceptable para una dama de su sensibilidad. Casarse con Sylvester no es lo que más le conviene, eso todo el mundo lo ve. Sin embargo, necesita otra propuesta, aunque sólo sea como reparación. Como Tolly era mi hermano, sería para mí un honor ofrecerle mi mano. Mi patrimonio, por supuesto, no es nada comparado con el de Sylvester, aunque tampoco es poca cosa.

Honoria se quedó pasmada. Sólo los años que llevaba dedicados a la enseñanza hicieron que no lo mostrara. No tuvo que pensar una réplica pues salió espontáneamente de sus labios.

—Le agradezco su propuesta, señor, pero no tengo intención de casarme, ni por este motivo ni por ningún otro que pueda preverse.

El rostro de Charles permaneció inexpresivo. Transcurridos unos momentos, preguntó:

—¿No va a aceptar, entonces, la propuesta de Sylvester?

—No tengo ninguna intención de casarme. —Sacudió la cabeza con los labios apretados. Y tras esa firme declaración, volvió a coger la labor.

—La presionarán para que acepte, tanto los Cynster como su propia familia.

—Mi estimado señor, no soy una persona dócil que tolere interferencias en su vida.

Se hizo el silencio y Charles se incorporó despacio.

—Discúlpeme si la he ofendido, señorita Anstruther-Wetherby. —Hizo una pausa y añadió—: Sin embargo, la insto a que recuerde que, si llega un momento en que considera necesario casarse para escapar de la situación derivada de la muerte de Tolly, tiene una alternativa a hacerlo con Sylvester.

Concentrada en pasar la aguja al otro lado del tejido, Honoria no alzó la cabeza.

—Su humilde servidor, señorita Anstruther-Wetherby.

Sin apenas mirar la reverencia de Charles, le devolvió el gesto inclinando rígidamente la cabeza. Charles giró sobre los talones y bajó los peldaños. Airada, Honoria lo contempló regresar a la casa. Cuando desapareció en su interior, frunció el entrecejo y se revolvió en el asiento.

Si alguna vez quería casarse con un Cynster, prefería domesticar al tirano.

Esa noche el tirano llamó a su puerta.

Los tíos y primos de Diablo se habían quedado a cenar y luego se marcharon todos excepto la familia de Tolly, lo que permitió a los sirvientes recuperar el aliento. Sobre La Finca se posó un manto de calma, un silencio sosegado como el que sólo conocen las casas que han presenciado muchas veces nacimientos y muertes.

Honoria dejó a la duquesa madre y a los padres de Tolly compartiendo recuerdos agridulces y se había retirado a su cuarto. Tenía la intención de escribir una carta a Michael, pero la paz del exterior la atrajo a la ventana. Se sentó ante ella y su mente se deslizó hacia la noche.

Los golpes que interrumpieron su ensoñación eran tan imperiosos que supo enseguida de quién eran. Dudó y, luego, enderezando la espalda, se puso en pie y se dirigió a la puerta.

Diablo estaba en el pasillo, vuelto hacia las escaleras. Cuando ella abrió la puerta, la miró y dijo:

—Vayamos a dar un paseo.

Le tendió una mano y Honoria le sostuvo la mirada, arqueando una ceja. Los labios de Diablo se curvaron y le hizo una elegante reverencia.

—Mi querida Honoria Prudence, ¿me concedes el honor de pasear contigo a la luz de la luna?

A ella le gustó más la orden que la petición: el encanto fácil que acechaba tras sus palabras, pronunciadas con aquella voz suave y profunda, bastaba para cautivar a cualquier dama.

—Voy a coger el chal.

El chal de hermosa seda noruega se encontraba en una silla. Honoria se envolvió en él y lo cerró con un alfiler antes de encaminarse a la puerta. Quería dejarle claro que no iba a renunciar a su propia vida por el asesinato de Tolly.

Diablo la tomó de la mano para cruzar el umbral y cerrar la puerta y luego se la puso en su brazo.

—Hay unas escaleras que dan al jardín lateral —dijo.

Dejaron la casa en silencio y caminaron bajo los frondosos árboles que tachonaban el jardín, pasando de la oscuridad a la luz de la luna y de nuevo a la oscuridad.

El silencio era relajante. El penetrante aroma de las hojas, del césped y el suelo fértil, un aroma que Diablo siempre relacionaba con su casa, aquella noche estaba especiado con una sutil fragancia, un olor huidizo que no tuvo dificultad en localizar.

Procedía de ella, era la fragancia de sus cabellos, de su piel, de su perfume, lirios del valle con una pizca de rosa, una combinación cara y seductora. Y bajo todo ello se insinuaba la embriagadora esencia femenina, cálida y sensual, que guardaba la promesa de todo tipo de placeres terrenales. Aquel aroma evocador excitó su instinto de cazador e incrementó el deseo que lo consumía.

Aquella noche era presa de dos deseos que no podía hacer realidad. No podía vengar la muerte de Tolly y tampoco podía llevarse a Honoria a la cama. Todavía no. Sin embargo, algo podía hacer, algo relacionado con la barbilla de Honoria.

No estaba dispuesto a que ella se implicase en la investigación de la muerte de Tolly, pero su comportamiento en la terraza había sido contraproducente. Con aquella dama, la intimidación no funcionaría. Por fortuna, tenía a mano una alternativa que le gustaba más, una que le permitiría matar dos pájaros de un tiro. Amparado en las sombras, Diablo sonrió y dirigió la caminata hacia la glorieta.

—¿Qué pasos estás dando para encontrar al asesino de tu primo? —preguntó Honoria, que había perdido la paciencia antes de llegar a ella.

—Ese asunto será resuelto debidamente. No te preocupes al respecto.

—No era eso lo que preguntaba —replicó, viendo que la miraba con irritación.

—Pues es la única respuesta que necesitas —gruñó Diablo.

—¿Alguien te ha dicho que eres el hombre más arrogante de la cristiandad?

—No con esas mismas palabras.

El comentario la hizo enmudecer hasta que llegaron a la glorieta. Diablo se detuvo en el centro de la glorieta y la soltó. Rayos de luz de luna surcaban el suelo, tachonados con las sombras de las hojas. En la penumbra, él vio que sus pechos se hinchaban.

—Comoquiera que sea... —Las palabras de Honoria terminaron casi en un grito.

En un abrir y cerrar de ojos, su torturador pasó de mostrarse relajado a tomarla firmemente por la barbilla.

—¿Qué haces? —protestó Honoria, boquiabierta y jadeante. No intentó soltarse. Él le agarraba el mentón con mucha fuerza.

—Te aturdo —dijo mirándola a los ojos, con los suyos que, en aquella oscuridad, parecían aún más pálidos.

Su murmullo profundo era realmente penetrante. Honoria lo sintió hasta en los huesos. Aparte de la barbilla, él no la tocaba y sin embargo se sentía cayendo presa de sus brazos. El corazón empezó a latirle aceleradamente. Sus ojos se encontraron con los suyos a la luz de la luna, atemporales, seductores, omniscientes. Diablo bajó la cabeza despacio y ella separó los labios.

Honoria no habría podido soltarse de él aunque los cielos se hubiesen desplomado.

El primer roce de sus labios la hizo temblar. La abrazó y la atrajo hacia él. La dureza de todos sus músculos se apoderó de ella al tiempo que la presión de los labios aumentaba.

Eran firmes, como todo él, imperiosos, exigentes. Pero al cabo de un instante se volvieron cálidos, tentadores, seductores, persuasivos. Honoria se quedó inmóvil, temblando, en un umbral invisible, hasta que se precipitó en un vacío desconocido.

No era la primera vez que la besaban y, sin embargo, sí lo era. Nunca antes había habido tanta magia en el aire, nunca antes la habían tomado de la mano y la habían llevado a un mundo de sensaciones. El placer la embargó, cálido y subyugante, y se arremolinó en su interior como un calidoscopio de deleite que la dejó agradablemente mareada.

Él se apropió del poco aliento que Honoria pudo recuperar, tejiendo su red hasta que estuvo atrapada sin escapatoria posible. Recorrió sus labios con la punta de la lengua en una caricia engañosa y diestra. Honoria supo que lo mejor sería hacer caso omiso de ella; él la llevaba a esferas que estaban más allá de su conocimiento y en donde sería su guía. Una situación de lo más desaconsejable y peligrosa.

Los labios de Diablo exigieron más. El calor aumentó y derritió toda resistencia. Honoria suspiró y abrió los suyos, cediendo a su arrogancia.

Él tomó lo que deseaba y la íntima caricia le produjo una descarga de sensaciones que surcaron todo su cuerpo, un relámpago de pasión que le azotó las entrañas. Conmocionada, Honoria se apartó conteniendo una exhalación.

Él la dejó retirarse, sólo un poco. Aturdida, con los pensamientos arremolinados, ella estudió su rostro. Él arqueó una ceja y sus brazos la atrajeron de nuevo hacia él.

—No... —Honoria quiso resistirse pero no pudo. Sus músculos tenían la consistencia de la gelatina.

—No tienes por qué asustarte. Sólo voy a besarte.

—¿Sólo? —Parpadeó, asombrada—. Pues eso ya está suficientemente mal. —Contuvo el aliento e intentó recuperar la sensatez—. Eres peligroso.

Él soltó una carcajada cuyo sonido pulverizó el escaso control que a ella tanto le había costado conseguir.

—Para ti no soy peligroso. —Sus manos acariciaron suave y seductoramente su espalda—. Voy a casarme contigo. Eso pone las cosas en su lugar.

¿Había perdido por completo la capacidad de razonar? Honoria frunció el entrecejo y preguntó:

—¿Qué cosas? ¿Qué lugar?

—Según todos los preceptos —sus dientes brillaron en una sonrisa—, las esposas de los Cynster son los únicos seres humanos de los que los Cynster tienen que precaverse.

—¿En serio? —Honoria intentó mostrar su indignación, pero era una tarea imposible ya que él había inclinado la cabeza y le mordisqueaba suavemente los labios.

—Bésame —susurró al tiempo que la atraía más hacia sí.

El contacto la hizo estremecerse otra vez y los labios de Diablo, que la excitaban, la dejaron indefensa.

La besó de nuevo y esperó, con la paciencia del que sabe, que se abandonara por completo. Su rendición era mucho más dulce, sabiendo, como sabía, que ella deseaba lo contrario. Como era sabio y experimentado, no la forzó demasiado y mantuvo a raya su propia pasión. Ella yacía dúctil en sus brazos, sus labios entregados a los de él para que los disfrutara, su dulce boca abierta para que Diablo la saboreara, explorara, poseyera. Por esa noche, eso bastaría.

Habría preferido poseerla por completo, haberla llevado a su cama para celebrar la vida de la manera más primaria, como respuesta natural a la presencia de la muerte. Pero ella era inocente, lo evidenciaban sus tímidas reacciones, su ductilidad. Sería suya y sólo suya, pero aún no.

Sus acuciantes necesidades le dificultaban el pensamiento y Diablo maldijo para sus adentros. La delicadeza de Honoria, presionada contra él desde el pecho hasta los muslos, era una fuerte tentación que alimentaba sus demonios, los llamaba y los incitaba. Diablo se apartó y estudió su rostro, haciéndose preguntas al tiempo que ponía freno a sus deseos. Los ojos de Honoria brillaban.

Con la cabeza aún aturdida, dejó que sus ojos vagaran por el rostro de Diablo. En sus rasgos no había suavidad ni delicadeza, sólo fuerza y pasión y una voluntad de hierro.

—No me casaré contigo. —Las palabras pasaron directamente de su mente a la boca como reacción instintiva. Él se limitó a arquear una ceja, irritante y desdeñoso—. Mañana enviaré una carta a mi hermano para que venga a buscarme y me escolte a casa.

—¿A casa? En Hampshire, ¿quieres decir? —Entrecerró unos ojos que, en la oscuridad de la noche, parecían de plata.

Honoria asintió. Un sentido de irrealidad, como si hubiera perdido el contacto con el mundo, la invadía.

—Escribe esa carta a tu hermano. Yo mismo la franquearé mañana.

—Y yo misma la pondré en el correo —sonrió ella.

Diablo le devolvió la sonrisa y Honoria intuyó que se reía de ella, aunque su pecho, tan cerca, no temblaba.

—Por supuesto. Ya veremos qué opina de tu decisión.

La sonrisa de Honoria se volvió presumida. Se sentía algo mareada. Como buen Cynster, Diablo pensaba que Michael apoyaría la boda, pero ella sabía que su hermano se pondría de su parte, vería al instante, como lo había visto ella, que casarse con Diablo Cynster no le convenía.

—Y ahora, si hemos arreglado tu futuro inmediato a tu gusto... —Los labios de Diablo rozaron los suyos y Honoria los siguió con los suyos de manera instintiva.

Crujió una rama.

Diablo levantó la cabeza y todos sus músculos se tensaron. Ambos miraron hacia el exterior de la glorieta y Diablo se irguió sin dar crédito a sus incrédulos ojos.

—¿Qué demonios...?

—Chitón. —Honoria le puso la mano en los labios.

Él frunció el entrecejo pero permaneció en silencio mientras la pequeña procesión se acercaba y pasaba ante la glorieta. Entre la luz de la luna y la oscuridad, Amelia, Amanda y Simon abrían el cortejo, seguidos de Henrietta, Eliza, Angélica, Heather y Mary. Cada niño llevaba una rosa blanca. Desaparecieron entre las densas sombras de los árboles. Estaba muy claro adónde iban.

—Espera aquí —dijo él.

—¿Bromeas? —replicó Honoria, mirándolo. Se recogió las faldas y bajó los peldaños a toda prisa.

Él la siguió entre la penumbra y los claros, detrás de la pequeña comitiva. Los niños se detuvieron ante la tumba de Tolly. Honoria se ocultó tras un roble, en lo más profundo de las sombras. Diablo la imitó. Entonces la tomó por la cintura y la levantó en vilo para apartarla.

Ella se revolvió entre sus brazos.

—¡No! —susurró furiosa. Lo agarró por los hombros y le advirtió—: ¡No lo hagas!

Diablo la miró ceñudo e inclinó la cabeza para susurrarle al oído:

—¿Por qué no, demonios? No tienen miedo de mí.

—¡No es eso! —Honoria le devolvió la ceñuda mirada—. Eres un adulto, no eres como ellos.

—¿Y qué?

—Que éste es su momento, su manera de despedirse de Tolly. No se lo estropees.

Diablo estudió su rostro y sus labios se curvaron en una sonrisa. Luego alzó la cabeza y observó al grupo de niños al pie de la tumba pero no hizo ningún otro movimiento.

Honoria se revolvió y él la soltó. Miró a los niños y el frío atravesó sus finas faldas y la hizo estremecer. Los brazos de Diablo la envolvieron atrayendo su espalda contra él. Ella se puso rígida pero enseguida cedió y se relajó. Agradecía tanto el calor de su cuerpo que fue incapaz de protestar.

Junto a la tumba había parlamentos. Amelia se acercó a ella y lanzó su rosa al montículo de tierra.

—Que duermas bien, Tolly —dijo.

—Descansa en paz —dijo Amanda a continuación, y lanzó su rosa junto a la de su hermana gemela.

—Hasta la vista, Tolly. —Simon fue el siguiente y otra rosa cayó sobre la tumba.

Uno a uno, los niños añadieron su rosa al pequeño montón y se despidieron de Tolly. Cuando hubieron terminado, regresaron deprisa a la casa.

Diablo mantuvo sujeta a Honoria hasta que los niños hubieron pasado. Cuando finalmente la soltó, le dedicó una mirada insondable y típicamente Cynster. Luego la tomó de la mano y juntos siguieron a los niños de regreso al jardín.

La hierba estaba mojada de rocío y era difícil caminar por ella, sobre todo para la pequeña Mary. Diablo gruñó y apresuró el paso. Honoria lo detuvo de nuevo.

—¡No! —Lo miró furiosa y tiró de él hacia los árboles.

—Se mojarán los pies. —Él la miró airado—. Puedo llevar en brazos a un par o tres de ellos.

—Pensarán que los has visto, que sabes lo que han hecho. Eso les estropeará la despedida. Un poco de agua no les hará daño... sobre todo si son auténticos Cynster.

Diablo la tomó por la cintura y ella apoyó la cabeza en su hombro.

Algo brilló en la sonrisa reacia de él. Esperó, de mala gana, hasta que los niños desaparecieron por la puerta lateral. Luego, con la mano de Honoria en la suya, anduvieron hacia la casa. Los niños aún subían la escalera cuando ellos llegaron al pie de ésta. Diablo siguió adelante, caminando pegado a la pared. Al llegar al primer descansillo, los niños todavía estaban en el segundo tramo y él tiró de Honoria haciéndola entrar en un gabinete.

Se encontró pegada a su pecho y contuvo una exclamación. Él le alzó el rostro con dedos firmes y, antes de que tuviera tiempo de respirar, sus labios se posaron sobre los de ella. Intentó resistirse pero bajo el placer que estaba sintiendo, sus fuerzas flaquearon y se derritieron, sustituidas por algo tan insidioso, tan compulsivo, tan visceralmente excitante que no pudo volver atrás.

Él estaba tan ávido —lo notaba en la pasión desenfrenada que endurecía sus labios— que, cuando ella abrió los labios, se lanzó en su interior con más frenesí que antes. La tensión que agarrotaba cada uno de sus músculos delataba un rígido control y la turbulencia latente asustaba y fascinaba a la vez. Su lengua se entrelazó con la de ella, íntima y seductora, y luego inició un rito lento, repetitivo e indagador. Su boca pertenecía a Diablo. Esa posesión le arremolinó los sentidos: ningún hombre la había besado de aquella manera. Fue presa de una oleada de calor, una dulce fiebre distinta a todo lo que conocía. Aparte de eso y de la pasmosa intimidad de su caricia, Honoria sólo sabía una cosa: Diablo tenía un hambre rapaz de ella. El repentino y casi incontrolable impulso de entregarse, de saciar aquella lujuriante necesidad la sacudió por dentro. Y no pudo apartarse de él.

No supo cuánto tiempo pasaron besándose en la oscuridad. Cuando él se apartó, Honoria había perdido el contacto con el mundo.

—¿Has tenido miedo? —le dijo él tras dudar un momento y volver a rozarle los labios.

—Sí. —En cierto modo era verdad. Con los ojos como platos y el pulso acelerado, Honoria buscó sus ojos en la oscuridad—. Pero no de ti. —Él la estaba haciendo sentir, desear—. Lo que... —Se interrumpió, con el entrecejo fruncido porque no encontraba palabras para expresarse.

—No te preocupes —sonrió Diablo, maliciosamente. La besó con ardor una última vez y luego la soltó—. Ahora vete. —Era una orden.

Ella lo miró, asombrada, en la penumbra y luego asintió.

—Buenas noches —dijo, saliendo del gabinete—. Que duermas bien.

Diablo casi se echó a reír. No pasaría una buena noche ni dormiría bien. Sintió que lo atacaba otra jaqueca.

7

A la mañana siguiente, Honoria asistió al servicio dominical celebrado en la capilla de La Finca y luego regresó a la casa paseando con Louise Cynster. La madre de Tolly le dio las gracias por haber ayudado a su hijo y Honoria contestó con una cortés evasiva. Louise le habló de Tolly y de la relación de éste con Diablo. Al parecer, el muchacho sentía veneración por su primo, al que consideraba un héroe.

El objeto de veneración de Tolly no había creído adecuado asistir al oficio religioso. Cuando las damas llegaron a la mesa del desayuno, advirtieron que él ya había pasado por allí. Honoria tomó un rápido té con una tostada y subió al piso de arriba.

Estaba segura de que Diablo había salido a cabalgar. Era un día perfecto para ello; recorrería sus campos a lomos de aquel monstruo que se había comido los pastelillos del té, lo cual le permitiría a ella cabalgar alrededor de la casa.

En tres minutos se puso su elegante traje de montar color topacio. Su ropa era lo único que siempre estaba a la altura de su ascendencia Anstruther-Wetherby. Se compuso la pluma de su tocado a juego para que le cayera disolutamente sobre la sien y luego salió fuera.

En los establos no había nadie. Sin perder la calma, entró en la cuadra principal. Las puertas eran altas y no veía por encima de ellas. El cuarto de los aparejos estaba al fondo y enfiló, decidida, el pasillo que llevaba a él.

Una firme mano tiró de ella hacia una cuadra.

—¿Qué...? —Un calor acerado la envolvió. Honoria advirtió que estaba en peligro—. ¡No te atrevas a besarme! ¡Si lo haces gritaré!

—¿Y quién crees que te rescatará?

Honoria parpadeó e intentó encontrar la respuesta adecuada.

—Y además, mientras te beso no podrás gritar —añadió él.

Ella respiró hondo y separó los labios.

Cuando se dio cuenta de que se había equivocado, era demasiado tarde y él ya había sacado partido de la ventaja que le había dado. En su mente flotó una vaga idea de resistencia que desapareció en cuanto el calor, el deseo y el placer le invadieron las entrañas. Los labios de Diablo se movían sobre los suyos, arrogantes y confiados, la lengua se introducía en una caricia deliciosa y lánguida, una caricia lenta que se prolongó y se prolongó hasta que Honoria se sintió arder por dentro. Le subía la temperatura y sabía que eso era malo, malo y escandaloso, aunque todos sus sentidos ronroneasen de satisfacción.

Cuando él la besaba, no podía pensar ni oía nada. Lo descubrió cuando Diablo se apartó por fin. Hasta el instante en que sus labios se separaron, su mente se había vaciado de pensamientos, arrobada en su deseo. Los sonidos del establo la volvieron a la realidad. Notaba que sus huesos se habían derretido y, sin embargo, se mantenía de pie. Entonces advirtió que lo conseguía gracias a que él la abrazaba contra su cuerpo. Sólo apoyaba en el suelo la punta de los pies.

—¡Cielo santo! —Parpadeando, apoyó los talones

en el suelo. ¿Lo había calificado de peligroso? Era letal.

—Buenos días, Honoria Prudence. —Su profundo ronroneo le provocó un estremecimiento—. ¿Adónde vas?

—Oh... —Con los ojos muy abiertos, miró los suyos verdes que sabían demasiado e intentó recobrar la compostura—. Busco un caballo. Supongo que tienes más de uno.

—Me parece que hay una yegua altanera y obstinada que te irá bien, pero ¿adónde pensabas ir?

—A dar un paseo por los caminos.

Diablo la ceñía con fuerza y no podía soltarse. Intentó hacerlo pero él no cedió ni un milímetro.

—Tú no conoces estas tierras, te perderías. Estarás más segura cabalgando conmigo.

Dejando de lado cualquier sutileza, Honoria se llevó la mano a la espalda para intentar soltarse. Diablo emitió una carcajada y la dejó que tirase en vano. Luego inclinó la cabeza y le dio unos delicados besos en la oreja.

—¡Quien te puso Diablo tenía toda la razón! —Jadeante y ridículamente aturdida, lo miró enojada.

—¿Hully?

—¿La señora Hull te puso ese nombre? —preguntó, mirándolo a los ojos.

—Fue mi niñera. —Sonrió diabólicamente—. Tenía tres años cuando me llamó «ese diablo Cynster».

—Ya entonces debías de ser un tirano.

—Lo era, sí.

Honoria se aclaró la garganta con fuerza. Diablo miró alrededor y luego la soltó para ocultarla detrás de él.

—¿Qué pasa, Martin?

—Lamento interrumpiros, Su Alteza, pero uno de los realces de la rueda del número uno septentrional se ha partido. El señor Kirby quiere saber si pasaréis por allí.

Espera que comprobéis la ubicación antes de que él vuelva a poner la cuchilla.

Honoria no entendió nada y espió por detrás de la espalda de Diablo. En el pasillo había un trabajador con una gorra en la mano.

—Dile a Kirby que estaré allí dentro de media hora.

—Sí, Su Alteza. —Martin se retiró a toda prisa.

—¿Qué ocurre?

—Uno de los molinos no funciona.

—¿Molinos? —Honoria recordó los numerosos molinos de viento que tachonaban el paisaje—. Hay muchos.

Diablo hizo una mueca y la tomó de la mano.

—Ésta es una tierra pantanosa, Honoria Prudence. Los molinos accionan unas bombas que drenan el terreno.

—Oh —dijo ella, al ver que la llevaba hacia el pasillo—. ¿Adónde me llevas?

—A buscar un caballo —respondió arqueando las cejas—. ¿No es eso lo que quieres?

Al cabo de diez minutos, Honoria salía del establo montada en una vivaz yegua, siguiendo a Diablo. Se le ocurrió que podía desviarse hacia otro lado para cabalgar sola pero enseguida desechó la idea: él la alcanzaría de inmediato.

Salieron del prado por una ruta distinta de la que llevaba a los bosques. Tras los muros del prado se alzaban los molinos, que hacia el norte se hacían cada vez más frecuentes. El molino en cuestión era muy grande. Diablo desmontó a su sombra para hablar con su capataz.

La conversación entre ambos careció de interés para Honoria. Luego, mientras regresaban, decidió ir al grano.

—¿Tienes idea de quién puede ser el bandolero?

Era una pregunta directa.

La respuesta de Diablo fue una disertación sobre las tierras pantanosas y los métodos de drenaje. Honoria oyó suficiente para corroborar el dicho de que los Cynster sentían tanta pasión por su tierra como por sus otras ocupaciones. También se hizo una idea clara del interés que él mostraba por el asesinato de su primo.

A la mañana siguiente, miró por la ventana hasta que vio salir a su anfitrión. Entonces se dirigió al establo. Los mozos no vieron nada extraño en su petición de que ensillaran la yegua. Cuando pasó por debajo del arco que salía del prado, Honoria lanzó un hurra al aire y, con una sonrisa insensata, se dirigió hacia el bosque.

Tomó el camino largo que iba al pueblo y luego el atajo donde habían disparado a Tolly. Tardó más de una hora en llegar allí. La yegua pareció captar el escenario del crimen. Honoria tiró de las riendas, desmontó, cogió la traílla y caminó con el animal.

Avanzaba enérgica y decidida cuando oyó ruidos de cascos. Se detuvo y escuchó: el jinete iba hacia ella.

—¡Maldita sea! —Se volvió hacia la yegua.

No tuvo tiempo de montar. Asustada, miró a un lado y otro del camino. El sonido de los cascos estaba cada vez más cerca. En ese momento habría dado todo su vestuario a cambio de un escondite.

«Tonterías», se dijo. Seguramente ese desconocido sería alguien tan poco amenazador como el señor Postlethwaite. Se acercó a la yegua y adoptó una pose altiva y desenfadada. Si quería detenerse con el animal a la vera del camino, ¿quién tenía derecho a reprenderla?

El caballo que se acercaba dobló por el recodo y se materializó. No lo montaba el señor Postlethwaite.

El semental negro se detuvo junto a ella y Diablo la miró desde lo alto de su montura.

—¿Qué haces aquí?

—He hecho un alto para estirar las piernas —dijo con los ojos como platos.

—¿Y admirar las vistas?

Estaban rodeados de bosque a ambos lados del camino.

—¿Y tú? ¿Qué haces aquí? —replicó Honoria mirándolo con enfado.

Con expresión dura y la mandíbula encajada, Diablo le sostuvo la mirada y desmontó. Ató las riendas en un tronco y sin mediar palabra anduvo hasta el lugar donde Tolly había caído.

Honoria lo siguió decidida.

—Como yo, siempre has sabido que no lo mató un salteador de caminos. Ni tampoco un cazador furtivo.

—No soy bobo —se burló Diablo. La traspasó con la mirada y luego flexionó los hombros como si quisiera librarse de la tensión.

—Bien, y ¿quién crees que lo hizo? —le preguntó Honoria mientras inspeccionaba el terreno.

—No lo sé pero lo averiguaremos.

—¿Averiguaremos? —Sabía que ella no estaba incluida en ese plural, que Diablo se refería a sus primos—. Tus primos y tú lo estáis buscando, ¿no?

Él la miró con unos ojos cargados de sufrimiento masculino largo tiempo acumulado. Su breve susurro lo corroboró.

—Como tan correctamente has deducido, no lo ha matado ningún salteador ni ningún cazador furtivo. Tolly fue asesinado. Detrás de ese crimen tiene que haber un motivo, una razón. Buscamos una razón. Esa razón nos llevará al culpable.

—Sin embargo no tenéis ninguna pista —añadió Honoria. Sintió la mirada acerada de Diablo e intentó no perder el aplomo.

—Tolly vivía una vida muy exuberante. Yo hago averiguaciones por aquí, y los otros están buscando en Londres (salas de baile y demás), en todos los lugares donde suelen ir los Cynster.

Al recordar las tareas asignadas a los primos, Honoria frunció el entrecejo y preguntó:

—¿Como las casas de citas?

Él parpadeó, inexpresivo, y sus ojos se clavaron en los de Honoria.

—Claro, los salones que frecuenta la nobleza.

—Pero si sólo tenía veinte años. —Intentó que no se le notara el asombro en los ojos.

—¿Y qué? —Su tono de voz rezumó arrogancia—. Los Cynster empiezan muy jóvenes.

Y él era el arquetipo de ellos y probablemente lo sabía. Honoria decidió dejar de lado la cuestión. Diablo se internó unos pasos en el bosque.

—¿Qué buscas? ¿Un arma?

—Tolly no llevaba armas.

—¿Y qué? —replicó Honoria con impaciencia.

—Busco cualquier otra cosa que no deba estar aquí. —Apretó los labios. Se detuvo y miró en derredor—. El viento puede haber arrastrado cosas a ambos lados del camino.

Era una tarea difícil. Mientras Diablo recorría la maleza cercana al lugar donde Tolly había caído, Honoria examinó el borde del camino, golpeando con un palo lo que parecían terrones de hierba y levantando el moho de las hojas. Diablo miró alrededor y gruñó. Continuó inspeccionando y Honoria siguió escudriñando los detalles más pequeños.

Cuando ya habían rastreado medio kilómetro hacia atrás, Honoria se enderezó y se compuso la pluma que intentaba metérsele en el ojo.

—¿Por qué crees que Tolly estaba aquí?

—Creo que venía a La Finca —respondió Diablo sin levantar la mirada del suelo.

—Tu tía piensa que iba a visitarte para pedirte consejo.

—¿Se lo has preguntado a tía Louise? —Alzó la mirada y su tono hizo que Honoria irguiera la cabeza.

—Estábamos charlando y... Descuida, no sospecha nada. —La expresión de censor de Diablo no cambió y Honoria, airada, se encogió de hombros y añadió—: Tú dijiste que había sido un salteador de caminos y eso es lo que todo el mundo cree, incluso tu madre.

—Gracias a Dios. —Con una última mirada penetrante, Diablo volvió a concentrarse en su búsqueda—. Sólo faltaría que las mujeres se entrometieran en mis asuntos.

—¿De veras? —Honoria movió el palo y esparció un montón de hojas—. Supongo que nunca has pensado que las mujeres también podemos contribuir en algo.

—Si supieras la contribución que ha querido hacer mi madre, no lo dirías. Escribió una nota al magistrado que, si la hubiese leído, se le habrían puesto los pelos de punta.

—Si no nos dejaran por inútiles, arrinconadas haciendo calceta, tal vez no reaccionaríamos de maneras tan exageradas. —Honoria volteó una gleba—. Imagina lo frustrado que te sentirías si supieras que tú, personalmente, nunca lograrás nada.

Él la miró sin pestañear durante lo que pareció un largo instante. Sus rasgos se endurecieron y señaló el suelo.

—Sigue buscando —dijo.

Aunque inspeccionaron ambos lados del camino, no encontraron nada. Después montaron en sus caballos y volvieron a La Finca, ambos abstraídos en la muerte de Tolly.

Mientras cabalgaban entre hileras de álamos blancos, Honoria lo miró y dijo:

—Tu tía quiere darte como recuerdo de Tolly la cantimplora de plata que le regalaste por su cumpleaños. La llevaba consigo cuando le dispararon. —Al ver que él se limitaba a asentir con la vista clavada en el camino, añadió—: Al parecer, el asesino la olvidó.

Eso le valió una mirada de advertencia.

—Tu tía también dijo —insistió Honoria— que cuando Tolly se metía en problemas, se dirigía a ti, como cabeza del clan, en vez de hablar con su padre o con Charles. ¿Crees que la razón de que lo matasen es la misma por la que te buscaba?

La mirada de Diablo se aguzó. En ese instante Honoria saboreó el triunfo. Sabía que lo había derrotado llegando a esa conclusión, y él pensó que estaba en lo cierto. Sin embargo, no dijo nada hasta que llegaron al establo. Mientras la ayudaba a desmontar, dijo:

—No cuentes nada a *maman* o a tía Louise. No hay necesidad de despertar preocupaciones. —Honoria lo miró altiva—. Y si te enteras de algo o descubres alguna cosa, dímelo.

—¿Y tú me contarás lo que descubras? —repuso Honoria, abriendo los ojos con inocencia.

—No tientes tu suerte, Honoria Prudence —respondió Diablo con expresión torva.

8

Dos días después, por la mañana, Diablo bajaba la escalera principal, poniéndose los guantes. Cuando llegó al último peldaño, apareció Webster camino de la puerta.

—Vuestro birlocho está a punto, Su Alteza.

—Gracias. —Antes de llegar a la puerta, Diablo volvió la vista atrás.

—¿Falta algo, Alteza? —preguntó Webster con la mano en el tirador.

Diablo se volvió mientras el mayordomo abría la puerta y vio que su coche esperaba ante la escalinata; a su lado había una figura ataviada de color lavanda claro.

—No, Webster —sonrió—. Todo está como esperaba.

Diablo salió y se detuvo en las sombras del porche para disfrutar de la imagen que ofrecía Honoria. Su futura esposa tenía estilo, una elegancia innata. Llevaba el cabello recogido en un moño en lo alto de la cabeza con unos finos mechones errantes que se rizaban sobre su rostro. Se protegía la piel con una sombrilla y llevaba guantes y botines de cuero oscuro. Su vestido lavanda estaba cortado con gracia, entallado a su delgada cintura y realzando la madurez de sus caderas y las curvas generosas de sus pechos. Tuvo que hacer un esfuerzo para borrar la sonrisa lobuna de su rostro.

Con una expresión indiferente e imperturbable, Diablo bajó los peldaños.

Honoria lo vio aproximarse haciendo girar su sombrilla.

—Supongo que vais a St. Ives, Su Alteza. Me preguntaba si podría acompañaros. Me interesan mucho las iglesias antiguas. Creo que la del puente de St. Ives es un excelente ejemplo de ellas.

—Buenos días, Honoria Prudence.

Se detuvo ante ella, le tomó la mano libre y se la llevó suavemente a los labios, besándole la muñeca que asomaba por encima del guante.

A Honoria casi se le cayó la sombrilla. Lo miró con ceño e intentó calmar su acelerado corazón.

—Buenos días, Su Alteza.

Sin más palabras, sin la discusión que ella esperaba ganar, él la levantó en vilo para acomodarla en el asiento. No le costó ningún esfuerzo. Ella se vio obligada a calmar de nuevo los latidos de su corazón. Cuando él subió, tuvo que agarrarse al asiento porque se movió. Cuando se estabilizó otra vez, se compuso la falda y jugueteó con la sombrilla.

Diablo cogió las riendas, despidió a su mozo de cuadras y arrancaron con brusquedad. Honoria respiró hondo. Bajo los robles, el aire frío le hizo recuperar de nuevo el sentido común y revivió los últimos minutos. De repente entrecerró los ojos, enojada, y se volvió hacia Diablo.

—¡Tú lo sabías!

Él la miró con una expresión un tanto condescendiente.

—Dicen que aprendo muy deprisa.

—¿Adónde me llevas? —preguntó Honoria, suspicaz.

—A St. Ives, a ver la iglesia del puente, ¿no? —En esta ocasión su expresión fue de pura inocencia.

Honoria lo miró a los ojos; eran transparentes como

el cristal. Se volvió y vio que atado al birlocho iba un caballo.

—Vas a St. Ives a devolver el caballo que montaba Tolly la tarde en que lo mataron.

—Supongo que no podré convencerte de que dejes ese asunto en mis manos. —Diablo la miró con expresión de enfado.

—¿Es el caballo de Tolly o podría ser el de su asesino? —preguntó Honoria con ceño.

—Tiene que ser el de Tolly —respondió Diablo con la mandíbula encajada—. Lo encontraron ensillado en un campo contiguo al bosque al día siguiente de la tormenta. Pertenece a los establos que Tolly utilizaba. Pero es probable que el asesino también huyera a caballo. —Ante ellos había un trecho recto. Hizo disminuir el paso de los caballos bayos y la miró—: Honoria Prudence, tú encontraste a Tolly unos minutos antes que yo, pero no tienes por qué participar en la búsqueda de su asesino.

—Pido permiso para disentir, Su Alteza —replicó ella, arrugando la nariz.

—Basta, por el amor de Dios —la riñó—. Llámame Diablo y déjate de altezas. Al fin y al cabo, pronto seremos marido y mujer.

—Eso es muy improbable —afirmó Honoria alzando la barbilla.

Él observó el extremo de su barbilla y reprimió las ganas de discutir.

—Honoria —dijo con tono duro pero monocorde—, soy el jefe de esta familia, mis hombros son más anchos que los tuyos y mi espalda mucho más fuerte. Encontrar al asesino de Tolly es mi responsabilidad. Y puedes estar segura de que lo haré.

—¿No te das cuenta de que has caído en una contradicción? —Lo miró—. Primero dices que seré tu esposa y luego me prohíbes comportarme como se comportan las prometidas y las esposas.

—En mi opinión, mi esposa, la futura y la real, es decir tú, tiene que abstenerse de toda actividad peligrosa. —Obligado a controlar los caballos, Diablo oyó su propio gruñido y frunció el entrecejo—. Los asesinatos son actos violentos, y perseguir a un asesino es peligroso. No debes participar en ello.

—Pues hay opiniones arraigadas que afirman lo contrario: una esposa tiene que apoyar y auxiliar a su esposo en todas sus empresas.

—Olvídate del apoyo, me conformo con el auxilio.

—Me temo que no puedes separarlos, los dos vienen en el mismo paquete. Además —añadió, abriendo los ojos—, si tengo que alejarme del peligro, ya me dirás cómo podría casarme contigo.

—Ya sabes que conmigo nunca estarás en peligro. —La miró con expresión subyugada, estudió su rostro, entrecerró los ojos y dijo—: Si corrieras algún peligro, no estarías aquí.

Honoria tuvo que admitirlo para sus adentros. Diablo era una fuerza demasiado potente para desafiarla. Y como él la consideraba su prometida, defendería su honor, incluso en contra de sí mismo. No podía tener mejor protector. Segura, le sonrió con serenidad.

—¿Se han enterado de algo tus primos?

Él murmuró entre dientes y miró al frente. Honoria no se esforzó en entender sus palabras. Tenía la mandíbula tensa. Tomó el siguiente recodo a más velocidad y fustigó a los caballos. Imperturbable, Honoria se recostó en el asiento y contempló los llanos campos por los que volaban.

Pasaron por Somersham a toda velocidad. Honoria

vislumbró al señor Postlethwaite junto a la vicaría. Lo saludó con la mano y él parpadeó y le devolvió el saludo. ¿Había transcurrido sólo una semana desde que tomara el atajo que cruzaba el bosque?

La familia directa de Tolly se había marchado el día anterior, acongojada y sumida en su dolor. Ella se había ocupado de las gemelas, alentándolas a dirigir los pensamientos a la vida que tenían por delante. También había pasado por alto una de sus reglas de oro y se había ocupado de Henrietta y Mary, las más pequeñas. Era la persona más adecuada para ello. Al consolar y animar a las hermanas de Tolly había reafirmado su decisión de colaborar en que su asesino fuera llevado ante la justicia.

Cuando Diablo volvió a hablar, se distinguían ya los tejados de St. Ives.

—Ayer Veleta envió un mensajero; nadie tiene ninguna pista ni ha oído nada, nada que nos indique por qué Tolly tomó este camino o por qué lo mataron.

—Esperabas más, ¿verdad? —Honoria estudió su perfil.

—He pospuesto la devolución del caballo esperando tener una descripción del hombre que buscamos. Seguro que pasó por el bosque. Si siguió a Tolly o llegó antes de Londres, tal vez alquiló un caballo en St. Ives.

—¿Y si iba en coche?

—De haber sido así —Diablo meneó la cabeza—, tendría que haber dejado el bosque muy lejos de Somersham, de lo contrario se hubiera encontrado contigo. En los campos más abajo de los bosques había un grupo de jornaleros de La Finca. Habrían visto cualquier carruaje que hubiese pasado por allí, y no pasó ninguno.

—¿Y un jinete?

—No, pero los bosques están llenos de senderos. Un jinete podría haber tomado cualquiera de ellos.

—¿Es posible venir a caballo desde Londres?

—Posible pero no probable. —Diablo refrenó los caballos. Estaban llegando a las primeras casas de St. Ives—. Un caballo montado a una velocidad razonable desde tan lejos no habría podido huir al galope.

Llegaron a la calle principal y Diablo redujo la velocidad de sus bayos a la de paseo.

—Entonces —concluyó Honoria— buscamos a un hombre de identidad y descripción desconocidas que alquiló un caballo el día del asesinato.

—Buscamos exactamente eso. —Diablo remarcó el plural y Honoria sintió su mirada y el suspiro breve e irritado que emitió antes de pronunciar esas palabras.

Cinco minutos más tarde, mientras oía las preguntas que Diablo hacía al dueño del establo, Honoria seguía regocijándose con su triunfo. Sabía que era mejor no demostrarlo, lo último que quería era herir su orgullo y hacerlo volver atrás en su decisión. Sin embargo, la victoria era tan dulce que le resultaba difícil borrar la sonrisa de sus labios y cada vez que Diablo no miraba, cedía a su instinto y sonreía.

—¿Has oído? —Cuando Diablo subió al birlocho, éste se balanceó.

—Ningún hombre a caballo a excepción de Tolly. ¿Hay otros establos en la población?

Había otros dos, pero las respuestas fueron idénticas que en el primero. Ese día, ningún hombre había alquilado un caballo y nadie había visto pasar a ningún jinete.

—Y ahora ¿qué? —preguntó Honoria mientras Diablo encaminaba de nuevo el birlocho hacia la carretera.

—Mandaré hombres a Huntingdon, Godmanchester y Ely para que investiguen. A Chatteris también, aunque es menos probable.

—¿Y Cambridge?

—Es la opción más segura —afirmó Diablo—. Está más cerca de la ciudad y en ese camino los carruajes son más frecuentes.

—Entonces ¿cuándo iremos a Cambridge? —preguntó ella.

—No iremos. —Diablo le lanzó una rápida mirada—. Y tampoco a las otras poblaciones.

Honoria lo miró, confundida, y vio que sus labios temblaban.

—Soy demasiado conocido y no puedo hacer preguntas sin suscitar comentarios. St. Ives es distinto, es el pueblo de la familia y de otras familias importantes que viven en las cercanías. Y tú tampoco puedes preguntar, pero mis criados pueden tomar un par de cervezas con los posaderos y enterarse de lo que necesitamos saber sin que nadie salga perjudicado.

—Humm... —Honoria lo miró con suspicacia.

—A Cambridge enviaré a Melton.

—¿El encargado de tus establos?

—Por decirlo así.

—Pues no parece estar mucho por el trabajo. —Honoria todavía no lo había visto.

—Cuando lo necesito nunca está. Para él es una cuestión de honor.

—¿Y por qué se lo toleras? —Lo miró sorprendida.

—Es viejo.

—¿Eso es todo? ¿Porque es viejo?

—No.

Intrigada, Honoria vio que aquel duro rostro se ablandaba, no mucho pero lo suficiente para que se notara.

—Melton me subió al primer poni que tuve, de hecho podría decir que fue quien me enseñó a montar. Ha estado en La Finca toda su vida, y nadie sabe de caballos más que él, ni siquiera Demonio. No podía jubilarlo después de haber ocupado ese puesto toda la vida. Por suerte, su yerno Hersey, un hombre sensato, es su inmediato subordinado, y en realidad es quien hace todo el trabajo. Aparte de cuidar de *Suleimán* y de sus actividades especiales, el puesto que ocupa es puramente nominal.

—Pero cuando regresas con *Suleimán* nunca está.

—Ni cuando lo saco. Como ya he dicho, para él es una cuestión de honor. —Diablo la miró torciendo maliciosamente los labios—. De esa manera se asegura de que no olvido nada de lo que me ha enseñado. En su opinión, el que sea un duque no me exime de almohazar mi caballo.

Honoria cloqueó y luego, cediendo a la risa, soltó una carcajada incontenible.

Diablo la miró con ceño y siguió adelante.

Mientras ella aún emitía risitas ocasionales, él refrenó a los caballos. Se hallaban a una milla de Somersham. Diablo salió de la carretera y enfiló un estrecho sendero hasta un pequeño prado. Honoria recuperó la seriedad.

—Mira, el norte de Cambridgeshire —anunció él.

No habría podido pasarle por alto. La región se extendía en una alfombra de verdes y dorados, festoneada por los tonos oscuros de los bosques y de setos de arbustos.

—Por estos parajes, esto es lo más parecido que tenemos a un mirador.

Honoria contempló el paisaje con repentina alarma. Estaban en una zona de hierba alta y una hilera de árboles impedía que se les viese desde la carretera. Un paraje totalmente apartado.

—Allí —dijo Diablo, señalando con el dedo— se ven los tejados de Chatteris. La primera línea verde oscura es el canal de los Cuarenta Pies, la segunda es Old Nene.

Honoria asintió. Conocía los nombres de la disertación anterior que él había dado sobre los marjales.

—Y ahora... —Diablo aseguró las riendas— ha llegado la hora del almuerzo.

—¿Almuerzo?

Pero él ya había bajado de un salto del birlocho. Al cabo de unos instantes lo oyó hurgar en el portaequipajes y reaparecer con una alfombra en una mano y un cesto de pícnic en la otra.

—Toma. —Diablo le lanzó la alfombra. Ella la cogió y después contuvo el aliento al notar que él la tomaba por la cintura. Esbozó una sonrisa lobuna y añadió—: ¿Por qué no eliges un lugar adecuado para extender la alfombra?

Honoria lo miró ceñuda. No podía hablar, tenía el corazón en la garganta y le costaba respirar. A duras penas consiguió soltarse del brazo que la rodeaba y avanzó por la hierba con toda la determinación que sus temblorosas piernas le permitían. Él le seguía los pasos y, cuando hubo extendido la alfombra sobre el primer lugar que le pareció apropiado, se acordó de su sombrilla y regresó al birlocho para recuperarla.

Aquello le dio tiempo para calmarse, recuperar la compostura y recordarse lo segura que estaba en realidad. Si no le permitía que la besase otra vez, todo iría bien.

Ella no era responsable de los besos anteriores que Diablo le había robado, como el bucanero que veía en él; la había capturado y había tomado lo que deseaba. En esta ocasión, sin embargo, aunque hubiese caído en la trampa, sabía de antemano que era una trampa. Como dama virtuosa que era, su deber era impedir que los planes de Diablo llegaran a buen puerto.

Sus besos y el deseo que los impulsaba distaban mucho de ser inocentes. Honoria no podía caer en esa escandalosa licencia, lo cual dejaba muy claro cómo tenía que comportarse: con circunspección, precaución y una virtud inexpugnable. Regresó repitiéndose esa letanía. El almuerzo que él había dispuesto —las dos copas, la botella de champán, fría y envuelta en una tela blanca, las exquisiteces pensadas para tentar el paladar de una dama— delataba sus intenciones.

—Lo habías planeado todo —le dijo.

—Pues claro, ¿qué esperabas? —respondió él arqueando las cejas, sentado en la alfombra.

La tomó de la mano y tiró de ella con suavidad. Honoria no tuvo más remedio que sentarse en la otra mitad de alfombra, al otro lado del cesto.

—Pero si no sabías que yo iba a acompañarte.

Por toda respuesta, Diablo arqueó una ceja con un gesto tan condescendiente que Honoria se quedó sin palabras.

—Ten —sonrió y metió la mano en el cesto—. Un muslo de pollo.

Honoria respiró hondo y miró el trozo que le tendía, cuidadosamente envuelto en una servilleta. Lo tomó y dio un bocado.

Para su alivio, vio que Diablo no se esforzaba en conversar. Estaba tumbado en la alfombra, apoyado en un codo, buscando algo en el cesto. Honoria bebió un sorbo de champán y decidió hablar para distraerlo y distraerse a la vez.

—¿Por qué Tolly vino pasando por St. Ives en vez de hacerlo por Cambridge? —preguntó—. Si quería verte, ¿por qué no tomó el camino más corto?

—Todos los Cynster viajamos siempre pasando por St. Ives —respondió él encogiéndose de hombros.

—¿Por algún motivo en particular?

—Porque nos sentimos vinculados con la población,

por supuesto. —Sonrió mirándola a los ojos—. Al fin y al cabo, el que construyó la iglesia del puente era un antepasado mío.

Honoria se había olvidado por completo de esa iglesia.

—Como penitencia, supongo —murmuró.

—Quizá. —Diablo bebió un sorbo de champán.

—¿Cuándo llegó Charles a La Finca? —Honoria había vuelto a sus reflexiones.

—No lo sé. Veleta dijo que ya estaba allí cuando él llegó esa noche más tarde, justo antes de que la tormenta empezara a arreciar.

—Si Charles siguió a Tolly desde la ciudad, ¿por qué no lo encontramos por el camino?

—Charles no tomó ese camino.

—Pensaba que todos los Cynster pasabais siempre por St. Ives.

—Todos excepto Charles. —Diablo se sentó y empezó a recoger los restos del almuerzo. Cogió la copa de Honoria y la apuró de un trago—. Por si no lo habías notado, Charles no es de la manada.

Manada... Una buena palabra para describirlos: la manada de lobos Cynster.

—La verdad es que... —Honoria vaciló—. Bueno, parece hecho con otro molde.

—Se parece a su madre tanto en el físico como en el carácter —dijo Diablo, encogiéndose de hombros—. Apenas tiene rasgos Cynster.

—Oh. —Se apoyó en un brazo, medio tumbada. Una oleada de calidez se extendía por sus entrañas—. ¿Hace mucho que murió su madre?

—Unos veinte años.

—¿Y tu tío volvió a casarse enseguida?

Con el cesto ya cargado, Diablo se desperezó, cruzó los brazos bajo la cabeza, entrecerró los ojos y miró a Honoria.

—El primer matrimonio del tío Arthur fue un desastre. Almira Butterworth hizo lo que nadie ha hecho nunca en la historia de la familia. Tendió una trampa a un Cynster para que se casara con ella, por mal que le saliera. Después de doce años de desavenencias conyugales, murió de tuberculosis y Arthur se casó con Louise al cabo de un año escaso.

—Entonces, al no ser un Cynster de pura cepa, ¿cómo fue a La Finca? ¿En un carruaje? ¿Conduce?

—No, no conduce. No me preguntes por qué. Siempre viene pasando por Cambridge, alquila un caballo y toma la carretera principal. Una vez dijo algo de que un señor siempre llega a la puerta principal, y no a la trasera.

Honoria decidió que Charles tenía que ser tan insoportable como ella había intuido.

—Así pues, no pudo ver nada.

—Dijo que no había visto a nadie.

Honoria siguió pensando pero no encontró preguntas que formular. El sol calentaba y había dejado la sombrilla en la hierba, a su espalda. Tenía que abrirla pero se sentía perezosa. La invadió una calidez deliciosa, una relajante sensación de calma, y decidió no romper el hechizo.

Diablo tenía los ojos cerrados y sus largas pestañas le acariciaban los altos pómulos. Ella dejó que su mirada vagara brevemente por su largo cuerpo, consciente, como siempre, de aquella profunda atracción que nunca antes había experimentado ni sentido por ningún hombre, una oleada de pura excitación que exacerbaba sus sentidos, sensibilizaba cada nervio y aceleraba los latidos de su corazón. Al mismo tiempo y en un plano visceral, la atraía como un imán, una atracción tan fuerte que no podía negarla. Todos sus instintos le advertían que era peligroso, peligroso para ella. Y en cambio, esos mismos instintos le decían que con él estaba a salvo.

No era de extrañar, pues, que se sintiera confundida.

Sin embargo, esto último era tan cierto como lo primero. Ni siquiera Michael le proporcionaba esa sensación de seguridad ni la certeza de que, a su lado, estaba por completo protegida. Diablo podía ser un tirano, un autócrata sin remedio, pero sin embargo podía confiar en él, en muchos aspectos era previsible y su sentido del honor muy estricto.

Con la mirada de nuevo en su rostro, Honoria respiró hondo. Sí, era peligroso, pero el cesto se encontraba entre ellos. Con una leve sonrisa en los labios, desvió la mirada y la posó en la suave bruma de la tarde que se levantaba en los verdes campos de los que él era señor.

Ningún campo era de un verde tan pálido como sus transparentes ojos.

Llegó a esa conclusión cuando, de repente, el horizonte se hundió y se encontró tumbada de espaldas, mirando el cielo sin nubes. Al cabo de un instante, el cielo desapareció y fue sustituido por una melena negra, unos rasgos duros y angulosos y unos ojos que veían demasiado. Y unos labios cuyas comisuras reflejaban la misma sonrisa de triunfo que Honoria veía en sus ojos verdes.

El cesto ya no estaba entre los dos. No había nada.

Honoria contuvo el aliento, con la mirada clavada en la suya y fue presa de una oleada de pánico. ¿Sabía Diablo leer la mente? Parecía que sí. La mirada verde se volvió más intensa y el contorno de sus labios más marcado. Él entrecerró los párpados y bajó la cabeza despacio.

La expectación de Honoria creció, una insidiosa tentación que la recorría por dentro y desbarataba sus defensas. Sintió que el calor aumentaba y lo anheló. Cada vez que la había besado había sido más intenso, más difícil de negar. Se sintió presa de su influencia y sus labios se suavizaron.

—No —susurró. No pudo decir más. Los latidos de su corazón reverberaban en todo su cuerpo y la aturdían.

—¿Por qué no? —preguntó Diablo deteniéndose, con un destello en los ojos. Luego arqueó las cejas y esbozó una sonrisa, al tiempo que le buscaba la mirada—. Si mis besos te gustan, Honoria Prudence.

Su nombre, pronunciado con aquella voz profunda y aterciopelada, arrastrando las erres, fue como una caricia sensual. Honoria intentó contener un estremecimiento pero no lo consiguió.

—Te gustan mis besos y a mí me gusta besarte —añadió Diablo—. ¿Por qué negarnos ese inocente placer?

¿Inocente? Honoria puso ojos como platos. Con él estaba segura, pero la idea de seguridad de Diablo y la suya no congeniaban.

—No se trata de eso...

—¿Y de qué se trata, pues? —preguntó él, ensanchando la sonrisa.

Honoria no lo sabía. Parpadeó. Inexpresiva, vio el destello de su sonrisa de pirata. Luego él inclinó la cabeza y sus labios cubrieron los suyos.

En esta ocasión tenía que resistirse. Ese pensamiento alumbró su mente y, al instante siguiente, desapareció, borrado por la excitación. No podía pensar nada más. El beso de Diablo liberaba otro ser en ella, un ser sensual y excitable que llevaba escondido en su interior. Era ese ser el que disfrutaba con la presión de los labios de él sobre los suyos, el que los abría para invitarlo a saborearla, a disfrutarla, a saquear su corazón.

Aparte de los labios y los largos dedos que le enmarcaban el rostro, él no la tocó. Sin embargo, Honoria se sintió rodeada por su fuerza, por su voluntad, doblada como un junco por su pasión. Su cuerpo —la piel, la carne temblorosa e incluso los huesos— era dolorosamente consciente de él, de su fuerza, de sus músculos tensos y marcados, de la dureza que derretía su ternura.

Los labios se unieron, las lenguas se acariciaron sensualmente. El beso resultó tan embriagador como el champán que habían tomado, tan cálido como la luz del sol que los envolvía. Él se inclinó sobre ella al tiempo que su beso se volvía más profundo. Honoria saboreó su deseo. El impulso de satisfacer su voracidad, que subía como la fiebre, un ímpetu que crecía con cada latido de su corazón, la necesidad imperiosa de abrazarlo, de tocarle los hombros, el cuello, de pasar los dedos por su abundante cabello. Los dedos le escocían, una de sus manos había caído sobre un brazo de él, la otra sobre un hombro. Honoria hizo un intento desesperado de negar sus ganas de tocar, de sentir y explorar.

En cambio, el acerado tacto de Diablo, más duro de lo que había imaginado, algo parecido a una roca caliente y flexible, la seducía. Atrapada en ese descubrimiento, le hincó los dedos, cautivada por aquellos músculos que se movían bajo sus manos.

Al instante, los labios de Diablo se endurecieron y, en un abrir y cerrar de ojos, su beso pasó de voraz a ansioso. Estaba más cerca, con el peso de su cuerpo tentadoramente cerca aunque no encima de ella. Honoria separó los labios y jadeó. Antes de que tuviera tiempo de abrir los ojos, él poseyó de nuevo su boca, de manera imperiosa, exigente, arrasándole los sentidos.

Diablo había cerrado una mano sobre su pecho.

La conmoción que le produjo su tacto, la sensual caricia de sus dedos largos y fuertes quedó amortiguada por su traje de montar, pero nada podía amortiguar la reacción que sintió en su interior, un relámpago de fuego incandescente que corría por sus venas. Bajo la mano de Diablo, su pecho se hinchó y el pezón se endureció como un botón antes incluso de que sus dedos lo encontraran. Honoria intentó recobrar el aliento pero él la seguía besando. Desesperada, respiró dentro de su boca y descubrió que podía hacerlo.

Los dedos de Diablo la acariciaban y sus sentidos se exacerbaban. Mientras la calidez de sus caricias se extendía por su interior y le agudizaba la sensación de que sus entrañas se estaban derritiendo, Honoria aprendió a respirar en su boca y, de repente, se sintió menos mareada.

De repente pudo pensar lo suficiente para saber lo que sentía, para disfrutar de la temblorosa excitación que la recorría, de la emoción que invadía toda su sensibilidad y cada centímetro de su piel. Lo suficiente para reconocer el intenso deseo que anegaba sus venas, la compulsión a participar activamente y devolverle el beso y atraer su duro cuerpo hacia ella, a invitarlo, a incitarlo para que hiciera lo que fuese para calmar y llenar el vacío de lo que se había derretido en su interior.

Esa conciencia la conmocionó y le dio fuerzas para retirarse.

Diablo notó su retirada. Bajo su mano, el pecho de Honoria ardía y estaba hinchado, y el pezón se había convertido en un duro botón contra la palma. Sin embargo, su retirada estaba clara: la había notado en el beso, en la repentina recuperación de sus sentidos. Conocía muy bien a las mujeres y no le pasaba por alto la dura batalla que Honoria estaba librando para bloquear su excitación, para suprimir el deseo que la embargaba como respuesta al de él.

Maldijo para sus adentros. Honoria le estaba causando un terrible dolor. Sintió el impulso de abrirle el corpiño y deslizar la mano en su interior para que supiera lo que eso le haría sentir, lo mucho que todavía quedaba por descubrir, pero su inocencia era una cruz que él se había obligado a llevar. Saber que él sería quien le enseñaría las artes amorosas y que sería el único hombre con el que tendría relaciones íntimas era un poderoso aliciente.

Honoria no era una puritana. Se sentía atraída por él a un nivel tan profundo que, sólo de pensarlo, Diablo se excitaba. Estaba dispuesta a que la sedujeran, a que él la sedujera y la hiciera suya, su esposa. No permitiría que se le escapase. Vio que los párpados de Honoria temblaban y luego se alzaban para mostrar unos ojos grises todavía plateados por la pasión.

—Tengo que confiarte que me he hecho cuatro promesas —le dijo, mirándola a los ojos.

Su voz, aterciopelada por la pasión, destilaba frustración.

Honoria parpadeó, aturdida, y Diablo reprimió una sonrisa salvaje.

—Voy a deleitarme mirándote la cara la primera vez que te dé placer. —Agachó la cabeza y le rozó los labios con los suyos—. Y la segunda y la tercera vez, también.

—¿Placer? —preguntó Honoria, con los ojos muy abiertos.

—Sí, cuando haga estallar ese calor fundido de tus entrañas.

—¿Estallar?

—Sí, en un estallido de estrellas. —Diablo le apretó un pecho y luego deslizó su mano en una lánguida caricia, describiendo círculos con el pulgar sobre el erecto pezón. Honoria fue presa de un escalofrío. La miró a los ojos intensamente y añadió—: Confía en mí, lo sé todo al respecto.

Honoria estudió sus ojos, con los suyos del todo abiertos y, de repente, respiró hondo.

—Y —añadió Diablo, inclinándose para saborear sus

labios de nuevo y para acallar cualquier cosa que ella fuera a decir—, mi cuarta promesa será el acto culminante.

Se apartó de ella para observar qué decidía hacer en aquel momento. Al cabo de un instante, Honoria se aclaró la garganta y le preguntó:

—¿Cuál es la cuarta promesa?

—Que miraré tu rostro cuando te entregues a mí, cuando me hunda en tu interior y te llene.

Honoria quedó paralizada. Necesitó todas sus fuerzas para reprimir su reacción, un febril impulso a la pasión y la posesión, un deseo tan visceral, tan apremiante que la dejó literalmente sin aliento. Aquel pensamiento inesperado —cómo sería, qué ocurriría—, la dejó conmocionada, pero lo que más la sorprendió fue que no le dio miedo. Sabía cuál era su futuro y no sería a su lado. Con los ojos clavados en los de él, sacudió la cabeza y dijo:

—No, eso no sucederá porque no voy a casarme contigo.

Lo apartó de ella con las manos y Diablo titubeó. Luego se retiró y le permitió sentarse. Cuando lo hizo, la tomó por la barbilla y volvió su rostro hacia él.

—¿Por qué no?

—Tengo mis razones. —Alzó altivamente la barbilla y se soltó.

—¿Cuáles?

—Para empezar, porque eres quien eres —respondió ella, con una mirada de resignación.

—¿Y eso qué significa? —preguntó Diablo con ceño.

Honoria se incorporó y él le tendió las manos para ayudarla. Luego la imitó.

—Que eres un tirano —dijo ella, que se había agachado para recoger la alfombra—, un autócrata imposible acostumbrado a hacer las cosas sólo a su manera. Pero eso es lo de menos. —Lo miró—. Casarme no es mi ambición, ni contigo ni con nadie.

—¿Por qué no? —preguntó de nuevo Diablo, que seguía con el entrecejo fruncido.

Ella le sostuvo la mirada. La pregunta, en esta ocasión, era menos agresiva.

—Mi razón es mía y de nadie más. —Abrió la sombrilla y, con la alfombra bajo el otro brazo, anduvo hacia el birlocho—. No tengo por qué explicártela. —Diablo era un duque y los duques precisan herederos. Al llegar al coche, volvió la cabeza y vio que él la seguía, con el cesto en la mano. Cuando llegó junto a ella, lo miró a los ojos y dijo—: Comprende, por favor, que no voy a cambiar de idea.

Diablo le sostuvo la mirada unos instantes y luego cogió la alfombra y la metió, junto con el cesto, en el portaequipajes. Bajó la tapa y luego volvió junto a ella. Honoria esperó. Cuando notó sus manos en la cintura, contuvo el aliento.

Se posaron allí pero no la levantó en vilo. Jadeante, miró aquellos ojos verdes transparentes que pertenecían a un conquistador. Sin soltarla, Diablo le sostuvo la mirada un minuto entero y luego dijo:

—Me parece, Honoria Prudence, que hemos hecho tablas.

—¿Sí? —repuso ella, intentando mirarlo con altivez.

—Sí, porque yo tampoco tengo intención de cambiar de idea —dijo, y apretó los labios en una fina línea.

Honoria lo miró un instante y luego arqueó las cejas y apartó los ojos.

Con la mandíbula encajada, Diablo la subió al asiento y luego montó él. Al cabo de un minuto volvían a estar en la carretera. Dejó que los caballos corrieran y el viento le calmó su sobrecalentado cerebro. Nunca había deseado tanto a una mujer, el deseo nunca le había clavado las garras con tanta fuerza. El destino se la había dado para que la tuviera y la retuviera. La tendría y la haría su esposa. No había alternativa.

Ella había dicho que tenía una razón que no pensaba contarle. Tendría que averiguarla y erradicarla. Si no, se volvería loco.

9

Diablo estaba repasando un libro de contabilidad cuando Webster entró en la biblioteca.

—¿Sí?

—Ha llegado Chatham, Su Alteza. El caballero que estabais esperando aguarda en el lugar indicado.

—Bien. —Diablo cerró el libro y se puso en pie—. ¿Dónde está la señorita Anstruther-Wetherby?

—Creo que en la rosaleda, Su Alteza.

—Estupendo. —Se dirigió hacia la puerta—. Voy a salir a caballo, Webster. Dentro de una hora estaré aquí con nuestro invitado.

—Muy bien, Su Alteza.

Cuando Diablo entró en el establo, se le acercaron dos mozos de cuadras.

—Preparad el caballo bayo y que Melton ensille a *Suleimán*.

—Oh, no hemos visto a Melton desde hace rato, Alteza.

—No importa —replicó Diablo, elevando los ojos al cielo—. Yo me encargaré de *Suleimán*. Vosotros ocupaos del bayo.

Cuando sacó su caballo al patio, el otro estaba esperando. Diablo montó en *Suleimán* y cogió las riendas del bayo. Habían pasado seis días desde que Honoria mandase llamar a su hermano.

Tras coronar una larga ascensión, vio un carruaje detenido más adelante y unos criados charlando con el cochero. Junto al carruaje, un caballero se paseaba impaciente. Diablo entrecerró los ojos y se acercó, montado en *Suleimán*.

El caballero levantó la vista. Se enderezó y alzó la barbilla. Diablo lo reconoció al instante. Tiró de las riendas y arqueó una ceja.

—Eres Michael Anstruther-Wetherby, ¿verdad?

—Sí, St. Ives —respondió el otro con un breve gesto.

Michael Anstruther-Wetherby rondaba los veinticinco años, era de complexión atlética y tenía el mismo aplomo y la misma seguridad que caracterizaban a su hermana. Acostumbrado a calibrar en un instante a cualquiera, Diablo reajustó la imagen que tenía de su futuro cuñado. Era tan presuntuoso como Honoria pero en él parecía una señal de debilidad, como si careciese del auténtico carácter Anstruther-Wetherby. Sin embargo, el hombre que lo miraba con rigor, escepticismo y desafío en sus ojos azules tenía una barbilla claramente decidida. Diablo sonrió.

—Creo que tenemos algunos asuntos que discutir. Sugiero que demos un paseo a caballo para hablar en privado.

—Muy bien —asintió Michael, con sus ojos azules clavados en los de Diablo. Agarró las riendas del caballo bayo y montó.

Diablo sonrió y puso dirección a una colina cercana. Al llegar a la cima, se detuvo y Michael hizo lo propio.

—No sé qué escribió Honoria, así que comenzaré por el principio.

—Será lo más conveniente.

Con la mirada puesta en los campos, Diablo explicó los acontecimientos que habían llevado a Honoria a La Finca.

—Por eso —concluyó—, me ha parecido apropiado sugerirle que se casara.

—¿Con quién?

—Conmigo, por supuesto. ¿Con quién, si no?

—No lo sé, sólo preguntaba. —Michael esbozó una breve sonrisa y enseguida se puso serio—. Pero si ése es el caso, ¿por qué me ha mandado llamar para que la escolte a Hampshire?

—Porque tu hermana imagina que está tan curtida que la reputación no tiene por qué afectarla. Tiene planeado ser una nueva lady Hester Stanhope.

—¡Señor! —Michael elevó los ojos al cielo—. ¿Sigue pensando en ir a África?

—Es lo que más desea, eso me ha dicho. Quiere ir en camello a la sombra de la Esfinge, perseguida sin duda por una horda de bereberes para luego ser víctima, en la costa de Berbería, de los traficantes de esclavos. Dice que está sedienta de emociones y cree que la única manera de encontrarlas es ir a la salvaje África.

—Esperaba que ya hubiese superado esa obsesión —dijo Michael, disgustado—. O que hubiera aparecido un caballero capaz de encarrilar su mente.

—Por lo que se refiere a lo primero, me temo que con el paso de los años se volverá cada vez más testaruda; a fin de cuentas es una Anstruther-Wetherby, una familia célebre por su obstinación. Y en cuanto a alguien que encarrilase su mente, ya lo he intentado.

—¿Y ha aceptado casarse contigo?

—Todavía no. —La expresión de Diablo se endureció—. Pero lo hará.

Tras unos instantes de silencio, Michael preguntó:

—¿Libre de toda coacción?

—Por supuesto. —Los ojos de ambos se encontraron y Diablo arqueó una ceja.

Michael estudió la expresión de Diablo y se relajó. Contempló los campos y Diablo esperó pacientemente. Por fin, Michael lo miró de nuevo y dijo:

—Admito que me alegraría ver a Honoria casada, sobre todo con un hombre de tu posición. Apoyaré esa boda todo lo que pueda, pero no voy a presionarla para que tome una decisión.

—Además de todo lo dicho —Diablo inclinó la cabeza—, tu hermana es una persona que dista mucho de ser dócil.

—Exacto. —La mirada de Michael era penetrante—. Entonces ¿qué quieres de mí?

—Mi capacidad de persuasión a distancia no funciona bien —dijo Diablo con una sonrisa—. Necesito que Honoria esté cerca. —Con un gesto indicó que tenían que seguir cabalgando y tocó los flancos de *Suleimán* con los talones.

—Si Honoria está decidida a volver a casa, necesitaré una buena razón para que no lo haga —apuntó Michael, siguiéndolo.

—¿Puede ella tomar decisiones sin rendir cuentas a nadie?

—Está bajo mi tutela hasta que cumpla veinticinco años.

—En ese caso, tengo un plan.

Cuando llegaron a los establos, Michael había roto el hielo con su futuro cuñado y se sentía a gusto con él. Parecía que su hermana, una fuerza ingobernable, había encontrado por fin un hombre suficientemente firme. Apretó el paso para seguir a Diablo y se dirigieron a la casa.

—Dime una cosa —Diablo recorrió el edificio con la mirada—, ¿siempre ha tenido miedo de las tormentas?

Michael dio un respingo.

—¿Todavía la sobresaltan?

—Más que eso, diría yo.

—Es natural —suspiró Michael—. A mí todavía me ponen nervioso.

—¿Por qué?

—¿Te ha contado que nuestros padres murieron en un accidente? —preguntó, mirándole a los ojos.

—Sí, en el carruaje —asintió Diablo.

—Hay algo más. —Suspiró—. Ni Honoria ni yo teníamos miedo de las tormentas. Aquel aciago día, nuestros padres se llevaron a los otros dos a dar un paseo.

—¿Los otros dos? —Diablo redujo el paso.

—Meg y Jemmy —respondió Michael mirándole a los ojos—. Nuestros hermanos. ¿No te ha hablado de ellos?

—No —respondió Diablo, meneando la cabeza—. Cuéntame qué pasó exactamente.

—Mi padre quería sacar a mamá a dar un paseo. —Michael desvió la mirada y la dejó vagar por los jardines, en dirección a la casa—. Mamá había estado enferma y papá quería que le diera un poco el aire. Los pequeños fueron con ellos. Honoria y yo nos quedamos porque no cabíamos en el coche y teníamos que asistir a clase. De repente se levantó una tormenta. A Honoria y a mí nos encantaba contemplar el paso rápido de las nubes y subimos a la sala de estudio.

»La sala estaba en el ático —prosiguió tras una pausa, con la mirada distante, clavada en el pasado— y desde allí se veía la calzada de acceso. Nos situamos frente a una ventana y miramos. Nunca imaginamos que... —Tragó saliva—. Estábamos contentos y felices, escuchando los truenos e intentando ver los relámpagos. Entonces se oyó un impresionante estruendo en el suelo y en el mismo instante vimos que el birlocho rodaba por la calzada.

Los niños estaban frenéticos y se agarraban a mamá. Los caballos se habían desbocado y papá intentaba controlarlos. —Hizo una pausa—. Aún hoy lo veo con toda claridad. Entonces cayó un rayo...

—¿En el carruaje? —preguntó Diablo al ver que Michael vacilaba.

—El rayo derribó un gran olmo que había junto al camino —respondió el hermano de Honoria tras sacudir la cabeza. Hizo otra pausa y respiró hondo—. Lo vimos caer. —Se estremeció—. Yo cerré los ojos pero creo que Honoria lo vio todo.

—¿Y murieron? —interrogó Diablo al cabo de unos segundos.

—Instantáneamente —respondió Michael, tembloroso—. Todavía oigo los relinchos de los caballos.

—¿Y qué le sucedió a Honoria? —preguntó Diablo con suavidad.

—¿Honoria? —Michael parpadeó—. Cuando abrí los ojos, estaba de pie, inmóvil, en la ventana. Entonces abrió los brazos y dio un paso al frente. La sujeté y ella se abrazó a mí. —Michael temblaba—. Una de las cosas que recuerdo con más claridad es su forma de llorar. No emitía ningún sonido, le caían las lágrimas como si su dolor fuera tan hondo que ni la dejara sollozar. —Hizo una pausa y añadió—: No creo que nunca olvide lo impotente que me hizo sentir su llanto.

Diablo pensó que él tampoco lo olvidaría. Michael respiró hondo y encogió los hombros con la mirada clavada en su futuro cuñado.

—Resumiendo, lo superamos lo mejor que pudimos y seguimos adelante con nuestras vidas. Por supuesto, la pérdida fue peor para Honoria —comentó, camino de la casa—. Como mamá había estado tan enferma, Honoria había hecho más de madre que de hermana con los pequeños. Creo que perderlos fue como perder a sus propios hijos.

Mientras recorrían el último trecho de jardín, Diablo guardó silencio. Al llegar a la casa, alzó la vista hasta el pórtico, leyó la inscripción grabada en él y miró a Michael.

—Necesitas una copa —le dijo.

A él también le apetecía una, y además necesitaba pensar.

Honoria bajaba la escalera principal con el entrecejo fruncido cuando vio entrar a su hermano.

Cambió de expresión y bajó corriendo.

—¡Michael! ¡Hace horas que te espero! —Lo abrazó y le devolvió un sonoro y afectuoso beso—. Vi que llegaba un carruaje pero no entró nadie en la casa. No sabía si... —Se interrumpió al ver que una sombra oscurecía el umbral.

—St. Ives vino a mi encuentro —dijo Michael, ladeando la cabeza—. Me ha explicado la situación.

—¿Sí? Quiero decir que... —Con sus ojos atrapados en el verde transparente de los de Diablo, Honoria contuvo el impulso de apretar los dientes—. ¡Oh, qué amable! —Clavó la mirada en la mueca de inocencia que apareció en el rostro de pirata de Diablo.

—Se te ve bien y animada —dijo Michael, observando su vestido de mañana color amatista.

Incluso con la mirada pendiente de la expresión juguetona de su hermano, Honoria vio que Diablo arqueaba una ceja y se sonrojó. Inclinó la barbilla y tomó del brazo a Michael.

—Ven, te presentaré a la duquesa madre. —Lo llevó hacia el salón—. Después saldremos a dar un paseo por los jardines.

De ese modo podría ponerlo al corriente de sus intenciones.

Para su disgusto, Diablo los siguió. Cuando entraron, la duquesa levantó la cabeza. Con una sonrisa radiante, dejó a un lado la labor de bordado y le tendió la mano.

—Señor Anstruther-Wetherby... Me alegro de conocerlo por fin. Espero que no haya tenido contratiempos en el viaje.

—En absoluto, señora. —Michael inclinó la cabeza sobre su mano—. Es un placer conocerla.

—*Bon* —dijo la duquesa con una sonrisa—. Y ahora, acomódese y charlemos un rato. —Señaló la *chaise* y miró a Diablo—. Llama para que traigan el té, Sylvester. Está usted con Carlisle, ¿verdad, señor Anstruther-Wetherby? ¿Y cómo está nuestra buena Marguerite?

Honoria se sentó en un sillón y vio que su hermano, del que habría jurado que era impermeable a las lisonjas, caía bajo el hechizo de la duquesa. Y lo que era aún más inquietante: que Michael cruzaba una mirada de connivencia con Diablo. Cuando Webster trajo el té quedó claro que, en cierto modo, Diablo había conseguido asegurarse la aprobación de su hermano. Honoria mordisqueó un emparedado de pepino e intentó no demostrar su irritación.

Alejó a su hermano de la subyugante influencia de madre e hijo a la primera oportunidad que tuvo.

—Vayamos a dar un paseo hasta el lago. —Se agarró con fuerza al brazo de su hermano y se dirigió hacia la terraza—. Hay un banco en la orilla, es muy tranquilo y acogedor.

—Esta casa es realmente magnífica —comentó Michael mientras cruzaban los jardines. Llegaron al banco y Honoria se sentó. Michael dudó, la miró y se acomodó a su lado—. Aquí estarías muy a gusto, ¿sabes?

—¿Qué te ha dicho Diablo? —preguntó ella, mirándolo a los ojos.

—No mucho, sólo lo que ha ocurrido.

—En ese caso —suspiró aliviada—, debería quedar claro que no hay ninguna razón para que se hable de matrimonio.

—Pues no es ésa la impresión que he tenido. —Michael arqueó una ceja.

—¿Cómo? —Honoria convirtió aquella palabra en un desafío.

—Tal vez sería mejor que repasáramos los acontecimientos —dijo su hermano al tiempo que se tiraba del lóbulo de una oreja.

Honoria deseaba hacerlo. Mientras relataba su bien ensayada versión de los hechos, Michael la escuchó con atención.

—Y luego me dejó con la duquesa madre —concluyó.

—Eso fue lo que me contó —corroboró Michael.

Ella tuvo el presentimiento de que había tomado el camino equivocado.

—Honoria, eres una mujer soltera de veinticuatro años. Perteneces a un linaje intachable y tu reputación es inmaculada —dijo Michael, al tiempo que erguía la cabeza y le apretaba la mano—. Y coincido con St. Ives: dada la situación no te queda otra opción que aceptar su propuesta. Se ha comportado como es de recibo: nadie puede echarte la culpa de lo ocurrido pero las circunstancias requieren la respuesta adecuada.

—No. ¿Puedes imaginarme felizmente casada con Diablo Cynster? Es imposible.

—En realidad —arqueó las cejas—, es lo que menos me cuesta imaginar.

—¡Michael! ¡Pero si es un tirano! ¡Un déspota implacable y arrogante!

—Como decía mamá, en esta vida no podemos tenerlo todo. —Michael se encogió de hombros.

Honoria entrecerró los ojos, colérica, hizo una pausa para medir sus palabras y, con toda rotundidad, declaró:

—Michael, no quiero casarme con Diablo Cynster.

—¿Y qué alternativa ves? —preguntó él, al tiempo que le soltaba la mano y volvía a apoyar la espalda en el banco.

Honoria suspiró aliviada. Al menos, su hermano empezaba a hablar de alternativas.

—He pensado en regresar a Hampshire. La temporada está muy avanzada para encontrar otro puesto de institutriz.

—Ni en esta temporada ni en ninguna. Cuando corra la voz, y correrá, no volverás a encontrar trabajo nunca más. St. Ives tiene razón; si te casas con él, los únicos rumores que corran serán de envidia. En cambio, sin su anillo en tu dedo estarán cargados de malicia e intentarán destruirte.

—No será tan grave. —Honoria se encogió de hombros—. Como bien sabes, la sociedad me importa muy poco.

—Cierto. —Michael dudó un instante y luego añadió—: Sin embargo, nuestro apellido y el recuerdo de nuestros padres sí deberían importarte.

—Eso es una impertinencia. —Se volvió despacio y lo miró a los ojos, furiosa.

—No; tenía que decirlo. —Michael movió la cabeza con expresión severa—. No puedes renunciar a lo que eres y a tus vínculos familiares, con las responsabilidades que eso conlleva.

Honoria sintió un escalofrío, como si fuese un general al que acaban de comunicar la pérdida de su último aliado.

—Así pues —dijo altiva, alzando la barbilla—, ¿quieres verme casada por el bien de una familia de la que nunca he utilizado el apellido?

—Me gustaría verte casada, primero y por encima de todo, por tu propio bien. Para ti no hay futuro en Hampshire ni en ningún otro sitio. Mira alrededor. —Con un gesto señaló La Finca, que se veía como una joya en medio de los campos que la rodeaban—. Aquí podrás ser lo que se supone deberías ser, lo que papá y mamá siempre quisieron que fueras.

—No voy a vivir mi vida según los preceptos de unos fantasmas —dijo Honoria con los labios apretados.

—No, pero deberías tener en cuenta las razones que hay detrás de esos preceptos. Ellos están muertos pero las razones siguen existiendo.

Cuando vio que callaba y se miraba las manos entrelazadas en el regazo con expresión obstinada, Michael continuó con un tono algo más tierno:

—Es posible que te parezca pomposo, pero he visto más mundo que tú y por eso estoy seguro de que la decisión a la que te insto es la correcta.

—No soy una niña. —Honoria le lanzó una mirada furibunda.

—Si lo fueras, no se daría esta situación —sonrió Michael. Al ver que abría la boca para replicar, añadió—: Pero te pido que controles tu carácter y que escuches lo que tengo que decirte antes de que tu obstinación te lleve a tomar una decisión equivocada.

—¿Sólo tengo que escuchar? —repuso ella, mirándolo a los ojos.

—Sí. Quiero que escuches la proposición que me ha hecho St. Ives y las razones por las que creo debes aceptarla.

—¿Has discutido con él sobre mi futuro? —Honoria se quedó boquiabierta.

Michael cerró los ojos un instante y luego le lanzó una mirada inequívocamente masculina.

—Honoria, era necesario que hablásemos. Vivo en sociedad desde hace más tiempo que tú; tú acabas de poner el pie en ella. Eso es lo que St. Ives ha sabido ver, gracias a Dios, y eso es lo que hay detrás de su propuesta.

—¿Propuesta? —Honoria echaba chispas—. Pensaba que era una proposición.

—Su proposición está sobre la mesa hasta que tomes una decisión. —Cerró los ojos con fuerza. Cuando volvió a abrirlos, añadió—: Su propuesta se refiere a cómo debemos actuar hasta que te decidas.

—¡Oh! —Exasperada, se volvió y miró hacia el lago—: ¿Y cuál es esa propuesta?

—Debido a la muerte de su primo —dijo Michael tras respirar hondo—, la boda no podría celebrarse hasta dentro de tres meses. La duquesa madre guardará seis semanas de luto y otras seis de medio luto. Como no tienes familia con la que residir, deberías quedarte con la duquesa y ella te presentaría a la nobleza como la prometida de su hijo.

—Pero yo no he dicho que vaya a casarme con él.

—Lo sé, así que simplemente estarás bajo la protección de la duquesa madre. Tiene la intención de ir a Londres dentro de unas semanas. La acompañarás y ella te presentará a la nobleza. Eso te brindará la oportunidad de ver la sociedad desde una perspectiva nueva y, si después de eso sigues rechazando la proposición de St. Ives, él y yo aceptaremos tu decisión e intentaremos encontrar una solución alternativa. —Su tono daba a entender que no tenía esperanzas de encontrar ninguna.

—¿Y qué explicación se dará de mi presencia junto a la duquesa?

—Ninguna. Los Cynster son tan poco dados a las explicaciones como los Anstruther-Wetherby.

—Pero la gente se hará preguntas...

—La gente lo entenderá. Sin embargo, dada la implicación de la duquesa madre, pensarán que pronto habrá un anuncio oficial, y hasta entonces se comportarán. Y te recuerdo —Michael hizo una mueca— que tener que vérselas con la duquesa no es moco de pavo.

Honoria arqueó una ceja, inquisitiva.

—Acabas de verlo —añadió él, señalando la casa—. Es una manipuladora consumada.

—Veo que lo has notado... —Honoria se mordió el labio.

—Sí, lo he notado, pero resistirse a ella no sirve de nada. Has dicho que St. Ives es un tirano y no dudo que así sea pero, entre la nobleza, su madre está considerada una reliquia sagrada. Es de una ayuda inestimable si gozas de sus simpatías; si no, es un feroz enemigo al que temer. Nadie se atreverá a despertar sus iras haciendo circular rumores sobre su hijo y la dama que tal vez sea su duquesa. Para ti, no hay lugar más seguro que el amparo de la duquesa madre.

Honoria lo sabía y asintió despacio. Luego miró a Michael con el entrecejo fruncido.

—Sigo pensando que lo más sencillo sería retirarme a Hampshire hasta que se calmen las cosas. Aunque no encuentre otro trabajo, como bien has dicho, ya tengo veinticuatro años y ha llegado el momento de que haga realidad mis proyectos de viaje.

—No puedes quedarte sola en Hampshire —dijo Michael tras un suspiro—. Tendremos que recurrir a la tía Hattie.

—¿Tía Hattie? —Honoria arrugó la nariz—. En una semana me habría vuelto loca.

—Pues no se me ocurre nadie más. —Su hermano apretó los labios—. Y no puedes vivir sola, sobre todo cuando tu noche en el bosque con Diablo Cynster sea de dominio público. Recibirías la visita de toda clase de indeseables.

Honoria le lanzó una furibunda mirada, frunció el entrecejo y clavó los ojos en el lago. Michael guardó estoico silencio.

Los minutos pasaron. Con los ojos entrecerrados, Honoria consideró sus opciones. Lamentaba haberse precipitado en llamar a su hermano, porque encontrar al asesino de Tolly iba a costar tiempo. Diablo, un gran estorbo para sus planes, había sido derrotado y se comportaba como un conspirador reacio pero sumiso. Le atraía la idea de desenmascarar al asesino de Tolly entre los dos. Además de lo mucho que deseaba que se hiciera justicia, la situación era ideal para vivir todas las aventuras que siempre había soñado. Si se marchaba, perdería esa oportunidad.

También estaba la pequeña cuestión de su deseo creciente a experimentar, sólo una vez, el placer al que Diablo había aludido. Sus palabras, sus caricias, la obsesionaban tanto como el inocente rostro de Tolly. Diablo había dejado claro que la posesión y el placer eran hechos independientes y, aunque tal pensamiento la sonrojaba, sentía una compulsión cada vez mayor a aprender lo que él tuviera que enseñarle sobre el placer. La posesión, en este caso, estaba fuera de toda cuestión, más allá de toda posibilidad. Los Cynster nunca soltaban lo que hacían suyo y Honoria sabía que no debía permitir que Diablo la poseyera en ningún sentido.

Como había decidido no casarse nunca, su virtud nunca se pondría en entredicho. Y consideró oportuno acumular experiencia sobre el placer que podía darse entre un hombre y una mujer antes de dedicarse a sus viajes. Era indudable que el placer que había experimentado hasta el momento en manos de Diablo Cynster era verdaderamente excitante.

Con tantos proyectos para el futuro inmediato, su situación le habría parecido perfecta de no ser por la obsesión de Diablo en casarse con ella. No quería ir a Hampshire pero, como él estaba tan decidido a hacerla su esposa, le costaba optar por quedarse en La Finca.

Sin embargo, con aquella ingeniosa proposición, Diablo se había excluido del juego. Honoria podía quedarse al cuidado de su madre, a salvo de él y de cualquier otro caballero, durante tres meses, tiempo más que suficiente para encontrar al asesino de Tolly y para que ella aprendiese todo lo que quería saber acerca del placer.

El único inconveniente era saber si sería lo bastante fuerte y astuta para evitar las trampas que Diablo le tendiera.

—Muy bien —dijo, irguiéndose en el asiento al tiempo que miraba a Michael a los ojos—, acepto quedarme tres meses bajo la tutela de la duquesa madre. —Su hermano sonrió y ella entrecerró los ojos—. Después volveré a Hampshire.

Con un gruñido, Michael se puso en pie y la tomó de la mano para que hiciera lo propio. Cogidos del brazo, regresaron a la casa.

Esa misma tarde, Honoria estaba sentada en un sillón del salón con el regazo lleno de sedas de bordar. La duquesa ocupaba la *chaise*, atareada en seleccionar brillantes madejas. Michael, alegando cansancio, se había retirado temprano y Diablo estaba en la biblioteca. Ya habían tomado el té y el atardecer se había convertido en noche silenciosamente. De repente, una sombra cayó sobre ella.

Absorta en su intento de separar las hebras azules de las turquesa, levantó la vista y vio a Diablo, que se había plantado delante de ella con una expresión insondable. Por un largo instante él le sostuvo la mirada, con la suya sombría, hermética. Luego le tendió la mano y dijo:

—Ven, Honoria. Salgamos a dar un paseo.

Por el rabillo del ojo vio que la duquesa madre se había quedado sorda repentinamente.

Los labios de Diablo se suavizaron pero su mirada siguió penetrante, clavada en su rostro.

—Prometo no morder.

Honoria sopesó los pros y los contras: necesitaba hablar con él para asegurarse, antes de que Michael se marchara, de que su proposición era exactamente la que ella pensaba. Estudió su rostro.

—Pero no iremos a la glorieta. —Deseaba aprender sobre el placer pero quería poder controlar las lecciones.

—Sólo iremos a la terraza. —La sonrisa de pirata se materializó en sus labios fugazmente—. No quiero distraerte.

Honoria contuvo un temblor incipiente, provocado por el tono profundo y ronroneante de su voz, y lo miró con recelo.

—Palabra de Cynster —dijo él, arqueando las cejas.

Honoria podía confiar en eso. Recogió las madejas y puso su mano sobre la de él. Diablo la ayudó a levantarse y posó la mano de ella en su brazo. La duquesa fingió seguir absorta en las sedas de color lavanda. Caminaron hasta las grandes balconeras que se abrían a la terraza, donde la noche era un manto de terciopelo negro.

—Quiero hablar contigo —dijo ella tan pronto llegaron al exterior.

—Y yo contigo —replicó Diablo, mirándola de arriba abajo.

Honoria inclinó la cabeza, invitándolo a hablar.

—Michael me ha informado de que has accedido a quedarte con mi madre los próximos tres meses.

—Hasta que termine la temporada de luto —comentó ella. Se desasió y se volvió para mirarlo a la cara.

—Y, transcurrido ese tiempo, serás mi duquesa.

—Transcurrido ese tiempo, regresaré a Hampshire.

Él se detuvo a pocos centímetros de ella. Con la luz de la sala a sus espaldas, Honoria tuvo que imaginar su expresión: arrogante, impasible, con unos ojos ocultos por las sombras y clavados en los suyos, unos ojos insondables. Mantuvo la cabeza alta y la mirada decidida, dispuesta a impresionarlo con lo inflexible que podía ser.

El momento se prolongó. Honoria empezó a sentir una leve desazón y arqueó una ceja.

—Parece que tenemos un problema, Honoria Prudence.

—Sólo está en vuestra mente, Su Alteza.

Los ángulos de su rostro se movieron en expresión de advertencia.

—Antes de que decidamos lo que ocurrirá al final de los tres meses —dijo, exasperado pese a su tono cortés—, quizá deberíamos decidir sobre esos tres meses propiamente dichos.

—He accedido a quedarme con tu madre. —Honoria arqueó las cejas con arrogancia.

—Y a considerar seriamente mi proposición —añadió Diablo.

Ella no pudo pasar por alto el mensaje que transmitía su tono: o todo o nada.

—Sí —asintió tras respirar hondo—. Y a considerar seriamente la posibilidad de convertirme en tu esposa. Tengo que decirte, sin embargo, que es muy improbable que cambie de opinión al respecto.

—En otras palabras, eres terca como una mula y tengo tres meses para conseguir que cambies de opinión.

A Honoria no le gustó su manera de decirlo y replicó:

—No soy una mujer insegura, no tengo intención de cambiar de parecer.

—Todavía no conoces mis poderes de persuasión.

En los labios de Diablo destelló su sonrisa de pirata. Honoria se encogió de hombros, arrugó la nariz y contempló la oscuridad de la noche.

—Lo único que conseguirás será que me reafirme en mi postura. No me casaré, ni contigo ni con nadie.

Diablo guardó de nuevo silencio y ella notó que se le tensaban los nervios. Unos dedos duros se posaron en su barbilla para volverle la cara hacia él.

Aunque estaban a oscuras, Honoria notó lo penetrante y poderoso de su mirada.

—Pues siempre se ha dicho que las mujeres cambian mucho de opinión. ¿Cuán mujer eres, Honoria Prudence?

Ella abrió unos ojos como platos. Los dedos de Diablo se movieron por la sensible piel de su mentón, haciéndola estremecer. Se quedó sin aliento y le costó un esfuerzo considerable soltarse de él.

—Sé que no es aconsejable que juegue con fuego, Su Alteza.

—¿De veras? —En sus labios se dibujó una sonrisa—. Pensaba que querías una vida llena de emociones.

—Sí, pero a mi manera.

—En ese caso, querida, tendremos que negociar.

—¿De veras? —Honoria intentó aparentar despreocupación—. ¿Por qué?

—Porque dentro de poco serás mi duquesa, por eso.

Ella le lanzó una mirada de exasperación y, con un crujido de su falda de seda, echó a andar a lo largo de la balaustrada.

—Te lo advierto, después no digas que no te he avisado: no voy a casarme contigo. —Honoria se detuvo y, con la cabeza alta y los ojos muy abiertos, añadió, señalándolo con el dedo—: Y no me consideres un desafío. No te atrevas a pensar que lo soy.

Su carcajada fue la de un pirata, un bucanero, un paria fanfarrón que tendría que haberse encontrado en la cubierta de un barco y no a su lado. Aquel sonido profundo y sinuoso contenía una amenaza y una promesa que la envolvieron. Diablo volvió a plantarse ante ella.

—Eres el desafío personificado, Honoria Prudence.

—Cabalgáis hacia el fracaso, Su Alteza.

—Cabalgaré sobre ti antes de Navidad.

Aquello la conmocionó, pero no estaba dispuesta a demostrarlo. Con la barbilla alzada y los ojos entrecerrados, replicó:

—No pretenderás seducirme para que me case contigo, ¿verdad?

—Pues sí, lo había pensado. —Diablo arqueó una ceja con arrogancia.

—Pues no te saldrá bien. —Al ver que arqueaba la otra, Honoria sonrió, muy segura de sí misma—. Por la experiencia que tengo, sé que no me presionarás mientras resida en tu casa, bajo la protección de tu madre.

—¿Sabes mucho acerca de la seducción? —repuso él, sosteniéndole la mirada.

—No serás el primero en comprobarlo. —En esta ocasión fue Honoria la que arqueó las cejas al tiempo que seguía caminando junto a la balaustrada.

—Probablemente no, pero seré el primero que salga vencedor.

—No —suspiró Honoria, y vio que él fruncía el entrecejo—. No saldrás vencedor, quiero decir. —Diablo caminó a su lado—. Sé que no vas a forzarme. Desenmascararé tus trucos.

Honoria notó su mirada. Por sorprendente que resultase, fue menos intensa y menos inquietante que antes. Cuando habló, ella captó en su voz un tono divertido.

—Ni fuerza ni trucos. Tienes mucho que aprender sobre la seducción, Honoria Prudence, y en esta ocasión te las verás con un maestro.

Honoria sacudió la cabeza. Diablo estaba advertido. Era tan arrogante que le sentaría bien que le bajaran los humos y aprender que no todo el mundo acataría sumisamente su voluntad.

La noche extendió sus fríos dedos a través de su falda y Honoria se estremeció.

—Entremos —dijo Diablo, tomándola por el brazo.

Ella lo miró y la expresión de él se endureció. De repente, se acercó a ella, que reprimió un grito y retrocedió hasta la balaustrada. Diablo apoyó las manos en el parapeto de piedra, una a cada lado, aprisionándola entre sus brazos.

Jadeante y con el corazón acelerado, Honoria parpadeó.

—Has prometido no morder —dijo.

—Todavía no lo he hecho —replicó él con expresión pétrea—. Como has sido tan ingenuamente sincera, lo mínimo que puedo hacer es devolverte el favor para que nos comprendamos mejor el uno al otro. —Le sostuvo la mirada y Honoria notó todo el peso de su fuerza de voluntad—. No voy a permitir que des la espalda a lo que eres, al destino que siempre ha sido el tuyo. No permitiré que te conviertas en una institutriz esclava del trabajo ni en una excéntrica que divierta a la nobleza.

Honoria lo miró inexpresiva.

—Has nacido y has sido educada para ocupar una

posición destacada en la nobleza, una posición que ahora está al alcance de tu mano. Tienes tres meses para reconciliarte con la realidad. No pienses que podrás huir de ella. —Le sostuvo la mirada implacablemente.

Pálida y temblorosa, Honoria apartó los ojos.

Diablo quitó las manos de la balaustrada y le dejó paso libre. Honoria dudó, con una expresión tan pétrea como la suya; luego se volvió y lo miró a los ojos.

—No tienes ningún derecho a ordenar cómo tiene que ser mi vida.

—Tengo todo el derecho. —La expresión de Diablo no se ablandó un ápice—. Serás lo que estabas destinada a ser: ¡mía!

El énfasis que puso en esa sola palabra hizo temblar a Honoria de pies a cabeza. Incapaz de respirar, se alejó deprisa hacia la sala, con la cabeza muy alta y un crujido furioso de la falda de seda.

10

Tres días después, Diablo se encontraba ante la ventana de la biblioteca con la mirada absorta en la glorieta. A su espalda, sobre su escritorio, se acumulaban libros abiertos y un montón de cartas que esperaban respuesta. En esos momentos tenía muchos asuntos por resolver.

No había encontrado rastro del asesino de Tolly y la sencilla tarea de asegurarse a su esposa estaba resultando muy complicada. Esto último era lo que más le preocupaba. Sabía que tarde o temprano darían con el asesino de su primo. También estaba firmemente convencido de que Honoria sería su esposa; de lo que no estaba tan seguro era de en qué estado llegaría él a la boda.

Honoria lo estaba volviendo loco. ¿Qué fuerza lo había impulsado a declararle sus intenciones con tanta intensidad, allí, en la terraza, a la luz de la luna? Había sido una locura comportarse como el tirano que era, y sin embargo con sólo pensar en ella volvía a sentir la misma emoción, el impulso de conquistar, aprehender, retener.

Por fortuna, la obstinación, el desafío y el implacable orgullo de Honoria la habían retenido en la casa. Permitiría que Michael se marchase solo. Y con el mentón erguido, envuelta en una capa de gélida cortesía, a él lo mantendría a distancia.

Después de haberse enterado de su pasado, el sentido común sugería a Diablo que al menos reconsiderase su postura. Pero el sentido común no podía plantar cara a la profunda convicción de que Honoria le pertenecía. Con ella se sentía como uno de sus antepasados conquistadores preparándose para el asedio de una posición muy deseada. Según intuía, la rendición de Honoria, cuando llegase, tendría que ser proclamada desde las almenas.

Diablo se preguntaba cómo habría llegado a la suculenta madurez de sus veinticuatro años sin casarse. Aun cuando su cargo de institutriz la ocultara de muchas miradas, los hombres no eran ciegos. Los que la hubieran visto habrían apreciado, sin lugar a dudas, su belleza. Sólo su determinación de permanecer soltera, de no tener hijos, podía explicar lo inexplicable. La obstinación de Honoria era algo tangible.

Pero ahora tendría que renunciar a esa obstinación porque él nunca renunciaría a ella. Al menos, Honoria nunca podría decir que no la había advertido.

Con la mirada todavía fija en la glorieta, Diablo alargó la mano para abrir la balconera. Salió y se dirigió a la glorieta.

Honoria lo vio llegar. Su mano se quedó inmóvil a medio gesto; bajó la cabeza y siguió cosiendo. Diablo subió los peldaños de dos en dos. Ella alzó los ojos, se encontró con los suyos y arqueó las cejas despacio.

Él le sostuvo la mirada y luego la dirigió al asiento que había a su lado.

Honoria dudó y luego, lentamente, recogió las madejas de seda.

—¿Ha averiguado algo tu hombre en Chatteris?

Diablo la miró fijamente.

—Lo he visto regresar a caballo —explicó Honoria, metiendo las madejas en un cesto.

—Nada —respondió él, tragándose la indignación,

al tiempo que se sentaba a su lado—. Nadie transitó por ese camino.

Se le ocurrió que podría poner setos alrededor de la glorieta. Honoria la había convertido en su refugio y eso podía suponerle algunas ventajas.

—¿Así que ya has preguntado en todas las poblaciones de la zona y nadie alquiló un caballo en ninguna? —Honoria frunció el entrecejo.

—A excepción de Charles, que vino por Cambridge.

—¿Y no hay ningún otro lugar, una taberna o algo parecido, donde alquilen caballos?

—Mis hombres han estado en todas. A menos que alquilara un caballo en otro lugar, algo que no podemos descartar, parece probable que el asesino huyó en su propio caballo.

—Creía que lo considerabas improbable.

—Pero no imposible.

—La tormenta empezó muy poco después. Debió de necesitar cobijo...

—Los demás han estado en todas las posadas y tabernas del camino de regreso a Londres. Ningún caballero se refugió en ellas. El asesino de Tolly o bien tuvo mucha suerte o bien ocultó sus pasos perfectamente.

—Si montaba su caballo, pudo haber venido de cualquier parte, no sólo de Londres. Tal vez fuese un asesino a sueldo.

—No compliques las cosas —dijo Diablo tras contemplarla en silencio.

—Sí, es cierto, pero lo que yo quería preguntarte... —Calló un momento para cortar un hilo. Diablo entendió su mensaje. Había querido preguntárselo antes de que se comportara como un déspota. Dejó a un lado las tijeras y prosiguió—: ¿Era de dominio público que Tolly atajaba siempre por el bosque?

—No de dominio público, pero se sabía lo bastante para que cualquiera pudiese preguntar y averiguarlo.

—¿Han descubierto algo tus primos en Londres? —inquirió Honoria, dando otra puntada a su labor.

—No, pero tiene que haber algo, alguna pista, en algún sitio. Los caballeros jóvenes no mueren asesinados en un camino local sin que exista una razón de peso. —Diablo vio que su madre se acercaba. Con un suspiro, descruzó las piernas y se puso en pie.

—¿Es aquí donde te escondes, Sylvester? —La duquesa madre subió los escalones entre susurros de encaje negro. Le ofreció la mejilla para que él la besara.

—Yo no diría que esto sea esconderme, *maman* —replicó él tras obedecerla.

—Sí, eres demasiado grande para poder esconderte —bromeó la duquesa—. Siéntate, que me tapas la luz.

Como la dama le quitó el sitio al lado de Honoria, Diablo tuvo que apoyarse en el alféizar de una ventana. La duquesa miró la labor de Honoria y señaló un punto. Honoria lo miró, murmuró algo, dejó la aguja y cogió las tijeras. Diablo aprovechó la oportunidad:

—Quería hablar contigo, *maman*. Mañana parto hacia Londres.

—¿Londres?

La exclamación procedió de las dos gargantas. Dos caras sobresaltadas lo miraron.

—Por asuntos de negocios.

Honoria miró a la duquesa y ésta le devolvió la mirada. Luego frunció el entrecejo y se volvió hacia su hijo.

—He pensado, *chéri*, que yo también debería ir a Londres. Ahora que tengo la compañía de Honoria, creo que sería de lo más conveniente.

—Pero si estás de luto —parpadeó Diablo, sorprendido.

—¿Y qué? Puedo estar de luto en Londres. Es muy apropiado... En esta época del año está siempre tan gris...

—Pensaba que querías quedarte aquí, al menos una semana más —dijo Diablo.

—¿Para qué? —repuso la duquesa madre alzando las manos con las palmas hacia arriba—. Es un poco pronto para asistir a los bailes, lo admito, pero no he dicho que vayamos a Londres a llevar una vida disipada. No; lo que me parece apropiado es presentar a Honoria, aun cuando la familia esté de luto. He hablado con tu tía Horatia y piensa lo mismo que yo. Cuanto antes conozca la nobleza a Honoria, mejor.

Diablo lanzó una rápida mirada a la joven y la consternación que vio en sus ojos era todo un espectáculo del que disfrutar.

—Excelente idea, *maman*. —En los ojos de Honoria había un brillo plateado y Diablo apartó los suyos—. Pero deberás tener cuidado con las chismosas.

—No des consejos a tu madre. —La duquesa hizo un gesto de desprecio con la mano—. Tu tía y yo sabremos cómo llevarlo. No diremos nada demasiado concreto para evitar el vendaval...

—El vendaval no, mamá, la polvareda.

—Tenéis unos dichos muy raros. En inglés... —La duquesa frunció el entrecejo.

Diablo desistió de mencionarle que su madre había vivido en Inglaterra casi toda su vida pero que su uso del lenguaje flaqueaba cuando maquinaba algo. En aquella ocasión, sin embargo, aprobaba sus maquinaciones.

—Las cosas se harán *comme il faut*, no tienes que preocuparte —dijo la duquesa—. Sé lo conservador que te estás volviendo... No haremos nada que hiera tu susceptibilidad.

El comentario dejó a Diablo sin habla.

—Esta mañana estaba pensando que tendría que estar en Londres con tu tía Louise. Soy la matriarca, ¿no? El deber de una matriarca es estar con su familia. —La duquesa dirigió una mirada indiscutiblemente matriarcal a su silencioso hijo—. Tu padre así lo habría querido.

Con estas palabras, la duquesa dio por cerrada cualquier posible discusión, aunque en este caso Diablo no tuviera ninguna intención de discutir.

—Si eso es lo que deseas, *maman* —dijo tras fingir un suspiro de agravio—, daré órdenes inmediatamente. Podemos salir mañana a mediodía y llegar a la ciudad antes de que anochezca.

—*Bon.* —La duquesa miró a Honoria—. Será mejor que vayamos a hacer el equipaje.

—Pues sí.

Honoria dejó la labor en el cesto y miró a Diablo brevemente con aire de triunfo.

Él permaneció impasible mientras las dos salían de la glorieta. Cuando las siguió, bajó los peldaños con pasos lánguidos, la mirada fija en las marcadas curvas de Honoria y un brillo de satisfacción en los ojos.

La casa de los St. Ives en Grosvenor Square era mucho más pequeña que la mansión de Somersham. Sin embargo, tenía el tamaño suficiente para que en ella se perdiera un batallón, algo que sugerían los extraños individuos de porte militar que la poblaban.

Honoria se cruzó con el mayordomo Sligo en el vestíbulo y lo saludó con la cabeza al tiempo que se preguntaba por la idiosincrasia de Diablo Cynster.

Dos días antes, a su llegada al atardecer, le había sorprendido el delgado, fibroso y jorobado Sligo. Tenía un rostro redondo como la luna llena y cargado de inquietudes y pesares. Su vestimenta era seria pero el corte de las prendas dejaba que desear. Hablaba con brusquedad, como si aún estuviera en un cuartel.

Más tarde, Honoria preguntó a la duquesa madre. Por lo que ésta le contó, supo que Sligo había sido el ordenanza de Diablo en Waterloo. Era un admirador incondicional de su antiguo capitán. En la desbandada, se había limitado a seguirlo. Diablo lo nombró su factótum principal y Sligo se quedaba en St. Ives como cuidador cuando la familia no estaba en la casa. Cuando su amo estaba fuera, intuyó Honoria, Sligo volvía a su cargo anterior, lo cual significaba que se dedicaba a las tareas de vigilancia.

Un criado le abrió la puerta que daba a la sala del desayuno.

—Hola, querida. —Magnífica, la duquesa le sonrió desde el extremo de una elegante mesa.

Honoria le hizo una reverencia y luego inclinó la cabeza hacia Diablo.

—Su Alteza —dijo.

—Espero que hayas dormido bien —repuso él tras devolverle el saludo y mirándola de arriba abajo. Con un gesto, llamó a Webster para que le apartase una silla, justo la que estaba a su lado.

—Sí, he dormido aceptablemente bien.

Honoria miró las otras nueve sillas vacías en torno a aquella mesa tan bien dispuesta, se recogió las faldas y dio las gracias a Webster cuando éste le sirvió el té. El día anterior había estado ocupada deshaciendo el equipaje e instalándose. Un chubasco había partido la tarde en dos y lo más cerca que había estado de la plaza había sido a través de las ventanas de la sala.

—Le estaba diciendo a Sylvester que esta mañana tenemos pensado ir a las modistas y me cuenta que, en estos tiempos, la nobleza elige a las modistas según la edad.

—¿La edad? —Honoria frunció el entrecejo.

La duquesa asintió al tiempo que untaba de mantequilla y mermelada una tostada.

—Al parecer, es conveniente que yo siga yendo a la vieja Franchot, pero en tu caso es mejor que acudas a... —Miró a su hijo—. *Qu'est-ce que?*

—Celestine —respondió él.

Honoria lo miró con ceño y él le devolvió una mirada aburrida.

—Es muy simple. Si quieres turbantes y fustanes de algodón, ve a Franchot. Si te gustan los volantes y los caireles, madame Abelard es la mejor. Para las inocentes señoritas de campo... —Hizo una pausa, rozando brevemente con la mirada el magnífico encaje de Honoria—. Me han dicho que la mejor es mademoiselle Cocotte. Pero si buscas verdadera elegancia, sólo hay un nombre: Celestine.

—¿De veras? —Honoria bebió un sorbo de té, dejó la taza y se preparó una tostada—. ¿Y esa Celestine tiene taller en Bruton Street?

—¿Dónde, si no? —Diablo arqueó las cejas. Vio que Sligo se acercaba con una bandeja de plata llena de cartas. Las cogió y echó un vistazo a los sobres—. Creo que si paseas por Bruton Street encontrarás muchas modistas de tu gusto.

Mientras él examinaba el correo, Honoria lo observó por el rabillo del ojo. Diablo tenía una pequeña legión de empleados. Uno de ellos los había seguido desde La Finca y había pasado el día anterior encerrado en el despacho con su amo. Administrar fincas tan extensas como las del ducado de St. Ives podía mantener muy ocupada a cualquier persona. Hasta entonces, por lo que Honoria sabía, los negocios habían impedido a Diablo investigar personalmente el asesinato de su primo.

Al llegar a la última carta, las juntó todas y miró a su madre.

—Si me disculpas, *maman*... —Acto seguido, volvió los ojos brevemente hacia Honoria—. Honoria Prudence...

Con un elegante asentimiento, se puso en pie y, abstraído en su correspondencia, salió de la habitación.

La joven lo siguió con la mirada hasta que la puerta lo ocultó. Luego tomó otro sorbo de té.

Cuando Veleta Cynster cruzó la plaza, el carruaje de la casa St. Ives acababa de doblar la esquina con la duquesa madre y Honoria camino de Bruton Street. Con pasos largos y haciendo oscilar el bastón, Veleta subió la escalinata que conducía a la puerta de la imponente casa de su primo. En ese momento la puerta se abrió y Sligo salió apresuradamente.

—Oh, señor, lo siento. —Sligo se apartó—. No lo había visto.

—Está bien, Sligo —sonrió Veleta.

—Tengo órdenes del capitán. Un mensaje urgente. —Sligo se dio unos golpecitos en el pecho. Un crujido de pergamino confirmó sus palabras—. Si me disculpa, señor.

Veleta asintió, perplejo. Sligo bajó los peldaños de dos en dos y corrió hasta la esquina. Subió a un simón y Veleta lo vio alejarse. Sacudió la cabeza y se volvió hacia la puerta, que seguía abierta. Webster estaba en el umbral.

—Su Alteza está en la biblioteca, señor. Creo que lo espera. ¿Desea que lo anuncie?

—No es necesario.

Veleta le tendió el bastón, el sombrero y los guantes y se dirigió al santuario de Diablo. Abrió la puerta y se encontró con la mirada de su primo.

—Eres el primero —dijo Diablo, sentado en una silla de cuero al otro lado de un gran escritorio, con una carta abierta en la mano.

—Y estás impaciente —sonrió Veleta.

—¿Tú no?

Veleta arqueó las cejas. Cruzó la estancia y se dejó caer en un sillón, delante del escritorio.

—Hasta hace un segundo no sabía que tenías noticias.

—Entonces supongo que tú no tienes ninguna.

—En una palabra, no.

Diablo hizo una mueca. Dobló la carta y la dejó a un lado.

—Espero que los otros hayan descubierto algo.

—¿Y Sligo? ¿Qué se traía entre manos? —Cuando vio que Diablo alzaba la vista, añadió—: Me he topado con él en las escaleras. Parecía llevar mucha prisa.

—Una cuestión de estrategia avanzada. —Diablo quitó importancia a sus palabras con un gesto de la mano.

—Por cierto, ¿has conseguido convencer a tu futura esposa de que investigar un asesinato no es entretenimiento apropiado para una dama?

—Siempre se puede contar con que *maman* salga a visitar modistas a las cuarenta y ocho horas de haberse instalado en la ciudad.

—¿Quieres decir que no has conseguido borrar el asesinato de Tolly de la agenda de la señorita Anstruther-Wetherby?

—Dirijo mi artillería hacia otro punto —replicó Diablo con una fiera sonrisa—. Cuando haya dado en el blanco, esa agenda perderá validez.

—Pobre Honoria Prudence —sonrió Veleta—. ¿Sabe lo que le espera?

—Ya se enterará.

—¿Demasiado tarde, quizá?

—Tal vez.

Unos breves golpes en la puerta anunciaron a Richard Cynster, alias Escándalo. Lo seguían Gabriel y Demonio Harry, el hermano de Veleta.

La espaciosa y confortable habitación se vio, de repente, llena de hombres corpulentos.

—¿Por qué este retraso? —preguntó Harry, acomodándose en la *chaise*—. Yo esperaba que nos mandases llamar ayer.

—Diablo tenía que asegurarse de que no hubiese moros en la costa —respondió Veleta, ganándose una dura mirada de su primo.

—Lucifer manda sus disculpas —informó Gabriel a los reunidos—. Está muy fatigado, después de sus esfuerzos por intentar desentrañar los pecadillos de Tolly. Unos esfuerzos que por lo demás no han dado ningún fruto.

—Eso cuesta de creer —replicó Harry.

—No han dado ningún fruto en lo que se refiere a nuestra investigación —le corrigió Gabriel.

—Ya —repuso Harry—. Sé perfectamente lo que se siente.

Pese a sus considerables esfuerzos en los ámbitos que les habían encomendado, ninguno había descubierto prueba alguna de que Tolly anduviese metido en líos.

—Tal vez, sin proponérselo, averiguó algo que ponía a alguien en un compromiso. Quizá sin saberlo se había convertido en una amenaza para alguien.

—Eso suena muy propio de Tolly —asintió Gabriel.

—Y el muy estúpido, movido por su vehemente inocencia, se apresuró a ir a visitarte para contarte lo que había descubierto —refunfuñó Harry.

—Y para pedirte que lo resolvieras —añadió Richard con una sonrisa torcida—. Eso es lo más probable.

—¿Acudir a verme pudo llevarlo a la muerte? —dijo Diablo, con los ojos clavados en Richard.

—Eso explicaría por qué lo mataron en Somersham —asintió Veleta.

—Tendremos que volver a hablar con todos sus amigos —dijo Diablo, y ordenó a Gabriel, Harry y Richard que lo hicieran.

—¿Y yo? —preguntó Veleta arqueando las cejas—. ¿Qué fascinante investigación me espera?

—Tú interrogarás al viejo Mick.

—¿Al viejo Mick? —gruñó Veleta—. Ese hombre bebe como una esponja.

—Tú eres el más listo de nosotros y alguien tiene que hablar con él. Como era el criado de Tolly, es quien más pistas puede darnos.

Veleta refunfuñó pero nadie le hizo caso.

—Nos encontraremos de nuevo aquí, dentro de dos días. —Diablo se puso en pie y los otros lo imitaron.

Gabriel, Harry y Richard se dirigieron a la puerta.

—Me temo —dijo Veleta mientras salía detrás de los demás— que la última incorporación a la familia tal vez no se doblegue tan fácilmente ante tu autoridad.

—Ya aprenderá —replicó Diablo arqueando una ceja.

—Eso es lo que contestas siempre. —Al llegar a la puerta, Veleta se volvió y añadió—: Ya sabes lo que dicen: cuidado con la rebeldía, es peligrosa.

Diablo le dirigió una mirada de suprema arrogancia. Veleta cloqueó y salió, cerrando la puerta a su espalda.

Sonsacar información a un diablo era una tarea difícil, sobre todo porque ahora no parecía anhelar su compañía. Honoria se detuvo en lo alto de las escaleras y decidió su siguiente paso.

Había seguido el consejo de Diablo y había visitado el salón de Celestine. Su carácter suspicaz se había agudizado al ver que, tras ella, había llegado al taller de la modista una nota con lacre rojo. Mientras Honoria se probaba unos vestidos de mañana que no le habían convencido mucho, unos trajes de carruaje muy a la moda y unos exquisitos y elegantes trajes de noche, la modista, que la había atendido personalmente desde que había leído la nota, había hecho tantos comentarios sobre los gustos de *monsieur le duc* que ella empezó a sospechar. Pero para entonces estaba fascinada por las creaciones de Celestine.

Así pues, compró un guardarropa entero, con el objetivo concreto de que *monsieur le duc* volviera a hacerle caso. Si bien eran aceptables, los trajes de noche de Celestine resultaban un tanto escandalosos, pero su edad y su estatura le permitían llevarlos y sacar partido del impacto que causarían. También eran sorprendentes los camisones, las camisas y las batas de seda y de satén, y todas las prendas, naturalmente, eran muy caras, aunque por fortuna su bolsillo podía permitirse aquellos caprichos.

Durante el camino de vuelta a Grosvenor Square imaginó la cara que pondría Diablo si la veía con uno de los camisones, especialmente provocativo. Cuando el carruaje llegó a la casa de los St. Ives, Honoria advirtió lo absurdo de aquel pensamiento. ¿Cuándo la vería Diablo con el camisón?

Si era inteligente, nunca. Apartó aquella idea de su cabeza.

Las dos mañanas siguientes había entrado en la sala de desayunos con una alentadora sonrisa y una de las creaciones más atractivas de Celestine. Pero si Diablo había reparado en ella, aparte de cierto destello en sus ojos verdes, no había mostrado ninguna inclinación a comprometerse más allá de un leve saludo con la cabeza. Ambas mañanas se había excusado y se había refugiado en su estudio al cabo de muy poco tiempo.

Honoria no terminó de creerse que él tuviera trabajo; no estaba dispuesta a aceptar que no le hiciera caso con tal excusa, sobre todo porque tenía la certeza de que Diablo ya había averiguado algo acerca de la muerte de su primo.

Respiró hondo con determinación y empezó a bajar la escalera, decidida a pasar a la acción: acorralaría al león en su guarida. Por fortuna, la guarida era la biblioteca. Con la mano en el tirador de la puerta, se detuvo; al otro lado no se oía nada. Antes de entrar, esbozó una sonrisa alegre. Luego abrió la puerta y entró deprisa.

Cerró la puerta sin alzar la vista y dio dos pasos antes de mirar hacia el escritorio.

—¡Oh! —exclamó con los labios separados y los ojos muy abiertos—. Lo siento, no sabía que... —Se interrumpió.

Su diabólico anfitrión estaba sentado al gran escritorio y tenía la correspondencia esparcida ante él. Sligo manipulaba libros junto a las ventanas. Ambos alzaron la vista. Sligo la miró sorprendido, pero la expresión de Diablo fue indescifrable.

—Lo siento, no quería interrumpir —dijo Honoria, con una sonrisa llena de excusas, al tiempo que miraba las estanterías con inquietud. Se recogió la falda y se dio la vuelta.

—Si es distracción lo que buscas, aquí la encontrarás.

Los ojos de Diablo se clavaron en los suyos al tiempo que, con una mano, señalaba los libros. Honoria no entendió a qué tipo de distracción se refería. Alzó la barbilla e inclinó graciosamente la cabeza.

—No quiero interrumpirte —dijo ella, aunque ya lo había hecho.

Diablo se revolvió en la silla y se centró de nuevo en ordenar la correspondencia. Con el rabillo del ojo observó a Honoria, que examinaba las estanterías haciendo una pausa aquí y allá para coger algún libro. Se preguntó si ella creería de veras que lo estaba engañando.

Los dos días anteriores habían resultado muy duros. Resistirse a la invitación de sus ojos había requerido una gran fuerza de voluntad, pero había ganado muchas batallas y sabía lo importante que era que ella se le aproximara. Significaba que sus convicciones se habían debilitado. Con creciente impaciencia, esperó que ella fuese al grano.

Cogió la pluma, firmó una carta, le pasó el papel secante y la dejó a un lado. Al levantar los ojos, vio que Honoria lo estaba observando, aunque enseguida miró hacia otro lado. Un rayo de sol que se colaba por la ventana iluminó el brillante moño castaño que llevaba en lo alto de la cabeza. Unas hebras finas se le escapaban sobre la nuca y la frente. Con su traje de mañana, de color crema, estaba de lo más deseable. Para un lobo rapaz como él, la tentación era demasiado grande. Vio que posaba la mano en un pesado tomo de agricultura. La muchacha vaciló pero al final lo sacó y abrió.

Al advertir el tema del que trataba el libro, lo cerró bruscamente y lo dejó de nuevo en su sitio antes de acercarse a las estanterías cercanas a la puerta y sacar otro tomo al azar. Con un suspiro callado, Diablo dejó la pluma y se puso en pie. No tenía todo el día, pues sus primos llegarían por la tarde. Rodeó el escritorio, cruzó la alfombra y se acercó a ella. Honoria lo miró.

Diablo le quitó el libro de las manos, lo cerró y lo devolvió a la estantería. Luego la miró a los ojos y le preguntó:

—¿Qué te apetece hacer? ¿Dar una vuelta por el parque con el birlocho, tal vez, o un paseo por la plaza?

—Una vuelta por el parque —respondió Honoria, sosteniéndole la mirada al tiempo que alzaba la barbilla. En el parque quizás encontrarían gente, pero en el asiento del birlocho podría interrogarlo sin interrupciones.

—Sligo, que preparen los caballos bayos —ordenó Diablo sin apartar los ojos de ella.

—Sí, mi capitán, Alteza. —Sligo se apresuró hacia la puerta. Honoria tenía la intención de seguirlo pero se encontró atrapada en la mirada verde de Diablo, que por unos instantes dejó que sus ojos se pasearan por su cuerpo con una intensidad que a ella le encendió las mejillas.

—Tal vez sería mejor que te cambiaras —le dijo, mirándola de nuevo a los ojos—. No estaría bien que te resfriaras.

—Sí, Su Alteza. —Alzó altivamente la barbilla otro centímetro.— No os haré esperar más de media hora.

Con un crujido de faldas, se volvió y salió a toda prisa. Por mucho que intentó demorarse, a los diez minutos ya estaba en el vestíbulo. Para su alivio, Diablo no hizo ningún comentario y se limitó a mirarla con arrogancia. Sus ojos la recorrieron de la cabeza a los pies. Llevaba un elegante vestido de algodón verde y le tendió el brazo.

Cuando llegaron al birlocho, Diablo la ayudó a subir y ya habían cruzado la verja del parque, cuya calzada estaba llena de carruajes de la nobleza, cuando ella advirtió que un criado iba montado detrás. Era Sligo.

—Supongo que te complacerá saber que he decidido cumplir con el protocolo siempre que sea posible —dijo Diablo, que había visto su sorpresa.

—¿No resulta excesivo?

—No voy a permitir que eso sea un obstáculo para

tu entusiasmo, Honoria Prudence —repuso mirándola de soslayo—. Sligo es medio sordo.

Una rápida mirada se lo confirmó. Aunque Diablo no había bajado la voz, Sligo no había cambiado de expresión. Satisfecha, Honoria respiró hondo.

—En ese caso...

—Ahí, a tu derecha, está la condesa de Tonbridge. Es amiga íntima de *maman*.

Ella sonrió a la *grande dame* que iba en una berlina con una curiosa lupa delante de uno de sus ojos saltones. La mujer inclinó la cabeza y Honoria le devolvió el saludo.

—¿Quién...?

—Ahí delante está lady Havelock. ¿Eso que lleva en la cabeza es un turbante?

—No, un tocado —respondió Honoria sonriendo a la dama—. Pero...

—Ahí, en ese landó, van la señora Bingham y lady Carstairs. —Honoria descubrió lo difícil que era sonreír con los labios apretados. Su educación, sin embargo, marcaba su conducta aún en situaciones irritantes como aquélla. Serena y calmada, sonrió y saludó con elegancia aunque, a decir verdad, apenas se fijaba en los que reclamaban su atención. Ni siquiera la presencia de Skiffy Skeffington con su habitual traje verde bilis consiguió distraerla: tenía puesta toda su atención en el depravado que iba a su lado.

Tenía que haber elegido el paseo por la plaza, dado el interés que despertaba. Las miradas de las damas cuyos saludos devolvía no eran ociosas sino penetrantes, especuladoras, cargadas de suspicacia. Era evidente que su posición junto a Diablo significaba algo y Honoria sospechó que se trataba de algo con lo que ella no estaba conforme. Saludó a una sonriente lady Sefton y preguntó:

—¿Cuándo fue la última vez que paseaste por el parque con una dama?

—Nunca lo he hecho.

—¿Nunca? Pues no será precisamente porque seas misógino.

Los labios de Diablo se curvaron y la miró a los ojos.

—Si lo piensas, Honoria Prudence —dijo—, te darás cuenta de que aparecer a mi lado en el parque equivale a una declaración: una declaración que ninguna otra dama soltera ha sido invitada a hacer y que ninguna dama casada aceptaría.

Lady Chetwynd esperaba que reparasen en ella. Después de saludarla, Honoria dio rienda suelta a su enojo.

—¿Y yo sí?

—Tú eres distinta —respondió él, mirándola con expresión más dura—. Tú te casarás conmigo.

Un altercado en el parque era impensable. Honoria estaba hecha una fiera pero no podía demostrarlo excepto con la mirada. Exasperado, Diablo arqueó las cejas, arrogante, y volvió a concentrarse en los caballos.

Al ver que él rehuía el interrogatorio que tenía previsto y que no podía soltarle la diatriba que merecía, Honoria intentó reconducir su ira. Perder los nervios no le supondría ninguna ayuda.

Miró de soslayo a Diablo, que tenía los ojos clavados en los caballos con una expresión pétrea. Honoria miró al frente con el entrecejo fruncido y vio que se había formado una cola de carruajes que esperaban para dar media vuelta. Decidió aprovechar la parada para interrogar a Diablo.

—¿Habéis descubierto algo tú y tus primos, sobre el asesinato de Tolly?

—Me han dicho... —Diablo arqueó una ceja.

Honoria esperó con expectación.

—Me han dicho —repitió— que tía Horatia quiere ofrecer un baile dentro de una semana. —La miró con unos inexpresivos ojos verdes—. Para anunciar que la familia está de nuevo en la ciudad, por así decirlo. Hasta entonces, supongo que tendremos que limitar nuestras salidas... El parque y otros entretenimientos ligeros son permisibles, creo. Después del baile...

Honoria escuchó, incrédula, una larga lista con el programa de entretenimientos, los *divertissements* habituales de la nobleza. No se molestó en interrumpirlo. Diablo había aceptado su ayuda en el caso y le había dicho que sus hombres no habían descubierto nada en las poblaciones cercanas a Somersham. Ella pensaba que él había capitulado, que había comprendido y aceptado su derecho a participar en la investigación del crimen, o al menos su derecho a saber qué habían descubierto. Mientras él seguía recitando la letanía de veladas que le esperaban, Honoria dio un nuevo enfoque a sus pensamientos.

Muy erguida en su asiento e inexpresiva, controló la lengua hasta que dieron la vuelta al final de la avenida y él terminó con la lista de diversiones. Entonces, y sólo entonces, lo miró de soslayo y dijo:

—No estás siendo justo.

—El mundo es así —replicó él, endureciendo su expresión.

—Tal vez haya llegado la hora de que cambiemos el mundo —repuso Honoria, inclinando la barbilla.

Él no respondió. Dio una sacudida a las riendas y los caballos avanzaron de nuevo por la avenida.

Honoria llevaba la cabeza tan erguida que casi no vio al caballero que se había detenido en la acera. Éste alzó su bastón en señal de saludo.

—Buenas tardes, Charles —dijo Diablo tras detener los caballos.

—Sylvester... —Charles Cynster inclinó la cabeza. Luego miró a Honoria—. Señorita Anstruther-Wetherby...

Ella contuvo un arranque de presunción, lo saludó con un gesto y preguntó:

—¿Puedo preguntarle, señor, cómo está su familia? —Charles llevaba el brazalete negro de rigor, muy visible en su chaqueta marrón. Diablo también lo llevaba, pero apenas se distinguía porque su camisa era negra. Honoria se inclinó y le tendió la mano—. Desde que estoy en la ciudad no he visto a sus hermanos.

—Están... —Charles dudó—. Están bien, creo. —La miró a los ojos—. Recuperándose de la conmoción. Pero y usted, ¿cómo está? Tengo que admitir que me ha sorprendido verla aquí. Pensaba que sus planes eran otros.

—Son otros —sonrió Honoria—. Esto es sólo un acuerdo temporal. He accedido a quedarme con la duquesa madre durante tres meses. Después iniciaré los preparativos de mi viaje a África. Empiezo a pensar que será una estancia larga... Hay tanto que ver...

—¿De veras? Pues creo que en el museo hay una exposición muy interesante. Si Sylvester está demasiado ocupado para acompañarla, hágamelo saber. Como ya le dije, estoy a su servicio para todo lo que sea menester.

Honoria inclinó la cabeza mayestáticamente.

Después de prometer que daría recuerdos de su parte a la familia, Charles retrocedió un paso. Diablo puso en marcha a los caballos.

—Honoria Prudence, agotarías la paciencia de un santo.

—Tú no eres un santo —replicó ella, que había notado irritación bajo su tono amable.

—Algo que deberías tener siempre presente...

Ella contuvo un súbito escalofrío y miró al frente.

Pasaron de nuevo ante la hilera de carruajes de las grandes damas de la nobleza y Diablo puso rumbo a casa. Cuando llegaron a Grosvenor Square, Honoria volvió a pensar en el objetivo de aquel día, un objetivo aún no logrado.

Diablo detuvo el birlocho ante la puerta. Lanzó las riendas a Sligo, se apeó y ayudó a Honoria, que no recuperó el aliento hasta llegar al porche. Una vez allí, decidió que no era lugar para discusiones.

La puerta se abrió, ella entró y Diablo la siguió. En el vestíbulo, además de Webster, se encontraba Lucifer.

—Has llegado pronto.

Honoria miró a Diablo sorprendida por el tono de desaprobación que había captado en su voz. Lucifer arqueó las cejas, asombrado, pero sonrió encantadoramente mientras se inclinaba para besar su mano.

—Considéralo una compensación por mi ausencia del otro día —dijo, enderezándose y mirando a Diablo.

¿Por su ausencia del otro día? Honoria miró a Diablo.

—Deberás disculparnos, querida. —La expresión de Diablo Cynster era insondable—. Tenemos que tratar asuntos de negocios.

¿Negocios? Mentira. Honoria buscó alguna razón para quedarse con ellos pero no la encontró. Se tragó un juramento e inclinó la cabeza, primero a su némesis y luego al primo de éste. Por fin, se volvió y empezó a subir la escalera.

—No querría hablar de lo que resulta evidente, pero no estamos avanzando nada. Este fracaso me exaspera.

Las palabras de Gabriel fueron recibidas con un gruñido general de asentimiento. Los seis primos se encontraban reunidos en la biblioteca de Diablo, repantigados en los asientos con sus largos brazos y piernas extendidos en diversas posturas.

—Por lo que a mí se refiere —intervino Veleta—, me gustaría tener algún fracaso del que informar, pero el viejo Mick se ha largado.

—¿Quieres decir que se ha marchado de Inglaterra?

—Eso me ha dicho Charles. —Veleta se quitó una mota de polvo de los pantalones—. Fui a la casa que ocupaba Tolly y descubrí que ya estaba alquilada de nuevo. Según el propietario, que vive en el piso de abajo, Charles se presentó al día siguiente del funeral. Mick no estaba enterado de lo ocurrido. Quedó conmocionado.

—Siempre ha estado con la familia —dijo Richard, tras soltar un silbido—. Estaba entregado por completo a Tolly.

—Yo pensaba que Charles se lo habría dicho con antelación para que pudiese asistir al funeral, pero debía de estar más afectado de lo que creíamos. Según el propietario, Mick salió de la casa demudado. Según Charles, se vio tan afectado por la muerte de Tolly que decidió marcharse de Londres y volver con su familia de Irlanda.

—¿Sabemos el apellido de Mick? —preguntó Harry, suspicaz.

—O'Shannessy —respondió Richard.

—¿Sabemos dónde vive su familia? —inquirió Diablo con ceño.

Veleta negó con la cabeza.

—Dentro de una semana tengo que ir a Irlanda a comprar unas yeguas. Intentaré encontrar a nuestro Mick O'Shannessy.

—Bien, hazlo —asintió Diablo. Sus facciones se endurecieron—. Y cuando lo encuentres, aparte de hacerle preguntas, averigua si Charles saldó cuentas con él. Si no lo hizo, encárgate de ello y mándame las facturas.

Harry asintió.

—Y dicho sea de paso —añadió Veleta—, el hombre de Charles, Holthorpe, también ha partido hacia campos más verdes. Se ha marchado a América.

—¿América? —exclamó Lucifer.

—Al parecer, había ahorrado lo suficiente para ir a visitar a su hermana. Cuando Charles regresó de Somersham, Holthorpe ya no estaba. El nuevo hombre de Charles tiene menos presencia que Sligo. Se llama Smiggs.

—Seguro que le servirá bien —se mofó Harry.

—¿Y ahora? ¿Dónde buscamos? —preguntó Lucifer tras un suspiro.

—Seguro que hay algo que se nos ha pasado por alto —intervino Diablo, con el entrecejo fruncido.

—Y ni el diablo sabe lo que es —dijo Veleta con una sonrisa torcida.

—Desgraciadamente no —gruñó Diablo—. Pero si Tolly se había tropezado con el secreto ilegal o escandaloso de alguien, nosotros también podríamos descubrirlo si nos empleáramos a fondo.

—Y también descubriríamos de quién es ese secreto —añadió Gabriel con severidad.

—Puede ser cualquier cosa —dijo Lucifer—. Algo que Tolly oyera por la calle o un chisme estúpido que le contasen en un baile.

—Precisamente por eso tenemos que ampliar el alcance de nuestra búsqueda. En algún lugar tiene que haber algo, hay que seguir rastreando. —Diablo examinó sus rostros insatisfechos pero decididos—. No veo otra opción que la de seguir buscando.

—Tienes razón —dijo Gabriel. Se puso en pie y miró a Diablo a los ojos al tiempo que en sus labios se dibujaba una leve sonrisa—. Ninguno ha pensado en desertar.

Los demás asintieron. Luego se marcharon sin prisa, con impaciencia contenida en los ojos. Diablo se volvió hacia la biblioteca y dudó. Con el entrecejo fruncido, movió la cabeza.

—Webster...

—Creo que la señorita Anstruther-Wetherby está en el salón del piso de arriba, Su Alteza.

Diablo asintió y se dirigió a las escaleras. Le irritaban los escasos progresos que habían hecho sus primos, pero el deseo de Honoria de involucrarse en la investigación todavía lo irritaba más. Seducirla ya era bastante difícil sin esa complicación añadida. Al llegar al piso de arriba, sonrió malévolamente. Había muchas maneras de frustrar los designios de alguien, por más rebelde y peligroso que ese alguien fuera.

La puerta de la sala se abrió en silencio. Honoria se paseaba delante de la chimenea. No lo había oído entrar y murmuraba algo para sí. Cuando se acercó, Diablo la oyó decir «justicia» y «bestia terca».

Honoria levantó la vista y se sobresaltó. Diablo la tomó por los codos y la atrajo hacia él, apartándola de la lumbre.

Alterada, Honoria le dio un empujón. Él la soltó al momento, pero el temblor interior no cesó. Furiosa por distintos motivos, se puso en jarras y gritó:

—¡No vuelvas a hacerlo! —Se apartó un rizo de la cara—. ¿Nadie te ha enseñado que no está bien espiar a las personas?

—Yo no te espiaba. —La expresión de Diablo no se endureció—. No me has oído, eso es todo. Estabas tan absorta en repetir tu discurso...

Honoria parpadeó y su mente le recomendó cautela.

—Ahora estoy aquí. ¿Por qué no lo pronuncias? —La sugerencia era cualquier cosa menos alentadora. Diablo arqueó las cejas—. Por otro lado, tal vez te interese saber lo que me han contado mis primos.

Honoria estaba acumulando tanta bilis que se sentía a punto de estallar. En las palabras de Diablo había cierto tono de amenaza. Si le soltaba la diatriba que llevaba una hora ensayando, no se enteraría de las últimas novedades de la investigación. Notó una punzada en la sien.

—Muy bien, dime lo que habéis descubierto.

Diablo señaló la *chaise*, esperó a que se sentara y él lo hizo en la esquina opuesta.

—Lamentablemente y pese a los considerables esfuerzos realizados, no hemos descubierto nada. Tampoco sabemos qué puso a Tolly camino de Somersham.

—¿Nada? —Honoria estudió su rostro. No vio evasivas en sus ojos—. ¿Dónde buscasteis y qué?

Diablo se lo contó. Ella escuchó el curso de sus investigaciones. Aunque estaba segura de que él no mentía, se preguntó si le estaría diciendo toda la verdad. Ella le hizo preguntas y sus respuestas fueron coherentes.

—Y ahora ¿qué?

—Ahora —dijo él al tiempo que se oía el distante gong que anunciaba la cena— seguiremos buscando. —Se puso en pie y explicó que se centrarían en encontrar el secreto de alguien—. Hasta que tengamos alguna pista, no podemos hacer nada más.

Honoria no estaba tan segura de eso. Permitió que la ayudara a ponerse en pie y dijo:

—Tal vez si...

Él le levantó la barbilla con un dedo.

—Te mantendré informada de todo, Honoria Prudence —la interrumpió.

Al pronunciar su nombre, su voz sonó más profunda. Subyugada, Honoria vio que el color de sus ojos cambiaba y que un centelleo rasgaba las profundidades de éstos. La mirada de Diablo se posó en sus labios y ella notó que se le ablandaban y se separaban al tiempo que le pesaban los párpados.

—Oh... —Jadeante, apartó la barbilla de su dedo y se apartó a un lado, con la mirada en la puerta—. Será mejor que vaya a cambiarme.

Él arqueó una ceja pero, aparte del gesto y de una irónica mirada, no hizo el menor comentario. La acompañó hasta la puerta y le franqueó la salida. Ella no comprendió lo ocurrido hasta pasada media hora, cuando estaba sentada delante del espejo con Cassie, su doncella.

Diablo le había contado lo que habían descubierto: nada. Había prometido tenerla al día de lo que averiguaran. Honoria se dio cuenta de que eso significaba que lo haría cuando ya hubieran actuado. Y aún más revelador: había impedido que ella se ofreciera a ayudar para no tener que negarse y dejar claro que todavía no le estaba permitido involucrarse en serio.

Cuando entró en el salón, había recuperado el aplomo y fue capaz de mirarlo a los ojos con serenidad. Honoria se mostró distante toda la cena, pendiente de la conversación sólo de vez en cuando mientras su mente se centraba en fraguar una estrategia para investigar por su cuenta.

Todavía no habían descubierto nada útil, así que podía empezar por donde quisiera. Y por lo que se refería a las anticuadas ideas de Su Alteza, estaba segura de que, cuando descubriera ese secreto vital, ya no podría mantenerla apartada del asunto. No podría porque Honoria no se lo diría hasta que fuera demasiado tarde para excluirla de la misión.

11

Investigar la muerte de Tolly sería más difícil de lo que creía. Los primos de Diablo tenían acceso al mundo masculino de Tolly, pero ella no. Además, ellos conocían a Tolly, sus costumbres e intereses. Pero ella podía juzgar los acontecimientos de sus últimos días de manera imparcial, sin matizarlos con ideas preconcebidas. Las mujeres eran más observadoras que los hombres.

Celia, la tía más joven de Tolly, había sido elegida por el cónclave de las esposas Cynster para dar a conocer a la nobleza que la familia había puesto fin al luto riguroso. Incluso estuvo presente Louise, todavía vestida de negro, cuya compostura era una coraza protectora frente a los que le presentaban sus condolencias.

En la casa de los St. Ives de Londres, la aldaba había estado rodeada con un crespón negro hasta esa misma mañana, cuando la duquesa madre había ordenado quitarlo. La primera semana en la ciudad transcurrió muy deprisa y la familia eludió todos los compromisos sociales, pero ya habían pasado veintiún días desde la muerte de Tolly y las tías decretaron el final del luto riguroso. Con todo, seguían vistiendo de negro y así lo harían durante tres semanas más, tras las cuales cumplirían el medio luto seis semanas.

Honoria paseó entre los invitados de Celia fijándose en los que, por su inteligencia, podían resultarle útiles.

Por desgracia, como era la primera vez que aparecía en sociedad, eran muchos los dispuestos a reclamar su atención.

—Honoria...

Se volvió. Era Celia, con una bandeja de dulces en la mano y la vista puesta en la *chaise* del otro lado del salón.

—Detesto tener que pedírtelo, pero sé que podrás hacerlo. —Con una sonrisa, Celia le tendió la bandeja—. Se trata de lady Osbaldestone. Es una pesada. Si voy, me atará a la silla y no me permitirá levantarme el resto de la velada, pero si ningún miembro de la familia se aviene a satisfacer su curiosidad, atacará a Louise. Dame tu taza, querida.

Honoria cambió la taza por la bandeja. Abrió la boca para decir que ella no era «de la familia», pero Celia ya había desaparecido entre la multitud. Tras un titubeo y con un suspiro de resignación, se encogió de hombros y se acercó a lady Osbaldestone.

—Ya era hora. —La dama la recibió con una mirada encendida y alargó una mano parecida a una garra para coger un dulce—. ¿Y bien, señorita? —Miró a Honoria y cuando vio que ésta se limitaba a sostenerle la mirada, cortés y ausente, añadió—: Siéntate. Me estás provocando tortícolis. Me atrevería a decir que ese demonio de St. Ives te ha elegido por tu estatura, claro —añadió con tono malicioso.

Honoria no le pidió que se lo aclarase. Por el contrario, se sentó en el borde de la *chaise*, con la bandeja delante para que la dama pudiera alcanzarla.

Mientras comía el dulce, los ojos negros de la dama la estudiaron con atención.

—Este compromiso no se ha establecido como suelen hacerlo los Anstruther-Wetherby, ¿verdad? ¿Y qué tiene que decir tu abuelo de esta boda?

—No tengo ni idea —respondió Honoria con tranquilidad—, pero me temo que se confunde. No voy a casarme con nadie.

—¿Ni siquiera con St. Ives?

—Con él, menos aún. —Honoria decidió que ella también comería. Tomó un dulce y lo mordisqueó educadamente.

Lo que acababa de decir dejó pasmada a lady Osbaldestone. Durante más de un minuto, sus ojos negros la observaron. Luego, en el rostro arrugado de la dama se dibujó una sonrisa.

—Ya verás como sí. Con esta figura tan encantadora, serás la pareja perfecta para Diablo Cynster.

—No siento ningún interés por Su Alteza —replicó Honoria, altiva.

—Jo, jo. —La dama le hincó un dedo en el brazo—. Pero ¿siente él interés por ti?

Con la mirada atrapada en los ojos negros de lady Osbaldestone, Honoria deseó poder mentir. La sonrisa de la dama se ensanchó.

—Sigue mi consejo, muchacha: que nunca pierda ese interés. No le hagas creer que estás a su disposición. La mejor manera de tratar a esa clase de hombres es hacerlos trabajar a cambio del placer que desean.

—¡Pero si no me voy a casar con él! ¡De veras! —Honoria adoptó expresión de mártir.

Lady Osbaldestone se puso muy seria y la miró a los ojos.

—No tienes alternativa, muchacha. —Alzó un dedo esquelético y añadió—: No levantes esa barbilla tan Anstruther-Wetherby. No podrás huir de tu destino. Diablo Cynster ha declarado que te desea y suya serás. Y si esa barbilla indica algo, esa boda será una buena cosa. Y como tiene mucha experiencia insistiendo cuando los sentimientos no son recíprocos, será mejor que no se los niegues. Para ser inmune a esa tentación hay que estar muerta, y tú estas muy viva.

La dama cloqueó. Las mejillas de Honoria se sonrojaron y lady Osbaldestone asintió.

—Tu madre ha muerto y tu abuela también, así que te daré un buen consejo en su nombre: acepta los designios del destino, cásate con ese diablo y haz que la unión funcione. Es guapo y, en el fondo, buen hombre. Tú eres una mujer fuerte, como debe ser. Y pese a lo que pienses, el diablo, en este caso, tiene razón. Los Cynster te necesitan. Y por extraño que te parezca, los Anstruther-Wetherby necesitan que te conviertas en una Cynster. El destino te ha llevado al lugar donde tienes que estar. —Se inclinó y la miró con compasión—. Y además, si tú no lo aceptas, ¿quién lo hará? ¿Una chica melindrosa con más cabello que inteligencia? ¿Tanto lo odias que quieres condenarlo a un matrimonio sin pasión?

Honoria no podía respirar. Oyeron una carcajada y frufrú de seda. Una dama se acercaba.

—Hola, Josephine. ¿Qué haces?, ¿someter a interrogatorio a la señorita Anstruther-Wetherby?

Lady Osbaldestone miró a la recién llegada.

—Buenas tardes, Emily. Me limitaba a darle a la señorita Anstruther-Wetherby un consejo basado en la experiencia. —Con un gesto, indicó a Honoria que se levantara—. Puedes irte. Recuerda lo que te he dicho. Y llévate esos dulces, que engordan.

Con las facciones tensas, Honoria dedicó una reverencia a lady Emily Cowper y, con el mentón en alto, desapareció entre la multitud. Pero muchas damas la buscaban para interrogarla sobre su nueva relación.

—¿Te ha llevado ya St. Ives a Richmond? En esta época del año los árboles están gloriosos.

—¿Dónde tienes previsto pasar las fiestas, querida?

Eludir esas preguntas requería un tacto y una habilidad que le costaba emplear, después del discurso de lady Osbaldestone. Vio que Amanda y Amelia se ocultaban tras una planta y decidió reunirse con ellas. Al ver la bandeja de dulces, sus ojos se iluminaron. Honoria se la ofreció sin comentarios.

—Mamá ha dicho que teníamos que venir para ver cómo son estas recepciones —dijo Amanda, y probó un bollito de pasas.

—El año que viene haremos nuestra presentación en sociedad —añadió Amelia.

—¿Cómo estáis? —les preguntó Honoria, mientras comían.

Las dos chicas la miraron. En su expresión no había dolor. Ambas torcieron el gesto, pensativas.

—Estamos bien, creo —respondió Amanda.

—Siempre esperamos que aparezca para la cena, como hacía siempre. —Amelia bajó la mirada y comió el último bocado.

—Para reír y jugar —asintió Amanda—. Como la última noche.

—¿La última noche? —repitió Honoria, con el entrecejo fruncido.

—La noche antes de su muerte.

—¿Tolly fue a casa a cenar la noche antes? —Honoria se quedó pasmada.

—Estaba de muy buen humor —asintió Amelia—. Como casi siempre. Jugó a los palillos chinos con los más pequeños y después de la cena todos jugamos a «la especulación». Fue muy divertido.

—Ya... —Honoria no salía de su asombro—. Me parece muy bien. Quiero decir que me parece muy bien que tengáis tan buenos recuerdos de él.

—Sí —corroboró Amanda—. Está muy bien. —Se quedó pensativa unos instantes y preguntó—: ¿Cuándo te casarás con Diablo?

La pregunta fue como un puñetazo en el estómago. Miró a las gemelas a los ojos, cuatro luceros de inocente azul, y se aclaró la garganta.

—Todavía no lo hemos decidido.

—¡Oh! —exclamaron a coro con una sonrisa inocente.

Honoria se alejó de ellas y buscó refugio en una salita vacía, maldiciendo para sus adentros. Primero lady Osbaldestone, luego las hermanas de Tolly. ¿Quién más estaba dispuesto a poner en duda su decisión? Enseguida obtuvo una inesperada respuesta.

—¿Estás pensando en lo que significa ser absorbida por el clan? —Honoria se volvió y se encontró con los ojos todavía apenados de Louise Cynster. La madre de Tolly le sonrió—. Cuesta un poco acostumbrarse, lo sé.

—No es eso —replicó la joven tras una leve vacilación. Luego, animada por la expresión tranquila de Louise, explicó—: En realidad, todavía no he aceptado casarme con Diablo, sólo he accedido a tener en cuenta su proposición. Me siento como si me hubieran engañado —añadió, con un gesto que abarcó toda la habitación.

Para su alivio, Louise no rió ni se tomó el comentario a la ligera. Por el contrario, tras estudiarla unos instantes, le puso la mano en el brazo.

—No estás segura, ¿verdad?

—No. —La voz de Honoria apenas fue un susurro. Y añadió—: Pensaba que lo estaba.

Era la verdad, pura y simplemente. Comprenderlo la dejó aturdida. ¿Qué le habían hecho Diablo y los Cynster? ¿Qué ocurriría con su viaje a África?

—Es normal que tengas dudas —Louise hablaba apaciblemente, sin condescendencia alguna—, sobre todo en tu caso, en que la decisión es sólo tuya. A mí me ocurrió lo mismo. Arthur estaba dispuesto a poner su corazón y todo lo demás a mis pies, y era yo la que tenía que decidir. —Esbozó una leve sonrisa, los ojos perdidos en los recuerdos—. Cuando nadie más está implicado es fácil tomar decisiones, pero cuando hay que tener en cuenta a otros es natural cuestionarse la sensatez de la decisión, en especial cuando el caballero es un Cynster... —Su sonrisa se ensanchó—. Y más aún cuando se trata de Diablo Cynster.

—Es un tirano.

—Eso no te lo discutiré. —Louise rió—. Todos los Cynster tienen tendencias dictatoriales, pero Diablo es quien dicta la conducta de todos los demás.

—Es inflexible y está demasiado acostumbrado a salirse con la suya —murmuró Honoria.

—Dile a Helena que algún día te hable de eso. Te contará unas historias que te pondrán los pelos de punta.

—Pensaba que me estabas dando ánimos —repuso Honoria con el entrecejo fruncido.

—Exacto —sonrió Louise—, pero eso no significa que no vea los defectos de Diablo. No obstante, no encontrarás a ninguna esposa Cynster que no tenga que hacer frente a los mismos, hay mucho que decir en favor de un hombre que siempre estará a tu lado para compartir los problemas y que se dedicará por completo a la familia. Diablo es el líder del clan Cynster, el que más se deja ver en la hermandad de Londres donde se reúnen los Cynster, pero dale un hijo o una hija y se quedará cada noche en Cambridgeshire jugando a los palillos chinos.

Las palabras de Louise evocaron en Honoria la imagen de un hombre corpulento, de cabello negro y facciones duras y masculinas, tumbado en una alfombra delante de un reconfortante fuego, con un niño gateándole encima. Experimentó un cálido sentimiento de orgullo y satisfacción. Oyó las risitas agudas del niño sobre una risa atronadora. Casi podía tocarlos a ambos. Honoria esperó a que se presentara el miedo que siempre alejaba esa imagen hacia el rincón de los sueños inalcanzables. Pero la imagen no desapareció.

El fuego del hogar relucía en ambas cabezas de rizos abundantes e indómitos. Iluminaba el rostro del niño y, en su imaginación, alargó la mano para tocar la familiar espalda del hombre, firme y estable como la roca. Fascinada, alargó la otra mano, vacilante, para tocar el rostro del niño, que se iluminó con una carcajada y se volvió. Los dedos de Honoria rozaron su cabello suave como la seda, terso como un ala de mariposa, y se sintió embargada por una emoción desconocida. Aturdida, sacudió la cabeza.

Parpadeó y volvió a la realidad con la respiración acelerada. Miró a Louise, que observaba a los invitados. ¿Qué había dicho?

—¿La hermandad de los Cynster? —preguntó.

—Sí. —Louise arqueó una ceja y miró alrededor. No había nadie cerca que pudiese oírla—. Piensan que no lo sabemos, pero es un chiste corriente entre los caballeros de la ciudad. Algún ingenioso acuñó el término cuando Richard y Harry siguieron a Diablo y Veleta a Londres, al parecer para cumplir con algún rito iniciático. Con Richard y Harry nunca hubo ninguna duda de que seguirían los pasos de Diablo y Veleta y se dedicarían a las actividades habituales de los Cynster. —El énfasis de sus palabras y la expresión de sus ojos dejaron claro a qué actividades se refería—. Después, cuando Rupert y Alasdair también vinieron a la ciudad fue sólo cuestión de tiempo que les convocaran a la hermandad.

—¿Como los abogados, que se reúnen en la suya? —La mente de Honoria se centró en ese detalle.

—Exactamente. —La sonrisa de Louise se desdibujó—. Tolly habría sido el siguiente.

—Supongo que el nombre se deriva del término heráldico... —Honoria puso una mano en el brazo de Louise para reconfortarla.

—¿La hermandad siniestra? —Louise se sacudió la tristeza y la miró a los ojos—. Entre tú, yo y las demás esposas Cynster, estoy muy segura de que muchos caballeros de la ciudad llaman a nuestros hijos «nobles bastardos». —Honoria puso unos ojos como platos y Louise sonrió—. Sin embargo, esto es algo que nadie, caballero o dama, se atrevería a reconocer en nuestra presencia.

—Por supuesto que no. —Honoria apretó los labios y frunció el entrecejo—. ¿Y Charles?

—¿Charles? Nunca ha formado parte de nuestra hermandad.

Se acercaron dos damas para despedirse y cuando les hubieron estrechado la mano y volvieron a estar a solas, Louise añadió:

—Si alguna vez necesitas apoyo, no dudes en pedirlo a las que están en tu misma situación. Por norma, las esposas de los Cynster se ayudan mutuamente. Al fin y al cabo, somos las únicas que sabemos lo que es casarse con uno de ellos.

Honoria miró alrededor y vio que la multitud había disminuido. Se fijó en todos los miembros de la familia, no sólo en la duquesa madre, Horatia y Celia, sino también en los otros primos y parientes.

—Estáis muy unidos —dijo.

—Somos una familia, querida. —Louise le apretó el brazo por última vez—. Y esperamos de veras que entres a formar parte de ella.

—Por fin.

Honoria suspiró aliviada y apoyó la carta con la dirección de su hermano en la carpeta de su escritorio. Escribirle y contarle qué hacía sin que su agitación asomase en la narración le había costado un gran esfuerzo, casi tanto como afrontar que tal vez estaba equivocada y que ellos —Diablo, la duquesa madre y el propio Michael tenían razón.

Se hallaba en la salita adyacente a su dormitorio. Las ventanas que se abrían a cada lado de la chimenea daban al patio. Apoyó el codo en el escritorio, la barbilla en la mano, y miró al exterior.

Hacía ocho años que había perdido a su familia y siete que había decidido que no podía correr el riesgo de perder a nadie más. Hasta hacía tres días, ni siquiera había revisado esa decisión, nunca había tenido motivos para hacerlo. Ningún hombre ni circunstancia habían tenido fuerza suficiente para una nueva evaluación.

Sin embargo, hacía tres días algo había cambiado. El sermón de lady Osbaldestone la había conmocionado y le había hecho pensar en cuáles serían las consecuencias de rechazar a Diablo.

Louise y las gemelas le habían creado inseguridad, pues le habían demostrado lo unida que estaba ya a la familia.

Pero la revelación más sorprendente había sido la imagen que le habían evocado las palabras de Louise, la imagen que desde entonces recreaba en todos sus momentos libres, la imagen de Diablo y el hijo de ambos.

Su miedo a las pérdidas seguía ahí, muy real, muy profundo. Una nueva pérdida sería devastadora, eso lo sabía desde hacía ocho años, pero nunca había deseado de veras tener un hijo. Nunca había sentido aquella necesidad, aquel deseo que ahora la debilitaba, un deseo que hasta entonces había silenciado sin mayores problemas.

La fuerza de aquella necesidad la inquietaba de una manera inexplicable. ¿Era simplemente el instinto maternal que cobraba fuerza porque, como Diablo protegería a su progenie, el niño tendría todo lo que necesitara? ¿Era porque el niño y ella, por ser Cynster, estarían rodeados de una familia afectuosa que los apoyaría en todo? ¿O era porque sabía que ser la madre del hijo de Diablo le daría una posición que nadie más podría nunca tener?

Si le daba un hijo a Diablo, éste estaría rendido a sus pies para siempre.

Tras respirar hondo, se puso en pie y se acercó a la ventana, mirando el sauce llorón cuyas ramas caían artísticamente sobre el patio. La razón de que quisiera un hijo de Diablo ¿era porque lo deseaba a él? ¿O se había hecho mayor y era mucho más mujer de lo que lo había sido a los diecisiete años? ¿O tal vez eran las dos cosas? No lo sabía. Su desconcierto interior la consumía. Se sentía como una adolescente despertando a la vida, pero la sensación era mucho peor.

Unos golpes en la puerta la sobresaltaron y se volvió.

—¡Adelante! —dijo.

La puerta se abrió y Diablo apareció en el umbral. Arqueando una de sus negras cejas y con su elegancia natural, entró en la habitación.

—¿Quieres que salgamos a dar un paseo en coche, Honoria Prudence?

—¿Por el parque? —Le sostuvo la mirada, rechazando cualquier otra distracción.

—¿Por dónde, si no?

Honoria miró la carta que había escrito, en la que había eludido hábilmente la verdad. Era demasiado pronto para hacer concesiones, no sabía siquiera en qué punto estaba.

—Tal vez podrías franquear esta carta mientras me cambio —le dijo mirándolo a los ojos.

Él asintió. Sin más palabras, Honoria se retiró a su dormitorio.

Al cabo de diez minutos, vestida con un traje de sarga color topacio, salió a la salita y lo encontró de pie junto a una ventana, con las manos a la espalda y la carta entre sus largos dedos. Diablo se volvió y la miró como siempre hacía cuando llevaba rato sin verla: de arriba abajo.

—Tu carta —le dijo, ofreciéndole el pergamino con una reverencia.

Honoria la cogió y se fijó en el membrete negro que decoraba una esquina. Habría jurado que era el mismo que adornaba la nota que tan oportunamente había recibido Celestine.

—Vamos. Webster la pondrá en el correo.

Mientras recorrían los largos pasillos, Honoria frunció el entrecejo. Celestine no le había enviado la factura y hacía casi una semana que habían llegado los vestidos.

Tras confiar la carta a Webster, salieron hacia el parque. Sligo, como era habitual, montaba detrás. Su paseo por aquella avenida que estaba tan de moda transcurrió sin incidentes, aparte los consabidos saludos y sonrisas. Su presencia en el birlocho de Diablo ya no causaba sensación.

Cuando se alejaron del grupo principal de carruajes, Honoria se volvió hacia él y lo miró con ceño.

—¿Y qué dirán cuando vean que no me caso contigo? —Era una pregunta que la inquietaba desde hacía tres días.

—Te casarás conmigo —respondió él, también ceñudo.

—Pero ¿y si no lo hago? —Clavó su obstinada mirada en un perfil igualmente obstinado—. Tendrías que empezar a pensar en ello.

La nobleza podía ser muy perversa. Hasta el discurso de lady Osbaldestone ella se había considerado un adversario confortablemente inmune a los comentarios críticos de la alta sociedad, pero las palabras de la dama habían cambiado su perspectiva. Honoria ya no se sentía inmune.

—Te lo he advertido repetidas veces, es muy improbable que cambie de opinión.

—Honoria Prudence, lo que digan los demás me importa un bledo. —Diablo soltó un suspiro de impaciencia—. Lo único que me interesa es lo que digas tú, y quiero que digas «sí». Y hay más probabilidades de que nos casemos que de que conozcas El Cairo, por no hablar de la Esfinge.

Su tono indicaba que no había más que discutir. Honoria alzó la barbilla y miró con arrogancia a un grupo de inocentes transeúntes.

Reinó un sombrío silencio hasta que, después de dar la vuelta, regresaron por la concurrida avenida. Honoria miró a Diablo de soslayo y recordó las palabras de lady Osbaldestone: haz que funcione. ¿Era posible? Dejó que su mirada se perdiera en la distancia y preguntó con vivacidad:

—¿Solía ocultar Tolly sus sentimientos?

Diablo la miró y Honoria notó aquellos ojos verdes y penetrantes, fijos en el rostro que, tozudamente, volvió hacia el lado contrario. Al cabo de un instante se acercaron a la acera y los caballos se detuvieron.

—Sujétalos —le dijo a Sligo—. Y espera aquí.

Con esa orden lacónica, Diablo le pasó las riendas, se puso en pie y se apeó. Con un rápido movimiento, se volvió y la ayudó a bajar de su asiento. Honoria contuvo una exclamación y él, fingiendo no haberlo notado, le puso la mano en el brazo y echó a andar por el césped.

—¿Adónde vamos? —preguntó Honoria, sujetándose el sombrero.

—A algún sitio en el que podamos hablar tranquilamente. —La miró enojado.

—Pensaba que habías dicho que Sligo era medio sordo.

—Lo es; pero los demás no. —Miró malhumorado a un grupo de jóvenes que pasaban—. De todos modos, Sligo está al corriente de lo de Tolly y nuestra investigación.

Honoria entrecerró los ojos y luego los abrió por completo. Delante de ella se extendía el paseo de los rododendros.

—Creía que habías dicho que no quebrantaríamos las normas.

—Siempre que fuera posible —gruñó él, tirando de ella hacia el solitario paseo. Se detuvo y se volvió hacia Honoria, enmarcado por unas altas matas—. Dime —Diablo atrapó su mirada en sus ojos—, ¿por qué demonios quieres saber si Tolly solía esconder sus sentimientos?

Con la barbilla levantada, Honoria le sostuvo la mirada intentando no fijarse en su corpulencia. Era tan alto y tan corpulento que la ocultaba casi por completo. Si pasaba alguien, sólo vería de ella un vestigio de la falda.

—¿Sí o no? —insistió ella alzando más la barbilla.

Los ojos que se clavaban en los suyos eran transparentes como el cristal y la mirada era tan afilada como un bisturí. Honoria vio que tensaba la mandíbula y, cuando habló, su voz sonó ronca como la de una fiera.

—Tolly no sabía ocultar sus sentimientos, nunca tuvo esa habilidad.

—¡Ah! —Honoria desvió la mirada hacia la vegetación.

—¿Por qué quieres saberlo?

—Porque... —Se encogió de hombros. Los ojos verdes de Diablo la habían mareado. Con el corazón en la garganta, tragó saliva y dijo—: Pensaba que sería de interés que supieras que, la noche antes de que lo mataran, estuvo jugando con sus hermanos pequeños, muy contento, al parecer. —Dejó que sus ojos vagaran por el brillante y verde follaje.

—¿De veras? —inquirió Diablo.

Honoria asintió. El silencio se prolongó. Con los ojos en los rododendros, esperó casi jadeante. Sentía en el rostro la mirada de Diablo, todavía intensa, y en el momento en que él la apartó, lo notó. Él, con un suspiro profundo y resignado que parecía proceder de sus botas, posó de nuevo la mano de Honoria sobre su brazo y se volvieron hacia el paseo.

—Dime, ¿de qué te has enterado? —inquirió.

No era la manera más cortés de pedirle que le confiase lo que sabía, pero Honoria decidió hacerlo. Mientras paseaban por el solitario paraje, le explicó las impresiones de las chicas.

—El miércoles, cuando hablé con las gemelas, me contaron su última cena con Tolly. Me pareció que estaban muy unidas a Tolly y que si hubiese estado nervioso, ellas lo habrían notado.

—Seguro que sí, son muy intuitivas. —Diablo asintió—. Tío Arthur me contó que Tolly estuvo cenando con ellos. A él le pareció algo reservado, pero ya no recuerda las reacciones de los jóvenes delante de sus padres... Probablemente no fuera más que eso.

Guardó silencio mientras recorrían despacio el serpenteante camino. Honoria apretó los labios para dejarle que cavilase sobre sus descubrimientos. Aunque caminaba a su lado, se sentía rodeada de toda su fuerza.

¿Cómo lo había llamado Louise?, ¿protector inquebrantable?

Era, tenía que reconocerlo, un rasgo reconfortante.

Los rododendros se terminaron y el camino desembocó en una amplia extensión de césped.

—Tu información —dijo Diablo mientras dejaba atrás el paseo— todavía restringe más el campo de acción.

—Si Tolly se enteró de algo, algo que lo puso en camino hacia ti, tuvo que hacerlo después de haber cenado esa noche con la familia. ¿Qué pudo ser?

Honoria alzó la mirada y vio que Diablo hacía una mueca y la observaba con los labios apretados y los ojos pensativos.

—El criado de Tolly se marchó a Irlanda antes de que pudiéramos hablar con él. Él sabrá si Tolly estaba alterado o no cuando volvió a casa. —Honoria abrió la boca—. Y sí, lo vamos a localizar. Demonio ha ido hacia allí.

Honoria miró a su alrededor y vio muchas doncellas e institutrices con los niños y las jóvenes a su cargo en el césped.

—¿Dónde estamos? —quiso saber.

—En el jardín de infancia. Los rododendros ocultan a las contentas madres y amortiguan sus voces. —Giró para regresar hacia el paseo cuando un fuerte grito rompió el silencio.

—¡Diablo!

Todas las cabezas se volvieron con expresión de desaprobación en el rostro, Diablo se volvió justo a tiempo de coger a Simon que se lanzaba contra su primo.

—¡Hola! No esperaba verte aquí —le dijo Diablo—. Saluda a Honoria Prudence.

Simon se apresuró a obedecerlo. Honoria sonrió y se fijó en las rosadas mejillas del chico y en sus brillantes ojos, maravillada de la elasticidad de los jóvenes. Entonces vio que dos mujeres, las gemelas, Henrietta y la pequeña Mary aparecían corriendo detrás de Simon. Diablo le presentó a la señorita Hawlings, que era la niñera de las pequeñas y a la señorita Pritchard, que era la institutriz de las gemelas.

—Tenemos que aprovechar mientras hace buen tiempo —explicó la señorita Hawlings—. Las lluvias y la niebla llegarán enseguida.

—Efectivamente —corroboró Honoria, mientras Diablo se llevaba aparte a Simon. Sólo podía imaginar el tema de la conversación. Tras verse dejada de lado con la niñera y la institutriz (¿o Diablo lo había hecho para distraerla?), se dedicó a intercambiar frases corteses con ellas con una facilidad que procedía de largos años de práctica. No se le escapó la expresión expectante en los ojos de las gemelas, que iban de ella a Diablo y de nuevo a ella, y agradeció que no hicieran preguntas.

El sol encontró una rendija entre las nubes y brilló. Las gemelas y Henrietta se sentaron a confeccionar collares de margaritas. La pequeña Mary, con unos dedos demasiado rollizos para coger los finos tallos, se sentó en la hierba junto a sus hermanas y con sus grandes ojos azules estudió primero a las tres mujeres que charlaban a su lado y luego a Diablo, que seguía hablando con Simon. Tras una larga y observadora mirada, cogió su muñeca, se puso en pie y se acercó a Honoria.

Ésta no la vio hasta que sintió una manita que se deslizaba entre las suyas. Sobresaltada, miró hacia abajo y vio que Mary la observaba y sonreía, confiada y contenta. La niña le agarró la mano con fuerza y, mirando a sus hermanas, se apoyó en las piernas de Honoria.

Honoria necesitó todos sus años de práctica para no perder el aplomo, mirar de nuevo a las mujeres y continuar la conversación como si no hubiese ocurrido nada, como si no hubiese una mano blanda y tibia en la suya, como si no sintiese un leve peso apoyado en las piernas, una suave mejilla presionada contra su muslo. Por suerte, ni la institutriz ni la niñera la conocían por lo que no notaron que su rostro estaba extrañamente inexpresivo.

Entonces se acercó Diablo con una mano en el hombro de Simon. Vio a Mary y miró a Honoria, que permaneció impasible bajo sus interrogadores y penetrantes ojos verdes. Luego, él miró hacia abajo y tendió una mano a la niña, que soltó la de Honoria y agarró la suya. Diablo la tomó en brazos y la pequeña apoyó la cabeza en su hombro.

Honoria respiró hondo y miró a Mary. Las emociones que la invadieron, la necesidad y el deseo punzante que sintió y que ahogaron todo su miedo, la dejaron mareada.

Diablo dijo que tenían que marcharse, y se despidieron. Cuando la señorita Hawlings se volvió, llevando a Mary en brazos, la pequeña movió su regordeta manita para saludarlos.

Honoria sonrió y le devolvió el gesto.

—Vamos, seguro que a estas horas Sligo ya nos está buscando.

Honoria se volvió y Diablo le tomó la mano y la posó en su brazo, dejando sus dedos cálidos y fuertes sobre los de ella. A Honoria, el contacto le resultó reconfortante y turbador a la vez y, frunciendo el ceño, intentó controlar sus emociones. Caminaban deprisa hacia la avenida principal, por donde pasaban los carruajes.

—Como institutriz, ¿has tenido alguna vez niños pequeños a tu cargo? —preguntó Diablo cuando ya llegaban al birlocho.

—Como institutriz siempre me he ocupado de muchachas que al cabo de un año serán presentadas en sociedad. Si en la casa había niños pequeños, tenían otra empleada que se ocupaba de ellos.

Diablo asintió y luego miró al frente.

Durante el camino de regreso a Grosvenor Square, Honoria tuvo tiempo de poner en orden sus pensamientos. Aquella salida había resultado inesperadamente productiva.

Había corroborado la teoría de lady Osbaldestone acerca de que tenía fuerza suficiente para influir en Diablo, incluso en algo que a él no le gustaba como era que se involucrase en la investigación de la muerte de Tolly. También confirmó que quería tener un hijo suyo. De todos los hombres, él tenía que ser el compañero más cualificado para una mujer que sufría un miedo como el de ella. Y sí, lo quería, por arrogante y tirano que fuese, rendido a sus pies.

Del discurso de lady Osbaldestone todavía le quedaba algo por verificar aunque él, desde el principio, le había dejado claro que se casaba con ella para llevársela a la cama. ¿Era eso pasión? ¿Era eso lo que había entre los dos?

Desde su interludio en la terraza de La Finca no le había vuelto a dar la oportunidad de atraerla hacia él y Honoria había hecho todo lo posible por olvidarse de las ganas de darle placer. Sin embargo, durante los últimos tres días, su interés había vuelto a avivarse.

Webster les abrió la puerta y Honoria entró:

—Si tenéis un momento, Su Alteza, hay algo que quiero comentar con vos.

Con la cabeza muy alta, Honoria se dirigió a la biblioteca. Un criado corrió a abrirle la puerta. Entraba en la guarida del diablo.

Diablo la vio alejarse con expresión insondable. Luego tendió los guantes a Webster y le dijo:

—Sospecho que no quiero ser molestado.

—Por supuesto, Su Alteza.

Con un gesto, Diablo indicó al criado que se marchara. Entró en la biblioteca y cerró la puerta a sus espaldas.

Honoria estaba junto al escritorio haciendo tamborilear los dedos en la madera. Oyó la puerta cerrarse y se volvió. Diablo se acercaba a ella muy despacio.

—Quiero que hablemos de la probable reacción de la nobleza cuando sepa que no voy a casarme contigo. —Aquel tema de conversación le pareció lo bastante incitador.

—¿De eso es de lo que quieres que hablemos? —Diablo enarcó las cejas.

—Sí. —Honoria frunció el ceño al ver que Diablo no había detenido su avance—. Es inútil cerrar los ojos al hecho de que ese resultado levantará una considerable polvareda. —Se volvió para pasear, tan despacio como él, a lo largo del escritorio—. Sabes perfectamente bien que eso no sólo te afectará a ti sino a toda tu familia. —Miró por encima del hombro y lo vio cerca de ella, siguiendo sus pasos. Continuó caminando y añadió—: No es sensato que dejemos que se cree tanta expectación.

—¿Y qué sugieres que hagamos?

Bordeando la mesa, Honoria siguió caminando hacia la chimenea.

—Podrías dar a entender que no hemos llegado a un acuerdo.

—¿Con respecto a qué?

—¿Cómo quieres que lo sepa? Pensaba que tenías imaginación suficiente para inventar algo —respondió, mirándolo por encima del hombro.

—¿Por qué? —Diablo la miró a los ojos.

—¿Por qué, qué?

—¿Por qué tendría que inventar algo?

—Porque... —Con un gesto vago, Honoria caminó hacia una esquina de la habitación, se detuvo y miró los libros que quedaban a la altura de sus ojos—. Porque es necesario. —Respiró hondo, cruzó mentalmente los dedos y se volvió—. Porque no quiero que nadie quede en ridículo por culpa de mi decisión.

Tal como esperaba, Diablo ya no estaba a dos metros de distancia. La miraba fijamente a pocos centímetros de su rostro.

—Yo soy el único que corre el riesgo de quedar en ridículo delante de la nobleza —dijo.

Honoria lo miró evidentemente enfadada, intentando olvidarse de que estaba atrapada.

—Sin lugar a dudas, eres el hombre más arrogante, presumido y...

Diablo entrecerró los ojos y Honoria contuvo el aliento.

—¿Has terminado?

La pregunta fue formulada en un tono casual. Diablo levantó la vista y la miró a los ojos. Honoria asintió.

—Bien. —Diablo fijó la vista en sus labios y la tomó por la barbilla. Luego inclinó la cabeza.

Honoria cerró los ojos y, en el momento en que los labios de él se posaron sobre los suyos, se agarró con fuerza a las estanterías que tenía a su espalda, reprimiendo la sensación de triunfo. Lo había seducido y él ni siquiera se había dado cuenta de que había mordido el cebo.

La emoción de la victoria se mezcló con la emoción que el beso le produjo. Honoria abrió los labios, deseosa de experimentar de nuevo el placer que había descubierto en sus brazos. Diablo se movió y a ella le pareció que soltaba un gruñido. Por un instante, presionó su cuerpo contra el de ella al tiempo que, con sus labios, obligaba a los de Honoria a abrirse más y su lengua la saboreaba ávidamente. La repentina oleada de deseo la sorprendió. Él la frenó de inmediato, volviendo a un lento y uniforme expolio cuyo objetivo era acabar con cualquier resistencia de Honoria.

Aquel instante de sensaciones nuevas y primitivas estimuló a Honoria a conocerlas, a experimentarlas de nuevo. Quería aprender más. Apartó las manos de las estanterías y las deslizó bajo la chaqueta de Diablo. El chaleco le protegía el pecho y, por fortuna, los botones eran grandes. Con los dedos ocupados, ladeó la cabeza para recibir su beso. Sus labios se movieron y luego se cerraron. Después, primero de modo vacilante y luego con mayor confianza, le devolvió el beso. Había pasado mucho tiempo desde que Diablo la besara por última vez.

Diablo lo sabía y estaba tan ávido, tan atrapado en el sabor embriagador de Honoria, que tardó varios minutos en advertir que ella respondía. No lo hacía pasivamente, permitiendo sencillamente que él la besara; no sólo le ofrecía sus labios y su dulce boca: lo estaba besando. Lo besaba sin experiencia, tal vez, pero con la misma determinación y franqueza que caracterizaban todo lo que hacía.

Al advertirlo, Diablo se detuvo. Ella se acercó y su beso se volvió más profundo. Él lo notó, aceptó todo lo que ella le ofrecía e inclinó la cabeza codiciosamente esperando más. Entonces notó que las palmas de Honoria estaban sobre su pecho. Con las manos abiertas y los dedos separados, recorría los firmes músculos, y el fino algodón de la camisa no suponía ninguna barrera a sus caricias.

Honoria lo estaba encendiendo. De repente, Diablo se enderezó e interrumpió el beso. No sirvió de nada. Honoria posó las manos en sus hombros y lo atrajo hacia sí. No se supo quién inició el siguiente beso. Con un gemido, Diablo tomó todo lo que ella le ofrecía y la abrazó posesivamente. ¿Sabía Honoria lo que estaba haciendo?

Su vehemencia, la presteza con que se apretaba contra él, sugerían que había olvidado todas las normas de conducta propias de una doncella que hubiese aprendido. También sugerían que había llegado el momento de estrechar más el abrazo. Dejando de lado el control, Diablo la besó profundamente, con avidez y voracidad, dejándola deliberadamente sin aliento. Alzó la cabeza y la llevó hacia el gran sillón que había ante la chimenea. La tomó de la mano, se desabrochó los dos últimos botones del chaleco y se sentó. Luego la miró enarcando una ceja.

En medio de un torbellino de emociones y con su mano en la de él, Honoria leyó la pregunta en sus ojos. Ya se la había formulado antes, quería saber cuán mujer era. Al respirar hondo, los pechos de Honoria se hincharon. Luego se sentó en sus rodillas y puso las manos sobre su tórax, abriéndole el chaleco.

El tórax de Diablo se expandió bajo las caricias de aquellas manos y sus labios se encontraron con los suyos al acomodarla sobre su regazo. Un huidizo pensamiento llenó la mente de Honoria: ya había estado allí antes, de aquella manera. Lo desechó de inmediato porque le pareció absurdo. Nunca habría olvidado la sensación de estar rodeada por él, con sus muslos duros debajo de su cuerpo, sus brazos una jaula a su alrededor, su pecho un muro fascinante de músculos. Honoria presionó las manos contra ellos y los acarició. Las manos de Diablo en su espalda la instaban a acercarse más, y sus pechos rozaron su tórax. Luego él cambió el ángulo del beso y Honoria quedó tumbada sobre uno de sus brazos.

Las características del beso cambiaron de inmediato, y la lengua de Diablo se deslizó sensualmente sobre la de ella, invitándola a una caricia más profunda. Honoria respondió a aquel juego íntimo de tira y afloja, de sensaciones evocadoras y toscas, de un deseo que aumentaba cada vez más. Cuando la mano de Diablo se cerró sobre su pecho, ella arqueó la espalda. Los largos dedos encontraron el pezón y describieron provocadores círculos a su alrededor antes de tomarlo en una firme caricia que encendió aún más el deseo de ella.

Sin embargo, la mano la abandonó y, con los labios atrapados entre los de él, Honoria estaba pensando en apartarse a modo de protesta cuando notó que su corpiño se abría. Al cabo de un instante, Diablo deslizó la mano bajo la sarga y la apoyó sobre su pecho.

El calor la abrasaba, y mientras los dedos de él se cerraban y la acariciaban, su pecho se hinchó. Honoria intentó interrumpir el beso para recuperar el aliento, pero él se negó a soltarla y en vez de eso intensificó la caricia y empezó a desatar las cintas de seda de su camisa. Mareada, con las emociones arremolinadas, Honoria sintió que las cintas se abrían, la seda se movía y la mano de Diablo acariciaba su piel desnuda, despacio y con voluptuosidad.

La invadió una dulce fiebre y todos sus sentidos parecieron concentrarse en el lugar que él acariciaba. Con cada recorrido explorador de sus dedos, Diablo sabía un poco más de ella.

Diablo interrumpió el beso embriagador para mover ligeramente la espalda y dedicar sus atenciones al otro pecho. Honoria respiró hondo, temblorosa, pero mantuvo los ojos cerrados y no protestó. Con los labios curvados, él le dio lo que quería. Su piel era suave como el raso, exuberante al tacto. Mientras la acariciaba, notó cosquillas en la punta de los dedos y la palma le ardió al tocarle el pecho. La estatura de Honoria falseaba su redondez; cada pecho llenaba las manos de Diablo produciéndole una intensa satisfacción erótica. Lo único que lamentaba era no poder ver lo que sus dedos tocaban, ya que el vestido de Honoria era demasiado rígido y entallado para poder apartar el corpiño.

Diablo volvió a concentrarse en el otro pecho. Bajo las pestañas, los ojos de Honoria brillaban.

—Te deseo, dulce Honoria —le dijo en tono anhelante, mirándola fijamente—. Quiero verte desnuda, extendida bajo mi cuerpo.

Honoria no pudo controlar el estremecimiento que la recorrió por completo. Con los ojos atrapados en los suyos, intentó recuperar el aliento y serenar su mareada cabeza. Los rasgos del rostro de Diablo eran penetrantes y en sus ojos centelleaba el deseo. Movió los dedos en torno al pezón y Honoria se sintió atravesada por un relámpago de puro placer que la hizo estremecer de nuevo.

—Puedo enseñarte muchas más cosas. Cásate conmigo y descubrirás todo el placer que puedo darte y todo el que tú puedes darme a mí.

Si Honoria necesitaba algún aviso de lo peligroso que Diablo podía ser, de lo empeñado que estaba en hacerla suya, ahí estaba, en su última frase, cargada de matices posesivos. Cualquier placer que le diera, tendría que pagarlo. Pero poseerla, ¿sería para él un placer tan grande? Y, sabiendo todo lo que ya sabía, ¿debía temer que la poseyera? Con la respiración alterada, Honoria alzó una mano y la dejó resbalar sobre el pecho de Diablo. Los músculos se movieron y luego se tensaron. Aparte de un endurecimiento de sus facciones, su rostro no dio muestras de ninguna otra reacción.

Honoria sonrió intencionadamente y luego alzó la mano y le recorrió audazmente la mandíbula y el sensual contorno de los labios.

—No, creo que iré al piso de arriba.

Ambos se quedaron inmóviles, mirándose a los ojos. La voz de la duquesa llegaba desde la sala, dando instrucciones a Webster. Luego oyeron unas pisadas que pasaban ante la puerta de la biblioteca.

Con los ojos desorbitados, dolorosamente consciente de la mano posada firmemente en su pecho, Honoria tragó saliva.

—Creo que será mejor que suba —dijo. Se preguntó cuánto tiempo llevaban allí, retozando escandalosamente.

—Dentro de un minuto —contestó Diablo con una malévola sonrisa.

No fue un minuto, sino diez. Cuando Honoria subió por fin la escalera, se sentía como si flotara. Al llegar a la galería, frunció el ceño. Intuía que el placer de Diablo podía ser terriblemente adictivo y no albergaba ninguna duda sobre su sentido de la posesión. Pero ¿y la pasión? La pasión sería intensa, incontrolable, explosiva y poderosa. Hasta entonces, Diablo se había controlado. Honoria frunció más el ceño, sacudió la cabeza y se dirigió a la sala matinal.

12

—¡No lo creo! —Sentada ante su escritorio, Honoria miró el pergamino que tenía en la mano. Por tercera vez, leyó el escueto mensaje; luego, tensando la mandíbula malhumoradamente, se puso en pie y se dirigió a la biblioteca con la carta en la mano.

Entró sin llamar y avanzó hacia Diablo, que estaba sentado en su lugar habitual. Al verla, él arqueó las cejas.

—Parece que hay algún problema —dijo.

—Pues sí. —Los ojos de Honoria brillaban—. ¡Esto! —Con un ademán ceremonioso, dejó la carta sobre el escritorio—. Explícame esto, si puedes.

Diablo cogió la carta y la leyó, apretando los labios al enterarse de su contenido. Luego se recostó en el asiento y examinó a Honoria, que seguía ante él con los brazos cruzados y los ojos que echaban chispas, la mismísima imagen de una violenta arpía.

—No pensaba que fueras a pedirla.

—¿No pensabas que fuera a pedirla? —La mirada que le lanzó destilaba escarnio e incredulidad—. Si me gasto una pequeña fortuna en la modista, espero que me mande la factura. Claro que la pedí.

—Pues parece que ya has recibido la respuesta —replicó Diablo, mirando la carta.

—No era una respuesta lo que esperaba. —Con un susurro de la falda, Honoria empezó a caminar de un lado a otro con los dientes apretados, haciendo una pausa lo bastante larga para decirle—: Como ya debes de saber, es totalmente inaceptable que pagues mis vestidos.

—¿Por qué?

Atónita, se detuvo y lo miró enfadada.

—Su Alteza ha tratado demasiado tiempo con damitas débiles. Aunque sea de rigor despilfarrar el dinero comprándoles los mejores modelos de Celestine, no es práctica aceptada que los caballeros paguen el guardarropa de las damas con carácter.

—Si bien dudo en contradecirte, Honoria Prudence, estás equivocada en ambas cosas. —Con absoluta sangre fría, Diablo cogió la pluma y pasó a la siguiente carta—. Es perfectamente aceptable que los caballeros paguen los guardarropas de sus futuras esposas. Pregunta a cualquier amiga de *maman*; estoy seguro de que corroborarán lo que digo.

Honoria abrió la boca, pero él continuó antes de que pudiera hablar.

—Y en cuanto a lo otro, no lo he hecho.

—¿Qué es lo que no has hecho? —preguntó Honoria con el ceño fruncido.

—No he despilfarrado comprando los mejores trajes de Celestine a ninguna de mis damitas.

Honoria lo miró inexpresiva y él enarcó una ceja y añadió:

—Era eso lo que querías decir, ¿verdad?

—Eso es irrelevante. Lo que es relevante es el hecho de que no soy tu esposa.

—Una incoherencia de poca importancia que el tiempo corregirá. —Diablo bajó la mirada y firmó la carta con trazos resueltos.

Honoria respiró hondo y cruzó las manos delante de la cintura.

—Me temo, Alteza, que no puedo aceptarlo —le dijo con la barbilla alzada y sin mirarlo—. Es totalmente inapropiado. —Vio que él cogía otra carta—. Cualquier persona razonable lo vería de inmediato. —Sin alterarse lo más mínimo, Diablo mojó la pluma en el tintero y Honoria apretó los dientes—. Debo pediros que me digáis el importe de la factura y me permitáis abonároslo.

Diablo firmó, pasó el secante por encima de la carta y alzó la mirada.

—No.

Honoria estudió sus ojos, aquella mirada verde transparente como una gema, dura e inexorable. Respiró hondo y sus pechos se hincharon. Luego apretó los labios y asintió con la cabeza.

—Muy bien, pues devolveré todos los trajes. —Giró sobre los talones y se dirigió hacia la puerta.

Diablo se tragó un juramento y se puso en pie. Rodeó el escritorio y siguió a Honoria. La alcanzó cuando iba a abrir la puerta y, sin mediar palabra, la levantó en vilo.

—¿Qué demonios...? ¡Déjame en el suelo, idiota arrogante!

Honoria golpeó las manos que la sujetaban por la cintura.

Diablo obedeció, pero la volvió de cara hacia él y la siguió sujetando por la cintura, manteniéndola a cierta distancia por su propia seguridad. La reacción que Honoria provocaba en él cuando se ponía altiva era ya suficientemente intensa. Altiva y enfadada, lo excitaba todavía más. Si lo tocaba sin querer, Diablo no podría contenerse y ella se sorprendería.

—Deja de moverte. Tranquilízate. —El consejo fue recibido con una furiosa mirada y Diablo suspiró—. Sabes que no puedes devolver los modelos a Celestine porque yo los he pagado. Lo que haría la modista sería volverlos a enviar. Lo único que conseguirías es que Celestine, sus empleados y los míos supieran que has tenido una rabieta.

—¡Yo no tengo ninguna rabieta! —le espetó Honoria—. Me estoy comportando con una delicadeza ejemplar. Si quisiera airear mis sentimientos, estaría gritando.

—Estás gritando —replicó Diablo, sujetándola con más fuerza.

—No, no grito. Puedo gritar mucho más fuerte. —Su mirada se volvió furibunda.

Diablo tensó los músculos de los brazos. Más adelante pondría a prueba aquella afirmación. Atrapó la furiosa mirada de Honoria en la suya y dijo:

—No voy a decirte una cifra que no necesitas saber y tú no vas a devolver los trajes a Celestine.

—Mi señor, sois el déspota más arrogante, tiránico, dictatorial e insoportable que he tenido la desgracia de conocer —espetó Honoria con la mirada acerada.

—Has olvidado autócrata. —Diablo arqueó una ceja, notando que la frustración se acumulaba en ella cada vez más, como un volcán a punto de entrar en erupción.

—¡Eres imposible! —Las palabras sonaron como un silbido de vapor—. Yo he comprado esos vestidos y tengo el derecho y la obligación de pagarlos.

—Te equivocas. Tu esposo tiene el derecho y la obligación de pagarlos.

—Sólo si yo te pido que lo hagas, y no te lo he pedido. Y aun en el caso de que necesitase ayuda, no te la pediría porque... —respiró hondo— porque no estamos casados —añadió, pronunciando esas palabras con toda claridad.

—Todavía no.

—Si crees que no tengo dinero para pagar esa suma, estás equivocado. —Sus ojos destilaban furia—. Estoy dispuesta a presentarte a Robert Child, del banco Child, que es quien administra mi patrimonio. Estoy segura de que le encantará informarte de que no soy una indigente.

Dio un empujón a Diablo y éste la soltó.

—No he pagado porque pensase que tú no podías —dijo él.

Honoria lo miró y sus ojos le confirmaron que decía la verdad.

—Bien —replicó, algo más tranquila—, si ésa no es la razón, ¿cuál es?

—Ya te la he dicho —respondió Diablo, encajando la mandíbula.

Ella intentó recordar, sus facciones se endurecieron y sacudió la cabeza.

—¡No, no y no! Aun en el caso de que estuviéramos casados, no tienes derecho a pagar unas facturas que son mías, a menos que te lo pida. En realidad, no comprendo por qué Celestine te ha enviado la factura. —Lo miró a los ojos entrecerrando los suyos—. ¿Fuiste tú, verdad, quién le mandó aquella nota?

—Era sólo una nota de presentación —respondió Diablo con el entrecejo fruncido.

—¿De presentación? ¿Me presentabas como tu esposa? —Al ver que no contestaba, Honoria apretó los dientes—. ¿Qué demonios tengo que hacer contigo?

—Ser mi esposa. —Sus rasgos se endurecieron; su voz, un gruñido de frustración—. Lo demás llegará por sí solo.

—Te estás comportando de una manera deliberadamente obtusa. —Honoria alzó la barbilla—. ¿Puedes darme la factura de Celestine, por favor?

—No —respondió él con el entrecejo fruncido y los ojos sombríos. Siglos de indisputable poder respaldaban su lacónica réplica.

Honoria le sostuvo la mirada y sintió que su ira e indignación crecían. Con los ojos clavados en los de él, percibió sus voluntades opuestas como entidades tangibles que no estaban dispuestas a ceder ni un milímetro. Entrecerró los ojos despacio y preguntó con voz fingidamente calmada:

—¿Cómo crees que me sienta saber que has pagado todas y cada una de las puntadas de mis vestidos?

Al instante comprendió su error; lo vio en los ojos de Diablo, en el sutil cambio que se produjo en su color verde y en la determinación que brillaba en sus profundidades.

—No lo sé —respondió él, acercándose. Su voz se había convertido en un grave ronroneo y su mirada era cada vez más intensa y subyugante—. Cuéntamelo.

Maldiciendo para sus adentros, Honoria vio que se disipaba cualquier oportunidad de conseguir la factura de Celestine.

—Creo, Su Alteza, que no tenemos nada más que discutir. Si me disculpáis... —Oyó sus propias palabras como frías y distantes.

La mirada de Diablo se endureció y su expresión se hizo tan controlada como la de ella. La miró a los ojos y luego, con rigidez y formalidad, inclinó la cabeza y se hizo a un lado para dejarla pasar.

Honoria respiró hondo, inclinó la cabeza a modo de saludo y, caminando muy erguida, se dirigió a la salida. La mirada ardiente de Diablo la siguió, fija en su espalda, hasta que la puerta se cerró.

El tiempo, imitando la atmósfera en la casa de los St. Ives, empeoró y se volvió frío. Tres noches después, sentada en el carruaje de la familia, Honoria contempló el oscuro y melancólico paisaje barrido por el viento y una lluvia incesante. Iban camino de Richmond, al baile organizado por la duquesa de Richmond. Toda la nobleza asistiría a él, incluidos los Cynster. Ningún miembro de la familia bailaría pero su presencia era obligada.

No era, sin embargo, la perspectiva de su primer baile lo que la ponía nerviosa. La tensión que se había adueñado de ella se debía a la impresionante presencia de Diablo, vestido de negro de pies a cabeza, sentado ante ella, cuya tensión interna, que irradiaba en la oscuridad, podía compararse con la suya. El Señor de los Infiernos atraía toda su atención.

Honoria tensó la mandíbula y notó que su obstinación aumentaba. Con la mirada clavada en el monótono paisaje, evocó la imagen de la Esfinge, su destino. Había empezado a titubear, a preguntarse si tal vez... hasta que él le había demostrado que un tirano nunca cambia. Honoria advirtió que una profunda decepción llenaba aquel extraño vacío interior, como si le hubiesen ofrecido una golosina y luego se la hubieran quitado.

La mansión de los Richmond, resplandeciente de luces, brillaba en la oscuridad. El carruaje se detuvo en la larga cola de vehículos que se dirigían al porche. Después de parar y arrancar varias veces, el carruaje se detuvo por fin y la puerta se abrió. Diablo se apeó y acompañó a la duquesa madre hasta la puerta de la casa. Luego regresó y Honoria, eludiendo su mirada, apoyó la mano en sus dedos y permitió que la ayudara a bajar y la acompañara hasta la casa.

Subir la escalinata resultó una prueba inesperada. Los cuerpos que se agolpaban ante la puerta los obligaron a estar muy juntos, tanto que Honoria sintió que el calor corporal de Diablo la alcanzaba y que su fuerza la envolvía. La finura de su vestido color lavanda incrementaba su susceptibilidad y, cuando llegaron a lo alto de la escalinata, abrió el abanico.

La duquesa de Richmond se mostró encantada de recibirlos.

—Horatia está cerca del invernadero. —La duquesa rozó la mejilla de la duquesa madre con la suya, perfumada, y luego tendió una mano a Honoria—. Sí —dijo, estudiándola con aire crítico mientras ésta le hacía una reverencia. Luego esbozó una sonrisa radiante—. Es un placer conocerte, querida. —Miró a Diablo y preguntó—: ¿Y tú, St. Ives? ¿Cómo es la vida de un hombre a punto de prometerse?

—Muy dura —respondió Diablo, estrechándole la mano con expresión imperturbable.

—Ya me gustaría saber por qué. —Miró de soslayo a Honoria y con un gesto, les indicó que pasaran—. St. Ives, te confío el entretenimiento de la señorita Anstruther-Wetherby.

Con una corrección pasmosa, Diablo le ofreció el brazo y Honoria, con la misma actitud, apoyó la mano y permitió que la escoltase hasta el interior, detrás de la duquesa madre. Con la cabeza alta, estudió a la multitud en busca de caras conocidas.

Muchas lo eran. Deseó poder apartar la mano de la manga de Diablo y poner algo de distancia entre ambos, pero la nobleza se había acostumbrado tanto a la idea de que ella era la futura duquesa, de que pertenecía a Cynster, que cualquier asomo de discordia haría que los mirasen y eso sería aún peor.

Con una máscara de serenidad firmemente puesta, tuvo que aguantar los nervios y sufrir su proximidad.

Diablo la alejó de la *chaise* en que estaban sentadas la duquesa madre y Horatia Cynster, rodeadas de un grupo de damas más mayores. Al cabo de unos minutos, ellos también se encontraron rodeados de amigos, parientes y los inevitables Cynster.

El grupo creció y menguó, y luego creció y menguó de nuevo. Después, entre la gente, apareció un caballero elegante que le hizo una graciosa reverencia.

—Soy Chillingworth, mi querida señorita Anstruther-Wetherby. —Se enderezó y sonrió con galantería—. No hemos sido presentados pero conozco a su hermano.

—¿A Michael? —Honoria le tendió la mano. Había oído hablar del conde de Chillingworth, que tenía una fama similar a la de Diablo—. ¿Lo ha visto hace poco?

—Oh, no. —Chillingworth se volvió para saludar a lady Waltham y la señorita Mott. Lord Hill y el señor Pringle se unieron al grupo y requirieron la atención de las dos damas. Chillingworth se volvió hacia Honoria—. Michael y yo tenemos palcos vecinos en el teatro.

—¿De veras? —Ella pensó que su hermano y Chillingworth no tenían demasiado en común—. ¿Y ha visto la obra que representan ahora?

Lady Waltham se había emocionado mucho hablando de ella pero Honoria no recordaba el título.

—Un exquisito *tour de force* —añadió el conde, arqueando las cejas. Miró a Diablo, que hablaba con lady Malmsbury—. Si St. Ives no puede acompañarla, tal vez pueda organizar un grupo para que la acompañe, un grupo que por supuesto cuente con su beneplácito.

Apuesto a la manera clásica, de buena planta y muy alto, Chillingworth era el sueño de toda damisela y la pesadilla de las madres prudentes. Honoria lo miró con los ojos muy abiertos.

—Pero si usted ya ha visto la obra, señor.

—Mi objetivo no sería ver la obra, querida.

—Pero el mío sí, lo cual tal vez lo decepcione —sonrió Honoria.

—Me temo, señorita Anstruher-Wetherby, que usted no me resultaría decepcionante en absoluto.

Un centelleo de aprobación brilló en sus ojos. Honoria arqueó una ceja y notó que algo se movía a su lado.

Chillingworth alzó la mirada y saludó a Diablo.

—St. Ives —dijo.

—Chillingworth. —El saludo grave y pausado de Diablo contenía una sutil amenaza—. ¿Qué jugarreta del destino lo ha traído hasta aquí?

—Ha sido pura casualidad —sonrió el conde—. He venido a presentar mis respetos a la señorita Anstruther-Wetherby. Pero, hablando de jugarretas, hace tiempo que no lo veo en las casas de juego. ¿Hay otros asuntos que lo mantienen ocupado?

—Exacto —respondió Diablo—. Pero me sorprende que no haya ido al norte, para la temporada de caza. Me han dicho que lord Ormeskirk y su dama ya se han marchado.

—En efecto, pero uno no debe tentar la suerte, como usted ya sabe.

—Eso suponiendo que todavía tenga suerte. —Diablo arqueó una ceja.

Honoria contuvo el impulso de poner los ojos en blanco. Los cinco minutos siguientes fueron toda una revelación. Diablo y Chillingworth intercambiaron sarcasmos afilados como sables, dejando clara su rivalidad. Luego, como si ya hubiesen cumplido con un ritual previamente establecido, la conversación derivó hacia los caballos y adquirió un talante más amistoso. Cuando el tema se agotó, Chillingworth habló de política y quiso incluir a Honoria en la conversación. Ella se preguntó por qué.

Un chirrido agudo fue la primera advertencia de las dificultades que estaban por llegar. Todo el mundo miró hacia la tarima del fondo de la sala, y un acorde seguido de un punteo de notas musicales confirmaron la suposición general. La orquesta llamaba a las parejas al primer vals.

Honoria miró a Chillingworth y vio que sonreía.

—¿Puedo invitarla a salir a la pista, señorita Anstruther-Wetherby?

Con esa sencilla pregunta, la dejó del todo abochornada, sin posibilidad de reacción. Mientras estudiaba los intrigantes ojos castaños de Chillingworth, su mente se aceleró pero no tuvo que pensar en cuál era la opinión de Diablo. El brazo en el que tenía puesto los dedos estaba rígido y, aunque aparentaba apatía y aburrimiento, todos sus músculos se habían tensado.

Honoria quería bailar, tenía pensado bailar, había esperado con anhelo su primer vals en la capital. Y sabía que Diablo, que todavía llevaba el brazal negro, no la sacaría a la pista. Hasta la reunión en casa de Celia, había decidido que bailaría con otros para dejar claro que vivía su vida, tomaba sus propias decisiones y que era dueña de sí misma. Aquel vals iba a ser la corroboración de todo eso, ¿y qué mejor compañero que Chillingworth para demostrarlo?

Él esperaba con aire galante y la miraba como un halcón. Los músicos todavía afinaban sus instrumentos. Diablo también la miraba. Tal vez era hedonista e imprevisible pero allí, en la sala de baile de la duquesa de Richmond, él no podía impedir que ella hiciera lo que quisiera. ¿Y qué era lo que quería?

Honoria contestó despacio y dijo:

—Gracias, señor. —En los ojos de Chillingworth brilló la satisfacción. Honoria arqueó una ceja—. Pero esta noche no bailaré.

Para ser justos con él, habría que decir que el brillo de sus ojos no se apagó aunque su expresión de triunfo se borró. Sostuvo la mirada de Honoria un instante y luego observó a las otras damas del grupo. Luego volvió a mirar a Honoria y, resignado, arqueó una ceja.

—Qué terriblemente cruel por su parte, querida.

Lo dijo en voz tan baja que nadie, excepto Honoria y Diablo, lo oyeron. Chillingworth frunció el entrecejo un instante, mirando a Diablo, y con un último saludo a Honoria con la cabeza, se volvió, elegante, y pidió el baile a la señorita Mott.

Diablo esperó que terminase el primer vals para mirar a su madre. Ésta esbozó una sonrisa pero, cuando vio que él seguía mirándola, cedió a desgana. Diablo posó su mano sobre la de Honoria, todavía apoyada en su brazo, y le indicó que volvían a la *chaise*. Honoria lo miró con sorpresa.

—*Maman* desea marcharse.

Después de recoger a la duquesa madre, se despidieron de la anfitriona. Un criado sostuvo la capa de Honoria y Diablo se la echó sobre los hombros, conteniendo el impulso de posar las manos, aunque fuera por un breve instante, en aquellos contornos suavemente redondeados. Su madre llamó al mayordomo de los Richmond para que los acompañara hasta el carruaje.

Una vez instalados y amparados en la oscuridad, los arneses cascabelearon y partieron en dirección a casa. Honoria pensó que Diablo no había perdido la cordura, de momento.

Acomodado en su rincón, él intentó relajarse. Camino de la mansión de los Richmond había estado tenso, y en la fiesta también. Incluso en aquel momento seguía tenso y no sabía exactamente por qué.

Sin embargo, si Honoria hubiera aceptado la invitación de Chillingworth, habría perdido el control. El hecho de que hubiese rechazado la invitación para ahorrarle un mal momento le resultaba casi tan inaceptable como el alivio que había sentido al ver que lo hacía.

Se daba cuenta de que el sentimiento de protección y posesión formaban parte de su carácter, pero ¿qué demonios era lo que estaba experimentando en esos momentos, aquella compulsión que ella le hacía sentir? No sabía lo que era pero sabía que no le gustaba. En parte era una sensación de vulnerabilidad, y eso ningún Cynster lo aceptaría, lo cual daba paso a una pregunta: ¿qué era, pues?

El carruaje continuó avanzando y Diablo no dejó de mirar a Honoria mientras ponderaba lo imponderable.

Cuando el carruaje se detuvo ante la casa, aún no había llegado a ninguna conclusión. Los criados bajaron la escalinata y su madre fue la primera en apearse, seguida de Honoria. Diablo subió los peldaños detrás de ellas y los tres entraron en el vestíbulo.

—Me retiro a mi habitación ahora mismo. Nos veremos mañana, queridos —dijo la duquesa madre con un majestuoso gesto.

Cassie ayudó a Honoria a quitarse la pesada capa y Webster hizo lo propio con Diablo.

—El señor Alasdair lo espera en la biblioteca, Su Alteza —anunció el mayordomo.

Webster transmitió el mensaje en voz baja pero, cuando Diablo se volvió para mirarlo, vio que Honoria lo observaba con la expresión cautivada.

—Gracias, Webster. —Diablo se compuso las mangas, se volvió hacia Honoria y le dijo—: Que pases una buena noche, Honoria Prudence.

Ella dudó y sus ojos se detuvieron brevemente en los de él. Luego inclinó la cabeza.

—Yo también os deseo buenas noches, Su Alteza.

Con frialdad y altanería, se volvió y subió la escalera. Diablo observó su ascenso. Las caderas se contoneaban suavemente y, cuando desapareció de su vista, respiró hondo, exhaló despacio y se dirigió a la biblioteca.

Sin duda habría sido más fácil extraer sangre a una piedra, pero Honoria no estaba dispuesta a permitir que Diablo la privara de conocer las últimas noticias. No iba a casarse con él, se lo había advertido repetidas veces, pero seguía empeñada en ayudarlo a encontrar al asesino de Tolly. Le había contado lo que había descubierto y él debía hacer lo mismo con ella.

Oyó el pestillo de la puerta de la sala matinal y se volvió. Era Diablo, que cerró la puerta a sus espaldas. Su mirada la recorrió de arriba abajo. Con su habitual porte lánguido, se acercó a ella.

—Me han dicho que deseabas verme.

Su tono y el arqueo de una ceja indicaban aburrimiento.

Honoria asintió con altivez y le sostuvo la mirada. Todo él, su expresión distante, sus movimientos tan suaves y controlados, todos los elementos de su físico estaban pensados para poner de relieve su autoridad. A otros, esta combinación tal vez les resultara intimidante. Para Honoria era aturdidora.

—Pues sí. Quiero saber las últimas novedades sobre el crimen. Qué ha averiguado Lucifer?

Honoria alzó la barbilla y le dirigió una mirada tan incisiva como insulsa era la de él.

Diablo se detuvo delante de ella.

—Nada importante —respondió y arqueó más las cejas.

—¿Te ha esperado hasta la una de la madrugada y no quería nada importante? —Entrecerró los ojos, enfadada.

Él asintió.

—¡Mientes!

—Lucifer no ha averiguado nada que pueda llevarnos al asesino de Tolly —replicó Diablo tras maldecir para sus adentros.

—Eso tampoco es verdad —dijo ella mirándolo.

—Honoria... —Diablo cerró los suyos.

—¡No te creo! Yo te he ayudado. Fui yo quien descubrió que Tolly estaba muy tranquilo antes de marcharse de casa de sus padres.

Diablo abrió los ojos y vio que ella alzaba la barbilla. Antes de que empezara con sus habituales recriminaciones, aflojó ambas manos en la repisa de la chimenea, una a cada lado de ella, atrapándola en medio. Honoria lo miró furibunda.

—Te estoy agradecido por la ayuda, créeme —dijo mirándola a los ojos—. Los otros se están dedicando a descubrir dónde fue Tolly al salir de la casa de Mount Street. Lo que vino a decirme Lucifer no tiene nada que ver con el asunto. —Hizo una pausa para elegir sus palabras—. Tal vez no sea nada; desde luego, no es nada en lo que tú puedas colaborar.

Honoria estudió sus ojos en busca de la verdad. Seguían siendo transparentes como el cristal. Cuando mentía, se empañaban.

—Muy bien —asintió—. Pues yo continuaré con mis investigaciones, a mi manera.

—Honoria, estamos hablando de encontrar a un cruel asesino. —Se apoyó con fuerza en la repisa—. No se trata de descubrir quién robó los pastelillos de la reina de corazones.

—Eso ya lo sé, Su Alteza. —Alzó más la barbilla—. Pero antes de partir hacia África quiero ver a ese criminal ante la justicia.

—Tú no irás a África —replicó él tensando la mandíbula—. Y te mantendrás alejada de ese asesino.

—Eres un maestro dando órdenes. —Levantó aún más la barbilla y sus ojos centellearon de rabia—. Pero has olvidado un detalle importante: yo no estoy sometida a tu autoridad y nunca lo estaré.

Esas últimas palabras lo sacaron de quicio. Rápido como una centella, se enderezó, la tomó entre sus brazos y la besó en los labios. En aquellas circunstancias, era una locura intentar coaccionarla, intentar imponer su voluntad.

Una locura completa y absoluta.

Una locura que devastó a Honoria, abofeteando sus sentidos, arrancándola de la realidad. Sólo su furia y una visión intuitiva de su objetivo le permitieron resistir. Los labios de Diablo eran duros, exigentes, y buscaban algo que ella anhelaba darle. Sin embargo, apretó los labios bajo los de él.

Diablo la tenía abrazada con una fuerza acerada, sus brazos aprisionaban la suavidad de sus tiernas carnes con la masculina dureza de las suyas. Las sensaciones la inundaron y notó un excitante cosquilleo en la piel. Sin embargo, amparándose en su ira, mantuvo la firmeza y la utilizó como coraza.

Sus labios se movieron sobre los de ella con una poderosa y primaria llamada a sus sentidos. Honoria se aferró a la lucidez, segura sólo de una cosa: él la besaba para someterla y lo estaba consiguiendo.

Poco a poco, perdió el control de su furia y un calor familiar la invadió. Sintió que se ablandaba, que sus labios perdían firmeza y que toda su resistencia se derretía. Entonces fue presa de la desesperación. Rendirse era demasiado vejatorio.

Así las cosas, su única alternativa era el ataque. Sus manos estaban atrapadas contra su pecho; las deslizó hacia arriba, hasta las duras planicies de su rostro. Diablo se quedó inmóvil al notar sus manos y, antes de que pudiese reaccionar, ella lo había tomado por la mandíbula y lo había besado.

Tenía los labios separados y Honoria deslizó la lengua entre ellos para encontrar, desafiante, la de él. Diablo sabía a poder, a una fuerza primaria y masculina, y Honoria sintió un remolino en la mente. Él no se movió e, instintivamente, ella adentró más la lengua en su boca.

Pasión.

Una pasión que estalló en su interior, en sus sentidos, como una marea ardiente. Surgía de lo más hondo de ella, de lo más hondo de ambos, y la bañaba como una cascada de sensaciones exquisitas, de emociones profundas y arremolinadas, de pulsiones que le robaban el alma.

Honoria llevó la iniciativa unos instantes más, luego lo hizo él, con unos labios duros y un cuerpo como una jaula de acero que la aprisionaba, una jaula de la que ella ya no quería escapar. Se rindió, complaciente y dichosa; él, voraz, le robó el aliento. Con los pechos turgentes y el corazón latiéndole enloquecido, Honoria se lo robó a él.

El deseo que se encendió entre ellos ardió y estalló, con unas llamas que lamían con avidez y devoraban toda reticencia. Honoria se entregó al placer, a la excitación, al impulso que la derretía como lava volcánica.

Se restregó contra él, abiertamente seductora, moviendo las caderas a un ritmo inconscientemente implorante. Al pasar los dedos entre su abundante cabello, disfrutó de la avidez que el abrazo despertaba entre ellos, una avidez desnuda y primaria.

Sus labios se abrieron un breve instante y no se supo quién de los dos inició el beso siguiente. Se habían perdido juntos; atrapados en la vorágine, habían perdido el control y dejado atrás la cordura. El deseo se acumuló y rebosó. La premura aumentó, inexorable y compulsiva.

Un fuerte ruido los devolvió a la realidad.

Diablo alzó la cabeza, abrazándola de manera protectora al tiempo que miraba hacia la puerta. Jadeando, casi mareada, Honoria se aferró a él y, aturdida, siguió su mirada.

Del otro lado de la puerta llegaban sonidos de calamidad. Dos criadas intercambiaron recriminaciones y gemidos hasta que intervino la voz grave de Webster y las quejas cesaron. A continuación se oyó ruido de cristales rotos.

Honoria apenas podía distinguir los sonidos a causa del zumbido que notaba en los oídos. El corazón le palpitaba con fuerza y no había recuperado todavía el aliento. Con los ojos como platos, miró a Diablo y vio en su expresión, en su mirada centelleante, el mismo deseo visceral, el mismo anhelo delirante que la aprisionaba a ella. Unas llamas iluminaban la profundidad acristalada de sus ojos y encendían chispas de pasión.

Su respiración era tan jadeante como la de ella. Todos los músculos de su cuerpo estaban tensos como un resorte a punto de romperse.

—No te muevas —masculló con los ojos encendidos.

Mareada, casi incapaz de respirar, a Honoria no se le ocurrió desobedecerlo. Nunca había visto tanta dureza en las facciones de Diablo, cuya mirada no se apartaba de sus ojos. Mientras luchaba contra la pasión que ella había desatado, una fuerza que amenazaba con consumirlos, Honoria no se atrevió siquiera a parpadear.

Gradualmente, muy despacio, la tensión que había crecido entre ellos remitió. Diablo entrecerró los ojos y unas largas pestañas ocultaron la tormenta que se calmaba. Luego sus músculos se destensaron y Honoria recuperó el aliento.

—La próxima vez que me hagas esto, terminarás tumbada boca arriba. —En sus palabras no había amenaza, era la constatación de un hecho.

Hedonista, imprevisible, a Honoria se le había olvidado lo desenfrenado que era. Una peculiar emoción la invadió para ser enterrada enseguida por el sentimiento de culpabilidad. Había visto el esfuerzo que le había costado a Diablo aquella ingenua táctica suya. En ambos quedaban aún rescoldos de la pasión, unos rescoldos que les lamían las terminaciones nerviosas y les hacían cosquillas en la piel. Él abrió los ojos despacio y ella le sostuvo la mirada intrépidamente.

—Yo no sabía que... —dijo Honoria, acariciándole la mejilla.

Él se apartó de repente.

—No digas nada. —Los rasgos de Diablo se endurecieron y la traspasó con la mirada—. Ahora vete.

Honoria lo miró a los ojos y obedeció. Se separó de entre sus brazos, que la soltaron pero sin prisa. Con una última y vacilante mirada, se volvió y, temblorosa de pies a cabeza, lo dejó.

Los tres días siguientes fueron muy difíciles para Honoria. Aturdida, con los nervios siempre a flor de piel y un nudo en el estómago, intentó encontrar una salida a la encrucijada en que se hallaba. Disimular su estado anímico ante la duquesa madre la dejaba agotada, pero quedarse sola tampoco arreglaba las cosas ya que, en esos ratos, su mente volvía una y otra vez a lo que había visto, sentido y aprendido en la sala matutina, lo cual no hacía otra cosa que reforzar su aturdimiento.

Su único consuelo era notar que Diablo estaba tan aturdido como ella. Se miraban a los ojos pero brevemente. Cada roce, cuando él le tomaba la mano o ella se la ponía en el brazo, los hacía temblar.

Desde el principio, Diablo le había dicho que la deseaba pero ella no había entendido a qué se refería. Pero ahora ya lo sabía y, en vez de estar asustada o conmocionada, le intrigaba la profundidad física de aquel deseo. Se deleitaba en él y, en un plano absolutamente visceral, su corazón cantaba alborozado.

Todo ello la llevaba a comportarse con una cautela extrema. Mientras reflexionaba ante la ventana de su salita, alguien llamó a la puerta.

—Adelante —dijo, sobresaltada.

La puerta se abrió y Diablo apareció en el umbral, mirándola con una ceja arqueada.

Honoria arqueó una de las suyas.

Diablo entró apretando los labios y cerró la puerta a sus espaldas. Su expresión era insondable.

—He venido a pedir disculpas.

Honoria lo miró a los ojos, segura de que la palabra «disculpas» rara vez salía de sus labios. Sus sentimientos se desbocaron para contenerse un segundo después. Notó un vacío en el estómago y, con el corazón palpitando, preguntó:

—¿Por qué?

Diablo frunció el entrecejo y endureció la expresión.

—Por haberme apropiado de la factura de Celestine. —Con esto, dejaba muy claro que si ella esperaba disculpas por lo ocurrido en la sala matutina, nunca las tendría.

El corazón alborotado de Honoria se entristeció. Se esforzó por esbozar una sonrisa tonta e innecesaria.

—¿O sea que me darás esa factura?

—No —dijo él con labios apretados tras estudiarle los ojos.

—¿Y por qué me pides disculpas si no vas a darme la factura?

Diablo la miró un largo instante con frustración en el rostro.

—No pido disculpas por haber pagado la factura de Celestine, sino por haber interferido en tu independencia, no era ésa mi intención. Como tan correctamente has señalado, la única razón de que esa cuenta hubiese llegado a mi despacho sería que fueses mi esposa y me la hubieras entregado. No pude resistirme...

Honoria se quedó boquiabierta.

—¿La firmaste imaginando que eras mi marido? —Tuvo que hacer auténticos esfuerzos para no reír.

—No, no lo imaginaba, practicaba para serlo —dijo con expresión compungida.

—Pues, por mi parte, te diré que no sirve de nada que practiques esa actividad concreta. —Se puso seria—. Mis facturas las pagaré yo, me case contigo o no.

Su vivaz «o no» quedó flotando entre ambos. Diablo se irguió e inclinó la cabeza.

—Como quieras —dijo con la mirada perdida en el paisaje del cuadro colgado en la repisa de la chimenea.

—Todavía no nos hemos puesto de acuerdo, Su Alteza, respecto a esa factura que pagasteis inadvertidamente.

La seriedad de Honoria y su paso al trato honorífico lo sacaron de sus casillas. Apoyó el brazo en la repisa y atrapó la mirada de Honoria.

—No creerás que voy a aceptar de ti una compensación económica, ¿verdad? Eso es pedir demasiado, ya lo sabes.

—No veo por qué —replicó Honoria arqueando las cejas—. Si hubiese sido para un amigo vuestro, una suma insignificante, le permitiríais que os lo devolviera sin problemas.

—No se trata de una suma insignificante ni eres uno de mis amigos y, por si no lo has advertido, no soy el tipo de hombre al que una mujer pueda decir que le avergüenza deber todas las puntadas que lleva en la ropa y encima pensar que le permitirá reintegrarle lo gastado en ello.

Honoria sintió que su camisa de seda se calentaba. Cruzó los brazos y alzó la barbilla. La cara de su conquistador, la dureza de sus rasgos y su férrea determinación le advertían que no hiciera concesiones en ese frente. Buscó sus ojos, sintió un picor en la piel y frunció el entrecejo.

—Eres... eres un demonio.

Diablo apretó los labios.

Honoria se alejó dos pasos, pero dio media vuelta y regresó.

—Esta situación es del todo impropia, ¡es abusiva!

—Las damas que juegan a dados conmigo descubren que estas situaciones suelen terminar de este modo —dijo Diablo, al tiempo que se apartaba de la chimenea y arqueaba una ceja con arrogancia.

—Yo —afirmó Honoria mirándolo a los ojos— sé lo bastante para no jugar contigo. Tenemos que llegar a un acuerdo sobre esa factura.

Diablo le sostuvo la mirada y maldijo para sus adentros. Cada vez que vislumbraba alguna salida al dilema al que había llegado por culpa de aquel desenfreno insólito y caprichoso, Honoria le cortaba el paso. Y le exigía que negociara. ¿No se daba cuenta de que ella era la asediada y él el asediador? Al parecer, no.

Desde el preciso instante en que anunció sus intenciones de casarse con ella, Honoria no había dejado de ponerle obstáculos inesperados en el camino. Él los superó todos y la había hecho huir a refugiarse en su castillo, al que de inmediato había puesto asedio. Se lanzó al asalto con tal ímpetu que ella, en una muestra de debilidad, había empezado a sopesar la posibilidad de abrirle las puertas y acogerlo... Pero Honoria le descubrió entonces aquel punto débil y había convertido su hallazgo en un arma afilada. Un arma que en aquel momento empuñaba con la obstinación propia de los Anstruther-Wetherby.

—¿Y no podemos olvidarlo? —propuso Diablo—. Sólo lo sabemos tú y yo.

—Y Celestine.

—No va a arriesgarse a perder un valioso cliente.

—Aun en el caso de...

—¿Puedo sugerir —la interrumpió —que, dadas las circunstancias que existen entre tú y yo, dejes convenientemente de lado el asunto de esta factura y que lo decidamos cuando hayan pasado los tres meses? Cuando seas mi duquesa, podrás olvidarlo convenientemente.

—No he aceptado casarme contigo.

—Aceptarás.

Honoria notó el tono de decreto que había en su voz. Miró el rostro pétreo de Diablo y arqueó una ceja.

—No puedo aceptar una proposición de la que apenas hemos hablado.

Los conquistadores no pedían las cosas con cortesía, su instinto era adueñarse de lo que deseaban, y cuanto mas importante fuese lo que deseaban más poderoso era su ataque. Diablo la miró a los ojos, calmado y a la espera, y descifró el sutil desafío que brillaba en ellos, su terquedad habitual en la inclinación de la barbilla. Oh, cuánto deseaba aquel trofeo...

Respiró hondo y luego se acercó y le tomó una mano. Con los ojos clavados en los suyos, le rozó los labios con la punta de los dedos.

—Mi querida Honoria Prudence, ¿quieres hacerme

el honor de convertirte en mi esposa, en mi duquesa? —Hizo una pausa, y luego, premeditadamente, añadió—: ¿En la madre de mis hijos?

Ella desvió la mirada. Diablo puso un dedo debajo de su barbilla y la obligó a volverse hacia él.

—Todavía no lo he decidido —respondió Honoria tras un breve titubeo. Quizás él no fuera capaz de mentir, pero ella sí; sin embargo, Diablo era una fuerza demasiado potente para rendirse sin estar absolutamente segura de querer hacerlo. Necesitaba unos días más para sopesar aquel enlace.

Él le sostuvo la mirada y entre ellos vibró la pasión.

—No tardes mucho.

Esas palabras, pronunciadas en voz baja, podían ser una advertencia o una súplica. Retiró el dedo de la barbilla de Honoria y ella, al sentirse libre, la levantó.

—Si me caso contigo, quiero asegurarme de que no vaya a ocurrir un incidente similar al actual *contretemps*.

—Ya te he dicho que no soy tonto. —Los ojos de Diablo brillaban—. Y no me gusta torturarme.

Despiadada, Honoria reprimió una sonrisa.

La expresión de Diablo cambió y le tomó una mano.

—Ven, salgamos a pasear en el birlocho.

Ella se mantuvo firme. Se topó con sus exasperados ojos y trató de no notar la calidez, la fuerza seductora de sus dedos y la palma de la mano que agarraban la suya.

—Una cosa más. La muerte de Tolly.

—No permitiré que te involucres en la búsqueda de ese asesino —dijo Diablo, con firmeza.

—Yo no intervendría directamente en la búsqueda de pistas si tú y tus primos me contarais lo que vais descubriendo. —Lo miró a los ojos y sintió aturdimiento, aunque sin calor. Había agotado todos los caminos que se le habían abierto. Para seguir adelante necesitaba que él colaborase.

Diablo frunció el entrecejo y desvió la mirada. Ella empezaba a preguntarse en qué estaría pensando cuando él anunció:

—Aceptaré pero con una condición.

Honoria arqueó las cejas.

—Que me prometas que nunca, bajo ningún concepto, irás personalmente en busca del asesino de Tolly.

Ella se apresuró a asentir. Sus posibilidades de toparse con un delincuente se veían muy limitadas por el código social. Su contribución a la investigación tendría que ser principalmente deductiva.

—¿Y qué ha descubierto, pues, Lucifer?

—No puedo decírtelo. —Diablo apretó los labios. Honoria se puso rígida—. He dicho que no puedo decírtelo, no que no quiera decírtelo.

—¿Por qué no puedes? —repuso ella, enojada.

Él estudió su rostro y luego miró sus manos entrelazadas.

—Porque lo que Lucifer ha descubierto arroja una sombra más que sospechosa sobre un miembro de la familia; probablemente, el propio Tolly. De momento, la información de Lucifer sólo es un rumor, no hemos podido comprobarlo todavía. —Diablo estudió aquellos delgados dedos entrelazados con los suyos, le apretó la mano con fuerza y alzó la mirada—. Sin embargo, si Tolly estuvo implicado, eso apuntaría a que alguien, capaz de ese acto o de ordenarlo, deseaba su muerte.

—Es algo deshonroso, ¿verdad? —Honoria vio una expresión de fastidio en su rostro y pensó en Louise Cynster.

—Terriblemente deshonroso —asintió Diablo, despacio.

Ella respiró hondo y notó que Diablo la conducía hacia la puerta.

—Vamos, necesitas que te dé el aire —ordenó. Le lanzó una mirada y luego, entre dientes, reconoció—: Y yo también.

Honoria sonrió y se dejó llevar. Su falda era demasiado fina pero en el vestíbulo se pondría la pelliza. Había conseguido que Diablo le hiciera ciertas concesiones y podía permitirse ser magnánima. Hacía buen día y sentía el corazón ligero. Su conquistador había llegado al límite de sus fuerzas.

13

—En total, trescientos treinta y cuatro.

Honoria volvió a ordenar las tarjetas que tenía en el regazo y empezó a contarlas de nuevo.

Diablo la observó de perfil y arqueó las cejas. Estaban en la sala matutina, Honoria en un extremo de la *chaise* y él elegantemente recostado en el otro. Recogía las tarjetas que confirmaban la asistencia al baile que, la noche siguiente, ofrecería la tía Horatia en Berkeley Square para anunciar que la familia había salido del luto. Diablo recogió una tarjeta del suelo, sonrió y dijo:

—Es una buena cifra teniendo en cuenta la época del año. El mal tiempo ha retrasado la temporada de caza y muchos se han quedado en la ciudad. Como Chillingworth... Se ve que a mi tía le ha parecido correcto invitarlo.

—Es conde. —Honoria alzó la vista, frunció el entrecejo y recuperó la tarjeta—. Pero supongo que lo conoces desde hace una eternidad...

—Sí, parece una eternidad. Estuvimos juntos en Eton.

—¿Rivales de los años mozos?

—Yo no diría que Chillingworth es un rival. Es una molestia.

Honoria agachó la cabeza para ocultar una sonrisa. Diablo se había acostumbrado a ir a verla a la sala matutina después del almuerzo, un rato durante el cual la duquesa madre solía reposar en sus aposentos. Se quedaba una media hora, con sus largas extremidades en la esquina opuesta de la *chaise*. Su presencia llenaba toda la habitación y despertaba sus sentidos. Charlaban; si él tenía información llegada a través de sus primos, se la transmitía lisa y llanamente, sin evasivas.

Honoria, por su parte, no se había enterado de nada más. La duquesa había cumplido su promesa de presentarla a toda la nobleza. Tras una serie de agotadoras visitas matinales e invitaciones a tomar el té, había conocido a las principales anfitrionas de las mejores familias, las cuales la habían aceptado en su círculo. Sin embargo, en todas las habladurías y rumores de escándalos que tanto abundaban entre la mitad femenina de la nobleza, no había oído nada sobre Tolly.

—¿Te has enterado de algo? —le preguntó a Diablo.

—Pues resulta que sí. —Honoria puso ojos como platos. Él torció los labios—. No te hagas demasiadas ilusiones pero Demonio ya ha regresado.

—¿Ha encontrado al criado de Tolly?

—Sí. Mick recordaba muy bien la última noche. Utilizando las palabras de Mick, Tolly, cuando llegó, estaba muy inquieto. Por desgracia, no quiso decirle el motivo.

—¿No quiso decírselo? —Honoria frunció el entrecejo.

—Mick, como es natural, se lo preguntó.

—¿Y?

—Insólitamente, Tolly le dijo que se metiera en sus cosas.

—¿Y eso era insólito?

—Mick llevaba con Tolly desde que éste aprendió a caminar. Si algo le preocupaba, lo normal era que se lo contase a Mick sin reservas.

—Entonces —sopesó Honoria—, ¿qué clase de secreto se negaría Tolly a contarle?

—Ésa es la cuestión. —La expresión de Diablo transmitía desasosiego. Hizo una pausa y añadió—: Eso y el asunto de la hora.

—¿Qué hora?

—Esa noche, Tolly tardó menos de una hora en volver a su casa desde Mount Street.

Mick y Demonio habían pensado que Tolly había ido al teatro y que en el entreacto se había enterado del secreto por culpa del cual lo habían matado. No se había quedado a la segunda parte de la obra y había regresado a casa.

—¿Mick está seguro de eso? —inquirió Honoria con ceño.

—Sí... Recuerda perfectamente que no esperaba que Tolly volviese tan pronto.

—¿Cuánto hay de Mount Street a la casa en que vivía?

—Tolly vivía en Wigmore Street, a unos veinte minutos de la casa de mi tío.

—¿Y de camino no se detendría en casa de algún amigo o algo así?

—Sin desviarse, no. Y a los que viven más cerca ya los hemos interrogado. Esa noche, ninguno de sus amigos lo vio.

—¿Y en ese tiempo tan corto algo podría coincidir con el rumor deshonroso de Lucifer?

—Difícilmente. —Diablo vaciló y luego añadió—: No lo descarta pero lo hace improbable. Si Tolly hubiera ido... —Se interrumpió—. Si lo que pensamos ocurrió realmente, tuvo que acontecer en una hora más temprana, lo cual no explica por qué Tolly sólo se mostró agitado después de salir de Mount Street.

Honoria estudió su rostro y descubrió que no había

cambiado de expresión. Seguía inquieto por el rumor deshonroso, aunque tal vez no estuviese relacionado con la muerte de Tolly.

—¿Cuál es ese rumor? —le preguntó, preocupada.

—Lo que ocurre es que, como líder de esta familia, no me gusta la idea de que haya un esqueleto fuera del armario.

Los labios de Honoria se ablandaron y desvió la mirada.

Permanecieron en silencio unos minutos. Honoria reflexionó en las cuestiones que las suposiciones de Mick habían suscitado, mientras Diablo, con rostro pensativo, la contemplaba.

—¿Se lo has dicho a los demás? —preguntó ella, mirándolo de nuevo a los ojos.

—Estaban en el porche con Demonio. Mientras yo me enfrento a ese deshonroso rumor, ellos intentan sonsacar a todo el mundo. Richard y Demonio interrogan a los cocheros. Gabriel, lo creas o no, se codea con los barrenderos de la calle. Veleta y Lucifer están recorriendo las tabernas con la esperanza de que algún borracho sepa dónde estuvo Tolly antes de volver a casa.

—Eso me parece una exageración.

Diablo suspiró e inclinó la cabeza en la *chaise*.

—Lo es —respondió. Tras mirar el techo unos momentos, añadió—: Aunque cueste admitirlo, están tan frustrados como yo. —Bajó los ojos despacio y miró a Honoria.

—Las cosas no se arreglan sólo porque tú lo ordenes. —Le sostuvo la mirada.

—Sí, ya lo veo —replicó él con la mirada clavada en la de ella. En su tono de voz había un sutil asomo de modestia que fue seguido casi de inmediato por una oleada tangible de deseo en la atmósfera que los rodeaba.

Callaron y Diablo alargó la mano para coger la tarjeta que estaba encima de todo.

—Supongo —dijo— que asistirán todas las últimas grandes damas.

—Por supuesto —asintió Honoria, superando la ansiedad que sentía en esos momentos.

Los cinco minutos siguientes se dedicaron a comentar banalidades mientras remitía la inquietud y la pasión de que habían sido presa.

Por más que se hubieran acostumbrado a estar juntos, la llama seguía encendiéndose, dispuesta a arder al mínimo roce, con el más inocente de los comentarios. Honoria estuvo tentada de decir que ya había tomado, por fin, una decisión definitiva. Llevaba mucho tiempo pensando en ello. Veía las ventajas y las posibilidades. Había decidido aceptar el reto.

¿Y qué mejor manera que empezar tal como había pensado? Estaba decidida a utilizar el baile de Horatia como escenario del anuncio de su compromiso. Tenía el discurso bien ensayado...

Parpadeó y volvió a la realidad. Advirtió que se había interrumpido a media frase y que Diablo la miraba con intensidad. Era como si le leyese el pensamiento. Honoria se ruborizó.

Diablo esbozó una sonrisa lobuna y se puso en pie.

—Tengo que encontrarme con Hobden. Ha venido de St. Ives a comprar aperos de labranza. Te deseo que pases una buena tarde, querida. —La miró a los ojos y le hizo una reverencia.

—Y yo a vos, Su Alteza. —Inclinó la cabeza.

Al verlo caminar hacia la puerta, sus ojos se fijaron en el brazal negro que todavía llevaba. Frunció el entrecejo. Las seis semanas de luto que la familia había decretado terminarían al cabo de dos noches, con el baile.

Era de esperar que, al día siguiente, Diablo se lo quitara.

Su ceño se acentuó. Sería mejor que se lo quitara antes del baile.

La tarde siguiente empezó con buenos augurios para Honoria. Con los nervios a flor de piel, descendió la escalera vestida para la conquista. Como era habitual, Webster se materializó en el vestíbulo antes de que ella llegase al último escalón y se acercó a la puerta del salón sin mirarla.

Al hacerlo, se quedó boquiabierto un instante y esa expresión obró milagros en la confianza de Honoria.

—Buenas tardes, Webster, ¿ha bajado ya Su Alteza?

—Pues sí, señora... señorita, quiero decir. —Webster respiró hondo y volvió a ponerse su máscara habitual—. Su Alteza la espera. —Con una marcada reverencia, abrió la puerta de par en par.

Pese a la fuerte tensión que la maniataba por dentro, Honoria cruzó el umbral con elegancia y serenidad.

Diablo estaba junto a la chimenea y se volvió tan pronto ella entró. Como siempre, su mirada resbaló por su cuerpo, de la cabeza a los pies, pero esa noche, cuando sus ojos llegaron a las sandalias plateadas que asomaban debajo del dobladillo del vestido, allí se detuvieron y luego subieron con torturante lentitud, recorriendo todas las curvas de su cuerpo, tan bien resaltadas por aquella seda *eau de Nil* que se adhería a sus largas extremidades. Y siguieron subiendo hasta acariciarle los hombros. En el izquierdo lucía un broche de oro que sujetaba el sencillo vestido estilo túnica y el derecho quedaba desnudo. El chal de seda con lentejuelas era tan fino que no molestaba. Honoria no llevaba joyas a excepción de la peineta de oro que le sujetaba el moño desde el cual caían unos brillantes rizos. De repente sintió la intensidad de la mirada de Diablo y se quedó sin aliento.

Él cruzó la sala con pasos largos y elegantes sin apartar la vista de ella. Le tendió una mano y ella, sin dudarlo, apoyó los dedos sobre ella. Diablo la hizo girar y ella, obediente, dio una vuelta completa. Honoria sintió el calor de su mirada, que le acariciaba el cuerpo, cuya única protección era una fina capa de seda. Al terminar el giro y encontrarse de nuevo ante él, vio que sonreía.

—Mi más sincero agradecimiento a Celestine —dijo Diablo cuando sus ojos se encontraron. Las palabras resonaron en Honoria, que le sostuvo la mirada arqueando una ceja.

—¿Celestine? ¿Y yo qué voy a recibir? —repuso.

—Mi atención. —Diablo la atrajo hacia él. Miró sus rizos y buscó sus ojos y sus labios—. Mi atención incondicional.

Cediendo a la presión de la mano de él en su espalda, Honoria se acercó, alzando los labios hacia los suyos. Diablo los encontró a mitad de camino y cuando los suyos se posaron, cálidos y firmes, en ellos, Honoria se sintió flotar en el aire.

Era el primer beso que intercambiaban después de su confrontación en la sala matutina. Pero aquel beso no tenía nada que ver con los anteriores. Éste era consentido y cariñoso, y los labios de ambos se fundieron.

Las manos inquietas de Honoria se posaron en las solapas de Diablo, cuya mano libre se cerraba posesivamente alrededor de su cadera cubierta de seda. Bajo sus palmas, la piel de Honoria ardía. Dos capas de seda fina no eran barrera para su tacto. Ella se hundió entre sus brazos sin oponer resistencia, cediendo a la persuasión de los labios de Diablo y al ardor de su propio deseo.

Enseguida experimentaron una sensación mágica.

Ninguno de los dos supo cuánto tiempo pasaron besándose de aquella manera entrañable y sólo se separaron cuando oyeron ruido de pasos en el vestíbulo.

Diablo alzó la cabeza y miró hacia la puerta. Honoria esperó pero él no se apartó. Cuando se abrió la puerta y apareció su madre en el umbral, la única concesión que hizo fue retirar la mano de la cadera y ponérsela en la espalda para que suavemente se volviera hacia la puerta. Quedaba claro que no quería ocultar que se habían estado besando.

Honoria parpadeó sorprendida. Diablo tomaba la iniciativa y a ella le costaba seguirlo. Cuando la duquesa los miró, todavía estaba medio de puntillas y tenía una mano en el pecho de Diablo. La mujer, como gran dama que era, fingió no notarlo.

—Si estáis listos, queridos, sugeriría que nos marcháramos. Esperar en este salón no tiene ningún sentido.

Con una inclinación de la cabeza, Diablo ofreció el brazo a Honoria, que apoyó la punta de los dedos sobre él. Salió del salón a su lado, con mucho más calor que cuando había llegado.

Apenas tardaron cinco minutos en llegar a la casa de lord George Cynster en Berkeley Square. Al cabo de otros cinco Honoria se encontró rodeada por los Cynster, junto a Diablo. La sala estaba llena de miembros de la familia: caballeros altos y arrogantes y damas vivaces e imperiosas que hacían sombra a los otros nobles invitados a la cena.

No estaba muy segura de la impresión que causaría su vestido pero todo el mundo se fijó en él. Recibió amplias sonrisas y asentimientos procedentes de las mujeres Cynster, y los hombres la miraron cautivados. Fue Lucifer quien tradujo esas miradas a palabras.

—¿Te das cuenta de que si Diablo no te hubiese atrapado te verías sometida a un asedio colectivo? —bromeó.

Honoria intentó hacerse la inocente.

La cena se serviría a las siete y el baile empezaría a las nueve. Webster, contratado para esa ocasión especial, anunció, por encima del sonido de veinte conversaciones, que era hora de cenar.

Diablo acompañó a su tía al comedor y dejó que Veleta escoltase a Honoria, que, recordando un hecho similar durante el entierro de Tolly, le preguntó:

—¿Siempre lo sustituyes?

—Ya me gustaría —respondió él en un susurro, con la fría altivez que lo distinguía—. Pero sería más exacto decir que nos cubrimos mutuamente las espaldas. Diablo sólo es unos meses mayor que yo y nos conocemos de toda la vida.

Honoria captó veneración bajo su cordial tono y eso la satisfizo. Veleta la llevó hasta la silla contigua a la de Diablo y él ocupó la del otro lado. Flanqueada por aquella compañía, esperó la cena con ganas y expectación.

A su alrededor, la conversación giraba en torno a la política y las cuestiones de actualidad. Honoria escuchó con un interés hasta entonces desconocido en ella, fijándose en las opiniones de Diablo e integrándolas en lo que ya sabía sobre el amo de St. Ives. Mientras servían el segundo plato, reparó en que todos los primos Cynster llevaban el brazalete negro. El brazo izquierdo de Diablo estaba a su lado y lo miró: la banda negra apenas se distinguía en su chaqueta negra.

Bajó la vista hacia el plato y maldijo para sus adentros.

Esperó su oportunidad hasta que empezaron a pasearse por el enorme salón de baile, admirando los detalles de la decoración. Seguían estando en familia pues la mayoría de los invitados al baile aún no había llegado. En el otro extremo del salón, Honoria pasó un dedo por el brazalete y tiró de él. Diablo la miró arqueando una ceja.

—¿Por qué llevas esto todavía?

La miró a los ojos y Honoria notó su titubeo. Luego suspiró y siguió adelante.

—Porque todavía no hemos atrapado al asesino de Tolly.

«Dado que hasta ahora apenas han descubierto nada, tal vez nunca lo atraparán», se dijo Honoria.

—¿Es absolutamente necesario? —le preguntó, mirando su serio perfil—. Bailar un vals no te hará daño.

Diablo empezó a sonreír pero no llegó a hacerlo. En cambio, sacudió la cabeza y dijo:

—Es que me parece... —Sus palabras se interrumpieron y, frunciendo el entrecejo, miró al frente—. Estoy seguro de que algo se me ha pasado por alto, alguna clave, alguna pista importante.

Su tono evidenció que había cambiado de táctica. Honoria lo siguió sin rechistar. Comprendía que se sintiera culpable de no haber podido llevar al asesino de Tolly ante la justicia, no necesitaba oírselo decir.

—¿Y no recuerdas nada sobre esa pista importante?

—No; es terrible. Estoy seguro de que he visto algo, he sabido algo, pero no puedo precisarlo. Es como un fantasma en mi visión periférica. Vuelvo la cabeza para mirarlo pero nunca alcanzo a verlo.

Su tono estaba cargado de frustración y Honoria decidió cambiar de tema.

—Dime una cosa, ¿lady Osbaldestone está emparentada con los Cynster.

Diablo miró hacia la *chaise* donde estaba sentada la dama, observándolos con ojos penetrantes.

—Sí, es pariente lejana —respondió—; pero media nobleza también lo es.

Siguieron paseándose y charlando con los que se cruzaban con ellos. Sus pasos se volvieron más lentos a medida que los invitados al baile iban llegando, ansiosos de que los vieran en el único baile organizado por los Cynster esa temporada. En una media hora, el salón se llenó de sedas y satenes y en el ambiente flotaba el perfume. El brillo de los rizos se veía empequeñecido por el fulgor y el centelleo de las joyas. Cientos de lenguas contribuían al cortés murmullo de fondo. Como iba del brazo de Diablo, Honoria tenía mucho espacio para sí, ya que nadie se atrevía a acercarse demasiado. Hubo algunas personas, sin embargo, que al verla se sintieron impulsadas a presentarle sus respetos. Algunos llegaron incluso a postrarse a sus pies, corriendo el riesgo de recibir una patada rápida y bien dada de su acompañante.

Obligado a presenciar el efecto que causaba entre otros varones, Diablo tensó la mandíbula, dispuesto a no demostrarlo. Poco a poco, caía en el pesimismo y eso no era una buena señal, dado todo lo que tendría que soportar. Había albergado la idea de pedirle a Honoria que no bailase pero todavía no era su esposa. Se había propasado una vez, y ella, por algún toque benévolo del destino, lo había perdonado. No estaba dispuesto a que eso volviera a ocurrir.

Y a ella le gustaba bailar. Lo sabía sin habérselo preguntado. Bastaba ver la atención que prestaba a la música. No sabía cómo conseguiría permitir que bailase con algún caballero. Había pensado en pedirle a sus primos que ocupasen su lugar, pero éstos habían decidido lo mismo que él, no bailar, lo cual le hacía afrontar una rijosa posesividad que no estaba dispuesto a domar.

Para su disgusto, los músicos llegaron temprano. Entre los inevitables golpes y chirridos de los instrumentos al ser dispuestos en la tarima, lord Ainsworth dijo:

—Mi querida señorita Anstruther-Wetherby, me sentiría muy honrado, vencido por la gratitud, si me concediese su mano y me permitiera acompañarla en el baile. —El noble le hizo una ostentosa reverencia y la miró, casi con devoción.

Diablo se puso tenso y contuvo el impulso de soltar un puñetazo a la necia cara de Ainsworth, haciendo acopio de fuerzas para escuchar la respuesta afirmativa de Honoria y dejar que se marchara sin montar una escena. Honoria tendió la mano y Diablo sintió que su control se derrumbaba.

—Gracias, milord. —Y con una sonrisa serena y rozando sólo los dedos de Ainsworth, añadió—: Pero esta noche no bailaré.

—Mi querida señorita Anstruther-Wetherby, su gesto es un reflejo de su exquisita sensibilidad. Perdóneme, querida, por haber sido tan torpe y sugerirle...

Lord Ainsworth siguió disculpándose pero Diablo no lo escuchó. Cuando advirtió que la mujer tomada de su brazo tampoco lo escuchaba, interrumpió su letanía.

—Lo siento, Ainsworth, pero tenemos que hablar con lady Jersey.

Como Sally jersey sentía un profundo desprecio por los modales pomposos de Ainsworth, el caballero no se ofreció a acompañarlos. Cabizbajo, se despidió de ellos y los demás que estaban en el círculo sonrieron y se dispersaron; muchos se dirigieron a la pista pues los compases de un vals ya llenaban la sala.

Diablo puso una mano sobre la de Honoria y tiró de ella. Mientras caminaban por el borde de la pista, con paso apresurado para ahuyentar posibles encuentros, buscó palabras para expresarle lo que sentía.

—No hay ninguna razón por la que debas abstenerte de bailar —le dijo a regañadientes. La miró y Honoria estudió sus ojos, esbozando una sonrisa de comprensión mezclada con satisfacción femenina.

—Sí, la hay. —Lo retó a contradecirla con los ojos, y al ver que callaba su sonrisa se ensanchó y miró al frente—. Creo que tendríamos que ir a saludar a lady Osbaldestone, ¿no te parece?

A Diablo no le parecía. Aquella vieja chismosa lo utilizaría de carnada para sus cotilleos. Además, necesitaba alguna distracción importante.

Sin embargo, respiró hondo, asintió con la cabeza y se encaminaron hacia la *chaise* en que se hallaba la dama.

—Si hasta ahora había alguna duda —dijo Veleta señalando con la cabeza al grupo de la *chaise*—, esto deja las cosas claras.

De pie junto a Veleta, con un hombro apoyado contra la pared, Gabriel asintió.

—En efecto. Lady Osbaldestone no puede calificarse de interlocutor deseable —dijo.

—Me pregunto qué le habrá dicho Honoria para hacerlo ir allí. —Veleta tenía la vista clavada en las anchas espaldas de Diablo.

—Cualquier cosa —dijo Gabriel, haciendo una pausa para apurar su copa—. Está claro que hemos perdido a nuestro líder.

—¿Hemos? —Veleta lo miró con ceño—. ¿O lo que está haciendo es lo de siempre, tomar la iniciativa?

—Una perspectiva muy desagradable. —Gabriel se estremeció—. Eso ha sido como si alguien caminase sobre mi tumba.

—Es inútil huir del destino —sonrió Veleta—, como suele decir nuestro líder, lo cual suscita la intrigante cuestión de su destino. ¿Cuándo crees que será?

—Antes de Navidad, tal vez —respondió el otro tras mirar la escena que tenía delante.

—Pues será mejor que ocurra antes de Navidad —replicó Veleta con un elocuente resoplido.

—¿El qué será mejor?

De repente, ambos se contuvieron y su expresión cambió.

—Buenas noches, Charles. —Gabriel saludó a su primo y luego desvió la mirada.

—Estábamos hablando —dijo Veleta en tono cordial— de las inminentes nupcias.

—¿De veras? —Charles parecía intrigado—. ¿Las nupcias de quién?

Gabriel puso unos ojos como platos. Veleta parpadeó sorprendido y, tras una pausa, respondió:

—De Diablo, por supuesto.

—¿De Sylvester? —Y con el entrecejo fruncido, Charles miró hacia el otro lado de la sala y entonces sus rasgos se relajaron—. Ah, ¿te refieres a ese viejo rumor de que se va a casar con la señorita Anstruther-Wetherby?

—¿Es un viejo rumor?

—Claro que sí. —Con expresión de fastidio, Charles se alisó la manga. Alzó la vista y vio los rostros inexpresivos de sus primos—. Hablé largo y tendido de ello con la señorita Anstruther-Wetherby, y me consta que no va a casarse con Sylvester.

Veleta miró a Gabriel y Gabriel miró a Veleta, que se volvió hacia Charles y preguntó:

—¿Cuándo hablaste con ella?

—Después del funeral, en Somersham. —Charles arqueó una pobladísima ceja—. Y volví a hablar con Honoria Prudence poco después de que llegara a Londres.

—¿Ah, sí? —Veleta intercambió otra mirada con Gabriel.

—Charles, ¿nunca te han dicho que las damas son

muy propensas a cambiar de opinión? —repuso Gabriel tras un suspiro.

—La señorita Anstruther-Wetherby es una dama muy bien educada y con una sensibilidad exquisita. —Les dirigió una mirada desdeñosa.

—Y también está muy bien formada y es un objetivo perfecto para las atenciones, en este caso honrosas, de Diablo. —Gabriel señaló la *chaise*—. Y si no nos crees, mira.

Charles siguió su gesto y frunció el entrecejo. Honoria, con la mano en el brazo de Diablo, se inclinaba hacia él para contarle algo, y él inclinaba la cabeza para oírla mejor. Su actitud dejaba claro que entre ambos había intimidad y confianza. Arrugó más el entrecejo.

—Estamos haciendo apuestas —dijo Veleta mirando a Charles—. Lamentablemente, de momento nadie ha aceptado.

—Humm... —Gabriel se enderezó—. ¿Una boda antes de Navidad —miró inquisitivamente a Veleta—, y un heredero por San Valentín?

—Sí, bueno, y ya sería hora de que pasáramos a la acción —dijo Veleta.

—Sí, pero ¿en qué dirección debemos movernos? —Gabriel empezó a caminar hacia la multitud.

—¡Pero bueno! —Veleta lo siguió—. ¿Ya no confías en nuestro líder?

—Tengo una fe ciega en él, pero tendrás que admitir que para engendrar un heredero se necesita algo más que buen rendimiento sexual. Ven, vayamos a hablar con Demonio, él te contará lo que...

Al ver que lo habían dejado solo, Charles continuó frunciendo el entrecejo y mirando fijamente a la pareja que estaba de pie ante la *chaise* de lady Osbaldestone.

14

A medida que avanzó la velada, la animación aumentó. A la una de la madrugada sirvieron un refrigerio. Sentada al lado de Diablo en una de las mesas más grandes, Honoria rió y charló. Con sonrisa serena, estudió a los primos de Diablo y a sus compañeras de cena y supo lo que sentían aquellas damas. Tenía los nervios a flor de piel, los sentimientos sobrecargados por la misma expectación que ellas experimentaban. Riendo de una de las ocurrencias de Gabriel, miró a Diablo a los ojos y comprendió por qué aquellas damas de la nobleza jugaban con fuego deliberadamente.

Los músicos volvieron a llamarlos a la pista. Todos los demás se pusieron en pie. Honoria jugueteó con su chal y luego deshizo los lazos de su abanico. Había previsto informar a Diablo de su decisión mientras bailasen su primer vals, pero como se le había negado esa oportunidad estaba segura de que si le sugería que tenía algo que decirle, él le procuraría una nueva ocasión.

Honoria lo vio de pie, a su lado, con expresión de paciencia y aburrimiento. Le tendió una mano y la ayudó a ponerse en pie. Ella miró alrededor, el comedor estaba vacío. Se volvió hacia Diablo y éste la hizo girar aún más, alejándola de la sala de baile. Sobresaltada, lo miró.

—Confía en mí —le dijo con una sonrisa lobuna.

La llevó hacia una pared y abrió una puerta oculta

por los paneles de madera y que daba a un pequeño pasillo que, en ese momento, estaba vacío. Diablo la dejó pasar y luego la siguió. Parpadeando, Honoria miró en derredor. El pasillo discurría paralelo a la sala de baile.

—¿Dónde...?

—Ven conmigo. —Diablo la tomó de la mano y avanzaron.

Como siempre, ella tuvo que apresurarse para no quedar rezagada. Antes de que se le ocurriera un comentario lo bastante agudo para aquellas circunstancias, llegaron a un rellano de escalera. Para su sorpresa, Diablo tomó un tramo descendente.

—¿Adónde vamos? —Honoria habló en voz baja sin saber bien por qué.

—Dentro de un minuto lo verás —respondió él en un susurro.

Las escaleras desembocaban en otro pasillo, paralelo al que había recorrido en el piso de arriba. Diablo se detuvo ante una puerta cerca del final. La abrió, entró, retrocedió un paso y la invitó a pasar.

Honoria hizo una pausa y parpadeó. Oyó el clic del cerrojo de la puerta a sus espaldas y luego él la llevó tres escalones más abajo, donde había una sala de suelo enlosado.

Miró alrededor con unos ojos como platos. El techo era de placas de cristal, lo mismo que una pared y la mitad de otras dos. La luz de la luna iluminaba unos pequeños naranjos perfectamente podados dispuestos en macetas formando dos semicírculos en el centro del recinto. Se soltó de la mano de Diablo y se acercó a ellos. A la luz de la luna, las hojas resplandecían. Honoria las tocó y el aroma del azahar impregnó sus dedos. En medio de aquel invernadero había un diván de hierro forjado, con cojines de seda encima y a su lado, en el suelo, una cesta de mimbre llena a rebosar de bordados y encajes.

—Es un invernadero de naranjos —dijo Diablo, una sombra plateada que la seguía—. Uno de los caprichos de mi tía.

Su tono hizo que Honoria se preguntara cuáles serían los caprichos de Diablo. La recorrió una oleada de expectación y en ese momento un violín rompió el silencio. Sorprendida, alzó la mirada.

—¿Estamos debajo del salón de baile?

—Es mi turno, creo —dijo tendiéndole la mano. Sus dientes destellaron en una sonrisa.

Cuando quiso darse cuenta de lo ocurrido, Honoria ya estaba bailando entre sus brazos. No se trataba de que fuera a discutírselo, pero un aviso previo la habría ayudado a asimilar mejor el repentino impacto de su proximidad. En cambio, allí estaba, rodeándola con unos brazos de hierro y sus largos muslos firmes como el roble separando los de ella. Honoria fue presa de un cúmulo de sensaciones, todas embriagadoras y placenteras. Él bailaba el vals como lo hacía casi todo, con maestría, con tanta habilidad que ella no tenía que hacer nada, sólo dejarse llevar, deslizarse y girar. Danzaron junto a los naranjos y luego giraron a su alrededor. Mientras evolucionaban en aquel círculo mágico, él la miró a los ojos y la atrajo hacia sí con determinación.

Honoria contuvo el aliento y su corazón se saltó un latido. La pálida seda que cubría sus pechos se movió contra la chaqueta de él. Notó un cosquilleo en los pezones. Las caderas de ambos se encontraron en las evoluciones del vals y la seda crujió suavemente, como una sirena en la noche. La dureza se encontraba con la tersura y luego se alejaba de ella para volver con más fuerza y precisión. El flujo y el reflujo de la danza excitó los sentidos de Honoria, unos sentidos que se morían por él. Con los ojos muy abiertos, la mirada atrapada en el verde claro de los suyos, sintió el toque plateado de la luna y levantó la cabeza. Sus labios, separados, estaban extrañamente secos y palpitaban al tiempo que su corazón.

La invitación de Honoria no pudo ser más clara. Atrapado en ese momento, Diablo ni siquiera pensó en rehusarla. Con facilidad y experiencia, inclinó la cabeza y la saboreó, confiando en su maestría, para comprobar que era ella quién lo atraía al interior de sus labios. Maldijo para sus adentros, tiró de las riendas y recuperó el control, aceptando las caricias que ella le ofrecía al tiempo que encendía sutilmente su llama.

Bailaron el vals hasta que la música se detuvo, pero ellos siguieron girando. Sus pasos pararon gradualmente y se detuvieron junto al diván.

Honoria reprimió un estremecimiento de expectación. Sin interrumpir el beso, Diablo le soltó la mano y rodeó las curvas cubiertas de seda de sus caderas, que ardían a través del fino tejido. Despacio y con decisión, sus manos bajaron y se posaron sobre sus nalgas al tiempo que la atraía con fuerza hacia él. Honoria sintió el turgente deseo de Diablo, y la invadió una oleada de calor. Su aliento era el de él, atrapada en el beso; alzó las manos y las enlazó en su nuca. Se apretó contra su cuerpo, para calmar sus pechos ansiosos contra el muro de su tórax. El profundo estremecimiento que recorrió a Diablo la excitó.

Había ensayado un discurso de aceptación pero aquello era aún mejor. Al fin y al cabo, los actos dicen mucho más que las palabras. Con un suspiro de puro placer, se entregó todavía más a su abrazo, devolviéndole el beso con vehemencia.

Diablo fue presa de la excitación. La levantó en vilo

y la depositó sobre el diván sin interrumpir el beso y se tumbó sobre ella. Honoria sabía que su cuerpo era firme, pero nunca lo había presionado contra el suyo de arriba abajo, miembro a miembro. Descubrirlo fue delicioso. Con el aliento entrecortado, apartó su chaqueta y puso las manos sobre su pecho.

Notó el repentino jadeo en su respiración, el fulminante impulso del deseo. Ella respondió tentándole la lengua con la suya, para desafiarla y danzar con ella. Apretó las piernas contra las de él y sus manos recorrieron su torso. No iba a ser una espectadora pasiva, quería sentir, experimentar, explorar, lo cual era mucho más de lo que Diablo podía soportar.

De pronto, él se echó atrás, le tomó las manos y se las inmovilizó detrás de la cabeza. Después, reconquistó sus labios con un deseo que crecía con desenfreno apenas contenido. Voraz, profundizó más en su boca en busca de satisfacción, al tiempo que se debatía por no perder el control.

Medio atrapada debajo de él, Honoria se arqueó, respondiendo a la intimidad, al calor cada vez más intenso. El deseo era algo palpable, que se acumulaba y crecía. Se revolvió y la seda se deslizó sensualmente entre ellos, luego gimió y quiso liberar las manos.

—No —dijo él, interrumpiendo el beso para pronunciar sólo aquella sílaba.

—Sólo quiero acariciarte. —Honoria torció la cabeza para eludir su beso.

—Olvídalo —gruñó él. Estaba peligrosamente excitado, impulsado por un deseo que él mismo había subestimado. Las manos de ella acariciando su cuerpo serían la gota que colmaría el vaso.

—¿Por qué no? —Honoria intentó soltarse, se revolvió y presionó provocativamente uno de sus tersos muslos contra esa parte de su cuerpo que él intentaba desesperadamente olvidar.

Diablo jadeó y ella presionó más. Diablo olvidó por qué no, olvidó todo excepto la necesidad de aplacar aquella fuerza impulsora que lo llenaba, el deseo cristalizado que se acumulaba en sus muslos y tensaba cada uno de sus nervios, barriendo los últimos restos de precaución. La tomó por la barbilla y le dio un ardoroso beso. Luego atrapó las piernas de Honoria entre las suyas, utilizando la fuerza de su cuerpo para someterla, por más que ella no se resistiera.

Sus labios se entregaron a los de él, apasionados y seductores. Gimió de nuevo, en esta ocasión con abandono, y arqueó el cuerpo para acariciar el de Diablo, de manera tentadora e incitante.

La mano de Diablo resbaló desde la barbilla hasta un pecho y lo rodeó posesivamente. Luego acarició el firme montículo y pasó el dedo por el pezón.

Honoria contuvo el aliento. Su pecho vibraba y ansiaba que él la acariciase. Se retorció, gozando de la tensión de los músculos de Diablo que se movían en respuesta. El cuerpo de él estaba muy cerca y Honoria deseaba que aún lo estuviera más, mucho más. En cualquier punto en que él la acariciaba, se encendía la llama. Necesitaba de la dureza de Diablo para apagar aquel fuego, para satisfacer su sangre febril.

Honoria lo deseaba, lo necesitaba, no había ya ninguna razón para no poderlo tener. Desesperada, tiró de su mano. Diablo se apartó y antes de que ella pudiera protestar empezó a quitarle el corpiño. Su corazón se aceleró cuando sus pechos quedaron al descubierto.

Él levantó la cabeza. Honoria jadeó, temblorosa. Notó el frío aire de la estancia iluminada por la luna y el calor de la mirada de Diablo. Sus pezones se endurecieron más. Con unos párpados repentinamente pesados, alzó la mirada. El rostro de Diablo parecía tallado, con ángulos pronunciados y facciones marcadas. Los pechos de Honoria palpitaban ansiosos y Diablo se inclinó hacia ellos.

Los rozó con los labios y Honoria se puso rígida. Sus sentidos se arremolinaron. Diablo depositó cálidos besos alrededor de la aureola y luego la cubrió con la boca. Honoria se tensó. Le chupó el pecho y ella creyó morir. Las sensaciones la sacudían de pies a cabeza. Jadeante, se arqueó contra él y cerró sus manos, todavía cautivas, apretando los puños.

Diablo torturó aquella suave carne hasta que Honoria gritó. Luego se concentró en el otro pecho y no alzó la cabeza hasta que ella volvió a gritar, obnubilada por las sensaciones, sintiéndose como lava derretida. Vio que él bajaba la mano y acariciaba posesivamente la curva de su cadera hasta llegar al muslo. Cuando él pasó la mano por debajo del dobladillo y en un único y ágil movimiento le subió la falda hasta la cintura, Honoria tembló.

El aire frío le acariciaba la encendida piel. La mirada de Diablo, que quemaba como el sol, disolvió la frialdad y la recorrió de arriba abajo, explorando todo lo que anhelaba poseer. Volvió la cabeza y buscó sus ojos. Cerró la mano alrededor de la desnuda cadera y la deslizó en una seductora caricia.

Honoria se estremeció, subyugada por su mirada. Diablo se inclinó y ella cerró los ojos. Sus labios se encontraron. Ella se entregó completamente, se rindió al beso, rodeada del dulce fuego fatuo que ardía entre ellos.

El alma conquistadora de Diablo se recreó en la victoria y siguió adelante, ansioso por ganar la última batalla. Las largas piernas de marfil de Honoria, con su piel suave y tersa, eran una poderosa atracción. Su abdomen se tensó bajo la mano que él deslizó hasta que los dedos encontraron la curva de sus nalgas.

Las recorrió y acarició, y luego jugueteó con el suave vello púbico, excitándola más. Honoria se movía sin parar. Diablo se apartó un momento y estudió su rostro, cegado por la pasión. Le susurró que abriera las piernas y ella lo hizo, conteniendo una exclamación cuando él la tocó. Tras esa primera oleada de excitación, él la acarició de verdad, separando los delicados pliegues hinchados para encontrar su botón del placer, ya erecto y palpitante. Describió círculos con los dedos a su alrededor y notó que ella ardía de pasión, que estaba mojada, y sondeó suavemente sus profundidades, estimulando la ola de deseo que se alzaba entre ambos.

Cuanto más alta era la ola, más embriagador montarla, más hondo el golpe final. Con años de experiencia a sus espaldas, Diablo alimentó la pasión de Honoria hasta que se convirtió en un furioso oleaje.

Arriba, en la cresta, Honoria no notaba otra cosa que creciente placer, centrada en el botón hinchado y palpitante que él tan diestramente acariciaba. Entonces, un largo dedo se deslizó más adentro. Ella contuvo un gemido y arqueó el cuerpo. Diablo la acarició y encendió su calor interior.

Una y otra vez la invadió sensualmente; con los ojos cerrados y los sentidos devastados, Honoria quería más. Él conocía aquella urgencia y sus labios volvieron a los de ella, poseyendo su boca con el mismo ritmo lánguido e hipnotizante del dedo que sondeaba su ardiente interior.

Con los pechos henchidos y pesados, Honoria se arqueó contra él, tratando de calmar aquel dolor. De repente, los labios de Diablo bajaron hasta uno de sus pezones.

Honoria soltó un grito ahogado, como si un rayo la

hubiese atravesado y su fuego interior la devorase. La mano que inmovilizaba las suyas desapareció. Diablo la puso encima del otro pecho para calmar su anhelo mientras acariciaba el primero con los labios y la lengua. El dedo que exploraba su sexo se hundió más y más.

Con las manos libres, Honoria lo abrazó.

De repente, el excitante juego se volvió más apremiante. Ella le quitó la corbata de lazo y se dispuso a desabrocharle la camisa. Frenética, se detuvo a medio camino y, retorciéndose y jadeando, se debatió con la chaqueta. Diablo intentó mantenerla quieta. Maldijo entre dientes y, de repente, se separó de ella y se quitó la chaqueta y el chaleco. Ella recibió el tórax desnudo de Diablo con los brazos abiertos, excitada hasta lo indecible. Los músculos de él se tensaron y ella los exploró con avidez. Jugueteó con el vello de su pecho. Bajo su mano, el cuerpo de Diablo quemaba.

Honoria le tiró de la camisa para sacarla del pantalón y rodeó su cuerpo para acariciarle la ancha espalda. Alzó la cabeza. Ella lo abrazó con más fuerza, con las cimas gemelas de sus pechos pegadas a su tórax desnudo y el calor de su sexo que lo abrasaba. Aquel abrazo desnudo lo dejó tembloroso, jadeante, debatiéndose por recuperar el control. Todos sus instintos lo instaban a continuar, a tomar todo lo que ella le ofrecía, a hundirse en su húmedo y resbaladizo calor y poseerla más allá de toda conciencia. La presión de aquel instinto era insufrible. Se llevó los dedos a los botones del pantalón para desabrocharlo, cuando de repente recordó el miedo de Honoria.

Las razones por las que no quería casarse.

Se detuvo y parpadeó. Oyó su respiración jadeante y dudó. Un deseo asolador le taladraba los sentidos. La pasión, desbocada, buscaba satisfacción. Pero... en ese demencial instante, el placer y la fuerza de voluntad chocaron. El estallido fue casi físico. El esfuerzo que tuvo que hacer para apartar las manos de ella y ponerse en pie lo dejó mareado.

Honoria tiró de él con un gemido, pero no pudo asir su cuerpo, sólo tirar de su camisa suelta, y Diablo no se movió. Tomó sus manos con dulzura y las apartó.

—No.

—¿No? —repitió ella en un lamento apagado. Incrédula, lo miró airada—. Eres un libertino, los libertinos nunca dicen que no.

—Esto no está bien —replicó él con una mueca.

Honoria respiró hondo, sus sentidos arremolinados clamando satisfacción.

—¡Llevas acostándote con mujeres desde Dios sabe cuándo y ahora dices que no!

—Lo que quiero decir es que ésta no es la forma en que quiero llevarte a la cama. —Diablo le lanzó una mirada penetrante.

—¿Y eso importa? —Honoria lo miraba con los ojos muy abiertos.

—¡Sí! —Con expresión sombría, él sacudió la cabeza—. Esto no tenía que haber ocurrido todavía.

—Entonces ¿por qué me has traído aquí abajo? —Con las manos aún agarradas entre las suyas, Honoria lo miró asombrada.

—Lo creas o no, lo único que había imaginado había sido un vals en privado, no una seducción completa.

—¿Y qué estamos haciendo en este diván?

—Me he dejado llevar... por ti.

—Comprendo. —Honoria lo miró con ceño—. A ti te está permitido seducirme pero yo no puedo hacerlo.

—Exactamente. —Los ojos de Diablo no eran más que fragmentos de cristal verde—. La seducción es un arte que hay que dejar a los expertos.

—Pues está claro que soy una alumna aventajada. He tenido un maestro excelente... —Con las manos aún inmovilizadas, intentó que él volviera a tumbarse. Lo deseaba a su lado.

—¡No! —Diablo le soltó las manos y la miró con gesto torcido. No, ella no lo había seducido, eso lo había logrado algo que él mismo tenía en su interior. Fuera lo que fuese, no confiaba en ello, en esa fuerza que lo instaba a dejar de lado sus meditados planes y poseerla lascivamente—. Cuando vengas a mí como mi esposa, quiero que lo hagas por voluntad propia, porque hayas tomado la decisión de ser mi duquesa. Tú no has tomado todavía esa decisión.

—¿Y qué crees que es todo esto? —repuso Honoria, titubeante, con un gesto que señalaba su media desnudez.

—Curiosidad —respondió Diablo.

—¿Curio...? —Se quedó boquiabierta. Luego apretó los labios y se incorporó apoyándose en el codo.

—E incluso en caso de que no lo fuese —Diablo no la dejó hablar—, incluso en caso de que hubieses tomado una decisión con la cabeza fría, ¿cómo puedo saberlo si el ardor te consume?

Honoria lo miró a los ojos y pensó que le habría gustado tener una respuesta para eso.

—Estás ebria de pasión, no intentes negarlo.

Honoria no lo intentó, no podía. Sólo de incorporarse se había mareado. Le zumbaban los oídos, se sentía sofocada un instante y temblorosa al siguiente, y notaba un peculiar vacío de calor derretido que latía en sus entrañas. Su respiración era tan superficial que le costaba pensar.

La mirada de Diablo se volvió más intensa al observar que los pliegues del vestido dejaban al descubierto sus muslos. Volvió a mirarle el rostro. Ella vio que encajaba la mandíbula, vio los grilletes de hierro de su control.

—Para mí es importante saber que has tomado una decisión voluntaria —dijo con frustración en la voz—, que hayas decidido ser mi esposa, la madre de mis hijos, por tus propias razones, no porque yo te haya seducido, coaccionado o manipulado en modo alguno.

—He tomado mi propia decisión. —Honoria consiguió sentarse—. ¿Cómo puedo convencerte de ello?

—Necesito que lo digas y lo afirmes cuando hayas recobrado la serenidad. —Diablo le sostuvo la mirada—. Necesito oírte decir que quieres ser mi duquesa, que quieres engendrar hijos míos.

Entre la neblina de su pasión, Honoria divisó una luz inesperada. Entrecerró los ojos y preguntó:

—¿Para qué necesitas esa declaración?

—¿Acaso puedes negar que no querías casarte conmigo por temor a que tus hijos muriesen, como murieron tus hermanos? —La miró con ceño.

—¿Cómo lo sabes? —preguntó ella, asombrada.

—Michael me habló de los pequeños. —Diablo apretó los labios—. Lo demás es obvio. Si evitas el matrimonio es porque no quieres tener hijos.

La precisión con que descubría su temor más secreto era exasperante. Honoria supo que tenía que reaccionar, hacer algo para dejarlo en su lugar. En cambio, el que hubiese hablado de niños evocó una respuesta más fuerte, un instinto, un deseo primario de ponerlo en su lugar aunque en un sentido muy diferente.

La discusión no había conseguido apaciguar el deseo que aún latía en sus venas. Ambos estaban semidesnudos, ambos tenían la respiración acelerada, la pasión seguía ardiendo en su interior. Diablo tenía los músculos tensos, cerrados contra esa apremiante necesidad. Ella no poseía esas defensas.

Cuando se dio cuenta, la recorrió un temblor.

—Yo... yo... —dijo buscando sus ojos y dejando caer los brazos, impotente—. No puedes dejarme así.

Diablo la miró a los ojos y para sus adentros se maldijo, la maldijo a ella y maldijo el vestido de Celestine, que realzaba todo el esplendor de sus muslos. Vio que la recorría un escalofrío, un temblor casi imperceptible que se ondulaba bajo su piel.

Honoria alargó la mano y lo agarró por la camisa. Diablo se acercó, reacio. La había excitado deliberadamente, la había empujado a aquel estado que bordeaba la locura.

—Por favor. —De sus labios febriles salió esa simple súplica que también brillaba en sus ojos.

¿Qué podía hacer un caballero? Con una última maldición mental, la abrazó y la besó en los labios.

Honoria los abrió para él, entregándose a su abrazo. Diablo le dio lo que ella quería, avivando gradualmente la pasión de Honoria pero manteniéndose a distancia. Sus demonios estaban de nuevo bajo control y ya no iba a soltar las riendas.

Honoria intuyó su decisión; los músculos que la rodeaban permanecieron tensos e insensibles. Aquella noche no sería su esposa pero ella ya no tenía voluntad para oponerse a su destino, todo su ser estaba concentrado en el fuego que la asolaba, llama a llama, dejándola vacía y anhelante, debilitada por el deseo. No sabía cómo Diablo saciaría su avidez pero se dejó llevar a la deriva por la oleada de placer que despertaron sus besos, rendida al infierno.

Cuando él se apartó, Honoria se sintió mareada y descubrió que nunca había estado tan excitada. Todo su cuerpo era un vacío caliente y anhelante. Con el aliento entrecortado, se aferró a sus hombros.

—Confía en mí —dijo él.

Susurró las palabras junto a su cuello y luego le depositó sensuales besos en la garganta. Honoria echó la cabeza atrás y se estremeció. Al instante siguiente, Diablo la había levantado en brazos. Esperó que la tumbase sobre el diván; en cambio, él se volvió, y la puso de pie frente al gran espejo de la pared.

Honoria parpadeó. La luz de la luna iluminó su piel, que brilló tenuemente. Tras ella, Diablo parecía una densa sombra, con sus manos oscuras rodeándole el cuerpo. Ella se relamió los labios y preguntó:

—¿Qué vas a hacer?

—Satisfacerte, darte placer. —Inclinó la cabeza y le recorrió el lóbulo de la oreja con la lengua—. Quedarás saciada. —Sus ojos se encontraron en el espejo.

Su voz la hizo estremecer. Él deslizó las manos por su cuerpo hasta llegar a sus pechos y atrapó los dos, cerrando los dedos a su alrededor.

—Sólo tendrás que hacer lo que yo te diga. —Sus miradas se encontraron de nuevo en el espejo—. Mantén los ojos abiertos, mira mis manos y concéntrate en lo que sientes, en las sensaciones.

Sus palabras sonaban graves, hipnóticas. Honoria no pudo apartar los ojos de las manos que le acariciaban los pechos. Contempló aquellos dedos largos que le estrujaban los pezones, que giraban a su alrededor, que se los retorcían, y se sintió traspasada por afilados cuchillos. Jadeó y echó la cabeza atrás. Notó su tórax desnudo detrás, y el vello que le acariciaba la espalda.

Diablo llevó una mano a su cintura, atrayéndola hacia él. Con la otra, le bajó la parte superior del vestido hasta la cadera. Honoria comprendió sus intenciones y se puso rígida. Quiso protestar pero ninguna queja salió de sus labios. Él dejó que el vestido resbalase hasta el suelo. La exquisita prenda quedó alrededor de sus pies.

Honoria estaba conmocionada y cautivada por la visión de aquellas manos morenas que se movían con toda libertad por su cuerpo.

Ella oyó un leve gemido y supo que era suyo. Arqueó la espalda, echó la cabeza atrás y la apoyó en el hombro de Diablo. Sus sentidos registraban cada roce y cada caricia. Contempló todos los movimientos eróticos con los ojos entrecerrados. Entonces, él la rodeó por la cintura y una de sus manos le sobó los pechos y la otra le acarició el estómago. Desde detrás, presionando con la rodilla para que abriera las piernas, rozó con los labios la delicada piel de su cuello.

—Sigue mirando.

Honoria obedeció y la mano de Diablo descendió hasta que sus dedos empezaron a juguetear con su vello púbico; luego siguieron bajando, presionando hacia dentro. La tocó con suavidad, encontró el calor de su lava fundida e intensificó las caricias. Jadeante y ansiosa, Honoria sintió que la mano llegaba a su sexo. Luego notó la lenta e inexorable invasión de un largo dedo.

Las sensaciones se sumaban unas a otras y la recorrían de pies a cabeza. La mano que acariciaba sus pechos extendió los dedos y éstos se cerraron alrededor de un henchido pezón. Por voluntad propia, sus manos encontraron las de Diablo y sujetaron sus anchas muñecas. El vello de los antebrazos de él rozaba la delicada piel de los suyos. Bajo los dedos de Honoria se movían unos músculos duros y unos tendones de acero.

La mano que él tenía en su entrepierna se movió. Un dedo la penetraba y el pulgar presionaba, acariciaba.

En ella estallaban relámpagos, fuegos fatuos, puras vetas de sensaciones primarias. Su cuerpo se tensó y arqueó. Honoria jadeó. Las caricias de Diablo se prolongaron, cada vez más intensas, y las sensaciones de Honoria se arremolinaban y se elevaban en una vorágine de pasión.

—Sigue mirando.

Desnuda, ardiente, abrió los ojos y vio la mano de Diablo entre sus pliegues. En su interior estalló una estrella. Las sensaciones se cristalizaron, ascendieron y luego se fracturaron, convirtiéndose en una lluvia de astillas plateadas que recorrió su interior, derritiéndole los músculos tensados y haciéndole cosquillas bajo la piel.

La descarga.

La descarga la barrió llevándose toda su tensión, sustituyéndola por un placer tan profundo que pensó que iba a morir. Sintió los labios de Diablo en su sien y sus manos ablandarse en suaves e íntimas caricias. Un dulce olvido la venció.

Cuando su cerebro volvió a la realidad, Honoria se descubrió del todo vestida, apoyada contra el respaldo del diván. Ante ella, Diablo se miraba en el espejo, poniéndose la corbata. Vio cómo sus diestros dedos hacían el nudo y sonrió.

Sus ojos se encontraron en el espejo y su sonrisa se ensanchó. Él arqueó una ceja.

—Acabo de comprender —dijo Honoria, recostándose más en el diván— por qué no tienes criado personal. Como eres un lujurioso, no puedes confiar en los servicios de un criado que pueda ponerte en un aprieto.

—Precisamente por eso. —Se compuso los extremos de la corbata de lazo y le lanzó una mirada displicente—. Y si ya has vuelto al mundo de los vivos, lo mejor será que vayamos a la sala de baile.

Se agachó y recogió su chaqueta del suelo. Honoria se dispuso a informarle de que ya había tomado su decisión, pero cambió de idea. Llevaban tanto rato fuera de la sala de baile que ya no había tiempo. Se lo diría a la mañana siguiente.

Se sentía como flotando, extrañamente alejada de la realidad. Mientras Diablo se ponía la camisa, algo llamó la atención de Honoria. Se volvió y miró entre los naranjos.

—¿Qué ocurre? —preguntó él, siguiendo su mirada.

—Me ha parecido ver a alguien, pero ha debido de ser una sombra.

—Vamos. —La tomó de la mano—. Sin necesidad de complicar más las cosas, los chismosos ya habrán hablado bastante.

Cruzaron el invernadero y al cabo de un momento salieron. La luna continuaba proyectando anchas franjas de luz en el suelo de baldosas de la estancia.

Una sombra alteró su trazado.

La silueta de un hombre, distorsionada hasta proporciones amenazadoras, cruzó el espacio iluminado del invernadero y desapareció en una esquina del recinto.

La luna bañaba la escena con una suave luz blanca e iluminaba los árboles, el cesto de mimbre y el diván con sus arrugados cojines.

15

—Gracias, Emmy. —De pie y con los brazos a la espalda ante la ventana de su salita, Honoria observó a la criada que recogía la bandeja de su merienda—. ¿Ha vuelto a casa Su Alteza?

—Me parece que no, señorita. —Emmy se irguió con la bandeja—. Si quiere, puedo preguntar a Webster.

—No, gracias, Emmy. —Honoria esbozó una sonrisa forzada. Era una pregunta ociosa.

Muy ociosa. Se preguntó cuánto más ocio podría soportar. Habían regresado de Berkeley Square pasadas las tres de la madrugada y había caído presa de un sueño profundo. El placer que le había proporcionado Diablo la había satisfecho y, al despertar, había decidido no esperar más tiempo para pedir más. Ataviada con uno de sus atuendos más atractivos, se dirigió a la planta baja.

Al llegar, descubrió que la sala del desayuno estaba vacía; los lobos estaban ausentes. Webster la informó de que Su Alteza había desayunado temprano y había salido a dar un largo paseo. Tras desayunar en solitario esplendor —la noche anterior la duquesa madre había declarado su intención de no levantarse hasta pasado mediodía—, Honoria se retiró a su salita, donde esperó, cada vez más impaciente.

¿Cómo se había atrevido Diablo a pedirle una declaración y luego marcharse a dar un largo paseo? Apretó los dientes y oyó cerrarse la puerta principal. Le llegaron unas voces airadas y frunció el entrecejo. Se acercó a la puerta, la abrió y reconoció la voz de Webster, que profería exclamaciones.

¿Algo había sacado a Webster de su imperturbabilidad? Honoria fue hacia las escaleras. Tenía que haber ocurrido una catástrofe.

Conteniendo el aliento y con unos ojos como platos, se recogió la falda y corrió.

Al llegar a la galería, se inclinó sobre la barandilla y vio una escena preocupante. En el vestíbulo, los criados se arremolinaban alrededor de una figura maltrecha y soltaban exclamaciones. Se trataba de Sligo, pálido, tembloroso, con un brazo en un improvisado cabestrillo y cortes y contusiones en la cara.

Con el corazón palpitando, Honoria oyó la voz de Diablo, profunda y sonora. Se sintió tan aliviada que tuvo que apoyarse en la barandilla para superar el mareo. Respiró hondo y siguió bajando.

Diablo salió de la biblioteca y Honoria se agarró de nuevo a la barandilla. Llevaba la chaqueta desgarrada y sus pantalones de ante, siempre inmaculados, estaban polvorientos y manchados, lo mismo que sus botas. Unos alborotados rizos negros enmarcaban su rostro fruncido, en cuya mandíbula había una herida.

—Id a buscar a los matasanos. Sligo necesita que le arreglen ese hombro.

—¿Y vos, Su Alteza? —Webster, que lo seguía, movió las manos como si quisiera sostener a su amo.

Diablo se volvió y vio a Honoria en las escaleras. Con la mirada clavada en la de ella, dijo:

—No me pasa nada a excepción de unos cuantos arañazos —dijo. Miró a Webster con ceño—. Deja de preocuparte. Los Cynster somos invencibles, ¿no lo recuerdas? —Dicho esto, se dispuso a subir—. Que me suban agua caliente —añadió—. No necesito nada más.

—Yo mismo os la subiré, Su Alteza. —Con la dignidad herida, Webster se dirigió a las cocinas.

Diablo subió la escalera y Honoria esperó. En las desgarraduras de su chaqueta había astillas de madera.

—¿Qué ha ocurrido?

—Se ha soltado un eje del carruaje —respondió Diablo mirándola a los ojos.

En la camisa tenía pequeñas manchas de sangre y él se movía deprisa, aunque sin su elegancia habitual. Continuó subiendo y Honoria lo siguió.

—¿Dónde?

—En el páramo de Hampstead. —Sin esperar que ella formulase otra pregunta, añadió—: Necesitaba que me diera el aire, por lo que fui hacia allí y dejé que los caballos galoparan. Íbamos casi volando cuando se soltó el eje.

—¿Se soltó? —Honoria palideció.

—Se rompió —aclaró él encogiéndose de hombros—. Tal vez chocó contra algo, pero no lo creo.

Al llegar a lo alto de las escaleras, enfiló el pasillo. Honoria imaginó la escena y, como no le gustó nada, lo siguió.

—¿Y los caballos? ¿Eran los bayos?

—No. —Diablo le lanzó una mirada—. Estaba probando la velocidad de un par de caballos negros. —Torció la expresión—. Tuve que matar a uno inmediatamente, pero sólo llevaba una pistola. Por fortuna apareció Sheringham y me prestó la suya y nos trajo de vuelta.

—Pero ¿qué ocurrió, exactamente? —insistió ella.

—El eje se soltó debajo de la caja del asiento. En realidad lo que se soltó fue el faetón. —La miró con impaciencia—. Tuvimos mucha suerte, pues Sligo y yo salimos despedidos y yo caigo mejor que él.

—¿Y el carruaje?

—Hecho astillas.

Llegaron al final del pasillo. Diablo abrió la gruesa puerta de roble y entró. Se detuvo en el centro de la estancia, sobre una alfombra de intensos colores. Empezó a quitarse la chaqueta.

—Trae —dijo Honoria, detrás de él, tirando de la prenda. Le quitó un hombro, luego el otro y después las mangas—. ¡Cielos! —exclamó, dejando caer la chaqueta.

La camisa estaba desgarrada en la espalda, en el lugar que había recibido el impacto de la caída. Las heridas habían sangrado y se veían numerosos cortes. Por fortuna, los pantalones y las botas lo habían protegido. De cintura para abajo no tenía heridas.

Antes de que ella reaccionara, Diablo se quitó la camisa pasándosela por encima de la cabeza. De pronto se quedó inmóvil y al punto se volvió como movido por un resorte.

—¿Qué demonios haces aquí?

Honoria tardó un instante en posar la mirada en su rostro. Por un momento, la expresión de Diablo le pareció incongruente; detrás de él había una maciza cama con dosel. Con una rápida mirada, ella vio los suntuosos colgantes, en distintos tonos de verde, el cabezal con espléndidos adornos tallados, las sábanas de seda, el grueso edredón y varias almohadas. Honoria lo miró de nuevo.

—Tienes cortes que sangran en la espalda. Habría que curarlos.

—No tendrías que estar aquí —dijo Diablo, maldiciendo para sus adentros.

—No seas ridículo. Las circunstancias justifican esta inconveniencia.

—Pues no estoy en mi lecho de muerte —replicó Diablo.

—Pero tienes muchos cortes y arañazos en la espalda.

Diablo la miró enojado y se volvió para mirarse por encima del hombro.

—Pues no me duelen, no están tan mal. Puedo cuidar de mí mismo.

—¡Cielo santo! —Honoria puso los brazos en jarras—. Deja de comportarte como un niño. Lo único que pretendo es limpiarte las heridas y aplicarles un poco de bálsamo.

—De eso precisamente se trata —repuso él—. No soy ningún niño y tampoco estoy agonizando.

—Por supuesto que no —coincidió Honoria—. Pero si eres un Cynster, eres invencible, ¿no te acuerdas?

—Honoria, si quieres jugar a ser mi ángel salvador, primero tendrás que casarte conmigo —dijo Diablo con aspereza.

Honoria perdió la paciencia. Había esperado tanto para anunciarle que se casaría con él que ya no sabía cómo decírselo. Se le acercó, puso el dedo índice sobre su pecho y proclamó:

—Si finalmente decido casarme contigo —él retrocedió instintivamente un paso—, quiero estar segura de que te comportarás como una persona razonable. —A Honoria empezaba a dolerle el dedo—. ¡En cualquier circunstancia! —Diablo retrocedió más sin que ella se despegara y chocó contra el extremo de la cama. Honoria siguió clavándole el dedo—. ¡Por ejemplo, ahora! —Lo miró con expresión de desafío y le hincó el dedo una vez más—. ¡Siéntate!

Él compuso una expresión inflexible. Los ojos, verde sombra, ardían en rescoldos de ofuscación. Estaban frente a frente, sosteniéndose la mirada, las voluntades enfrentadas, pero de repente Diablo desvió la mirada hacia la puerta.

Honoria aprovechó esa oportunidad y, tras apoyar las manos en su grueso pecho, lo empujó con fuerza.

Diablo cayó sentado en la cama y mascculló entre dientes.

—El agua, Su Alteza. —Con el codo, Webster abría la puerta, que había quedado entornada.

—Necesitaré un poco de bálsamo, Webster.

—Por supuesto, señorita. —Sin pestañear, Webster le tendió la jofaina—. Voy a buscarlo inmediatamente.

Cuando se marchó, Honoria se volvió y vio que Diablo la miraba furioso.

—No es una buena idea —dijo.

Ella arqueó la ceja, dejó el recipiente en el suelo y lo riñó.

—No te quejes. Sobrevivirás.

Diablo vio que la falda se le ceñía sobre las nalgas y sacudió la cabeza.

—Tal vez sí, pero ¿me curaré?

Honoria lo midió con la mirada al tiempo que escurría un paño. Se puso en pie, dobló la tela y se plantó junto a él, casi rozándole el muslo con las piernas. Descubrió un corte profundo en un hombro. Bajo sus dedos, la piel de Diablo quemaba. Estaba muy viva.

—Piensa en otra cosa —dijo ella, antes de empezar a lavar la herida.

Diablo cerró los ojos y respiró hondo. «Piensa en otra cosa.» Porque estaba sentado, si no, ella habría sabido en qué cosa estaba pensando. Sus arañazos y cortes apenas contaban entre sus aflicciones. Su herida más grave pulsaba de manera uniforme y eso sólo acababa de empezar. Honoria estaba muy cerca, inclinada sobre él, palpándole el hombro, y su perfume lo envolvía, turbándole los sentidos.

Diablo apretó los puños y los apoyó en las rodillas. Cuando Webster regresó con el bálsamo, suspiró aliviado:

—¿Cómo está Sligo?

Le costó un esfuerzo pero consiguió que su mayordomo siguiera hablando hasta que, con todas las heridas lavadas y untadas de bálsamo, Honoria retrocedió un paso.

—Ya está. —Se secó las manos en la toalla que Webster le tendía y lo miró de soslayo inquisitivamente.

Diablo le devolvió la mirada con rostro inexpresivo. Esperó que Webster recogiera sus maltrechas prendas, las toallas, el bálsamo y la jofaina y saliera de la habitación. A continuación, Diablo se levantó y se puso detrás de Honoria. Hacía cinco minutos que había perdido la batalla con sus demonios.

—¡Oh! —exclamó ella, sobresaltándose—. ¿Qué...? —Al ver que él la miraba a los ojos, tuvo la sensación de que estaba a punto de ser devorada. Él le tomó el rostro con la mano y bajó la cabeza.

No esperó a que le dieran permiso, tácito ni de ningún otro tipo, sino que la besó con rapacidad. Honoria sintió que se le derretían los huesos. Ante aquel asalto, su resistencia cayó. Él la empujó suavemente y las piernas de Honoria chocaron contra la cama, en la que cayeron juntos. Ella boca arriba y él encima.

Directamente encima de ella.

Todo intento por recuperar el control se desvaneció; el deseo rugía en su interior, y su cuerpo estaba tenso, rígido, dispuesto a poseerla, a encender de inmediato las hogueras. Honoria le pasó los brazos alrededor del cuello y, en un estado febril, le devolvió el beso.

Diablo hundió las manos en la colcha y las deslizó debajo de sus caderas para apretarla contra su cuerpo. Honoria sintió la columna de su pasión, más hinchada y más fascinante que nunca. Se restregó instintivamente contra aquel bulto, deseosa y anhelante.

—¡Dios todopoderoso!

Pero Diablo se apartó y la levantó rudamente de la cama. Llevada en vilo en sus brazos y parpadeando frenéticamente, Honoria vio que se acercaban a la puerta y que Diablo la abría y luego la depositaba en el pasillo.

—¿Qué...? —Con los pechos hinchados, lo miró a la cara, con el resto de la pregunta escrito en los ojos.

—Tu declaración —repuso Diablo, señalándole la nariz con el dedo. Se le veía dispuesto a todo, con el cabello negro despeinado, el entrecejo fruncido y los labios apretados. Su pecho subía y bajaba de manera palpitante.

Honoria respiró hondo.

—¡No, ahora no! —la regañó Diablo—. Será cuando hayas pensado en ello de la forma adecuada.

Y acto seguido cerró la puerta.

Honoria se quedó boquiabierta y al punto se dispuso a abrir la puerta. Justo en ese instante, oyó que él echaba el pestillo por dentro.

Incrédula, miró la puerta de nuevo. Luego cerró los ojos con fuerza, apretó los puños y esperó.

Abrió los ojos y la puerta seguía cerrada.

Honoria encajó la mandíbula, se volvió sobre los talones y se alejó.

Diablo huyó de la casa y se refugió en la galería Manton's. La tarde estaba avanzada y a esa hora muchos de los amigos que todavía estaban en la ciudad se acercaban por allí y pasaban un par de horas disparando a unas dianas en un ambiente de camaradería.

Miró los puestos de tiro y distinguió una cabeza morena. Se acercó y esperó que disparase la pistola antes de decirle:

—Vaya, hermanito, casi no has apuntado antes de disparar.

Richard volvió la cabeza y arqueó una ceja.

—¿Te estás ofreciendo a darme clases, hermano?

—Hace años que he desistido de enseñarte nada —replicó Diablo con una sonrisa—. Yo pensaba en una competición amistosa o algo así.

—¿Diez libras cada diana? —propuso Richard también sonriendo.

—¿Y por qué no quinientas todo el lote?

—Hecho.

Empezaron la competición. Los conocidos que se acercaron hacían comentarios jocosos, a los que los hermanos respondían con el mismo buen humor. Nadie que los viese juntos podía dudar del parentesco. Diablo era unos centímetros más alto y Richard carecía de su desarrollada musculatura, pero lo que más los diferenciaba eran los cuatro años que Diablo le llevaba. Vistas por separado, las caras no se parecían ya que las facciones de éste eran más delgadas, más duras y austeras. En cambio, vistas una al lado de la otra, en ambas destacaban los mismos rasgos patricios, la misma nariz y cejas arrogantes, la misma barbilla agresiva.

Con una sonrisa, Diablo se apartó para que su hermano disparase. Aparte de Veleta, que era como su propia sombra, nadie estaba tan unido a él como Richard. Su similitud era muy profunda, no se limitaba sólo a lo físico. De todos los miembros de la hermandad Cynster, Richard era el que Diablo más conocía y del que siempre sabía cómo reaccionaría... porque Richard reaccionaba exactamente como él.

El pistoletazo retumbó en todo el puesto. Diablo vio que el orificio estaba tres centímetros a la izquierda del centro de la diana. Utilizaban un par de pistolas cortas y una de las especiales de Manton's, que era más larga. Aunque estaban todas bien equilibradas, a la distancia que disparaban, la máxima permitida en la galería, entre las armas había una gran diferencia. Utilizarlas de manera rotatoria los obligaba a tener que reajustar cada vez la puntería.

El ayudante que los atendía cargó la siguiente pistola. Diablo la sopesó en la mano. Richard se apartó. Diablo alzó el brazo. Su disparo dio en medio del centro y el disparo de su hermano.

—¡Tú siempre impulsivo, Sylvester! Con una décima de segundo más habrías mejorado tu disparo —oyeron decir a Charles, que apareció de improviso.

Richard, que estaba apoyado contra la pared, se irguió y su expresión hasta entonces relajada se tensó. Lo saludó con la cabeza y volvió a fijarse en el chico que cargaba las armas.

En cambio, la sonrisa de Diablo se ensanchó malévolamente.

—Como ya sabes, Charles, perder el tiempo no es mi estilo.

Charles parpadeó y arrugó brevemente el entrecejo.

Diablo lo notó. Sin abandonar el tono cortés, le tendió la pistola recién cargada y dijo:

—¿Te importaría enseñarnos cómo se hace?

Charles fue a cogerla pero titubeó un instante. Luego tensó la barbilla y agarró la pistola. Se apartó de Diablo y se preparó. Flexionó los hombros una vez y luego alzó el brazo. Apuntó, y tardó un momento más en disparar de lo que había tardado Diablo.

El centro de la diana desapareció.

—Bravo —lo felicitó Diablo—. Eres uno de los pocos capaces de hacerlo. —Charles lo miró y Diablo sonrió—. ¿Quieres apuntarte a este pequeño torneo?

Charles accedió y, pese a su inicial rigidez, Richard estudió el estilo de su primo mayor. El tiro era una de las pocas aficiones propias de los caballeros que Charles compartía con los miembros de la hermandad Cynster, y el tiro con pistola era su especialidad. Aceptó los cumplidos fáciles de Diablo pero al cabo de veinte minutos recordó que tenía otro compromiso y se despidió.

Al ver que se marchaba, Richard sacudió la cabeza y dijo.

—Si no fuese tan engreído sería soportable.

—¿Cómo llevamos el tanteo?

—Cuando Charles apareció, perdí la cuenta. —Richard miró las dianas e hizo una mueca—. Lo más seguro es que hayas ganado, como siempre.

—Digamos que ha sido un empate. —Dejó las pistolas en el mostrador—. Yo he conseguido lo que quería.

—¿Y qué querías? —preguntó Richard, arqueando las cejas.

—Distraerme. —Tras saludar a Manton con la cabeza, Diablo salió de la galería seguido de Richard.

—Pues sí, te veo distraído —dijo Richard al llegar a la calle.

Diablo frunció el entrecejo.

—¿Qué?

—Que pareces distraído. —Richard arqueó más las cejas

—Es que... —Hizo una mueca—. Es que creo que he olvidado algo relativo al asesinato de Tolly.

—¿Algo importante? —Richard se puso serio.

—Tengo la sensación de que puede ser algo crucial pero, cada vez que intento recordarlo, desaparece otra vez entre la niebla.

—Pues no lo intentes tanto. —Richard le apoyó una mano en el hombro—. Habla con Honoria Prudence, distráete más. —Esbozó una sonrisa—. Ese detalle te vendrá a la mente en el momento menos pensado.

Diablo se abstuvo de mencionar que era precisamente de Honoria Prudence de quien quería distraerse. Se separaron. Richard volvió a casa y Diablo se encaminó a Grosvenor Square.

Con aquel estado de ánimo, un paseo no le vendría mal.

Cuando llegó a casa de madrugada, se había levantado viento. Después de dejar a Richard, había regresado a casa sólo para vestirse para la noche. Como las noches anteriores, la había dedicado a seguir la pista, utilizando palabras de Honoria, del «rumor deshonroso» de Lucifer. Era algo que ni él ni sus primos podían investigar directamente.

Nadie hablaría del tema ante ellos, lo cual significaba que necesitaban a alguien que investigara por ellos. Finalmente se había decidido por el vizconde Bromley, un hombre aburrido, de vida disipada, muy aficionado al juego y que siempre iba en busca de distracción.

Como Diablo jugaba muy bien a las cartas, le había resultado fácil ponerle un señuelo y luego desplumarlo. Aquella noche, el vizconde estuvo a punto de perder hasta la camisa, y Diablo no tuvo piedad.

Con una torva sonrisa, Diablo hizo una pausa, con la llave en la mano. Entrecerró los ojos y observó el cielo nocturno. Estaba oscuro pero se veían grandes nubarrones suspendidos sobre los tejados de las casas.

Entró deprisa. Esperaba que Webster se hubiese acordado de sus instrucciones.

La tormenta empezó con un potente trueno.

Honoria se sintió transportada al infierno aunque en esa ocasión era un infierno distinto, con una escena de muerte distinta.

Desde lo alto veía un carruaje destrozado, con toda la madera astillada y los asientos de cuero aplastados. Los caballos se habían quedado trabados con las riendas y relinchaban. Junto al vehículo yacía un hombre de largas extremidades. Unos mechones negros le tapaban los ojos y tenía el rostro pálido como la muerte.

Yacía completamente inmóvil, con la quietud del que ha dejado este mundo.

El dolor que se acumulaba en el corazón de Honoria era más desgarrador que nunca. La transportó a un abismo de desolación, un valle de lágrimas interminables.

Él había muerto y ella no podía respirar, no tenía voz para protestar ni fuerzas para llamarlo. Con un sollozo ahogado y las manos extendidas, caminó hacia delante.

Sus manos encontraron un cuerpo cálido, con vida.

—Tranquila.

La pesadilla se hizo añicos. La angustia desapareció, retirándose a la oscuridad. Honoria se despertó.

No estaba en la cama sino frente a la ventana, descalza. Fuera, el viento aullaba y la lluvia repiqueteaba contra los cristales. Tenía las mejillas mojadas de lágrimas que no recordaba haber vertido. Su camisón de dormir era muy fino y en la habitación hacía frío. Tembló.

Unos brazos cálidos la rodearon. Alzó la cabeza sin saber qué era realidad y qué sueño, y entonces notó el calor que atravesaba su camisón. Con un sollozo, se refugió en sus brazos.

—Cálmate. —Diablo la estrechó y con una mano le acarició el cabello. Honoria temblaba y se agarraba a su camisa con fuerza. Él le acarició la nuca, apoyando la mejilla en su cabeza—. Ya ha pasado todo.

Honoria sacudió la cabeza pero su voz quedó amortiguada por el pecho de Diablo, que notaba sus lágrimas en la piel. Aferrada a su camisa, intentaba sacudirlo.

—¡Te habías matado! —sollozó—. Estabas muerto.

Diablo parpadeó. Supuso que la pesadilla estaba relacionada con la muerte de sus padres y hermanos.

—No estoy muerto. —Eso lo sabía seguro. Honoria no llevaba más que un delgado camisón, algo que sus lascivos sentidos habían notado de inmediato. Por fortuna se había preparado. Alargó una mano y cogió la manta que había dejado en el asiento de la ventana—. Ven, siéntate junto al fuego.

Honoria estaba tensa y temblorosa y tenía frío. No se dormiría hasta que entrase en calor y se relajara.

—No hay fuego. Uno de los criados lo apagó. Pasa algo raro en la chimenea —explicó Honoria sin alzar la cabeza. No sabía qué ocurría. El corazón le latía con fuerza y era presa del pánico.

—En la salita —dijo Diablo, llevándola hacia la puerta al tiempo que le echaba la manta por los hombros.

Honoria aceptó sus cuidados y no se apartó de él. Diablo murmuró algo y luego la abrazó. Al volver a pegar la mejilla contra su pecho, Honoria suspiró aliviada. La turbulencia que sentía en su interior era aterrorizante.

Como si fuera una niña, Diablo la llevó a la sala y se sentó en un sillón delante del fuego, sentando a Honoria en su regazo. Ella enseguida se acurrucó contra su cuerpo. El sillón y el fuego no estaban como los había dejado antes de ir a dormir pero, en ese momento, ése era un detalle mínimo en la confusión que nublaba su mente.

Su corazón seguía latiendo alocadamente y sus labios

estaban secos. Tenía un sabor metálico en la boca y la piel húmeda y fría. Los pensamientos y los temores pasados y presentes se arremolinaban en su mente, exigiendo respuestas. La realidad y una imaginación llena de miedos se fundían, se separaban, volvían a fundirse como compañeros de baile en una sombría danza.

No podía pensar, no podía hablar ni sabía cómo se sentía.

Diablo no le hizo preguntas, se limitó a tenerla en sus brazos. Le acarició el cabello y la espalda con unas manos que se movían despacio, sin ninguna intención erótica. Su tacto era puro consuelo.

Honoria cerró los ojos y se apoyó en su fortaleza. Se le escapó un suspiro tembloroso al tiempo que la tensión remitía. Permaneció en su regazo mucho rato, escuchando su corazón, firme y seguro debajo de la mejilla. La fortaleza de Diablo era su ancla; bajo su influencia, las emociones encontradas se aplacaban... De repente, todo le resultó claro.

—El faetón. —Apartó la cabeza para mirarlo—. No fue un accidente, alguien pretendía matarte.

Las llamas iluminaban su rostro y ella vio que tenía el entrecejo fruncido.

—Fue un accidente, Honoria. Ya te lo he dicho. Se rompió el eje.

—¿Y por qué se rompió? ¿Suelen romperse los ejes de tus carruajes?

—Debimos de chocar con algo. —Diablo apretó los labios.

—Dijiste que no.

—Fue un accidente, Honoria —suspiró—, y lo tuyo fue una pesadilla. Mira, estoy vivo.

—¡Pero querían matarte! —Intentó incorporarse pero los brazos de él se lo impidieron—. Yo no tengo pesadillas sobre muertes que no han ocurrido. Tenías que haber muerto, la única razón de que estés vivo es... —A falta de palabras, hizo un gesto vago.

—Porque soy un Cynster —añadió él—. Soy invencible, ¿recuerdas?

No lo era. Era un hombre de carne y hueso, eso ella lo sabía mejor que nadie.

—Si alguien hubiese manipulado el eje, ¿podrías averiguarlo? —preguntó ella.

Diablo la miró a los ojos, extrañamente brillantes, y se preguntó si los sonámbulos sufrían algún tipo de fiebre. Tal vez estaba delirando.

—El carruaje quedó convertido en astillas, y el eje también. —Diablo no sabía cómo tranquilizarla—. ¿Y quién podría querer matarme? —Pero esa pregunta no la tranquilizaría en absoluto.

Honoria se debatió en sus brazos y se incorporó.

—¡Pues claro! —Lo miró con ojos desencajados—. Tolly quería avisarte. Quienquiera que intente matarte tuvo que matar antes a Tolly.

Apesadumbrado, Diablo cerró los ojos y, cuando los abrió de nuevo, la sentó en sus rodillas y la sujetó por la cintura. La miró a los ojos.

—Creo que estás sacando unas conclusiones precipitadas debido a tu pesadilla. Si quieres, podemos hablar de esto por la mañana, cuando puedas juzgar los hechos a la serena luz del día.

Pese a su estado de conmoción, Honoria notó el espíritu de rebeldía que había en ella. Alzó la barbilla y luego la inclinó. Volvió la cabeza y la apoyó de nuevo contra su pecho.

—Como quieras —replicó.

Diablo decidió esperar a que su arrogancia cediera. La estrechó entre sus brazos.

Honoria miró las llamas saltarinas. Volvió a pensar en la certeza que acababa de descubrir y le pareció muy coherente, por más que él se negara a verla. Era un Cynster, se creía invencible. Honoria no tenía intenciones de discutirle ese punto, pero no estaba dispuesta a cambiar de idea. Quizás a la luz del día, sus «hechos» no se verían tan sólidos, pero no iba a negarlos.

Su vida, su objetivo, habían cobrado la claridad del cristal. Sabía, con absoluta convicción, lo que tenía que hacer. Él la había desafiado a que afrontara su miedo más profundo. En esos momentos, el destino la desafiaba a que afrontase su verdad más profunda, la verdad de lo que sentía por él.

Le daría lo que le pidiese, todo lo que le pidiese y más. No permitiría que nada ni nadie se lo arrebatase. Honoria era de Diablo, pero Diablo era de ella, y eso nada podría cambiarlo.

La última vez que la muerte se había abatido sobre sus seres queridos, ella no había podido hacer nada por evitarlo. Ahora no se quedaría al margen, no permitiría que ningún mortal le arrebatara lo que era su destino.

Su certeza y su convicción eran totales. El anterior estado de confusión había pasado. Se sentía calmada y con las emociones controladas. Concentrada. Consciente.

—¿Por qué estás aquí? —preguntó con ceño.

—Cuando hay tormenta siempre tienes episodios de sonambulismo —respondió él tras dudar un instante.

—¿Siempre? —Entonces recordó la noche de la muerte de Tolly—. ¿En la cabaña también?

Diablo asintió.

—Pues hay algo que no cuadra —dijo ella—. Hace ya ocho años del accidente y en las noches de tormenta siempre he despertado en la cama de las muchas casas en que he vivido. —No, había sido sólo cuando la muerte violenta había rondado cerca, como en la cabaña o con el accidente de Diablo. Honoria confirmó mentalmente sus suposiciones. Si era la presencia de la muerte lo que le provocaba pesadillas que la sacaban de la cama, entonces esa mañana la muerte había acechado a Diablo.

—Esta noche has caminado en sueños —dijo él—. Eso es lo único que importa. Me quedaré hasta que te duermas.

Con los ojos clavados en las llamas, Honoria arqueó las cejas. Y pensó en eso con más detalle, con un detalle cada vez más salaz. Luego hizo una mueca. Los músculos de Diablo estaban tensos, pero no de pasión.

Levantó la cabeza y miró su rostro, todo ángulos duros y austeros planos. Alzó una mano y con un dedo le recorrió la delgada mejilla.

—Supongo que no tienes pensado llevarme a la cama, ¿verdad?

—No. —Diablo encajó la mandíbula y las llamas bailaron en sus ojos.

—¿Por qué no?

—Porque estás alterada y turbada. Y porque todavía no has tomado la decisión —respondió él mirándola a los ojos.

—Ya no estoy alterada —dijo Honoria volviendo la cabeza hacia él—. Y ya he tomado una decisión.

Diablo respingó. Con los dientes apretados, la incorporó y la sentó en sus rodillas.

—No voy a llevarte a la cama porque tienes miedo de los relámpagos.

—Eso es ridículo —espetó ella mirándolo airada. La expresión de Diablo no era alentadora y ella sintió un vacío cálido y tierno en su interior.

—Olvídalo. Serénate y quédate quieta.

Honoria lo miró asombrada, emitió un ruidito de disgusto y volvió a apoyarse en su pecho.

—Duérmete —dijo Diablo.

Ella se mordió la lengua. En el invernadero, lo había sorprendido. Después del accidente, los cuidados que le había prodigado habían sido demasiado. Él no cometería el error de dejarla que lo tocase de nuevo y, sin eso, Honoria no tenía ninguna posibilidad de que el cuerpo lo hiciese cambiar de idea.

El calor que la rodeaba le había distendido los músculos. Segura y a salvo, decidida a persistir, cayó en un apacible sueño.

A la mañana siguiente despertó en la cama. Parpadeó y estuvo a punto de creer que lo ocurrido la noche anterior no había sido más que un sueño. Entonces vio la manta doblada a los pies de la cama y sus recuerdos se volvieron más claros.

Con un gruñido de irritación, se sentó y apartó el edredón. Había llegado el momento de tener una larga conversación con el obstinado duque de St. Ives.

Vestida de acuerdo con las circunstancias, bajó a la sala del desayuno y comprobó que él ya había salido, al parecer por asuntos de negocios. No se lo esperaba hasta poco antes de la cena, tras la cual la acompañaría al Teatro Real.

Sin embargo, esa noche Honoria vio frustrados sus planes, ya que él había invitado a su palco a unos amigos que estaban de paso en la ciudad. Los Draycott eran encantadores y locuaces. A sugerencia de Diablo, los acompañaron de vuelta a Grosvenor Square para discutir mejor unas reparaciones que tenían que hacerse en su propiedad.

Esa noche no hubo tormenta.

A la mañana siguiente, Honoria se levantó temprano, dispuesta a hablar con Diablo largo y tendido, pero éste ni siquiera apareció. Desayunó en la biblioteca, con la protectora compañía de su criado.

Al anochecer Honoria había perdido la paciencia. No sabía por qué él la evitaba pero el comportamiento de Diablo no le dejaba alternativa. Para ganarse su completa atención, podía recurrir a una táctica infalible y no veía razones para no utilizarla.

16

Doooong.

Camino de las escaleras, Diablo pasó junto al reloj de pared sin dedicarle una mirada siquiera. Al cruzar la galería levantó la vela en un despreocupado saludo al retrato de su padre y siguió hacia el largo pasillo que llevaba a sus aposentos.

Estaba seguro de que su padre aplaudiría su trabajo nocturno.

En el bolsillo llevaba tres pagarés con la inconfundible caligrafía de Bromley. Éste le debía mucho dinero, aunque no sabía cuánto exactamente. En la última mano, la suerte había cambiado. Diablo sonrió. En menos de una semana lo tendría sometido por completo a su voluntad.

Pese al éxito, a medida que se acercaba a sus aposentos se fue poniendo tenso. La frustración que siempre mantenía controlada le pasaba factura. Sintió dolor en el vientre y los músculos cada vez le pesaban más, como si estuviera luchando contra sí mismo. Si limitaba sus momentos con Honoria a los acontecimientos públicos y sociales, podría resistirlo.

Le había dicho la verdad: era muy capaz de manipularla, coaccionarla o seducirla para que se casara con él. En realidad, era su naturaleza la que le impulsaba a hacerlo y por ello se sentía como una bestia enjaulada. Era un conquistador nato; apoderarse de lo que quería le salía de forma natural. Las sutilidades, la sensibilidad, no contaban demasiado.

Al entrar en su habitación, su expresión se endureció. Cerró la puerta, se acercó a la cómoda y dejó la vela, junto al espejo. Luego se quitó el brazalete negro, se desabrochó el chaleco y desprendió la aguja de diamante de la corbata. Al ir a guardarla en el joyero, sus ojos divisaron algo más allá de su propio reflejo, algo blanco que brillaba en la penumbra a sus espaldas.

Volvió la cabeza de inmediato y se dirigió al sillón que había junto al fuego.

Incluso antes de tocar la bata de seda, supo a quién pertenecía. El fuego, un simple brillo de rescoldos, todavía calentaba lo suficiente para hacer que la esencia de Honoria ascendiese, impregnando la estancia para hechizarlo. Se detuvo y estuvo a punto de llevársela a la cara para oler aquella seductora fragancia. Contuvo una maldición y dejó caer la prenda como si quemase tanto como los rescoldos del fuego. Luego se dirigió a la cama despacio.

No dio crédito a sus ojos: desde la distancia vio el cabello de Honoria, unas ondas castañas derramadas sobre las almohadas. Ella dormía de costado, con el rostro hacia el centro de la cama. Aquella visión lo atrajo como un imán. Al cabo de un instante estaba junto a ella, contemplándola.

Ninguna mujer había dormido nunca en su cama. Su padre opinaba que la cama del duque estaba reservada a la duquesa. Él lo había aceptado y ninguna mujer había dormido entre sus sábanas de seda. Volver a su habitación, tarde por la noche, y descubrir que la mujer que deseaba le calentaba la cama, dormida plácidamente con sus largas piernas bajo el edredón, lo dejó aturdido.

Fue incapaz de pensar.

Se descubrió tembloroso, luchando contra el poderoso deseo de dejar de lado las explicaciones y reaccionar, actuar, hacer todo lo que le apeteciera a su alma de conquistador.

Pero tenía que pensar, estar seguro de que no se estaba dejando llevar por la nariz —no exactamente la nariz pero sí otra parte protuberante de su anatomía— para cometer un acto del que más tarde se arrepentiría. Había tomado una decisión y sabía que era la correcta. Pedirle a ella su compromiso, su corazón, su mente y su alma tal vez no fuera un requisito normal, pero tratándose de Honoria, tenía que obtenerlo.

Paseó la mirada por su rostro algo sonrojado y luego llegó a lo que la sábana ocultaba. Se tragó una fiera maldición y se alejó. Deambuló de un lado a otro con los pasos amortiguados por la alfombra. ¿Qué demonios hacía Honoria allí?

Le lanzó una rápida mirada y observó sus labios, algo separados. Oyó en su mente los gemidos apremiantes e intensamente femeninos que había emitido en el invernadero mientras se retorcía bajo sus caricias. Maldijo para sus adentros y caminó hacia el otro lado de la cama. Desde allí, la visión era menos torturadora.

Tres minutos después todavía no había conseguido refrenar sus pensamientos eróticos. Tras soltar una última imprecación, volvió a la cama. Sentarse en ella era demasiado peligroso porque las manos de Honoria tenían tendencia a agarrarse a él y no soltarlo. Se detuvo junto a la columna de madera tallada y, entre las mantas, le cogió un tobillo y se lo sacudió.

Ella murmuró algo e intentó soltarse. Diablo cerró la mano alrededor de su delgado tobillo y la sacudió de nuevo.

—Has vuelto —dijo ella al abrir los ojos.

—Pues sí, como puedes ver. —Diablo le soltó el tobillo y se enderezó. Se apoyó contra la columna de la cama—. ¿Puedes explicarme por qué, de entre todas las camas de esta casa, eliges la mía para dormir?

—Pensaba que eso estaba claro —replicó Honoria arqueando una ceja—. Te estaba esperando.

—¿Para qué? —Diablo dudó. Sus facultades seguían empañadas por la niebla de la lujuria.

—Tengo unas preguntas que hacerte.

—Es la una de la madrugada y estás en mi cama. No es momento ni lugar para hacer preguntas. —Encajó la mandíbula.

—Todo lo contrario. —Honoria empezó a sentarse—. Es el lugar ideal.

Las mantas se deslizaron, dejando al descubierto unos hombros perfectamente redondeados y, bajo la transparente seda, la firmeza y exuberancia de sus pechos.

—¡Quieta! No te muevas —ordenó con la mandíbula tensa.

—¿Por qué me evitas? —preguntó Honoria con el entrecejo fruncido, tapándose y metiendo las manos bajo las sábanas.

—Pensaba que eso estaba claro. —Diablo maldijo para sus adentros—. Tienes que tomar una decisión meditada y estos encuentros privados no van a ayudarte en nada. —Había pensado darle una semana de plazo pero los últimos tres días habían sido un infierno.

—Me has dicho que esa decisión es muy importante para ti —Honoria lo miró a los ojos—, pero no me has dicho por qué.

Él guardó silencio un instante interminable. Luego respiró hondo.

—Soy un Cynster. Me han enseñado a adquirir, defender y proteger. Mi familia es lo más importante de mi existencia. Sin una familia, sin unos hijos, no tengo nada que proteger o defender, ni motivación alguna para adquirir. Dado tu pasado, quiero oír de tu propia boca que me aceptas. Eres una Anstruther-Wetherby y, por lo que te conozco, sé que si tomas una decisión serás fiel a ella y que ninguna dificultad te hará cambiar de opinión.

—Dado lo que sabes de mí, ¿crees que soy la esposa adecuada para ti? —repuso Honoria sosteniéndole la mirada.

—Eres mía. —Su tono profundo transmitía seguridad.

El aire se crispó entre ellos. Honoria contuvo la excitación que Diablo le provocaba y arqueó una ceja.

—¿Convendrías que ahora mismo estoy a salvo de tu seductora influencia? ¿A salvo de toda coacción o manipulación?

Diablo la miraba a los ojos. Tras un momento de duda, asintió.

Honoria avanzó entre las sábanas y antes de que Diablo se apartara, lo sujetó por la camisa y se puso de rodillas.

—En ese caso, ¡tengo una declaración que hacer! —Clavó sus ojos en los de él, tiró de la camisa con más fuerza y respiró hondo—. Quiero casarme contigo. Quiero ser tu esposa, tu duquesa, encarar el mundo a tu lado. Quiero engendrar hijos tuyos. —Puso toda la convicción de su alma en la última frase.

Diablo no se movió. Ella tiró de la camisa y se acercó hasta que chocó contra el borde de la cama. Él continuó de pie delante de Honoria, que seguía arrodillada y con las piernas separadas.

—Y lo más importante... —hizo una pausa para recuperar el aliento, sin apartar los ojos de los suyos, y extendió las manos sobre su pecho— es que te deseo. Ahora. —Por si él no lo había entendido, añadió—: Esta noche.

Diablo se vio asaltado por un deseo fulminante. Dolorosamente consciente de las manos de Honoria en su pecho, se obligó a preguntar:

—¿Estás segura? —Vio el brillo de excitación en los ojos de ella—. De lo de esta noche, quiero decir. —De lo demás estaba absolutamente seguro.

—¡Sí! —exclamó ella, y lo atrajo para besarlo.

Diablo consiguió no estrecharla entre sus brazos y mantuvo las riendas firmes mientras le rodeaba el cuello y se apretaba contra él, incitándolo a que la poseyera. La sujetó por la cintura y respondió a su invitación. Honoria se entregó a él, ofreciéndole sus labios trémulos, su boca, como una dulce caverna que llenar, explorar, conquistar...

Ella lo besó y lo retuvo, absorbió su aliento y luego se lo devolvió. Las manos de Diablo se deslizaron hacia sus caderas. El camisón no era más que una finísima gasa de seda. Diablo bajó las manos hasta las rodillas y empezó a ascender despacio, notando cómo la seda resbalaba en la piel de satén mientras los pulgares describían círculos en la cara interna de sus muslos. Cada vez más arriba, centímetro a centímetro, sus manos subieron y las piernas de Honoria se tensaron y luego temblaron.

Diablo detuvo los pulgares justo debajo de los suaves rizos de su sexo. Interrumpió el beso, la miró y esperó que abriera los ojos. Cuando lo hizo, atrapó su mirada y describió dos círculos más. Honoria se estremeció.

—Una vez te posea, no habrá vuelta atrás.

—¡Sea! —En los ojos azules de Honoria brilló la determinación.

Sus labios se encontraron de nuevo y Diablo se aflojó. Entre ambos se encendió el deseo, caliente y urgente, y luego la pasión.

Honoria notó el cambio producido en él, sintió que sus músculos se endurecían y que las manos que acariciaban sus muslos se cerraban alrededor de éstos. Una mano se deslizó hasta sus nalgas y él sintió el calor febril de su piel. La acarició despacio, describiendo lentos y sensuales círculos. Honoria se sentía transportada entre los movimientos de la seda que susurraba entre la mano de Diablo y su piel desnuda.

Luego la mano se volvió firme y la agarró por las nalgas al tiempo que la otra se introducía en la entrepierna.

Su beso se volvió más exigente y la acarició a través de la finísima seda hasta que ésta se pegó, como una segunda piel que disminuía la intensidad de las caricias y le subyugaba los sentidos. Un largo dedo empezó a penetrarla, primero explorando cuidadosamente y luego con más firmeza.

De repente, Honoria se quedó sin aliento. Se echó hacia atrás y él la sujetó por la cintura para tumbarla en la cama.

—Espera —le dijo.

Diablo se asomó a la puerta que llevaba a su vestidor, confirmó que Sligo no lo había esperado despierto y la cerró. Volvió al dormitorio y lo cruzó a grandes pasos. Allí, se quitó la chaqueta y la lanzó a una silla, se deshizo el complicado lazo de la corbata, se quitó el chaleco y lo arrojó también a la silla. Luego se quitó los gemelos y la camisa. La vela de la cómoda daba un tono dorado a su espalda. Se volvió y cogió la palmatoria.

Tumbada en la cama, jadeante, Honoria lo vio encender dos candelabros de cinco brazos que había sobre la repisa de la chimenea. Se fijó en cada uno de sus elegantes movimientos, en el juego de las llamas en su esculpido cuerpo, y controló sus pensamientos, demasiado escandalosos para ser traducidos a palabras. La expectación era presa de ella y la excitación palpitaba bajo su piel. Un pánico delicioso tensaba todos sus nervios.

Diablo dejó la palmatoria en la repisa y llevó un candelabro hasta la mesilla de noche, de modo que la luz de las velas cayera sobre la colcha. Honoria lo vio colocar el segundo candelabro en la otra mesilla. Al percatarse de que, con la luz, él la vería casi desnuda, frunció el entrecejo y preguntó:

—¿No es de noche? Oscuro, quiero decir.

—Has olvidado algo.

Honoria no sabía qué era pero tampoco le importaba. Miró el pecho de Diablo, bañado en luz dorada, que se acercaba a la cama, donde se sentó para quitarse las botas, Honoria se fijó en su espalda. Los cortes y arañazos se habían cerrado. Alargó la mano y acarició uno de ellos. La piel de Diablo palpitó bajo su tacto. Honoria sonrió y extendió los dedos. Él se puso en pie y le lanzó una última mirada antes de quitarse los pantalones. Se sentó para sacárselos y Honoria vio la larga y amplia musculatura de su espalda, terminada en dos pequeños hoyos bajo la cintura. Era una visión casi tan deliciosa como la de su pecho.

Desnudo por completo, Diablo se volvió y se dejó caer boca arriba en la cama. Sabía lo que ocurriría. Honoria, en cambio, no lo sabía. Con un grito apagado, ella se lanzó a sus brazos. Diablo la puso a horcajadas, con las piernas sobre las suyas y la melena abierta en abanico sobre su pecho desnudo.

Esperaba que quedase asombrada, que titubease. Aquélla era la primera vez que Honoria tocaría a un hombre desnudo. Y, en efecto, en su expresión había asombro y titubeo, pero éste duró sólo una fracción de segundo.

Un instante después, sus labios se habían unido y no podía saberse con certeza quién besaba a quién. Sintió las manos de ella en su pecho, explorándolo con ansiedad. Él la besó con avidez y sintió que sus dedos se hundían en sus músculos. Apoyó las manos en los firmes montículos de sus nalgas y la atrajo hacia él, calmando el ansia palpitante de su erección contra su terso vientre. Honoria se retorció, encendida y anhelante, y el delgado camisón dejó de ser una barrera para sus sentidos.

Algunas mujeres eran como gatas, engañosamente reticentes. Honoria era demasiado audaz para ser una gata. Era exigente y agresiva. No sólo le desgastaba las riendas sino que se las destrozaba, encendiendo su deseo, sus demonios, todo el afán posesivo que había en su alma, lo cual, dado que ella era virgen, podía calificarse de abyecta locura.

—Detente, por el amor de Dios —dijo él, jadeante.

—Tengo veinticuatro años, ya he perdido demasiado tiempo —replicó ella, sin alzar la mirada, concentrada en acariciarle un pezón.

—Pues si ya tienes veinticuatro años, tendrías que saber dónde te metes. —Diablo apretó los labios y ella serpenteó—. Al menos, tendrías que ir con más cuidado.

Deseosa como estaba de empalarse a su destino, no parecía preocuparle que él pudiera hacerle daño o que fuera mucho más fuerte que ella. Quería aprender y sus manos exploraron los rebordes de su pecho.

Diablo sintió que el placer estallaba, y que era demasiado intenso para que ella pudiese controlarlo. Le soltó las nalgas y le agarró los brazos. En el mismo instante, ella le atrapó el miembro. Ambos se quedaron inmóviles.

Lo miró a la cara. Tenía los ojos cerrados. Honoria apretó los dedos alrededor de su descubrimiento, fascinada de nuevo. ¿Cómo podía ser tan sedoso y suave algo tan duro, tan rígido, tan masculinamente primario? Tocó de nuevo el glande terso y redondeado y fue como tocar hierro caliente.

Diablo gimió. Bajó la mano y la cerró sobre la de ella, no para sacarla de allí sino para que apretara con más fuerza. Honoria siguió sus tácitas instrucciones.

Diablo dejó que lo acariciara hasta que creyó que su mandíbula iba a romperse. Entonces le apartó la mano. Ella se rebeló, restregándose con su suave, caliente y sedosa piel sobre su ya dolorosa erección.

Él soltó una maldición y con un rápido giro la puso debajo de él. Le retuvo las manos y le dio un beso cada vez más profundo, hasta que a Honoria no le quedaron fuerzas para desafiarlo.

Los dos se quedaron quietos. Ella estaba abierta para él, ardiente, con los muslos separados, suaves y receptivos, y sus caderas eran una cuna en la que él estaba encajado. Lo único que tenía que hacer era quitarle el camisón de seda, hundir su palpitante miembro en su suavidad y poseerla.

Muy sencillo.

Diablo apretó los dientes, le soltó las manos y se apartó. Con las rodillas separadas, se sentó sobre los tobillos en medio de la cama.

—Ven —le dijo.

Honoria lo miró con los ojos muy abiertos y luego volvió a mirar su miembro. Con la mandíbula encajada, Diablo sufrió su examen y vio que en sus ojos se formaba una pregunta tan antigua como la humanidad.

Mareada no sólo por la falta de aire, Honoria parpadeó despacio y luego volvió a posar sus ojos en los de él. Diablo parecía un dios, sentado a la luz de la vela, con toda su masculinidad flagrantemente enhiesta. La suave luz doraba sus brazos, su pecho y el resto de su cuerpo. Honoria respiró hondo y los latidos del corazón le resonaron en los oídos. Levantó un codo despacio, liberó las piernas de entre los pliegues del camisón y se arrodilló ante él.

Diablo tomó sus manos entre las suyas y la atrajo hacia sí; luego, la cogió por la cintura y la levantó. Cuando la sentó a horcajadas sobre sus muslos, Honoria frunció el entrecejo y dijo:

—Si ahora me dices que espere, grito.

—Gritarás de todos modos. —Sus facciones se veían más duras que el granito.

—Será un placer. —La idea era nueva para ella.

—Bésame —dijo Diablo.

No tuvo que pedirlo dos veces. Honoria entrelazó las manos en su nuca y lo hizo.

Con una mano en su espalda para mantenerla erguida, Diablo profundizó el beso al tiempo que deslizaba la otra mano hacia arriba, sobre su tenso vientre, antes de cerrarse alrededor de su pecho. La carne ya caliente se hinchó más. Él la acarició y la oyó gemir. Entonces interrumpió el beso y Honoria echó la cabeza atrás, mostrando la curva desnuda de su cuello en un ofrecimiento que él no pudo rechazar. Depositó suaves besos en la vena palpitante y ella se apretó más contra él, presionando el pecho contra la palma de su mano.

Diablo inclinó la cabeza y le lamió la seda que cubría su pezón. Ella contuvo el aliento. Luego, sus labios rozaron el erecto pezón y notó que ella se derretía.

Él no recordaba la última vez que había hecho el amor con una virgen. Fuera quien fuese, no había sido una mujer de veinticuatro años capaz de un entusiasmo inesperado. No se hacía ilusiones sobre lo difícil que sería la media hora siguiente. Por primera vez en su larga experiencia, rezó pidiendo fuerza suficiente para controlar la pasión que Honoria desataba en él. Siguió torturando el erecto pezón y luego se centró en el otro.

Honoria se aferró a los brazos de Diablo, contuvo el aliento y se balanceó. Sus huesos se habían convertido en miel y se sentía desfalleciente. Lo único que la mantenía erguida era la mano de él en la espalda y los seductores tirones de su labios. Cálidos y húmedos, sus labios, su boca entera, se movieron sobre los pechos, excitándolos hasta el límite, hasta que los dos estuvieron henchidos y duros. Ella se moría de ganas de tocarlo, de explorar su cuerpo, pero no se atrevía. Él empezó a mordisquearle un pezón.

Ella fue presa de unas sensaciones avasalladoras que recorrieron su cuerpo. Emitió un grito apagado y los labios de Diablo volvieron a lamerla y chuparla con fuerza. En las entrañas de Honoria se encendieron ardorosas oleadas de deseo como respuesta a sus caricias, una necesidad primaria que crecía con más y más fuerza. Con un largo gemido, se balanceó hacia delante, siguiendo sus labios.

El placer se adueñó de ella mientras las manos de Diablo recorrían todas sus curvas. Cada centímetro de su piel palpitaba y deseaba más. La espalda, los costados, el vientre, los muslos, los brazos, las nalgas... nada escapó a la atención de Diablo. Cuando éste levantó el extremo del camisón, la entrepierna de Honoria estaba enrojecida y mojada.

El estremecimiento que la sacudió procedía de muy hondo. Era una despedida final a la virgen que había sido pero que ya no sería. Diablo interrumpió el beso y Honoria vio que le estaba quitando el camisón, ya por encima de la cintura. Respiró hondo para superar el mareo de que era presa, pero no lo consiguió. Alzó los brazos. El camisón la abandonó con un susurro, ocultó momentáneamente la luz de las velas y cayó más allá de la cama. Honoria siguió su caída, notando las manos de él en su piel desnuda.

Diablo la abrazó.

Se sintió rodeada de piel caliente, de músculos duros. El vello negro de su pecho rozó sus excitados pezones. Unos labios duros encontraron los suyos, exigiendo, ordenando, arrasándole los sentidos. Él la poseería sin pedirle que se rindiera, se adueñaría de su cuerpo, de su alma y de mucho más.

Honoria tembló entre sus brazos y se dispuso a afrontar la oleada de deseo, satisfaciendo las exigencias de Diablo con las suyas propias. La pasión creció, se extendió y se dilató. Honoria hundió los dedos en su pecho y notó que sus músculos se tensaban. Lo besó con un fervor similar al suyo, disfrutando del apremio que los compelía, deleitándose con aquella embriagadora fiebre, con la creciente vorágine del deseo.

La excitación la sacudió. Sus labios se fundieron, el aliento de cada uno en la boca del otro, las lenguas entrelazadas. Honoria se hundió en el calor de Diablo, bebió de él y dejó que inundase todo su cuerpo. Las manos de Diablo se movían con la misma exigencia y apremio que sus labios. Sus firmes palmas esculpieron las curvas de Honoria y las poseyeron. Todavía a horcajadas sobre los muslos de Diablo, con las caderas presionadas contra su vientre, notó que sus manos le aferraban sus nalgas. Una de ellas siguió allí mientras que la otra continuó deslizándose hacia abajo con dedos exploradores. Encontraron su calor y siguieron avanzando, presionando la hendidura y sondeando los cálidos y mojados pliegues de su húmedo sexo hasta penetrarla.

Un dedo llegó a lo más hondo de su ser y encendió el fuego.

La acometida desenfrenada de las llamas la abrasó. Honoria se retorció y ardió. La única respuesta de Diablo fue ahondar en el beso, tenerla cautiva mientras las llamas seguían ardiendo allá abajo. La acarició lenta y deliberadamente con sus dedos y las llamas se volvieron más intensas, para estallar finalmente en un frenético infierno alimentado por un apremiante deseo.

El infierno palpitaba al ritmo de los latidos de su corazón, el mismo ritmo que corría por sus venas, que retumbaba en sus oídos como el redoble de los tambores de la pasión.

De repente, Diablo interrumpió el beso. Retiró los dedos y la agarró por las nalgas con ambas manos.

—Deslízate hacia abajo.

Honoria no podía creer la fuerza del deseo incontenible del que había sido presa: necesitaba a Diablo dentro de ella mucho más que respirar. Pero aun así...

Sacudió la cabeza.

—No cabrás.

—Deslízate —repitió Diablo, apretándole las caderas. Honoria obedeció y dejó que las manos de él la guiaran. Notó el primer contacto de su miembro, duro y caliente, y se detuvo. Él pasó los dedos entre sus muslos y abrió los pliegues. Ella sintió la primera intrusión íntima del cuerpo de Diablo en el suyo. Contuvo una exclamación y se hundió más al tiempo que notaba cómo el hinchado glande entraba en sus entrañas.

Notaba su grosor, un grosor mayor del que esperaba. Jadeante y bajo la presión de sus manos, se hundió todavía más. Duro como el hierro forjado, caliente como el acero fundiéndose, el miembro viril la penetró.

—No podrás... —Honoria sacudió suavemente la cabeza de nuevo.

—Verás que sí. —Diablo parecía más tenso que

ella—. Tendrás que ensancharte para recibirme. El cuerpo de las mujeres es así.

Él era el experto. Entre el torbellino de sensaciones que la asaltaban —la incertidumbre, el deseo, la necesidad, aderezados con unos restos lejanos de modestia y hundido todo ello bajo el anhelo más desesperado que nunca hubiera tenido—, Honoria se aferró a ese hecho. El incendio de su interior se expandía y ella se hundió más.

Y se detuvo.

—Húndete de nuevo —dijo Diablo separándole las nalgas—. Hazlo de nuevo. —Ella descendió hasta que la barrera de su virginidad cortó el avance. Sentada en sus manos repitió la maniobra una y otra vez.

Honoria estaba ardiendo, mojada y muy cerrada. Cuando empezó a moverse lentamente, él le rozó la sien con los labios y dijo:

—Bésame.

Ella alzó la cabeza con unos henchidos labios separados, pidiendo más. Él se apropió de su boca con voracidad, debatiéndose para controlar la pasión desenfrenada que lo impulsaba y para no dejarse llevar y hacerle a Honoria un daño innecesario. Ya le haría bastante daño aunque fuera con mucho cuidado.

Tras ese pensamiento, llegó la confirmación de los hechos. Una poderosa embestida hacia arriba coordinada con un movimiento descendente de Honoria, reforzada por la presión de las manos en sus caderas, y sucedió. Diablo abrió una brecha en ella, hundiéndose en lo más hondo de su cuerpo, y la llenó y la dilató.

Honoria gritó pero el beso la acalló. Ambos cuerpos se tensaron.

Él se concentró por completo en ella, esperando que se ablandara, la primera señal de aceptación que sabía que llegaría, y reprimió por completo el instinto primario que lo empujaba a penetrarla sin contemplaciones para saciar su enloquecedor deseo.

Tenían los labios separados y jadeaban. Honoria se humedeció los labios con la lengua y dijo:

—¿Ése era el grito de que me hablabas?

—No. —Rozó los labios de Honoria con los suyos—. No, ya no habrá más dolor. A partir de ahora sólo gritarás de placer.

No habría más dolor. Con los sentidos a flor de piel y sobrecargados de sensaciones, Honoria confió en que fuese verdad. El recuerdo del agudo tormento que la había empalado era tan intenso que todavía lo notaba. Sin embargo, el calor de Diablo anestesiaba su dolor. Intentó moverse pero él la tenía firmemente sujeta.

—Espera —le dijo.

Honoria obedeció. Hasta ese momento no había advertido que estaba totalmente en sus manos. El duro y palpitante miembro que la llenaba por dentro le provocó un sentimiento de vulnerabilidad que la recorrió hasta el punto donde sus cuerpos se unían.

Oyó que Diablo gruñía y, parpadeando, alzó la mirada. Tenía los ojos cerrados y sus rasgos eran de piedra. Los músculos de sus hombros estaban tensos, trabados en una quimérica batalla. En su interior, el uniforme palpitar del miembro irradiaba calor y una sensación de apremio apenas controlado. El dolor había desaparecido y la tensión se disolvió. Los últimos vestigios de resistencia se desplomaron. Con inseguridad y mirándolo a la cara, se liberó de sus manos bajo las nalgas y se incorporó despacio sobre las rodillas.

Musitó una única palabra cargada de emoción:

—Sí.

Diablo la detuvo un centímetro antes que se saliese. Honoria sintió su vehemencia, el mismo deseo compulsivo que se agolpaba en ella. No necesitó instrucciones para volver a hundirse despacio, cautivada por el tacto del duro y acerado sexo que se deslizaba, resbaladizo y caliente, hacia sus profundidades.

Lo hizo una y otra vez, echando la cabeza atrás mientras se deslizaba eróticamente hacia abajo y abría del todo sus sentidos para saborear cada segundo. Ya no necesitaba que Diablo la guiase y las manos de éste recorrieron su cuerpo reclamando sus pechos, las curvas exuberantes de sus nalgas, la sensible cara posterior de sus muslos. Toda incomodidad y reticencia habían desaparecido. Honoria alzó la cabeza y lo abrazó por el cuello, buscando sus labios. El movimiento de sus cuerpos, que se unían en un ritmo tan viejo como la luna, era exquisito. Se besaron con ardor y ella se apretó más contra él, cegada por la promesa contenida en aquel cuerpo poderoso, que, insaciable, pedía más.

Diablo interrumpió el beso y, sin dejar de acariciarle las nalgas, le preguntó:

—¿Estás bien?

En la cima de su ascenso, Honoria se detuvo y le sostuvo la mirada y, concentrándose en la rígida dureza que la invadía, volvió a hundirse despacio.

Él se estremeció y tensó la mandíbula. Sus ojos destellaban. Con audacia, Honoria lamió la vena que palpitaba en la base de su garganta.

—En realidad esto me parece de lo más... —Se interrumpió porque le faltaba el aire.

—¿Sorprendente? —graznó Diablo.

Honoria cerró los ojos y jadeó, desesperada.

—Subyugante.

La risa de él fue tan honda que Honoria la notó en lo más profundo de su ser.

—Pues todavía queda mucho placer por venir, créeme. —Le mordisqueó el lóbulo de la oreja.

—Oh, sí —murmuró Honoria intentando, desesperada, aferrarse a la lucidez—. Ahora veo que es cierto que eres un maestro en este arte. —Respiró hondo y se alzó sobre él—. ¿Esto me convierte en tu amante?

—No. —Diablo contuvo el aliento mientras ella se empalaba con torturante lentitud—. Te convierte en mi alumna. —La convertiría en su esclava, pero no tenía intención de decírselo, y tampoco que, si ella se aplicaba lo suficiente, también lo haría su esclavo.

En su siguiente movimiento descendente, Honoria presionó más fuerte, y él la penetró más hondo. Instintivamente, se cerró en torno a él. Diablo soltó un gruñido entre dientes.

Con los ojos muy abiertos, Honoria lo miró jadeante.

—Me resulta tan... tan raro... tenerte... tenerte dentro de mí. —Con los pechos que subían y bajaban rozando su tórax, se relamió los labios—. La verdad es que no pensaba que fueras a... a caber.

Diablo tensó todos sus músculos. Después de un instante de silencio cargado, consiguió decir:

—Al final cabré.

—¿Al final?

Honoria vaciló un momento y él aprovechó la oportunidad: le dio un beso ardoroso y al mismo tiempo la tumbó boca arriba en el colchón.

Diablo había elegido la postura anterior para que ella marcara hasta dónde su miembro podía penetrar, pero el momento de las delicadezas había quedado atrás. Su rápido cambio de postura la había dejado con las caderas de Diablo entre los muslos y el tieso miembro dentro de ella.

Al notar que estaba atrapada, Honoria se tensó. Diablo hundió las manos a cada lado del edredón. Cuando el beso se interrumpió, Honoria abrió los ojos.

Diablo atrapó su mirada y se retiró de ella despacio, con cuidado. Luego flexionó las caderas y, con un solo movimiento, volvió a penetrarla.

La poseyó inexorablemente, centímetro a centímetro. Caliente y resbaladizo, el cuerpo de Honoria lo acogió, dilatándose para recibirlo. Diablo vio que el gris azulado de sus ojos se convertía en plateado y luego se empañaba al tiempo que él profundizaba en sus embestidas. Se sintió envuelto en su suavidad y la penetró hasta el límite. Luego reposó, engastado en ella, que lo contuvo como un abrasador y sedoso guante.

Se miraron a los ojos, inmóviles.

Honoria apenas podía respirar; él la llenaba por completo y la firme pulsión de su miembro le llegaba hasta el ombligo. Vio que sus facciones estaban teñidas de pasión controlada. Con sus ojos verdes oscurecidos y orlados de plata, la miraba como un conquistador al que ella se había entregado. La inundó un sentimiento que le dejó el corazón henchido.

Diablo esperaba. ¿Qué esperaba? ¿Otra señal de rendición? Al pensarlo, la invadió una gloriosa confianza. Sonrió despacio. Tenía las manos apoyadas en sus antebrazos. Las alzó, le tomó el rostro y lo atrajo hacia sí. En el instante en que sus labios se encontraron, Diablo emitió un gruñido, se apoyó en los codos y le apartó un mechón del rostro.

El beso se volvió más profundo y los sentidos de Honoria se arremolinaron. El miembro de Diablo se movía dentro de ella y la llenaba de placer.

Se deslizaron juntos como las olas avanzando hacia la playa. Las sensaciones aumentaron como la marea, llegando el flujo cada vez más alto. Ella siguió el ritmo que marcaba él, dejando que su cuerpo lo acogiera, absorbiéndolo con fuerza durante un segundo para retirarse al siguiente. Una y otra vez formaron aquel abrazo íntimo. Cada embestida, cada acometida la llevaba más arriba, más lejos, hacia una orilla que la llamaba y que ella apenas distinguía. Sus pensamientos y sentimientos se fundieron y ascendieron, encerrados en un ímpetu aturdidor. Un calor y una luz corrieron por sus venas e irradiaron todos sus nervios. Enseguida, el calor se convirtió en fuego y la luz en esplendor incandescente.

Alimentada por sus cuerpos que se debatían, por cada respiración jadeante, por cada suave gemido, por cada gruñido gutural, la esfera ígnea de pasión aumentó y se volvió más brillante e intensa hasta que estalló en los dos al mismo tiempo.

Honoria se perdió en aquella energía primaria, todo fuego, luz y esplendor, que le encendía las entrañas. Cegada, no veía. Sorda, no oía. Lo único que podía hacer era sentir, sentirlo a él y saber que estaba allí, sentir la calidez que la llenaba y saber que era de él, sentir el sentimiento que los unía, que habían forjado en aquel estallido de estrellas, sabedora de que nada en el mundo podría cambiarlo.

El estallido se apagó y regresaron a la tierra, a los placeres terrenos de las sábanas de seda y las suaves almohadas, a los murmullos soñolientos y a los besos saciados. Y al bienestar de encontrarse uno en brazos del otro.

Cuando la última vela se fundió goteando, Diablo se movió. Antes incluso de alzar la cabeza, advirtió que debajo de él había una mujer, una mujer que dormía el sueño de los saciados. Ya antes incluso de mirarla, supo quién era aquella mujer.

La emoción que lo embargaba creció. Acarició su rostro, levemente sonrosado, con la mirada. Tenía los labios henchidos y algo separados. Sus pechos desnudos subían y bajaban al compás de su respiración. Estaba profundamente dormida. Diablo saboreó la satisfacción del triunfo. Con una sonrisa que ella le habría recriminado de haberla visto, se levantó procurando no despertarla. Había intentado apartarse de Honoria hacía rato, antes de dormirse, pero ella había murmurado una queja y le había aferrado con tanta fuerza que él no se había atrevido a moverse. Pese al peso de su cuerpo, Honoria había querido prolongar la intimidad, algo a lo que él tampoco pudo oponerse con convicción.

Su intimidad había sido vibrante. Magnífica. Tan remarcable que hasta él se sorprendía.

Se tumbó boca abajo y notó el terso cuerpo de ella en el costado. La sensación tuvo el efecto inevitable pero decidió hacer caso omiso de él. Tenía todo el tiempo del mundo, toda la vida, en realidad, para explorar las posibilidades que ofrecía ella. La expectación había sustituido a la frustración. Desde el principio había notado en ella un conocimiento subyacente, una propensión sensual insólita en las mujeres de su clase. Ahora sabía que era real y se ocuparía de alimentarlo. A su cuidado, florecería. Entonces tendría tiempo suficiente para recoger los frutos de su control, de sus cuidados, de su experiencia, para saciar sus sentidos en ella, con ella, y para subyugarla.

Volvió la cabeza y observó su rostro. Le apartó un mechón de la mejilla. Ella se movió y se acurrucó de lado, pegándose a él, buscando con una mano hasta encontrar su espalda.

Diablo se quedó paralizado. La emoción que había despertado ese gesto era desconocida para él. Le quitó el aliento y lo dejó extrañamente sensibilizado, casi conmocionado. Frunció el entrecejo e intentó analizar esa emoción pero, para entonces, ya había pasado. No lo había abandonado sino que se había hundido de nuevo en él, en las profundidades de su ser.

Sacudió los hombros, vaciló unos instantes y pasó el brazo por la cintura de Honoria. Dormida, ella suspiró y se acurrucó más contra él. En los labios de Diablo se formó una sonrisa y sus ojos se cerraron.

Cuando volvió a despertar, estaba solo en la cama. Parpadeó, y miró el espacio vacío a su lado sin dar crédito a sus ojos. Entonces los cerró, hundió la cabeza en la almohada y gruñó.

Maldita fuera aquella mujer. ¿No sabía que...? Era evidente que no. Se trataba de una etiqueta conyugal sobre la que tendría que educarla. La esposa no debía dejar nunca la cama antes que el marido. Las cosas eran así. Serían así a partir de aquel momento.

Aquella mañana, sin embargo, tenía que hacer una larga excursión.

17

El éxito llama al éxito. La noche siguiente, muy tarde, mientras entraba en el vestíbulo, Diablo reflexionó sobre esa máxima. En esos momentos tenía que celebrar el éxito en varios frentes de su vida; sólo uno de los asuntos principales de su agenda personal seguía sin resolverse y, además, los avances eran muy pequeños.

Cogió la vela encendida que lo esperaba, se dirigió a la biblioteca y se apresuró a tomar asiento ante su escritorio. Encima de éste, colocada de forma que destacara, había una carta. Rompió el lacre, examinó la única hoja y el sobre a la temblorosa luz de la vela y sonrió. Heathcote Montague, su auxiliar en los negocios, le había enviado las pruebas.

Diablo sacó del bolsillo del chaleco un par de pagarés firmados que le había dado el vizconde Bromley esa noche a cambio del dinero que había perdido a las cartas. Diablo tomó una llave que llevaba en la cadena del reloj y abrió el cajón central del escritorio, en el que había un fajo de otra docena de pagarés como aquéllos, con la firma de Bromley. Los puso junto a los otros y a los seis que le había llevado discretamente Montague, procedentes de otros caballeros que, al saber que Bromley y él jugaban a las cartas, habían convertido, encantados, las promesas del vizconde en dinero en efectivo.

Estudió los distintos pagarés, calculó el total y lo

comparó con la tasación que había hecho Montague del patrimonio de Bromley. No resultaba difícil ver cómo se encontraba el vizconde en aquel momento: atascado en el cenagal, a punto de ser arrastrado por la corriente. Allí era exactamente donde Diablo quería tenerlo.

Con una sonrisa satisfecha, Diablo guardó de nuevo las cartas y los pagarés en el cajón, lo cerró y se levantó. Cogió la palmatoria, salió de la biblioteca y subió la escalera, dispuesto a celebrar el éxito de una victoria que ya había obtenido.

La casa estaba sumida en un profundo silencio y caminó deprisa hacia sus habitaciones. Cuando llegó a la puerta, la expectación le había clavado las espuelas y estaba muy excitado. La abrió y entró, cerrándola a sus espaldas, mientras sus ojos ya buscaban sombras en la cama.

Al cabo de un instante soltó una maldición. Honoria no estaba. Respiró hondo y se quedó inmóvil, con la mirada clavada en la cama sin deshacer. Pugnó por liberar su mente de la niebla de la decepción y la frustración y sintió una punzada en el pecho. De nuevo, necesitaba pensar.

Dejó la palmatoria en la cómoda, y miró hacia la cama esbozando una mueca. Una tensión conocida se apoderó de él. Soltó una imprecación. Cerró los ojos y pronunció un juramento al tiempo que se quitaba la chaqueta. Tardó menos de un minuto en desvestirse. Se puso un batín y se miró los pies descalzos. Titubeó y se ciñó el cinturón del batín. Tal vez le convendría enfriar su acalorada sangre. Salió de la habitación y se alejó por los oscuros pasillos, caminando a grandes pasos.

Ya no quería pensar más. Fueran cuales fuesen las razones por las que Honoria no lo había esperado en la cama, como él suponía, no quería saberlas. No iba a discutir sobre ellas, ni siquiera iba a mencionarlas, pero ¿podía creer una señorita de veinticuatro años, de buena familia, recién perdida la virginidad, que bastaba con una sola vez? Después de haber saboreado su cuerpo, su pasión, su deseo desatado, si las cosas iban a ser como antes hasta la noche de bodas, Diablo no podría seguir viviendo.

Cuando pasó por delante de los retratos de sus antepasados, les lanzó una mirada enfurecida. Salió de la galería, torció a la izquierda y enfiló el pasillo que llevaba a los aposentos de Honoria.

De repente, chocó contra un fantasma de satén blanco marfil.

Lo sujetó por los hombros y la reconoció al instante. El deseo corrió dolorosamente por su cuerpo cuando las curvas cubiertas de satén de Honoria rozaron su sexo devolviéndolo a la vida. Su grito instintivo no pasó de una exclamación sofocada, ya que Diablo le tapó la boca con sus labios.

Al instante, Honoria se relajó y le rodeó el cuello con los brazos. Se apretó contra él y le devolvió el beso, y él le saboreó su boca con rapacidad. Balanceándose, seductora, le acarició el pecho con sus senos. Diablo tomó uno de ellos, ya henchidos, y notó el pezón como un duro guijarro contra su palma.

Honoria contuvo una exclamación y se restregó contra él en un acto de rendición tan inaudito que lo dejó aturdido. Ella deslizó las manos bajo la bata buscando su pecho y los dedos juguetearon con el rizado vello. Cada caricia estaba cargada de apremio, el mismo apremio que corría por sus venas.

Diablo soltó un gruñido gutural, la tomó por las nalgas con ambas manos y la atrajo hacia sí. La levantó en el aire para que ella sintiese su dolorosa erección. La meció sensualmente, siguiendo su ritmo con la lengua. Honoria le devolvió el beso, caliente y mojado, suave y resbaladizo.

La deliberada tentación, la promesa flagrante en la caricia íntima hizo que sus demonios se alborotaran. El suave tirón que dio Honoria al cinturón del batín disparó todas las alarmas.

Pasmado, tambaleante, con su control hecho añicos, Diablo no tenía fuerzas ni siquiera para gemir. Esa mujer iba a acabar con él. La puerta del dormitorio de su madre estaba al otro lado del pasillo.

Si ella hubiese tenido más experiencia, Diablo habría sentido la tentación de hacerlo allí mismo, de apoyar sus nalgas en la mesita situada al lado de la puerta de su madre y hundir la cabeza entre sus piernas. El placer ilícito, sabiendo que no podían hacer ruido, los habría excitado al máximo.

Pero ya estaban bastante excitados y aunque ella pudiese aguantar aquella posición, sería incapaz de permanecer en silencio. La noche anterior había gritado más de una vez, con los conocidos sonidos del orgasmo femenino. Diablo quería oírlos de nuevo, una y otra vez. Aquella noche, ya mismo, pero no allí.

Interrumpió el beso y la alzó en vilo.

—¿Qué ...?

—Chssst —susurró él. Su bata se abrió; si hubiera esperado un instante más, ella le habría tocado y sólo Dios sabía qué habría sucedido a continuación.

Caminó deprisa por el pasillo hacia los aposentos de Honoria.

Abrió la puerta de su salita llevándola en vilo y entró. Se volvió para cerrarla y ella le pasó las manos por el cuello. Diablo volvió la cabeza y sucumbió a su beso.

La dejó en el suelo y, perdiendo todo control, permitió que sus manos se movieran libremente. Sus manos ya la conocían íntimamente, y querían reconocerla otra vez. Le dedicó unas caricias pensadas para encender su pasión. La suya también se encendió, pero apartó las manos de Honoria de su cuerpo como medida de precaución. Sus caricias —las de él arrobadoras, las de ella no tanto— se transformaron enseguida en un jadeante y acalorado juego que alimentó el fuego que los asolaba.

Con un gemido de frustración, Honoria dijo:

—Quiero que...

—Aquí no —replicó Diablo—. En el dormitorio. —Volvió a besarla en la boca y el juego continuó porque ninguno deseaba que se detuviera.

Desesperada, con un sonido parecido a un grito, Honoria se apartó. Tenía la piel encendida y el cuerpo también. Si no la penetraba enseguida, se desmayaría. Lo tomó de la mano y tiró de él hacia su dormitorio.

Honoria se detuvo en el claro de luna que se colaba por la ventana y se volvió hacia él. Se quitó su bata y cuando la prenda cayó a sus pies, extendió los brazos. Diablo cerró la puerta e hizo una pausa. Ella sintió su mirada ardiente deslizarse sobre su cuerpo aún cubierto con el fino camisón de satén.

Diablo mantuvo la mano en el frío tirador de la puerta, aferrado a él como un hombre a punto de ahogarse. Intentó recordarse que debía dominar la situación y que, como sólo la había poseído una vez, Honoria tal vez aún estuviera dolorida y necesitase tiempo para acostumbrarse a su penetración. Aquellos pensamientos se grabaron en su mente consciente, en lo poco de ella que todavía funcionaba. El resto estaba centrado en Honoria, en la palpitante tensión de su sexo, en su desesperada ansia de poseerla.

Su camisón era un modelo fascinante, de suave satén con aberturas hasta las caderas. El contorno de sus largas piernas había asomado breve y tentadoramente; luego, ella se había detenido y el camisón había vuelto a caer con decoro, una ilusión de virtuosa feminidad.

Sus manos lo llamaron suplicantes y Diablo se acercó despacio, dejando caer su bata a sus espaldas. Desnudo, dejó que las manos de Honoria lo acariciaran a su manera. Con las suyas, le tomó la cara y despacio, dilatando cada momento hasta que los dos temblaron, inclinó la cabeza y la besó con avidez, profundamente, al tiempo que intentaba no perder el control. Cuando las manos de Honoria se deslizaron por su cintura, sus músculos se tensaron al tiempo que ella aceptaba su beso sin reservas. Después le acarició la espalda y se apretó brevemente contra él. Entonces, para su sorpresa, Honoria se apartó. Intrigado, Diablo se quedó inmóvil.

Con la mirada enigmática Honoria lo tomó de la mano y lo llevó hacia la cama adoselada. Al llegar se volvió hacia él. Mirándolo a los ojos, levantó las manos y soltó las cintas de los hombros que sujetaban el camisón. Éste se deslizó y dejó al descubierto las esferas exuberantes de sus pechos, blancos como el marfil a la tenue luz de la luna. El camisón se detuvo en su cintura. Honoria se contoneó y la prenda resbaló hasta el suelo.

Sin una pizca de reticencia, timidez o gazmoñería, con una determinación que a Diablo le quitaba el aliento y muchas otras cosas, Honoria se acercó a él. Puso las manos sobre su abdomen y las deslizó hacia arriba. Se apretó sensualmente contra su cuerpo, echándole los brazos al cuello al tiempo que le presionaba el tórax con los pechos y le restregaba las caderas. Honoria se ofrecía.

Algo se rompió en el interior de Diablo.

Alargó las manos para abrazarla y allí estaba, no sabía si él se había acercado o ella se había presionado contra él. Los labios de Honoria estaban debajo de los suyos, abiertos y anhelantes. Sus lenguas se entrelazaron, invocando a todos los demonios de la pasión allí presentes. Lo demás carecía de importancia.

Su único objetivo era la culminación, la satisfacción plena, ésos eran los únicos pensamientos que circulaban por sus febriles mentes. Diablo sabía que sus caballos se habían encabritado pero no tenía voluntad para tirar de las riendas. Ella le colapsaba los sentidos, las fuerzas, cada partícula de su cordura. El deseo de Honoria, casi frenesí, era la réplica perfecta del suyo propio.

El deseo de unirse los embargaba con una fuerza y una potencia irresistibles. Palpitaba en sus venas, se expresaba en sus respiraciones entrecortadas. Con cada caricia audaz producía un placer tan intenso que rayaba en el dolor.

Honoria contuvo el aliento y apoyó una rodilla en la cama. Diablo la tomó en brazos y la depositó encima, dejando que ella lo atrajese hacia sí. Le hizo notar el peso de su cuerpo, deleitándose en la suave elasticidad de los brazos que lo rodeaban, del cuerpo de mujer que se ondulaba bajo el suyo. Honoria separó las piernas y él se apartó apenas para acariciarle el sexo, para sentir la humedad de su deseo, el calor de su excitación.

De sus labios brotó una súplica incoherente. Adelantó las caderas en una clara señal de invitación. Movió las manos hacia abajo, acariciándole los costados, pero Diablo, situándose por completo sobre ella, se las retuvo.

Sus ojos se encontraron, brillantes. Diablo le llevó una mano a cada lado de la cabeza. Ya no podía pensar ni controlar. La fuerza que lo impulsaba, que lo consumía, lo compelía a poseerla del todo, completamente.

El calor pegajoso de su sexo envolvió la palpitante verga que rozó sus hinchados labios. Ella situó sus caderas más abajo, sorprendiéndolo, en una postura perfecta para la penetración. Abrió sus muslos en una franca invitación a que la poseyera.

La emoción que embargó a Diablo fue tan poderosa, tan profunda, que tuvo que cerrar los ojos un instante, retrasando la tormenta. Al abrirlos, respiró hondo, apretó el pecho contra sus senos y se dispuso a besarla.

Sus labios se encontraron, sus fuegos se encendieron. La penetró con una potente embestida y el incendio empezó.

Se movió en su interior y Honoria se acopló a sus movimientos. Su cuerpo lo acarició de tantas maneras que ya no supo distinguir quién era quién. Diablo la embestía profundamente y la sentía escalar los peldaños de la pasión.

Honoria se rindió a ella, al calor primordial que ardía entre ambos, que los consumía, un fuego puro que quemaba todo fingimiento, que exaltaba la verdad y la emoción que se habían forjado en sus llamas. Honoria lo aceptó ansiosa, acogiéndolo, poseyéndolo y siendo poseída a la vez. La estrella subió deprisa; sus cuerpos pugnaron y corrieron hacia su destino.

Y el destino salió a su encuentro. Los aprisionó en su calidez, en su inagotable fuente de delicias, en sensaciones tan exquisitas que ella gritó. Se aferró a él y lo notó en su interior. Unidos, ascendieron, jadearon y, por fin, estallaron en un mundo de comunión y plenitud más allá de los sentidos humanos.

Diablo fue el primero en volver a la Tierra. Despacio, con el cuerpo exhausto y saciado, se incorporó y arregló las almohadas a su alrededor. Sus ojos recorrieron el rostro sereno y resplandeciente de Honoria. Le alisó el sedoso cabello con cariño, pasándole los dedos para extenderlo. Durante largos momentos, callado e inmóvil, estudió sus facciones. Luego bajó la mirada y la paseó por su cuerpo, por la pálida piel que resplandecía a la luz plateada.

Segundos después, tiró de las mantas y las subió hasta la barbilla de Honoria. Se tumbó boca arriba, con un brazo debajo de la cabeza y el entrecejo fruncido.

Así estaba cuando Honoria despertó. Con los ojos medio entrecerrados observó sus rasgos iluminados por la luz de la luna. Parecía pensativo. Pensativa también ella, dejó que su mirada vagase por la amplitud de su pecho sombreado por su vello negro, cada músculo claramente definido. Las mantas le llegaban a la cintura. Bajo ellas, Honoria notaba la firmeza también cubierta de vello de sus piernas.

Sonrió como una gata relamiéndose tras un festín. Tenía la piel algo sonrojada, las extremidades deliciosamente distendidas. Se sentía en paz, satisfecha, poseída. Poseída por completo y hasta el fondo. Sólo de pensarlo, la recorrió una oleada de placer.

El día quedaba atrás. La inquietante inseguridad que había sentido al acudir a su habitación, después de recorrer a hurtadillas los pasillos como una doncella caprichosa en la penumbra del amanecer, había desaparecido, erradicada por el fuego de la pasión. Honoria sonrió. Todavía notaba su resplandor dentro de sí.

Al pensarlo, volvió a mirarlo y descubrió que Diablo la estaba observando.

Su vacilación era evidente. Movió una mano para apartarle un mechón de la cara y le preguntó:

—¿Por qué no me esperaste en mi cama?

—No sabía si me querías allí. —Honoria le sostuvo la mirada.

—Te quiero... y te quiero allí —replicó él tras fruncir el entrecejo. Le rozó levemente la mejilla con un dedo pero no sonrió.

Aquellas sentidas palabras brillaron a la luz de la luna y Honoria sonrió.

—Mañana me encontrarás allí —dijo.

Diablo suspiró e hizo una mueca de disgusto.

—Lamentablemente, no. —Se tumbó de nuevo sin dejar de mirarla—. Por más que te desee en mi cama, hasta que nos casemos tendremos que limitarnos a la tuya.

—¿Por qué no podemos dormir en tu cama?

—Por una cuestión de propiedad.

—¿Propiedad? —Honoria lo miró perpleja.

—No es propio que te vean rondando por los pasillos cada mañana en bata. Los criados no lo aprobarían. En cambio, si me encuentran a mí, todos lo aceptarán sin rechistar. A fin de cuentas, es mi casa.

Honoria murmuró entre dientes. Decidió darle la espalda.

—Supongo que sabes cuál es la manera correcta de proceder.

Lo oyó moverse. Al cabo de un segundo, unas extremidades cálidas la rodearon y notó su incipiente barba en la espalda desnuda. Sus labios empezaron a juguetear con la oreja.

—Pues claro que sí. —Se apretó contra ella—. Y hablando de maneras correctas de proceder, tengo que mandar una nota a *The Gazette* para que anuncien la fecha de nuestra boda.

—¿Y cuándo será? —preguntó Honoria mirando las sombras.

—Eso tienes que decidirlo tú... Espero que sea el primero de diciembre.

Faltaba un mes. Honoria frunció el entrecejo y dijo:
—Necesitaré un vestido.

—Puedes ordenarlo a cualquier modista. Se pelearán por ese honor.

—Que lo haga Celestine. —No veía motivo para prescindir de esa modista sólo porque Diablo le hubiera dado órdenes estrictas.

—Lo demás puedes dejarlo en manos de *maman* y de mis tías.

—Lo sé. He tenido una mañana terrible. Tu madre ha querido ir a visitar a la vieja ama de llaves de La Finca, la que estaba en la mansión cuando se casaron tus padres. Toda la conversación ha girado en torno a los preparativos de la boda en Somersham.

—¿Y cómo lo sabía? —cloqueó Diablo.

—No tengo ni idea —mintió Honoria. Estaba segura de que habían sido sus repentinos e inexplicables sonrojos lo que la había traicionado—. Tendré que escribir a Michael.

—Yo le escribiré mañana. Dame tu carta y la pondré en el mismo sobre que la mía. —Observó su espalda—. Y, dicho sea de paso, esta mañana he hablado con el viejo Magnus.

—¿Con el abuelo? —Honoria se volvió y lo miró incrédula—. ¿Por qué?

—Es el patriarca de la familia.

—Pero no necesitas su permiso para casarte conmigo.

—No. —Los labios de Diablo se curvaron en una sonrisa—. Sin embargo, la relación de los Anstruther-Wetherby con los Cynster se remonta a hace mucho tiempo. Llevamos saldando cuentas los unos con los otros desde que cruzamos el canal con Guillermo el Conquistador.

—¿Y cómo se ha tomado la noticia? —Honoria estudió su rostro.

—Al final, con filosofía. —Hizo una mueca—. Ya sabía que vivías en casa, por lo que no ha sido una sorpresa completa.

Ella entrecerró los ojos, irritada, murmuró entre dientes y le dio la espalda.

La mueca de Diablo se convirtió en sonrisa. Se inclinó y la besó detrás de la oreja.

—Duérmete —le dijo—. Ya que necesitarás todas tus fuerzas.

Las palabras de Diablo contenían una estimulante promesa. Sonriendo, ella restregó la espalda contra su pecho y cerró los ojos.

Al día siguiente enviaron sus cartas a Michael. Transcurridos dos días apareció en *The Gazette* el anuncio de la boda de Honoria Prudence Anstruther-Wetherby, la hija mayor de Geoffrey Anstruther-Wetherby y de su esposa Heather, de Nottings Grange, Hampshire, con Sylvester Sebastian Cynster, duque de St. Ives. La boda se celebraría en La Finca de Somersham el 1 de diciembre.

Pese a que la nobleza estaba ocupada preparando su marcha de Londres, la noticia corrió como la pólvora. Honoria agradeció que los únicos actos sociales que le quedaban fuesen tomar el té con las amistades para despedirse antes de que se trasladaran al campo para la temporada de caza y para pasar las Navidades en sus propiedades. Los muebles y las lámparas estaban enfundados. Las grandes familias se retiraban de Londres y no regresarían hasta febrero.

Como Diablo y ella habían previsto, su madre y las otras damas Cynster se prestaron, encantadas, a organizar la boda. La duquesa madre le explicó a Honoria que era tradición familiar que la novia, aunque tomaba todas las decisiones finales, no hiciese nada. Según los preceptos, su único papel era aparecer para quedar bien y mantener a raya al futuro marido. Honoria decidió que la tradición tenía cosas buenas.

Diablo la observaba a distancia, tranquilizado al verla tan dispuesta a desempeñar el papel de esposa. Honoria ya había impresionado a sus tías, con cuyo aliento había asumido las riendas. La duquesa madre permanecía extática.

Al cabo de cinco días frenéticos, estuvieron preparados para marcharse de Londres. La única tarea pendiente de Diablo era hablar con el vizconde Bromley.

Cuando le quedaron claras las cantidades que había perdido y el calamitoso estado de sus finanzas, Bromley se encogió de hombros con filosofía y aceptó las condiciones que Diablo le impuso. Tendría que descubrir la verdad sobre «el deshonroso rumor de Lucifer», desenmascarar a los Cynster implicados y esclarecer los hechos. Se comprometió a hacerlo todo antes del 1 de febrero.

Satisfecho en todos los frentes, Diablo se quitó el brazalete negro y regresó a La Finca de Somersham con su futura esposa.

18

El salón de baile de la mansión de Somersham estaba lleno a rebosar. La luz de la tarde entraba por los grandes ventanales y arrancaba destellos de los rizos y tocados de las damiselas y sus madres junto a libertinos y licenciosos, caballeros y altivas matronas. El brillo de las joyas competía con trajes de todos los tonos y los ojos también brillantes de los asistentes. Allí estaba la flor y nata de la nobleza.

—Es la última mujer casadera de los Anstruther-Wetherby, y es riquísima. No es habitual que a Diablo le caigan perlas así en el regazo.

—Qué pareja tan atractiva... Celestine ha hecho el vestido expresamente para la ocasión.

Rodeada por tales comentarios, felicitaciones y parabienes, Honoria se paseó entre los asistentes, sonriendo y haciendo reverencias con la cabeza, al tiempo que intercambiaba las palabras apropiadas para tan señalada ocasión.

Ya era la duquesa de St. Ives. Los meses pasados meditando la decisión, las últimas semanas frenéticas habían culminado en una simple ceremonia en la capilla de la propiedad, que había estado abarrotada, con gente agolpada a la puerta. Merryweather los había declarado marido y mujer y a continuación Diablo le había dado un beso que ella recordaría toda su vida.

Había salido el sol y los asistentes formaron una larga hilera desde la capilla hasta el salón de baile.

Diablo y Honoria pasaron ante ellos y recibieron todo tipo de felicitaciones.

El banquete de bodas había comenzado a mediodía. Eran ya las tres de la tarde.

Los músicos descansaban. En el programa sólo había seis valses, pero Honoria había bailado más. El primero con Diablo, una experiencia que la había conmovido. Luego Veleta le pidió un baile, y después Harry, Gabriel y Lucifer. Cuando la música cesó por fin, la cabeza le daba vueltas.

Entre la multitud, Honoria observó a Diablo, que hablaba con Michael y con su abuelo, sentados cerca de la enorme chimenea. Se dirigió hacia ellos pero Amelia le salió al encuentro.

—Tienes que traer a Diablo para que corte la tarta. Están poniendo los caballetes en medio de la sala. La tía Helena dice que Diablo acudirá más deprisa si tú se lo dices.

—Dile que ya vamos —sonrió Honoria.

Encantada de colaborar, Amelia se alejó.

Diablo la vio acercarse. Honoria sintió su mirada cálida, que remoloneaba posesivamente en su cuerpo mientras ella respondía a los saludos de los asistentes.

Cuando llegó junto a él, lo miró brevemente a los ojos y sintió que la recorría una chispa de excitación, la chispa que encendía la llama. Hacía un mes que compartían cama y el hechizo seguía allí. Se quedaba repentinamente sin aliento, y sentía el vacío de los anhelos, la necesidad de dar y recibir. Se preguntó si ese sentimiento se desvanecería algún día.

Inclinó la cabeza para saludar al abuelo. A petición de Diablo, se habían visto brevemente antes de salir de

Londres. Concentrada como estaba en el futuro, le había resultado muy fácil perdonar el pasado.

—Bien, Alteza. —Magnus la miró, echando la cabeza atrás—. Y aquí tenemos a tu hermano, que va a presentarse a las próximas elecciones. ¿Qué te parece, eh?

Honoria miró a Michael, que explicó:

—Me lo sugirió St. Ives.

—Carlisle estaba dispuesto a presentar tu candidatura —intervino Diablo, encogiéndose de hombros—, lo cual a mí me basta. Con el apoyo combinado de los Anstruther-Wetherby y los Cynster, te asegurarás un buen grupo de votantes.

—Conseguirá el escaño —cloqueó el anciano—, como que mi nombre es Magnus.

Honoria sonrió, se puso de puntillas y besó a Michael en la mejilla.

—Felicidades —le susurró.

—Lo mismo digo. —Michael le devolvió el afectuoso beso y le dio un apretón en la mano—. Has tomado la decisión correcta.

Honoria arqueó una ceja sonriendo. Miró a Magnus.

—He venido para robaros a mi marido, mi señor. Es hora de cortar la tarta.

—¿De veras? Bien, llévatelo. —Magnus sonrió—. No quiero perderme ver cómo una Anstruther-Wetherby arrastra a un Cynster camino de algún sitio.

—Ya no soy una Anstruther-Wetherby —replicó Honoria, arqueando las cejas.

—Exactamente. —Diablo miró a Magnus con arrogancia de conquistador al tiempo que se llevaba una mano de Honoria a los labios—. Vamos querida. Tus deseos son órdenes para mí.

—¿En serio? —Honoria lo miró con escepticismo.

—En serio. —Con cortés eficiencia, sortearon a la

multitud—. En realidad —murmuró—, tengo la intención de satisfacer muchos de tus deseos antes de que acabe la noche.

—Me estás haciendo sonrojar. —Con una serena sonrisa, Honoria saludó a la duquesa de Leicester.

—Es normal que las recién casadas se sonrojen, ¿no lo sabías? —Las palabras de Diablo le acariciaron la oreja—. Además, cuando te sonrojas estás deliciosa. ¿Se extiende el rubor por todo...?

—Oh, queridos, venid. —Para alivio de Honoria, la duquesa madre apareció detrás de ellos—. Si os ponéis junto al pastel... Ya tienen el cuchillo preparado. —Los llevó al otro lado de la mesa, rodeada por la familia y los invitados.

El pastel nupcial se alzaba orgulloso, con siete pisos de tarta de frutas cubierta de mazapán y decorada con elaborados ribetes. Lo coronaba un ciervo haciendo piruetas en el escudo de los Cynster.

—¡Dios mío! —Diablo miró la figura sorprendido.

—Lo ha hecho la señora Hull —susurró Honoria—. Recuerda mencionarlo.

—¡Abran paso! ¡Abran paso!

Todos se volvieron.

Honoria vio un largo y delgado paquete sostenido por dos manos por encima de las cabezas. Los que estaban más alejados del centro rieron e hicieron comentarios jocosos. Se trataba de Lucifer y su misión era entregar el paquete a Veleta, que se encontraba ante la mesa enfrente de Diablo. Veleta aceptó el paquete, que contenía una espada en su funda.

—Vuestra arma, Su Alteza.

La multitud estalló en risas.

Con una sonrisa más que diabólica, Diablo cogió la empuñadura. El sable de caballería salió de la funda. Animado por los vítores y todo tipo de sugerencias absurdas, la blandió en alto como un pirata trasplantado al corazón de la nobleza.

Entonces sus ojos se encontraron con los de Honoria. Con un rápido paso, se situó detrás de ella.

—Pon las manos en la empuñadura —le dijo.

Honoria lo hizo y sujetó la gruesa empuñadura. Diablo le cubrió las manos con las suyas.

—Como anoche. —Un susurro suave y profundo en su oído derecho.

La noche anterior, él había celebrado con sus primos su despedida de soltero.

Honoria había visto a Webster llevar una botella de brandy a la biblioteca y se había resignado a pasar sola su última noche de soltera. Se acostó e intentó dormir pero le costó, porque se había acostumbrado demasiado a tener aquel cuerpo cálido y firme junto a ella. Ese mismo cuerpo había entrado en su habitación de madrugada y se había deslizado en su cama. Honoria despertó y no pudo evitar expresar sus deseos en voz alta.

Entonces, con torpeza, Diablo le dijo que estaba demasiado ebrio para montarla. Como espíritu malévolo que era, sugirió que fuese ella quien lo montase a él y procedió a explicarle cómo hacerlo, una lección que Honoria jamás olvidaría.

Después, cuando cayó sobre él, totalmente exhausta y ahíta, y vio que Diablo tomaba la iniciativa y la embestía y la poseía tan completamente que ella perdía la razón, descubrió que, igual que el resto del cuerpo, los Cynster también tenían la empuñadura dura.

Los recuerdos volvieron a su mente y se sintió debilitada. Volvió la cabeza despacio y se encontró con los ojos de Diablo. La noche anterior había tenido la suerte de no ver su triunfante y presuntuosa sonrisa, ya le bastaba con verla ahora. Le costó enderezar la espalda y cerrar las manos, bajo las suyas, en la empuñadura del sable sin pensar en lo que le recordaba. Respiró hondo y miró el pastel. Con ayuda de Diablo, alzó el sable.

La hoja bajó silbando.

Él la guió para asegurarse de que el sable hacía un corte definido en los siete pisos.

Todo el mundo gritó y vitoreó y se oyeron comentarios impúdicos.

Con las rodillas temblorosas, Honoria rezó para que todos pensaran que el rubor de sus mejillas lo habían provocado esos comentarios. Rezó para que nadie, a excepción del depravado con el que se había casado, notase dónde se había finalmente apoyado el remate redondeado de la empuñadura. Empujados por la multitud que se agolpaba a sus espaldas, no habían podido retroceder y la empuñadura se había deslizado entre sus ingles.

Y por una vez no pudo culpar a Diablo, que estaba inmóvil detrás de ella y cuya respiración notaba en la oreja. Estaba tan turbado como ella. Sus ojos se encontraron y Honoria se preguntó si los suyos estarían tan llenos de deseo como los de él. Diablo tomó la espada y se la tendió a Veleta. Luego inclinó la cabeza y rozó los labios de Honoria con los suyos.

—Después —le susurró.

Honoria se estremeció y sintió una oleada de placer. Sus ojos se encontraron de nuevo y ambos parpadearon, contuvieron el aliento y pusieron distancia entre sus excitados cuerpos.

Aturdida, ella fue a saludar a sus parientes Anstruther-Wetherby, tíos y tías que apenas conocía y primos que la miraban con una especie de temor reverente. Fue un alivio volver al círculo de los Cynster, a las sonrisas cálidas, abiertamente cariñosas y de apoyo inquebrantable. Se acercó a Louise, a cuyo lado se hallaba Arthur.

—Eres una duquesa exquisita —dijo Arthur, tomándole la mano. Pese al dolor grabado en su rostro se llevó la mano a los labios. Honoria vio en él al caballero despreocupado y alegre que antaño tenía que haber sido—. Sylvester es un hombre con suerte.

—Estoy segura de que nuestro sobrino conoce la valía de Honoria —intervino Louise.

—Nunca he oído que dijesen de él que es un desagradecido. —Miró más allá de Honoria—. Oh, aquí está Charles.

Honoria se volvió y saludó a Charles, que se unió a ellos.

—¡Oh, y ahí está lady Perry! —Louise puso la mano en el brazo de Arthur—. Si nos disculpas, Honoria, tenemos que hablar con lady Perry antes de que se vaya.

Con una afable sonrisa dedicada a Honoria y un frío «Charles» a su hijo, Arthur siguió a su esposa y se perdieron entre la multitud.

Charles los despidió con una reverencia y se volvió hacia Honoria.

—Estoy encantado de poder hablar con usted, señorita... —Sus facciones se endurecieron—. Su Alteza.

Ella desconfió de su sonrisa. Se habían visto varias veces pero nunca había conseguido superar aquella primera impresión. Era el único Cynster que no le gustaba, todos los demás le caían bien.

—Había esperado tener el placer de bailar con usted, señor, pero todos los bailes estaban pedidos.

Charles arqueó una ceja y le dedicó una arrogante mirada, uno de los pocos rasgos Cynster de que hacía gala.

—Me temo que olvidáis, Alteza, que todavía estoy de luto. —Se alisó el brazalete negro—. Los demás ya han olvidado a Tolly, claro, pero a mí su pérdida todavía me afecta.

Honoria se mordió la lengua y asintió con la cabeza. De todos los Cynster presentes, Charles y su padre eran los únicos que todavía llevaban brazaletes negros.

—Pero creo que las felicitaciones son de rigor —añadió él.

La peculiar manera de hablar de Charles la desconcertaba. Asintió altaneramente.

—Creo que recordáis el tema de nuestra anterior conversación y, tal como ya expresé entonces, espero sinceramente que nunca lamentéis vuestro nuevo estado.

Honoria se puso rígida. Charles no lo notó porque miraba a los invitados.

—Pero aunque eso pueda ocurrir, os deseo lo mejor —prosiguió—. Y si conocer a Sylvester desde toda la vida me hace dudar un poco de su constancia, os pido que creáis que esa circunstancia no altera en modo alguno la sinceridad de mis deseos de felicidad.

—Si le entiendo bien, no cree que esa felicidad sea posible. —Honoria observó el efecto de sus palabras.

Charles la miró a la cara. Sus ojos eran pálidos, fríos, carentes de toda expresión.

—La boda con Diablo ha sido muy mala idea.

Honoria nunca supo lo que habría contestado a aquella ultrajante afirmación porque en ese instante aparecieron Amelia y Amanda entre susurros de muselina.

—Tía Helena dice que deberías ir a la puerta. Muchos invitados ya se marchan.

—Con vuestro permiso, Alteza. —Con una reverencia a Honoria y un lacónico saludo con la cabeza a sus hermanastras, Charles giró sobre los talones y se alejó.

Amanda hizo una mueca a sus espaldas y luego se colgó del brazo de Honoria.

—Es un viejo tan pomposo. Nunca disfruta con nada.

—Es ampuloso —sentenció Amelia, colgándose del otro brazo—. ¿Dónde te parece que debes ponerte para despedir a los invitados?

El corto día de diciembre pasó en un soplo. Cuando el reloj de las escaleras dio las cinco, fuera ya era noche cerrada. En el porche, al lado de Diablo, mientras saludaban al último carruaje, Honoria suspiró para sus adentros. Al encontrarse con los ojos de él, sonrió y se volvió hacia el vestíbulo. Diablo le tomó la mano, sus dedos se entrelazaron y subieron la escalinata del pórtico. Los familiares se quedarían hasta el día siguiente y se habían retirado al salón, dejando que los recién casados hicieran los honores a los que se marchaban. Antes de entrar, él se detuvo de repente.

Honoria se detuvo por fuerza y lo miró.

Diablo le dedicó una lenta sonrisa. Levantó la mano entrelazada y le besó los nudillos.

—¿Y bien, mi querida duquesa? —Con la otra mano, le levantó la barbilla y ella se puso de puntillas como por instinto.

Diablo inclinó la cabeza y la besó, primero con suavidad y luego con más vigor. Cuando se apartó, los dos volvían a estar muy excitados.

—Todavía falta la cena. —Honoria lo miró parpadeando.

—No cuentan con que aparezcamos —dijo él, haciéndose a un lado para que entrara—. Ahora mismo nos escabullimos.

Los labios de Honoria formaron un «oh» silencioso. El vestíbulo, vacío a excepción de Webster, que se apresuró a cerrar la puerta, sugirió que su esposo, como siempre, sabía lo que se hacía. Cuando arqueó una ceja, ella asintió y, calmada y serena, subió la escalera a su lado.

Durante las semanas anteriores se habían acostado juntos muchas veces y ella ya no sentía desasosiego.

Cuando llegaron a lo alto de las escaleras, por costumbre Honoria dobló a la derecha, camino de sus habitaciones.

Diablo la detuvo. Ella se volvió sorprendida y vio que él arqueaba una ceja, sus ojos muy verdes. Sacudió la cabeza y dijo:

—Ya nunca más.

Honoria se dio cuenta y asintió. Con la cabeza alta, tranquila, le dejó que la condujese por la galería hasta el pasillo que llevaba a los aposentos ducales. En su interior los nervios aleteaban en espirales descendentes hasta tensarse en forma de nudos.

Aquello era ridículo, se dijo, e intentó superar esa sensación. Sólo había estado una vez en los aposentos de la duquesa, para decidir el color de la decoración: elegantes cremas, topacios suaves y oro viejo completando la pátina de calidez que daba el roble pulido.

Diablo abrió la puerta y la hizo pasar. Honoria parpadeó ante el resplandor que le dio la bienvenida.

En la salita había candelabros sobre el tocador, en la repisa de la chimenea, en la cómoda, en el escritorio que había junto a la pared y en una frasquera delante de una de las ventanas. La habitación se asemejaba mucho a la que había visto, con su enorme cama adoselada en el lugar de honor entre dos grandes ventanales. Los únicos objetos nuevos eran el jarrón de flores, todas amarillas y blancas, que había sobre una cómoda, sus cepillos, cuya plata relucía en la pulida mesa del vestidor, y su camisón de seda color marfil con la bata a juego dispuestos sobre la cama.

Debía de haberlo puesto allí Cassie. Honoria no había pensado en ello. Se preguntó si los candelabros también habían sido idea de Cassie y entonces notó que Diablo no parecía sorprendido. Cruzó la habitación, llevándola consigo, se detuvo ante la chimenea y la atrajo hacia sí.

Si le quedaban dudas sobre sus intenciones, todas desaparecieron con el beso, lleno de deseo apenas contenido y de un ardor que la encendió por dentro. Se abandonó en sus brazos y, como respuesta al deseo de Diablo, tomó el placer que le daba y se lo devolvió aumentado. Cuando él alzó la cabeza se sintió mareada y le temblaban las piernas.

—Ven. Nuestros hijos pueden nacer en tu cama, pero los engendraremos en la mía —le dijo.

La tomó en brazos y Honoria le pasó las manos por el cuello. Con pasos impacientes la llevó hacia una puerta de madera entornada, la abrió con el hombro y entraron en el dormitorio.

—¿Qué ha sido todo eso? Los candelabros, quiero decir —preguntó Honoria.

—Tácticas de distracción.

Honoria quiso pedirle que se lo aclarase, pero cuando vio que la llevaba en brazos hacia la cama, se le olvidó todo lo referente a los candelabros.

En Londres, el dormitorio de Diablo era espacioso, pero aquella habitación era enorme. La cama era la más grande que ella jamás hubiese visto. A ambos lados se abrían altos ventanales. Aquel dormitorio estaba en el extremo de una de las alas de la casa. Con las cortinas abiertas, el claro de luna inundaba la estancia y el verde pálido de la decoración se veía plateado.

La llevó al otro lado de la cama y la depositó en un punto del suelo donde la luna proyectaba una brillante franja de luz en las baldosas. Su vestido de novia, capa sobre capa de encaje Mechlin, resplandecía y vibraba. Los movimientos del encaje en el pecho atrajeron la mirada de Diablo. Tomó uno de sus suaves montes en la mano y lo notó firme. Sus dedos lo exploraron y encontraron la cima, que con sus caricias se volvió dura como un guijarro.

Honoria contuvo el aliento, Diablo la apoyó contra su pecho sin dejar de acariciarle el pezón suavemente. Ella se revolvió inquieta y le dio la espalda para que le desabrochase el vestido.

—Las cintas están debajo de los encajes —le dijo.

Diablo sonrió y puso manos a la obra, acariciando primero un pecho y luego el otro al tiempo que le besaba el cuello. Cuando el último lazo estuvo desanudado y el vestido, con su ayuda, se deslizó hasta el suelo, Honoria se quedó entre sus brazos, suave y flexible, arqueándose contra él. Le gustaba mucho verla así, tierna y entregada a los placeres y consciente de ello. Después se entregaría aún más pero, para entonces, ya no sabría nada a excepción de la fiebre que recorrería sus venas. Le pasó las manos por la cintura y luego le atrapó los pechos cubiertos por una fina capa de seda. A Honoria se le escapó un murmullo de placer. Cuando Diablo estrujó los fruncidos pezones entre el índice y el pulgar, ella movió las caderas sugerentemente.

—Todavía no —murmuró él—. Hoy tendrás una experiencia que nunca olvidarás.

—¿Qué? —Pronunció aquella palabra con el aliento entrecortado. Se volvió y, pasándole los brazos por el cuello, se apretó contra él—. ¿Qué quieres hacer?

—Expandir tus horizontes. —Diablo sonrió despacio.

Ella intentó aparentar altivez pero sólo consiguió que se la viera fascinada. Él retrocedió un paso y se quitó la chaqueta y el chaleco. Los dejó caer al suelo y la abrazó. Ella se entregó a sus brazos como una sirena, como la sirena que él había pasado las últimas semanas liberando de los grilletes de las convenciones. En muchos aspectos, todavía era muy inocente, pero todo lo que Diablo le enseñaba lo aprendía con un sincero entusiasmo que lo dejaba anonadado. Desde su posición, con las opiniones coloreadas por la experiencia, veía que los años que tenía por delante eran muy prometedores. Los esperaba anhelante. Pero lo que ahora esperaba anhelante era la noche que pasarían juntos.

Honoria tenía los labios abiertos y lo incitaba y seducía con la lengua. Se puso de puntillas y se apretó contra él, con el cuerpo cubierto sólo por una fina camisa. Diablo dejó que el deseo la invadiera y la atrajo hacia sí al tiempo que sus manos recorrían de nuevo sus curvas. Cuando le acarició la espalda por debajo de la camisa, su piel estaba húmeda.

Pasaron dos excitantes minutos y luego la camisa cayó al suelo, olvidada en el claro de luna.

El beso de Diablo se volvió más profundo. Honoria lo recibió y le correspondió. Dejó que sus manos resbalaran desde la nuca y vagaran por su cuerpo, deteniéndose en la amplitud de su pecho para después explorar los pliegues de su camisa y acariciarle la espalda. Sus manos se cerraron en su cintura y bajaron hasta las caderas.

Diablo cambió de posición y le aprisionó las manos entre una de las suyas. Sin interrumpir el beso, la atrajo con fuerza hacia sí para hacerle sentir su ardiente y tiesa virilidad, para que supiera cuán excitante le resultaba su vulnerabilidad. La inclinó ligeramente hacia atrás sosteniéndola con un brazo alrededor de la cintura, sin que sus bocas se separasen. Ella gimió y se retorció, no para soltarse sino para apretarse más contra Diablo.

El movimiento inquieto de sus caderas era más de lo que él podía soportar. La levantó en brazos y la depositó sobre las sábanas de seda. Honoria lo miró fijamente mientras con las manos le exploraba el cuerpo.

—Si me amas, mantén quietas las manos —le dijo Diablo, apartándose. Llevaba toda una semana fantaseando sobre lo que harían esa noche; si se dejaba llevar por el entusiasmo de Honoria, como ya había ocurrido otras veces, no tendría ninguna oportunidad de convertir su fantasía en realidad.

Honoria se estiró voluptuosamente, con los brazos por encima de la cabeza, y lo miró con anhelo.

—Lo único que quiero es tocarte —le dijo, viendo cómo se quitaba la corbata—. La noche pasada te gustó.

—Pero esta noche será distinto —repuso él.

Se quitó la camisa. Honoria sonrió, moviéndose seductora al calor de su mirada, disfrutando de la fascinación que su desnudez provocaba en él. Diablo había dicho que le gustaba verla completamente desnuda, sin una pizca de pudor. Al principio, aquella desnudez le había resultado embarazosa pero la familiaridad y la obsesión de Diablo le habían infundido confianza, por lo que ahora le parecía natural.

—¿Cómo de distinto? —preguntó ella cuando Diablo se sentó en la cama para quitarse las botas.

Él la miró, dejando que sus ojos se deslizasen por el pecho, el vientre y los muslos.

—Esta noche será un placer para mí darte placer.

Honoria lo miró con curiosidad. Podía hacerla gritar, gemir y sollozar de placer. Ella era la inexperta, él el maestro.

—¿Qué piensas hacerme?

—Ya lo verás —respondió, al tiempo que se desabrochaba los pantalones—, o mejor dicho ya lo sentirás.

La expectación de Honoria aumentó de repente y volvió a ser presa de aquella dulce tensión ya familiar. Al cabo de un segundo, él se tumbó en la cama desnudo como ella. Viril y empalmado, totalmente excitado, se sentó a horcajadas sobre Honoria e inclinó su cuerpo hacia ella.

Honoria se quedó sin aliento. Con los ojos muy abiertos, estudió los de él, que brillaban en la tenue luz. Entonces los cerró y bajó la cabeza para buscar sus labios.

Su beso explorador llegó a lo más hondo, a las profundidades en que moraba su lascivia. La atrajo hacia sí y ella se entregó. Se abrió para Diablo, moviéndose suavemente debajo de él. Murmuró su nombre y se revolvió más, pero él no hizo ningún ademán de poseerla. Con las manos entrelazadas con las de Honoria, una a cada lado de su cabeza, el beso se prolongó. Excitada, arqueó la espalda pero estaba atrapada por su cuerpo. Las piernas de Diablo inmovilizaban las suyas.

Entonces él depositó suaves besos en su cuello. Jadeante, Honoria elevó el mentón, anhelando más. Los labios se movieron sobre sus hombros y el nacimiento de sus pechos. Repitió la maniobra por la curva de su brazo hasta el codo, y de allí a la muñeca, para terminar besándole la punta de los dedos.

Honoria sintió el cosquilleo de sus labios, la abrasión de su pecho y su barbilla en la suave piel, y rió. Él arqueó una ceja pero ella se limitó a ponerle el brazo en un hombro. Diablo repitió el ejercicio en el otro brazo hasta que éste también reposó en su otro hombro. Ella entrelazó los dedos en su nuca y se arqueó, expectante. ¿Qué ocurriría a continuación?

Cuando la boca de Diablo se cerró alrededor de un pezón y lo chupó, Honoria contuvo una exclamación. La caricia continuó, caliente y húmeda, impulsando los fuegos fatuos que se encendían en sus venas. Gimió levantando desesperadamente las caderas, buscándolo, pero él se había desplazado hacia abajo y ella no podía tocar esa parte de su anatomía que la volvía loca. Intuyó que aquella noche iba a ser muy larga.

Él le había dicho más de una vez que ella se apresuraba demasiado, que se lanzaba demasiado deprisa, y que si le daba más tiempo, las sensaciones serían más intensas. Como Honoria no podía casi soportarlas tal como eran, no estaba segura de que la lentitud fuese una buena idea. Diablo estaba acostumbrado a esa lentitud pero ella no. Tampoco estaba segura de que aquel ejercicio lo afectase del mismo modo que a ella, que se sentía aturdida, con el corazón a punto de estallar.

Los labios de Diablo dejaron sus pechos y ella esperó, jadeante. Los besos se desplazaron hacia la sensible piel de su cintura.

Estaba subyugada por la novedad de las sensaciones, por el cosquilleo caliente en la piel, y él la volvió boca abajo para colocarse encima de ella. Sus labios le besaron la nuca y la espalda, de un hombro a otro, convertidos en suaves mordiscos a medida que iba bajando. Los fuegos de su pasión se habían convertido en ascuas brillantes, pero cuando él llegó a la exuberancia de sus nalgas, el deseo estalló en llamas otra vez. Honoria se retorció, jadeante. Un pesado brazo sobre la cintura le impedía moverse. Él le separó las rodillas. Honoria respiró hondo y esperó. Diablo se había tumbado a su lado, ya no estaba encima de ella. El aire frío acarició su caliente piel y Honoria deseó que él volviera a darle calor, que la penetrase.

En cambio, sintió el suave roce de su cabello y de su incipiente barba mientras le depositaba besos calientes en la parte trasera de un muslo. Rindió homenaje al punto extraordinariamente sensible de la corva, y lo repitió en la otra pierna. Honoria exhaló despacio y esperó que le permitiera ponerse boca arriba.

Al cabo de un instante contuvo una exclamación y se agarró con fuerza a la almohada. Sorprendida e incrédula, sintió pequeños y tiernos besos que subían inexorablemente por la cara interna de uno de sus muslos. Su piel vibró. Cuando los besos se aproximaron a su fuego interior, soltó un grito que la almohada ahogó.

Diablo soltó un graznido que ella sintió más que oyó. Repitió el ejercicio en el otro muslo. Honoria apretó los dientes para no gritar otra vez y su cuerpo trémulo se llenó de un deseo acuciarte. Cuando él llegó al límite de su recorrido, depositando un beso más largo en una piel que los labios de ningún hombre habían tocado, ella jadeó y gritó al tiempo que sentía su lengua en la tersa y vibrante piel sólo una vez. Sólo una vez pero bastó.

Diablo parecía opinar lo mismo. Volvió a tumbarla boca arriba, aprisionándola bajo el peso de su cuerpo al tiempo que volvía a buscarle la boca con un beso ardiente, justo como ella deseaba. Honoria le pasó los brazos alrededor del cuello y se lo devolvió en un frenesí cada vez más intenso. Ella yacía con las piernas abiertas y él se había tumbado en medio. Notaba su miembro palpitante en los muslos.

De repente, Diablo se echó hacia atrás, apoyándose en las rodillas.

Honoria, aturdida, vio cómo cogía una gruesa almohada y la colocaba debajo de sus caderas. Luego, inclinándose sobre ella, volvió a besarla en la boca. Cuando se apartó, Honoria jadeaba ansiosa, con todo su cuerpo ardiendo. Notó una mano en el pecho y luego unos labios que lo chuparon hasta hacerla gemir.

—Ahora, por favor... —Honoria quiso asirle el miembro pero Diablo se escabulló.

—Ten paciencia.

Lamió los duros pezones hasta que ella no pudo más.

Luego sus labios bajaron hasta el ombligo dejando un rastro de besos suaves. Describió círculos con la lengua alrededor de él y luego lo sondeó con embestidas que le llenaron los ojos de lágrimas de frustración. Se retorció y alzó las caderas sobre la almohada.

—Ten paciencia —susurró él junto a la sensible piel de su estómago antes de depositar allí otro beso. Y otro, y otro más, que descendían despacio. Cuando llegó a los rizos de su vello púbico, Honoria abrió los ojos.

—¿Diablo?

Las sensaciones que la recorrían no se parecían a ninguna que hubiera experimentado antes. Eran más intensas, más fuertes. Al primer beso siguieron muchos más y ella contuvo un grito al tiempo que lo agarraba por el cabello.

—¡Oh, Dios! —exclamó cuando los labios de él rozaron su sexo. La repentina descarga de sensaciones bastó para derretirle la mente—. No... —gimió, sacudiendo la cabeza.

—Ten paciencia —repitió él.

Sus labios volvieron a la cara interna de los muslos, levantándolos al tiempo que seguía descendiendo, colocando las corvas de Honoria en sus hombros.

Aturdida más allá de lo indecible, ella sintió el cálido aliento de Diablo acariciar sus vibrantes pliegues. Era incapaz de hablar, iba a morir de excitación, de un placer tan intenso que resultaba aterrador. Se agarró convulsivamente a las sábanas, inspiró con fuerza y sacudió la cabeza con vehemencia.

Diablo fingió no notarlo. Apoyó sus labios sobre los suaves pliegues, calientes e hinchados, acariciándola íntimamente. Su recompensa fue un ahogado sonido gutural. Encontró el botón palpitante, ya hinchado y erecto, y lo lamió con delicadeza, describiendo círculos con la lengua. El silencio que siguió no lo sorprendió. Oyó su respiración jadeante y sintió la tensión que la embargaba. Como siempre, Honoria se precipitaba, y él se propuso refrenarla para llevarla a un plano en que pudiera degustar su experiencia, saborearlo todo en vez de volar hacia el clímax.

Repitió las caricias una y otra vez hasta que ella se familiarizó con cada sensación. Su respiración se volvió más lenta y profunda y su cuerpo se distendió. Gimió levemente y se retorció, pero sin prisas. Honoria flotaba con todos los sentidos agudizados, plenamente receptiva a los placeres que él le enseñaba.

Sólo entonces, desplegando toda su maestría, la introdujo en lo que faltaba por llegar. Siguió acariciándola con los labios y la lengua y ella se notó ascender. Honoria subió una y otra vez hasta el cielo y una y otra vez él la trajo de nuevo a la tierra. Sólo cuando vio que ya no podía resistir más, cuando su respiración se había vuelto tan jadeante que todo su cuerpo clamaba pidiendo liberación, sólo entonces la dejó volar libremente, sintiendo las manos que apretaban su cabello y después se relajaban a medida que el éxtasis la invadía. Diablo la saboreó, degustando sus jugos y dejando que su aroma lo embriagara. Cuando la última oleada de temblores remitió, alzó la cabeza despacio.

Le abrió los muslos y se situó entre ellos. La penetró con una poderosa y lenta embestida, sintiendo su suavidad caliente y mojada, abierta para acogerlo, dispuesta a ser enteramente suya.

Estaba relajada, del todo abierta, y él se movió en su interior hundiéndose con fuerza, y sin sorprenderse de que al cabo de unos instantes ella se moviera y, con los ojos entrecerrados brillando, se uniera a la danza. La miró hasta que supo que Honoria estaba con él. Entonces cerró los ojos, echó la cabeza atrás y se perdió en ella.

La explosión que los arrancó de este mundo fue la más fuerte que él había experimentado nunca, tal como pensaba que iba a ocurrir.

Diablo despertó horas más tarde. Honoria estaba dormida a su lado, con el cabello enmarañado sobre la almohada. Se permitió una sonrisa, una sonrisa de conquistador, y bajó de la cama.

En la salita las velas aún ardían. Con el cuerpo caldeado por los recuerdos recientes, caminó de puntillas por la habitación hasta el botellero que había ante la ventana. Allí habían dejado vino y refrigerios. Se sirvió un vaso, bebió la mitad de un trago y levantó la tapa de la bandeja. Hizo una mueca y volvió a bajarla. Tenía hambre, pero no de comida.

Justo cuando pensaba en eso, oyó un sonido a sus espaldas. Se volvió y vio que Honoria salía, parpadeando de la habitación. Envuelta en uno de sus batines, con la mano protegiéndose los ojos, lo miró bizqueando.

—¿Qué haces?

Diablo levantó el vaso.

—Yo también tomaré —dijo ella, cerrándose el batín con una mano.

En el jardín de abajo todo estaba silencioso y quieto. Desde más allá, seis pares de ojos expectantes miraban la ventana de los aposentos de la duquesa, enmarcados en cortinas de gasa. Seis hombres vieron a Diablo alzar el vaso a modo de brindis. Los seis se quedaron sin aliento al ver que Honoria se unía a la celebración. La idea de lo que estaba ocurriendo en aquella estancia tan iluminada les disparó la imaginación.

Conteniendo el aliento, vieron cómo Honoria, envuelta en un batín, con el cabello como una aureola alrededor de la cabeza, tomaba el vaso de Diablo y bebía. Luego se lo devolvió y él lo apuró. Lo dejó sobre el mueble y abrazó a su esposa.

Los seis vieron que su primo y su esposa se daban un largo y apasionado beso. Cuando terminó, cinco de ellos se removieron incómodos y luego volvieron a quedarse quietos, paralizados, al ver que Honoria se quitaba el batín, dejándolo caer. Su silueta se fundió de nuevo con la de Diablo, con las manos alrededor de su cuello mientras él reanudaba el beso.

El silencio llenó los campos, ni siquiera ululaban los búhos. Diablo y Honoria, una sola sombra, se alejaron abrazados de la ventana.

—¡Dios! —La exclamación asombrada de Harry lo decía todo.

—¿No pensarás que Diablo se ha casado sólo para asegurar la sucesión? —Richard jadeaba.

—Por lo que parece, la sucesión no está en peligro. Si han llegado tan lejos en cinco horas, para San Valentín anunciarán el nacimiento del heredero y nosotros ganaremos la apuesta.

—No estoy muy seguro de que Diablo, hace cinco horas, empezase de cero —graznó Veleta.

Cuatro cabezas se volvieron hacia él.

—¡Ja, ja! —Lucifer se volvió hacia su hermano—. En ese caso, yo también apostaré. Si ha empezado con ventaja, tres meses son más que suficientes para que lo consiga.

—Cierto —dijo Gabriel mientras emprendían el regreso hacia la casa. La observación había resultado de lo más reveladora—. Dada la reputación de Diablo, es justo pensar que no tenemos que preocuparnos de aceptar apuestas en contra del día de San Valentín como límite para la concepción del heredero.

—Yo creo —intervino Richard— que no debemos permitir que nuestras damas se enteren de la apuesta. No les gustaría nada.

—¡Más cierto aún! —replicó Harry—. Las mujeres tienen una visión tergiversada de lo que es realmente importante en la vida.

Veleta los vio alejarse y luego alzó los ojos hacia las ventanas iluminadas del ala este. Al cabo de un momento se fijó en las ventanas a oscuras del gran dormitorio que había al final del ala. Inmóvil, pensó en lo que eso significaba y esbozó una sonrisa. Se volvió para marcharse pero se quedó paralizado. Sus ojos, acostumbrados a la penumbra, distinguieron la silueta de un hombre que avanzaba despacio por el campo, camino de la casa.

Pero el sobresalto de que había sido presa se disipó. Con las manos en los bolsillos, echó a andar.

—¿Qué tal, Charles? ¿Tomando un poco de aire fresco?

La robusta figura se sorprendió y volvió la cara hacia él. Luego asintió con la cabeza.

—Exacto —dijo.

Veleta estuvo a punto de preguntarle si había visto la exhibición ducal pero, dada la propensión de Charles a las disertaciones, cambió de idea. Mientras andaban juntos de regreso a la casa, le preguntó:

—¿Vas a quedarte unos días?

—No —respondió Charles—. Mañana regresaré a la ciudad. ¿Sabes cuándo tiene previsto regresar Sylvester?

—No tengo ni idea pero me sorprendería que fuera antes de Navidad. Las Navidades se celebrarán aquí, como siempre.

—¿De veras? —En la voz de Charles había sorpresa—. Así pues, Sylvester quiere desempeñar el papel de «cabeza de familia» en todos los aspectos.

—¿Y cuándo no ha querido?

—Cierto, muy cierto —asintió Charles con expresión vaga.

19

Cuando, años más tarde, Honoria volviese a pensar en sus primeros meses de matrimonio, se preguntaría qué destino benevolente había dispuesto que se casaran un primero de diciembre. Esa fecha era sumamente favorable: en diciembre y enero, con el frío y la nieve, aflojaban las relaciones sociales; la semana de Navidad, con la reunión de toda la familia, fue un interludio feliz. Aquellos tranquilos meses invernales le dieron ocasión de consolidarse, de hacerse al papel de duquesa de St. Ives, de aprender lo necesario para seguir adelante.

Tomar las riendas de la casa resultó, en sí, bastante fácil. El servicio era excelente, bien preparado y bien dispuesto; pocas dificultades encontró en ese terreno. Sin embargo, las decisiones que le correspondía tomar abarcaban campos muy diversos, desde el ganado a los parterres de flores, desde las conservas a la ropa de cama. Y no sólo para La Finca, sino también para las otras tres residencias que su esposo poseía. La organización doméstica y la logística resultaban absorbentes. En el entorno familiar, se esperaba de ella que desempeñase el papel de matriarca, una labor exigente pero satisfactoria.

Todo esto y más le tocó desarrollar durante aquellos meses de diciembre y enero pero, a lo largo de ese período, el aspecto de su vida al que dedicó su máxima atención siguió siendo su relación con Diablo.

Honoria no estaba muy segura de qué debía esperar. Había llegado al matrimonio sin una idea muy clara de lo que quería de él, más allá del hecho mismo de acceder al papel de esposa, de llegar a ser la madre de sus hijos. Y, como descubriría durante esas largas semanas de paz, esto dejaba muchos cabos por atar, muchas decisiones que tomar. Por ambos.

Una y otra vez, cuando sus voluntades se cruzaban en la vida diaria, sus miradas se encontraban y Honoria veía en la de él una expresión de contención, de cálculo y reflexión... Y sabía que en sus ojos eran visibles las mismas emociones.

También había ajustes en otros terrenos, como encontrar tiempo para estar a solas, para gozar con tranquilidad de la mutua compañía, para discutir los mil y un detalles que afectaban su convivencia. Y todo ello en el marco de quiénes eran, de lo que eran y de lo que ambos podían aceptar. Ciertos ajustes les salieron con facilidad, sin tener que hacer un esfuerzo consciente; otros requirieron un toma y daca por ambas partes.

Y si bien sus noches siguieron siendo un terreno de juego en el que ya se habían trazado las reglas, en el que ya habían tomado sus decisiones, incluso allí, al tiempo que su mutua necesidad física se mantenía con una llama firme e inquebrantable, el compromiso entre ellos se hacía más profundo, más cargado de significado.

Cuando enero quedó atrás y empezó el deshielo, los dos fueron conscientes no sólo de los cambios producidos, sino de que se había creado algo nuevo, una entidad palpable, una especie de telaraña sutil en la que ambos vivían ahora. No era algo que comentaran, no hacían la menor alusión a ello, pero Honoria lo tenía presente cada minuto del día... y sabía que él también lo sentía.

—Saldré a cabalgar.

Sentada a una mesa junto a una ventana, donde repasaba unas facturas del proveedor de velas, Honoria alzó la mirada y vio a Diablo pasar por el salón trasero.

Él la miró de arriba abajo y fijó la vista en su rostro.

—Será un paseo dificultoso y lento. ¿Te apetece acompañarme?

Durante las semanas anteriores, el hielo de los caminos y el mal tiempo generalizado habían impedido las salidas a caballo, pero aquella mañana lucía el sol y sin duda, si Diablo lo sugería, montar a caballo había dejado de ser un riesgo.

—Tendré que cambiarme —respondió y, olvidando al instante las facturas, se puso en pie.

—Llevaré los caballos a la puerta lateral.

Diez minutos más tarde emprendían el paseo. Atravesaron los campos por un camino que conducía a un altozano próximo. El regreso lo hicieron por el pueblo. En el jardín de la vicaría, como siempre, se detuvieron a charlar con Postlethwaite. Desde allí, volvieron a casa por el camino que cruzaba el bosque.

Cuando llegaron de nuevo a la cima del altozano, los dos guardaron silencio y redujeron la marcha hasta un paso lento. Pasaron junto al lugar donde había caído Tolly. Al alcanzar el sendero que conducía a la cabaña, Diablo detuvo su caballo.

Miró a Honoria y ella, deteniéndose a su lado, sostuvo su mirada escrutadora. Luego, sin pronunciar palabra, Diablo condujo a *Suleimán* por la estrecha senda.

En invierno, la cabaña y el claro tenían un aspecto muy diferente. La maleza seguía densa pero los árboles habían perdido las hojas. Una gruesa alfombra parda cubría la tierra y amortiguaba el ruido de las herraduras. La cabaña parecía más cuidada y más limpia, con la losa de la entrada recién barrida; un penacho de humo surgía de la chimenea.

—Keenan se ha instalado aquí —le informó a Honoria.

Luego desmontó, ató las riendas del caballo a un árbol y se acercó al animal de Honoria para ayudarla a apearse. Ella recordó lo inquieta que se había sentido la primera vez que sus manos le habían rodeado la cintura. Esta vez el contacto era tranquilizador, lleno de cálida familiaridad.

—¿Estará en casa?

—No lo creo. En invierno, pasa el día en el pueblo.

Diablo ató la montura al árbol y los dos se encaminaron a la cabaña.

—¿Es correcto que entremos? —preguntó Honoria.

—Sí —contestó él—. Keenan no tiene casa. Simplemente vive en las cabañas que yo le proporciono y mantiene los bosques en buen estado.

Abrió la puerta y entró. Honoria lo siguió y observó cómo cruzaba la pequeña estancia y aflojaba el paso al acercarse al jergón donde había muerto Tolly. Diablo se detuvo a los pies de la cama y contempló la sencilla manta gris con expresión pétrea.

Hacía mucho que ella no lo veía así; últimamente, Diablo apenas le ocultaba sus sentimientos. Vaciló, pero avanzó hasta colocarse a su lado. Aquél era su sitio; a veces tenía que recordárselo a sí misma. Deslizó los dedos por la palma de la mano de Diablo, que siguió floja un instante; luego se cerró con firmeza.

Honoria se apoyó en Diablo mientras él seguía contemplando el precario lecho. El gesto consiguió su propósito: Diablo la miró y le rodeó los hombros con un brazo. Dirigió otra mirada ceñuda hacia al camastro.

—Han pasado seis meses y todavía no hemos podido dar con el asesino...

Honoria apoyó la cabeza en su hombro.

—Supongo que la hermandad Cynster no es de las que aceptan fácilmente una derrota...

—¡Jamás!

—¿Entonces? —Honoria lo vio fruncir aún más el entrecejo.

Diablo le devolvió la mirada. Una mueca de preocupación ensombrecía sus ojos.

—Creo que he olvidado algo..., algo respecto a cómo murió Tolly. Lo observé entonces y debería recordarlo. —Dirigió una nueva mirada a la cama y añadió—: Espero que en algún momento me vuelva a la mente.

Ante la intensidad de sus ojos y sus palabras, Honoria supo que no cabía tranquilizarlo con palabras ligeras. Un instante después, notó que el pecho de su esposo se henchía y su brazo la ceñía brevemente, antes de soltarla.

—Vámonos a casa.

Cabalgaron despacio en la creciente penumbra. Diablo no volvió a hablar del asesino de Tolly.

Una vez en el vestíbulo, él se dirigió a la biblioteca y Honoria subió a darse un baño antes de cenar.

Atenta como estaba a los estados de ánimo de su marido, advertía de inmediato cuándo éste volvía a pensar en el asunto. Se hallaban en la biblioteca, él en un mullido sillón, ella en la *chaise* con la labor de bordado en el regazo. La chimenea iluminaba y calentaba la estancia; las cortinas estaban echadas para aislarse de la noche. Webster había servido una copa de brandy a Diablo y se había retirado; la duquesa madre había subido al piso de arriba.

Sin alzar apenas la vista, Honoria observó que Diablo bebía un largo sorbo de brandy y la miraba.

—Debo regresar a Londres.

Ella levantó la cabeza, estudió su rostro y preguntó con calma:

—¿Qué información tienes sobre la muerte de Tolly que requiera que volvamos ahora?

Sus miradas se cruzaron. Honoria mantuvo la suya con firmeza y calma, sin desafiarlo, ni siquiera cuando él entrecerró sus ojos verdes y apretó los labios. Con una mueca, Diablo se recostó en el sillón y levantó la mirada al techo. Ella dejó a un lado la labor y esperó.

Él pensó y meditó y volvió a pensar, pero sabía que su duquesa era demasiado inteligente y terca para tragarse cualquier excusa. Bajó la mirada hacia ella.

—El vizconde Bromley está trabajando para mí.

—¿Lo conozco?

—No es de la clase de caballeros que te convenga conocer.

—¡Ah!, uno de esos caballeros...

—Exactamente. El vizconde se encarga de descubrir la verdad sobre el «deshonroso rumor» de Lucifer. Espero un informe suyo la semana que viene.

—Entiendo. —Honoria frunció el entrecejo, contempló el fuego y recogió sus sedas—. No tenemos compromisos aquí. Hablaré con Webster y con la señora Hull inmediatamente. Supongo que saldremos mañana, ¿no?

Se levantó y miró de nuevo a Diablo, que sostuvo su franca mirada durante un embarazoso segundo. Suspiró e inclinó la cabeza.

—Mañana. Después del almuerzo.

Honoria asintió y se volvió; Diablo observó cómo sus labios se torcían mientras se encaminaba hacia la puerta. Cuando ésta se cerró a sus espaldas, apuró el vaso y, no por primera vez, se admiró de la suerte que había tenido.

—¿Hasta qué punto se ha excedido Bromley?

Veleta hizo la pregunta mientras se sentaba frente al escritorio de Diablo en su casa de Londres. El vizconde Bromley acababa de marcharse hacía apenas un minuto, con evidente mala cara.

Después de meter en un cajón los pagarés firmados por el vizconde, Diablo dijo una cantidad. Con los ojos como platos, Veleta soltó un silbido.

—¡Pues sí que lo has recompensado espléndidamente!

Diablo se encogió de hombros.

—Me gusta ser generoso.

Se abrió la puerta y Diablo dedujo, por su expresión preocupada, que Honoria había oído el comentario.

—Buenos días, querida mía.

Honoria parpadeó e inclinó la cabeza con gesto regio.

Él la contempló intercambiar saludos con Veleta; iba vestida para salir, con una pelliza dorada de merino, y de su mano colgaba, sujeto por las cintas, un gorro de terciopelo con volantes. En la misma mano, enfundada en un guante de cabritilla color marfil, portaba un manguito de terciopelo dorado, forrado de plumón; la cara interna del cuello de la pelliza, que llevaba levantado, estaba forrada del mismo caro material. Se había recogido el pelo en un moño alto, poniendo orden en el revoltijo enmarañado que lucía por la mañana, cuando Diablo la había dejado en la cama. El recuerdo le despertó una calidez que no permitió que aflorase a su sonrisa.

Guardó la llave del cajón del escritorio en el bolsillo del chaleco y se encaminó hacia ella con relamida satisfacción. Honoria arqueó las cejas.

—¿Te ha dado el vizconde la información que esperabas?

Diablo se detuvo y clavó sus ojos en ella. No necesitó mirar a Veleta para darse cuenta de su sorpresa.

—En realidad, no. Necesita más tiempo.

—¿Y se lo has concedido?

Tras un instante de vacilación, Diablo asintió.

—Si el vizconde se demora tanto, ¿no podrías emplear a otra persona en su lugar?

—No es tan fácil. —Diablo se anticipó a la pregunta que vio en sus ojos y añadió—: Bromley tiene ciertos atributos que lo hacen ideal para el trabajo.

Honoria pareció perpleja.

—Apenas lo he visto un instante, pero no me ha parecido un hombre capaz de inspirar mucha confianza. —Frunció el entrecejo ligeramente y estudió el rostro inexpresivo de Diablo—. Y ya que hablamos de ello, ¿no podrías olvidar a Bromley e investigar por tu cuenta? Ya hay demasiada gente involucrada; si me confías qué es lo que quieres saber, quizá yo consiga averiguar algo.

Veleta soltó una exclamación e intentó disimularla como si fuera un carraspeo.

Honoria lo miró. Diablo buscó la mirada de Veleta y arrugó el entrecejo. Al observar aquel mudo intercambio de gestos, Honoria suspiró.

—¿Qué es, exactamente, lo que investiga el vizconde?

La pregunta hizo que los dos hombres la miraran; Honoria levantó la barbilla. Diablo dirigió una mirada de inteligencia a Veleta, que sonrió cortésmente a Honoria.

—Os dejaré con vuestras preguntas —dijo.

Honoria le tendió la mano, Veleta le hizo una reverencia y, con otra mirada significativa a Diablo, se marchó.

Diablo miró a los ojos a Honoria, cuya expresión transmitía una firmeza inquebrantable.

—No es preciso que conozcas con detalle la tarea de Bromley.

Habría querido acercarse más a ella, pero la serena dignidad de su esposa lo contuvo. Honoria buscó sus ojos. Diablo no sabía qué podía ver en ellos, pero se dio cuenta de que sentía una clase de admiración que jamás había pensado que experimentaría por una mujer... y deseó fervientemente que no se le notara.

Ella levantó levemente la barbilla.

—Soy tu esposa, tu duquesa... Si algo amenaza a nuestra familia, tengo que saberlo.

Diablo captó su firmeza. Honoria continuó mirándolo con inflexible resolución.

El momento se prolongó, se cargó de un diálogo tácito. Ella desafiaba su autoridad a sabiendas y no estaba dispuesta a ceder. Sus ojos así lo decían claramente.

Diablo entrecerró los suyos.

—Eres una mujer extraordinariamente obstinada. Honoria, altiva, arqueó una ceja.

—Ya lo sabías antes de que nos casáramos.

—Por desgracia —asintió él secamente—, este rasgo de carácter venía con el resto del paquete.

Honoria ladeó la cabeza.

—Tú me aceptaste... para bien o para mal.

—Lo mismo hiciste tú —replicó él con un centelleo en los ojos.

Sus miradas se encontraron. Tras un momento de cargado silencio, Honoria arqueó una ceja muy despacio, con gesto imperioso. Diablo no disimuló su irritación al observar el gesto y, con un gruñido grave, señaló la *chaise*.

—No es un asunto adecuado para los oídos de una dama.

Honoria contuvo una expresión de triunfo y tomó asiento obedientemente; Diablo se sentó a su lado. Con palabras breves y concisas, le contó lo fundamental del rumor sobre Lucifer: que diversos contactos habían informado de que un Cynster había estado frecuentando los «palacios».

Honoria puso cara de perplejidad:

—¿Palacios?

Diablo encajó la mandíbula.

—Burdeles exclusivos.

Ella lo miró fijamente.

—No creerás que es alguien de la hermandad Cynster... —No preguntaba, afirmaba.

Diablo movió la cabeza sombríamente.

—Estoy seguro de que no es uno de los nuestros. Ninguno cruzaría jamás el umbral de un lugar semejante. —No vio la necesidad de ilustrar a Honoria con detalles de lo que sucedía en tales «palacios»; su esposa no tenía necesidad de saber nada sobre los peores excesos de la prostitución—. Pero puede que Tolly visitara uno por curiosidad y, estando allí, oyera o viese algo que lo convirtiera en una amenaza para alguien. Los clientes de estos lugares son adinerados; muchos de ellos son poderosos en el verdadero sentido de la palabra. La clase de hombres que tiene secretos que esconder y medios para silenciar a quienes los descubren.

—¿Para qué necesitas a Bromley? —Honoria estudió su rostro.

Diablo torció los labios.

—Por desgracia, la opinión de la hermandad Cynster sobre esos lugares es ampliamente conocida. Los propietarios son precavidos; a nosotros no nos dirían nada.

Al cabo de un momento, ella preguntó:

—¿De verdad crees que Tolly .. ?

Él la miró y meneó la cabeza.

—Lo cual lleva a... —Frunció el entrecejo y torció el gesto—. Pero menos aún creería que fue Tolly.

Los dos permanecieron abstraídos unos instantes; por fin, Honoria miró el reloj.

—Cielos, voy a llegar tarde.

Cogió el manguito y se levantó. Diablo la imitó.

—¿Adónde vas?

—A visitar a Louise; luego me esperan a almorzar en casa de lady Colebourne.

—Ni una palabra de esto a Louise, ni a *maman*.

La mirada que le dirigió Honoria estaba cargada de cariñosa altivez.

—Claro que no.

Se volvió hacia la puerta pero Diablo la detuvo; apoyó un dedo bajo su barbilla y le hizo volver la cabeza. La miró hasta hacerla sentirse turbada; entonces se inclinó y la besó levemente.

Más que un beso, fue un roce tentador, ligero, demasiado sutil para resultar satisfactorio pero demasiado real para pasarlo por alto.

Cuando Diablo levantó la cabeza, ella parpadeó agitadamente. Sólo contuvo el pestañeo cuando vio su sonrisa. Se controló e inclinó la suya con gesto regio.

—Te deseo un buen día, mi señor.

—Disfruta el tuyo, mi dama —respondió él con una sonrisa relajada.

Honoria pasó la tarde maldiciendo a su marido y los prolongados efectos de su beso diablesco. Incapaz de explicar los esporádicos escalofríos que la recorrían, se vio obligada a aceptar la invitación de Louise a tomar una copa de ratafía para quitarse el frío. Acomodada en la *chaise* del salón de Louise, con las gemelas sentadas a sus pies en unos escabeles, aprovechó la ocasión para comentar la idea que le rondaba la cabeza.

—Estoy pensando en organizar un baile —dijo. Consideraba necesario afianzar públicamente su condición de nueva duquesa de St. Ives y un baile parecía la solución perfecta.

—¿Un baile? —Amanda abrió los ojos como platos y se volvió hacia su madre—. ¿Nos dejarás asistir?

Al observar las caras radiantes de sus hijas, Louise intentó contener la sonrisa.

—Dependerá de si os invitan y de qué clase de baile sea.

Amanda y Amelia miraron a Honoria, que fingió no darse cuenta y continuó hablando a Louise.

—Creo que debe ser un baile improvisado, sólo para la familia y los amigos.

—Gran parte de nuestro círculo de amistades todavía no se ha instalado; mal haría la duquesa de St. Ives en ofrecer su primer baile de gala cuando más de la mitad de la alta sociedad está todavía en sus casas de campo.

—En efecto; sería un patinazo social. Una manera segura de decepcionar a las grandes damas. Mucha gente se ofendería si diera mi primer baile de gala en estos momentos... pero una reunión improvisada no debería despertar la irritación de nadie.

Louise se recostó en el asiento e hizo un gesto condescendiente.

—Como ciertos asuntos requieren que regreses a la ciudad, nadie pondrá objeciones a que organices un pequeño entretenimiento informal. Y, naturalmente, Helena no ha llegado todavía; no puedes dar tu primer baile de gala sin su presencia.

—Exactamente —asintió Honoria; la duquesa madre había ido a visitar a unas amistades y no estaba previsto que volviera hasta el inicio de la temporada propiamente dicha—. Y si es sólo para amigos...

—Y familia —añadió Louise.

—Entonces podría celebrarse muy pronto.

Amanda y Amelia la miraron con expresión reservada.

—Pero ¿nos invitarás?

Honoria parpadeó y las miró con aparente sorpresa.

—¡Cielos! ¡Os habéis recogido el pelo!

Louise rió; las gemelas hicieron muecas a Honoria y se sentaron en la *chaise*, una a cada lado de ella.

—Prometemos ser modelos de decoro.

—Las damitas más educadas que hayas visto nunca.

—Y tendremos un montón de primos con quienes bailar, así que no tendrás que andar buscándonos pareja.

Honoria estudió sus ojos brillantes y se preguntó cómo encontrarían a sus espléndidos primos cuando los vieran con sus auténticas galas, en su auténtico ambiente, en medio de un salón de baile de buen tono. Su silencio le valió un par de acongojadas miradas implorantes.

—Claro que os invitaré. —Observó sus expresiones extasiadas y añadió—: Pero ha de ser vuestra madre quien decida si podéis asistir.

Las tres se volvieron hacia Louise, que sonrió a sus hijas con ternura y firmeza.

—Me reservo la decisión hasta que haya hablado con vuestro padre pero, como vais a ser presentadas en sociedad esta temporada, me parece que un baile familiar improvisado, sobre todo en la casa de St. Ives, será un excelente inicio de año.

Las gemelas enrojecieron de júbilo.

Honoria las dejó excitadas, acosando ya a Louise con preguntas sobre sus vestidos de baile, y se dirigió a la casa de lady Colebourne en la ciudad para asistir a un almuerzo en una reunión de jóvenes esposas. Pronto dejó de lado cualquier reserva que le quedara respecto a la conveniencia del baile. Veía aparecer en demasiados ojos un destello de interés ante la noticia de que su marido se había convertido en todo un caballero casado, mucho menos peligroso, en términos de coqueteo, que el calavera incorregible que conocían.

Con una sonrisa serena, contempló la posibilidad de marcarlo a él también con su sello de propiedad. ¿Con un tatuaje, tal vez, en la frente o en otra parte relevante de su anatomía? Las aburridas damas de la alta sociedad podían buscar entretenimiento en otra parte. Diablo era suyo; Honoria tuvo que reprimir su deseo de proclamarlo públicamente.

Cuando subió a su carruaje para volver a Grosvenor Square, aquel desbocado sentido de propiedad ya se había adueñado de ella. Le sorprendió la intensidad del sentimiento, pero sabía perfectamente de dónde surgía. Dentro de la alta sociedad, había más de una manera de perder un marido.

Desde la noche de la tormenta, cuando había despertado y lo había encontrado en la habitación, no había vuelto a pensar en si lo perdía. A pesar de sus miedos, a pesar de que Sligo y el encargado de los establos habían compartido sus sospechas, no había ocurrido nada más; cada vez parecía más probable que Diablo tuviera razón, que la rotura del faetón no hubiera sido otra cosa que un accidente fortuito.

Con la mirada perdida en el panorama de la calle, Honoria sintió una determinación completamente inesperada. Se dio cuenta de lo que significaba y se sorprendió, pero no la reprimió. Muchas voces, demasiadas, le habían dicho que su destino era casarse con él.

Esto significaba que Diablo era suyo. Y estaba decidida a que siguiera siéndolo.

Diablo almorzó con sus amigos y después pasó por White's. Llevaba tres días en Londres y poco a poco, pese a la presencia de su esposa, el cómodo ritmo de vida de tiempos anteriores volvía a imponerse.

—La única diferencia —le explicó a Veleta mientras entraban en el salón de lectura— es que ya no tengo que preocuparme de buscar quién me caliente la cama.

Veleta sonrió, le dio un ligero codazo y señaló dos sillones vacíos.

Se acomodaron tras sendos periódicos. Diablo hojeó el suyo sin prestar atención. No podía pensar en otra cosa que en Honoria y su testarudez. No se explicaba cómo había acabado casándose con la única mujer, entre millones de ellas, inmune a cualquier intimidación. El destino lo había dispuesto así, se recordó; así pues, esperaba que el destino también le proporcionase el medio de manejarla sin estropear aquel vínculo sutil que crecía entre ellos.

Era un vínculo único; al menos, él nunca lo había experimentado. Era incapaz de definirlo, de describirlo siquiera; sólo sabía que era algo precioso, demasiado valioso para ponerlo en peligro. Honoria también era demasiado valiosa para ponerla en peligro, bajo ninguna circunstancia.

Detrás del periódico, arrugó el entrecejo y se preguntó qué estaría haciendo.

Ya anochecía cuando, después de despedirse de Veleta, Diablo volvió a casa caminando. Cruzó Piccadilly y tomó por Berkeley Street.

—¡Eh! ¡Sylvester!

Diablo se detuvo y esperó a que Charles llegara hasta él; luego, continuaron la marcha. Charles tenía unos aposentos en Duke Street, al otro lado de Grosvenor Square.

—Vuelves por tus lugares de costumbre, veo...

—En efecto. —Diablo sonrió.

—Me sorprende; pensaba que Leicestershire te retendría más tiempo. Me han dicho que la caza es excelente allí.

—Esta temporada no he ido a Lodge. —Manor Lodge era el pabellón de caza ducal—. Participé en la cacería de Somersham pero las piezas apenas merecieron la pena.

—¿Tía Helena está bien?

—Perfectamente. —Diablo le dedicó una mirada de soslayo y torció el gesto—. He tenido que ocuparme de otras diversiones.

—¿Oh?

—Me he casado hace poco, ¿recuerdas?

Charles levantó las cejas un instante.

—No imaginaba que el matrimonio pudiera aparejar el menor cambio en tus costumbres.

Diablo se limitó a encogerse de hombros. Rodearon Berkeley Square y tomaron por un callejón que corría entre dos casas, conectando la plaza con Hays Mews.

—Supongo que Honoria se habrá quedado en Somersham.

—Pues no. —Diablo frunció levemente el entrecejo—. Está aquí. Conmigo.

—¿Ah, sí? —Charles parpadeó y, al cabo de un momento, murmuró—: Debo presentarle mis respetos.

Diablo arrugó la nariz. Sabía perfectamente qué opinión tenían de Charles el resto de sus primos; por su parte, siempre había optado por la tolerancia. Continuaron andando hasta la esquina de Grosvenor Square y Duke Street; Diablo estaba a unos pasos de su casa.

Bruscamente, Charles se plantó ante él.

—No me gusta aludir a un asunto tan delicado, pero siento que debo comentártelo.

Diablo arqueó las cejas y recurrió firmemente a su tolerancia.

—Traer a Honoria a Londres tan pronto, exigirle que soporte tus relaciones esporádicas, cuando hace apenas unos meses de la boda, es una crueldad innecesaria. Quizá no sea muy experta en los modos de la buena sociedad, pero su inteligencia es, creo, superior. Sin duda se da cuenta de que dedicas tu interés a otras cosas. Las mujeres son sensibles a tales asuntos; si la hubieras dejado en Somersham, no la expondrías a tal vejación.

Diablo lo contempló con rostro inexpresivo; había olvidado todo asomo de tolerancia y apenas era capaz de mantener a raya su irritación. De no ser Charles de la familia, lo estaría estrangulando. Tuvo que concentrarse para borrar una mueca de furia cuando respondió:

—Te confundes, Charles. Ha sido Honoria quien ha querido acompañarme, y no he visto razón para negarme. —Su tono monocorde paralizó a Charles; su mirada habría helado el mismo infierno—. Además, me parece que partes de un error; en este momento, no tengo intención de buscar ninguna «relación esporádica». Mi esposa ocupa todo mi interés y no me interesa ninguna otra mujer. —Era la verdad, la pura verdad, expresada con más claridad de la que se había permitido nunca imaginar.

Charles parpadeó, de nuevo perplejo.

Diablo apretó los labios en una gélida mueca de humildad.

—En efecto, el matrimonio resulta mucho más gratificante de lo que pensaba. Deberías probarlo; es una experiencia fascinante que te recomiendo.

Con un gesto seco de la cabeza, Diablo se encaminó hacia su casa. Charles se quedó mirándolo con expresión de asombro.

20

La mañana siguiente, tan pronto solventó sus asuntos más urgentes, Diablo subió a la salita matinal.

Cuando entró, Honoria le sonrió cálidamente.

—Pensaba que estarías ocupado varias horas.

—Hobden regresa a La Finca. —Diablo avanzó hasta la *chaise y* se sentó en el brazo, junto a ella. Apoyó una mano en el respaldo y tomó con la otra una de las listas que Honoria tenía en el regazo—. ¿Son los invitados?

—La de los parientes. Los amigos están en esta otra.

Diablo cogió las listas y las estudió brevemente. La noche anterior habían sopesado la idea de Honoria de organizar un baile improvisado y él se había mostrado de acuerdo rápidamente, pensando que los preparativos la distraerían de Bromley y de sus andanzas.

—Podrías añadir unos cuantos nombres más.

Honoria tomó el lápiz y escribió concienzudamente la breve relación de nombres que Diablo le dictó. Cuando oyó «Chillingworth» levantó la vista, sorprendida.

—Pensaba que el conde no era de tus favoritos...

—Al contrario, es uno de mis preferidos. —Diablo le dedicó una de sus sonrisas de príncipe de las tinieblas—. ¿De quién me burlaría si no tuviera a Chillingworth?

Ella se abstuvo de responder, pero mantuvo al conde en la lista. Chillingworth sabía cuidar de sí mismo.

—Me preguntaba si estarías libre para salir a dar un paseo —dijo Diablo mientras observaba su silueta.

Honoria levantó la vista y le rozó el muslo con el brazo. Señaló las cartas y los sobres de la mesilla y respondió:

—No puedo. Si el baile es el próximo viernes tengo que enviar las invitaciones hoy mismo.

Diablo no había escrito en su vida una invitación a un baile. Iba a sugerir que estaba dispuesto a aprender, pero Honoria continuó:

—Louise traerá a las gemelas para ayudar.

—En ese caso, te dejo con tus asuntos.

Con una breve sonrisa, Diablo descruzó sus largas piernas. Al ponerse en pie rozó con los dedos la mejilla de Honoria y, con una sonrisa, se dirigió a la puerta. Honoria lo siguió con la vista hasta que él la cerró a sus espaldas. Se quedó mirando la puerta con expresión pensativa. Luego hizo una mueca y volvió a concentrarse en las listas.

A la mañana siguiente, cuando se abrió la puerta de la salita, Honoria levantó la vista con una sonrisa anhelante, pero sólo vio a Veleta.

—Diablo me ha dicho que te encontraría aquí. —Entró en la estancia con su sonrisa encantadora—. Tengo que hacerte una petición.

El brillo de sus ojos revelaba de qué se trataba. Honoria lo miró con desaprobación matriarcal.

—¿Quién? —preguntó.

—Lady Canterton. Y Harry sugiere a lady Pinney.

Honoria le sostuvo la mirada durante un embarazoso momento y tomó el lápiz.

—Mandaré las invitaciones hoy mismo.

—Gracias.

—Con una condición —añadió ella, y levantó la cabeza a tiempo de observar un brillo de cautela en sus ojos.

—¿Qué condición?

Notó un tono acerado en la voz de Veleta, pero no hizo caso.

—Harry y tú sacaréis a bailar una vez a cada una de las gemelas.

—¿Las gemelas? ¿Cuántos años tienen?

—Diecisiete. Harán su presentación en sociedad esta temporada. El del viernes será su primer baile.

Veleta se estremeció. Honoria arqueó una ceja.

—¿Y bien?

Él la miró con resignación.

—Está bien. Un baile cada uno. Se lo diré a Harry.

—Hazlo —asintió Honoria.

Sus siguientes visitantes llegaron en rápida sucesión, todos con el mismo recado. Después de Veleta apareció Gabriel; más tarde, Lucifer. El último que se presentó fue Richard.

—Ya sé —dijo Honoria al verlo, y se dispuso a retocar una vez más la lista—. Lady Grey.

—¿Lady Grey? —Richard parpadeó—. ¿Por qué lady Grey?

Esta vez fue Honoria quien pestañeó, pues había visto a Richard escabullirse del baile de Horatia con aquella belleza de cabello oscuro y piel de alabastro.

—¿No es tu ...? —Hizo un gesto vago.

—¡Oh, no! —La sonrisa de Richard le recordó la de Diablo en sus peores momentos—. Eso fue el año pasado. Quería pedir a lady Walton.

¡Pedir!, se escandalizó Honoria. Como si fuera un postre. Y sin duda lady Walton caería como tal, como fruta madura, en sus brazos. Pero era inútil censurarlo, así que añadió la joven dama a la lista.

—Y prometo sacar a bailar a Amanda y Amelia.

—Bien.

Ya en la puerta, Richard se volvió con una de sus típicas sonrisas Cynster.

—Muy buena idea, este baile tuyo. Todos buscábamos la manera de dar inicio a la temporada. No se me ocurre nada mejor que un baile improvisado.

Ella le dirigió una mirada de advertencia y Richard se marchó con una risilla.

Honoria volvió a sus preparativos e intentó no prestar atención a los pasos que oía al otro lado de la puerta, ni darle vueltas a si Diablo pasaría para enterarse de a quiénes habían seleccionado sus primos.

Diablo no se presentó.

La mañana siguiente, cuando entró en la sala de desayunos, Honoria comprobó con satisfacción que Diablo estaba allí, tomando café mientras hojeaba *The Gazette*. Ella se sentaba ahora en el otro extremo de la mesa, con la larga superficie de caoba entre los dos. Ocupó su silla y le dirigió una cálida sonrisa por encima del servicio de plata.

Diablo le devolvió el gesto, aunque la expresión resultó más visible en sus ojos que en los labios. Dobló el periódico y lo dejó a un lado.

—¿Cómo van tus preparativos?

Aunque había cenado en casa la noche anterior, Diablo había estado ocupado en sus negocios; había vuelto a la cama tarde, sin ganas de conversar. Entre sorbo de té y bocado de tostada, Honoria lo puso al corriente.

Él escuchó con atención, intercalando comentarios, y dijo para acabar:

—Estás marcando una nueva moda, ¿sabes? Ya he

oído que dos damas piensan ofrecer fiestas improvisadas en fechas próximas.

Con una sonrisa radiante, Honoria se encogió de hombros.

—Cuando St. Ives marca la pauta, los demás la siguen.

Diablo sonrió.

—He hecho traer los caballos de La Finca. Hace buen tiempo... Me pregunto si te apetecería dar un paseo.

A Honoria le dio un vuelco el corazón. Echaba tanto de menos sus paseos.

—Yo...

—Perdón, Su Alteza...

Honoria se volvió. La señora Hull dirigió una reverencia a Diablo y a ella le dijo:

—Han llegado los proveedores, señora. Los he llevado al salón.

—¡Oh! Sí. —Por la mañana llegarían también los floristas, igual que los músicos. La felicidad de Honoria se desinfló como un globo—. Enseguida estoy con ellos.

La señora Hull se retiró. Honoria miró a Diablo.

—Lo había olvidado. Esta mañana no tengo tiempo de salir a pasear.

Diablo sonrió con gesto comprensivo.

—No te preocupes.

Honoria contuvo una mueca de preocupación. La sonrisa de Diablo no había llegado a sus ojos. No encontró nada adecuado que decir y siguió mirándolo con una sonrisa de disculpa.

—Con tu permiso...

Diablo inclinó la cabeza, sin abandonar su leve sonrisa. La vio salir, dejó la taza de café y se levantó. Poco a poco, una expresión ceñuda reemplazó la sonrisa. Se dirigió al vestíbulo; a su espalda, Webster daba órdenes de que se despejara el salón. Un momento después, el mayordomo le preguntó:

—¿Mando traer su caballo, Su Alteza?

Diablo reaccionó y descubrió que su mirada seguía fija en las escaleras por las que había desaparecido Honoria. Cuando salía a pasear en solitario, lo hacía temprano, cuando no había nadie. Endureció su expresión y se volvió hacia la biblioteca.

—No. Estaré ocupado el resto de la mañana.

El día del baile de la duquesa de St. Ives amaneció despejado y radiante. En el parque, unas hebras de niebla se enredaban entre los árboles; unos trinos estridentes resonaban en la quietud.

Diablo avanzaba a caballo por el desierto sendero de tierra con el retumbar de los cascos en los oídos. Cabalgaba con abandono, deprisa pero con absoluto control; él y su montura surcaban en fluido concierto el aire frío de la mañana. Al final del sendero, tiró de las riendas del corcel bayo, le hizo dar media vuelta y regresó por donde había venido, aún más deprisa.

Cuando se acercaba a la salida del sendero, aminoró la marcha y se detuvo delante de un robledal. El caballo, de pecho ancho y constitución resistente, resopló con fuerza y bajó la cabeza. Diablo aflojó las bridas y respiró profundamente.

No había nadie a la vista, nada más que árboles y cuidado césped, y le llegó el aroma de la hierba húmeda. El corcel tembló y se puso a pacer.

Diablo hizo otra profunda inspiración y el frío le llegó hasta el cerebro y, como solía sucederle en momentos de soledad, su inquietud, la agitación que lo corroía desde hacía días, cristalizó por fin. Se aclaró.

La visión no resultó estimulante. No le gustó la idea de que se sentía irritado porque su esposa estaba tan ocupada organizando el baile que no tenía tiempo para él, pero de nada servía negar sus celos, la espera, el ansia de estar con ella. En aquel mismo momento, incluso, sentía cómo la negra emoción se revolvía en su interior. Sin embargo, no tenía ningún motivo para ello. Era propio de las duquesas organizar bailes. Honoria se comportaba exactamente como debía hacerlo una esposa; no había hecho peticiones absurdas ni exigía una atención que él no deseara darle. Ni siquiera había aceptado las atenciones que él estaba más que dispuesto a ofrecerle.

Esto era lo que lo irritaba. Profundamente.

Frunció el entrecejo y se encogió de hombros. Su actitud era irrazonable: no tenía derecho a esperar que su esposa fuera distinta, que se comportara según un código diferente, un código que él era incapaz de definir, ni siquiera en aquel momento. Pero era precisamente eso lo que él quería, lo que deseaba en lo más hondo de su insatisfacción.

De pronto evocó el momento en que, en la cabaña del leñador, Honoria se había apoyado en él. La había mirado, había visto el calor y la comprensión en sus ojos y había notado su presencia, suave y femenina.

Y entonces comprendió todo lo que había conseguido y que Tolly jamás tendría ocasión de experimentar.

Respiró profundamente y el frío vigorizante recorrió sus venas. Deseaba a Honoria, la había deseado desde el primer instante, pero su deseo no era exactamente como él había previsto. El deseo físico, posesivo y protector, la necesidad de la lealtad de ella, de su compromiso... Todo aquello lo había sentido.

¿Qué quedaba?

Quedaba algo, sin duda. Algo lo bastante fuerte,

suficientemente poderoso, para inquietarle y obsesionarle y debilitar su autodominio, intocable normalmente. Algo distinto a cuanto conocía.

Con ceño, examinó aquella conclusión y la consideró acertada. Apretó los labios y cogió las riendas. No iba a gozar de paz verdadera hasta que viera cumplido también ese deseo.

Tanto el caballo como él se habían enfriado. Diablo se inclinó y acarició el cuello esbelto del animal antes de hincarle los tacones en los ijares. El caballo se puso al paso, obediente, y pasó con fluidez a un trote corto.

La corteza de un árbol cercano resonó repentinamente. Diablo oyó el ruido, se volvió y observó un orificio humeante en el tronco, a la altura de su pecho.

No se paró a investigar; no se detuvo hasta que llegó a la reja del parque, donde otros jinetes se disponían a dar su paseo matinal.

Diablo se detuvo allí para tranquilizar al caballo. En el parque no estaban permitidas las armas de fuego. Los guardianes estaban exentos de tal prohibición, pero ¿a qué iban a disparar, a las ardillas?

El caballo se calmó. Diablo, impertérrito, emprendió el regreso a Grosvenor Square.

El baile ofrecido por la duquesa de St. Ives fue todo un éxito. La velada, que no se celebró en el gran salón de baile sino en la sala de música, rebosó de risas, danzas y de una relajada cordialidad que no solía darse en las rígidas veladas de la alta sociedad.

Por supuesto, muchos de los asistentes estaban emparentados; el resto eran viejos conocidos. El ambiente fue distendido desde el principio, cuando los duques condujeron al resto de bailarines por un vals vigoroso, capaz de dejar sin aliento. El centenar de invitados captó el mensaje y se dedicó a disfrutar de la atmósfera relajada, del champán que corría en abundancia, de la cena exquisita y de la compañía, igualmente excelente. Cinco horas después de que llegara el primero, los últimos invitados se despidieron, cansados pero sonrientes. Webster cerró la puerta principal y echó el cerrojo.

En el centro del vestíbulo, Diablo miró a Honoria, que se apoyaba en su brazo. Sus ojos todavía destellaban.

—Un éxito señalado, querida —le dijo con una sonrisa.

Ella se la devolvió y apoyó la cabeza en su brazo.

—Sí, creo que ha salido muy bien.

—En efecto.

Cubrió con su mano la que ella tenía posada en su brazo y se encaminaron a la biblioteca. Habían adquirido la costumbre de terminar allí sus veladas, tomando brandy mientras conversaban. Pero cuando llegaron al umbral comprobaron que los criados y las sirvientas estaban limpiando los cristales y los muebles. Diablo miró a Honoria.

—Esta noche quizá deberíamos terminar la velada arriba.

Ella asintió. Diablo recibió un candelabro encendido de manos de Webster y empezaron a subir por la escalera.

—Amelia y Amanda estaban agotadas.

—Por primera vez en su vida, seguramente.

Honoria sonrió con ternura.

—Han bailado todas las piezas menos los valses. Y también los habrían bailado si hubiesen podido.

Una ligera sombra de preocupación estropeó el hermoso semblante de su marido. Ella miró al frente y sonrió para sí. La presencia de las gemelas había provocado una interesante reacción en sus primos. Incluso hubo necesidad de reprender a alguno con la mirada. Honoria preveía alguna escena interesante cuando avanzara la temporada.

La reflexión le recordó otra de tales escenas interesantes en la que ella había participado.

—Por cierto, te advierto que no volveré a invitar a Chillingworth si os comportáis como esta noche.

—¿Yo? —La mirada de inocencia que le dedicó Diablo fue digna de un querubín—. No fui yo quien empezó.

Ella frunció el entrecejo.

—Los dos. Él no estuvo mejor.

—No podía tolerar que hiciera comentarios sobre mi capacidad para complacerte.

—¡No los hacía! Has sido tú quien se tomó sus palabras así.

—¡Sabía muy bien lo que decía!

—Aunque así fuera, no tenías por qué contarle que yo... —Se interrumpió. Se le encendieron las mejillas... otra vez. Captó el brillo de los ojos verdes de Diablo. Retiró la mano que él cubría con la suya y lo apartó de un empujón; él ni siquiera se tambaleó. Ella se recogió la falda y subió los últimos peldaños—. Eres incorregible. No sé por qué insististe en invitarlo, si toda vuestra conversación ha sido una retahíla de insultos velados.

—¡Precisamente por eso! —Diablo volvió a tomarla del brazo cuando cruzaban la galería—. Chillingworth es la piedra en la que afino mi ingenio; tiene un pellejo más grueso que un rinoceronte.

—¡Hum! —Honoria mantuvo la barbilla levantada.

—No le he dejado bailar el vals contigo.

—Sólo porque te he puesto difícil que hicieras otra cosa. —Honoria había utilizado el vals para separar a los dos bribones enfrentados... sin éxito, según veía.

—Honoria, si yo no quiero que bailes el vals con un caballero en particular, no bailas.

Ella lo miró con una protesta en los labios, pero vio que sería mejor limitarse a poner otra mueca de desagrado.

Cuando apartó la mirada, Diablo sonrió. Había disfrutado sin reservas de la velada; ni siquiera la aparición de las gemelas como inesperadas afroditas en ciernes logró empañar su buen humor algo achispado. Mientras enfilaban el pasillo a los aposentos ducales, rodeó a Honoria por la cintura y la atrajo hacia él.

Ella le dejó hacer, disfrutando de su proximidad. Seguía desconcertada ante la relación de Diablo con Chillingworth. Mientras bailaba con Veleta, le había pedido su opinión. «Si no estuvieran tan ocupados en rivalizar serían buenos amigos», había respondido con una sonrisa. Aquella rivalidad, por lo que ella había podido ver tan de cerca, no tenía nada de jocosa, pero tampoco era grave. Sin embargo, desde una distancia un poco mayor, cualquiera los tomaría por adversarios mortales.

—¿Charles es siempre tan callado? —Lo había visto mirarla mientras bailaba con Chillingworth, con una expresión extrañamente vaga.

—¿Charles? Ahí tienes a uno que nunca aprobaría tu innovación; la alegría desbordante no es lo suyo.

—A tus otros primos les ha encantado. Y, desde luego, se han «desbordado» un poco.

Le dirigió una mirada mordaz. Todos los miembros del clan, con la sola excepción de Diablo, habían desaparecido de la fiesta en un momento u otro, para reaparecer más tarde con sonrisas satisfechas, como gatos que hubieran encontrado el tazón de leche.

Él sonrió.

—Gabriel te envía sus felicitaciones, con la firme esperanza de que conviertas tu fiesta improvisada en un acontecimiento mensual.

Honoria abrió los ojos como platos.

—¿De veras hay tantas damas complacientes entre la nobleza?

—Te sorprenderías. —Diablo abrió la puerta y le cedió el paso.

Ella le dirigió una mirada elocuente y cruzó el umbral con gesto altanero. Pero cuando penetró un par de pasos en la estancia, iluminada por un fuego que ardía alegremente en la chimenea, sonreía. Con el candelabro en alto para iluminarse, Diablo fue hasta la cómoda, donde lo depositó al lado de una bandeja en la que había una jarra de cristal y dos copas.

Sirvió brandy en ambas y ofreció una a Honoria. Ella calentó el cristal entre sus manos, se dirigió al sillón junto al fuego y se sentó en el brazo, ancho y mullido. Levantó la copa y aspiró el aroma del licor.

Y se quedó paralizada. Parpadeó. Se volvió y vio que Diablo se llevaba su copa a los labios.

—¡No!

El grito detuvo a Diablo, pero ya tenía el cristal junto a la boca. Iba a tomar su primer trago, como de costumbre.

Honoria soltó su copa y el líquido ámbar se derramó por la alfombra. Sin habla, se lanzó sobre Diablo y de un manotazo arrancó la copa de sus labios, que se hizo añicos contra la cómoda.

—¿Qué...? —Diablo la levantó del suelo para ponerla a salvo de la lluvia de fragmentos. Pálida, Honoria se aferró a él sin apartar la vista del líquido que resbalaba por el mueble—. ¿Qué demonios sucede?

La miró, pero ella no respondió. Miró a un lado y a otro. Por fin, la sujetó por los brazos y la miró a los ojos.

—El brandy... —balbuceó ella con voz temblorosa; suspiró otra vez—. ¡Almendras amargas!

Diablo se quedó paralizado. Una sensación gélida le subió desde los pies hasta dejarlo completamente helado. Las manos le cayeron a los costados mientras Honoria se apretaba contra él, abrazándolo con tanta fuerza que casi le impedía respirar. Incluso esto, respirar, se le hizo dificultoso. Por un instante dejó de hacerlo, cuando comprendió que le había servido a Honoria una copa de veneno. Se le hizo un nudo en el estómago. Cerró los ojos, apoyó la mejilla en sus rizos y cerró los brazos en torno a ella. Aspiró su perfume y estrechó el abrazo, sintiendo su cuerpo cálido y lleno de vida.

Bruscamente, Honoria levantó la mirada y a punto estuvo de darse en la cabeza con la barbilla de Diablo.

—¡Has estado a punto de que te mataran! —Era una acusación. Con expresión rebelde, lo agarró por el chaleco e intentó zarandearlo—. ¡Ya te lo había dicho! ¡Te había advertido! Es a ti a quien intentan matar.

Diablo no podía discutir tal conclusión.

—No lo han conseguido. Gracias a ti. —Intentó atraerla de nuevo a sus brazos, pero Honoria se resistió.

—Has estado a un sorbo de la muerte, he sido testigo... —murmuró con ojos febriles y mejillas enrojecidas.

Diablo contuvo una maldición; no contra ella, sino contra su frustrado asesino.

—¡Sigo vivo! —exclamó.

—¡Has estado a punto de morir! —Los ojos de Honoria despedían destellos de fuego azul—. ¿Cómo se atreven a...?

Diablo comprendió que su esposa se hallaba en estado de shock.

—Estamos vivos los dos...

Sus palabras tranquilizadoras encontraron oídos sordos; Honoria se debatió y echó a andar.

—¡No puedo creerlo! —Levantó una mano—. ¡Esto no puede ser! —Se encaminó a la cama y Diablo fue tras ella—. No lo consentiré. ¡Lo prohíbo! ¡Eres mío y no conseguirán arrebatarte de mi lado! —Se volvió, agitada, y lo agarró por las solapas. Sus ojos brillaban a causa de las lágrimas—: ¿Me oyes bien? No voy a perderte a ti también.

—Estoy aquí, no me perderás nunca. Confía en mí.

La rodeó con sus brazos y notó que temblaba de pura tensión. Ella buscó sus ojos. Las lágrimas centelleaban en sus pestañas.

—Abrázame —le ordenó él.

Honoria relajó lentamente los puños y lo rodeó con sus brazos. Apoyó la cabeza en su hombro pero siguió tensa y decidida.

Diablo la tomó por la barbilla y le levantó la cara. Contempló sus mejillas pálidas y sus ojos bañados en lágrimas y, bajando la cabeza, la besó en los labios.

—No me perderás nunca —le susurró—. Nunca te dejaré.

Un escalofrío recorrió a Honoria. Entrecerró sus húmedas pestañas, levantó la cara y le ofreció sus labios. Diablo la besó con ardor. El beso se prolongó y despertó su mutua pasión. Él la necesitaba tanto como ella a él. El beso era una afirmación de vida frente al espectro de la muerte.

Honoria le echó los brazos al cuello para aferrarse a él y a la vida vibrante encerrada en aquel beso. Notó los brazos que la ceñían, el pecho firme contra sus senos y el latido de aquel corazón resonando en su interior como un martilleo. Se apretó más contra él. Respondió a su beso y el deseo aumentó no en un frenesí apasionado, sino como una presencia creciente. El deseo surgía de ambos como sendos ríos desbordados que confluían en un torrente impetuoso que se llevaba todo pensamiento, toda voluntad consciente; un torrente que los arrastraba no con el ansia, sino con la necesidad de dar.

Ninguno de los dos se resistió a tal pasión, ni intentó contenerla. Era una fuerza lo bastante poderosa para borrar de su mente el peligro de muerte que acababan de correr. Rindiéndose a ella, entregados el uno al otro, se desnudaron sin apenas percatarse del reguero de prendas que iban dejando en el suelo de la estancia. El contacto de sus pieles cálidas, de sus manos sensuales, de sus labios y lenguas juguetonas, azuzó sus sentidos e intensificó el desbordante crescendo.

Desnudos y excitados, cayeron en la cama enredados el uno en el otro; cuando se separaron un momento, fue sólo para volver a entregarse a un nuevo abrazo íntimo. Los envolvió el suave murmullo del ronco ronroneo de Diablo y los jadeos sofocados de ella. El tiempo se detuvo; con los ojos abiertos y los sentidos agudizados, los dos se descubrieron mutuamente otra vez. Diablo repasó cada curva, cada centímetro de la piel de marfil de Honoria, cada punto de su trémulo ser, cada una de sus zonas erógenas. No menos arrobada, ella redescubrió el cuerpo firme de Diablo, su fuerza, su fina percepción, su infalible pericia. Su dedicación a complacerla... que sólo igualaba la suya.

El tiempo quedó en suspenso mientras se exploraban mutuamente, inundándose de placer, y sus murmullos dieron paso a suaves grititos y gemidos medio contenidos. Sólo cuando no les quedó más que dar, Diablo se tendió boca arriba y puso a Honoria sobre él. Encaramada a horcajadas, ella se arqueó y se abrió para él. Se hundió lentamente, saboreando cada segundo, hasta que lo tuvo completamente dentro.

El tiempo se quebró. Durante un cristalino momento pendió sobre ellos, trémulo, impregnado de sensaciones. Mirándose fijamente, permanecieron abrazados e inmóviles; por fin, ella cerró los párpados. Con el corazón desbocado, escuchó y sintió las palpitaciones de Diablo en lo más profundo de su ser y experimentó la fuerza que la había invadido, aceptando en silencio el poder que la había enredado en sus hilos. Diablo había cerrado los ojos, sacudido por la ternura que así lo aceptaba, que ya lo retenía con tal fuerza que nunca más podría desasirse.

Entonces, sus cuerpos se movieron en perfecta comunión y sus espíritus volaron más allá de la voluntad o el pensamiento. No se apresuraron; los dos eran expertos en saborear a fondo cada paso del largo camino que llevaba a las puertas del paraíso. Juntos, las cruzaron a la vez.

—Bajo ninguna circunstancia debe dejarse a solas a Su Alteza.

Diablo acompañó la orden con una penetrante mirada dirigida por igual a los tres sirvientes alineados delante de él en la biblioteca.

Los tres —Webster, tieso como un palo y con una expresión más impasible que nunca; la señora Hull, rígida también y con una mueca de preocupación, y Sligo, con la cara aún más pesarosa que antes— lo miraron sin entender.

A regañadientes, Diablo añadió:

—Excepto en nuestros aposentos.

Era allí donde Honoria se encontraba en aquel momento y donde, si había que guiarse por la experiencia, seguiría varias horas más. Dormía profundamente cuando él la había dejado, después de que ambos hubiesen saciado plenamente sus sentidos. Esa vez el amor le había dejado a Diablo una sensación de vulnerabilidad como no había experimentado nunca. Pero ella estaba a salvo en sus aposentos, custodiada por el corpulento criado apostado a su puerta.

—Cuando me ausente de la casa, Webster, no permitirás la entrada a nadie, excepto a mis tías y a Veleta. Si llega algún visitante, Su Alteza está indispuesta. No vamos a recibir a nadie en el futuro inmediato, hasta que este asunto quede resuelto.

—Así se hará, Señoría.

—Tú y la señora Hull os aseguraréis de que nadie tenga oportunidad de manipular la comida o las demás provisiones. Y, por cierto —clavó la mirada en el mayordomo—, ¿has comprobado el resto del brandy?

—Sí, Su Alteza. El resto de la botella no estaba contaminado. —Webster se puso más tieso incluso—. Puedo asegurar a Su Alteza que no llené el frasco con licor envenenado.

Diablo mantuvo la mirada fija en el criado.

—Estoy seguro de ello. Supongo que no habremos contratado a nadie nuevo últimamente, ¿verdad?

Webster se relajó un poco.

—No, Su Alteza. Como de costumbre, trajimos a unos ayudantes más de nuestros conocidos de Somersham, gente que ya está familiarizada con los usos de esta casa. No había extraños entre el personal, milord. —Webster fijó la mirada en un punto por encima de la cabeza de Diablo y continuó—: En resumidas cuentas, ningún miembro del servicio estuvo ausente de su deber el tiempo suficiente para poder acceder a los aposentos ducales y volver sin que se notase. Creo que debemos sospechar, más bien, que el veneno lo introdujo algún invitado que conocía la ubicación de las habitaciones de Su Alteza.

—En efecto. —A Diablo ya se le había ocurrido pensarlo. Eso y mucho más. Dirigió la mirada a Sligo—. Tú acompañarás a Su Alteza allá donde vaya. Si decide dar un paseo en público, te colocas a su lado, no detrás de ella. Debes protegerla con tu propia vida —insistió, mirándolo fijamente.

Sligo asintió; le debía varias veces la vida a Diablo y no vio nada extraño en su petición.

—Me aseguraré de que nadie se acerque a ella. Pero... —frunció el entrecejo—, si yo estoy con la duquesa, ¿quién irá con vos?

—Me he enfrentado a la muerte muchas veces, descuida.

—Si puedo sugeriros, Su Alteza... —intervino Webster—. Un lacayo, por lo menos...

—No. —El monosílabo cortó cualquier protesta. Diablo miró a sus sirvientes con severidad—. Soy más que capaz de protegerme. —Su tono los desafiaba a contradecirle; naturalmente, ninguno lo hizo. Con un gesto de la cabeza, los despachó.

Mientras salían por la puerta, Diablo se puso en pie. La señora Hull se rezagó un momento y se volvió para mirar a Diablo con gesto de preocupación. Él arqueó una ceja, resignado.

—Ya sabes que no eres realmente invencible...

Diablo torció los labios en una mueca irónica.

—Lo sé, Hully, lo sé. Pero, por el amor de Dios, no se lo digas a Su Alteza.

Un poco más tranquila al ver que aceptaba su trato familiar y la llamaba por el nombre que usaba cuando era niño, la señora Hull se sorbió la nariz.

—¡Como si tuviera intención de hacerlo! Tú ocúpate de descubrir quién ha podido tener tan malos sentimientos como para poner veneno en el brandy. Deja en nuestras manos el cuidado de Su Alteza.

Diablo la vio marcharse y se preguntó si alguno de los tres tenía idea de cuánto estaba confiándoles. Les había dicho la verdad: había plantado cara a la muerte en muchas ocasiones. Lo que no era capaz de afrontar era la perspectiva de que muriese Honoria.

—Deposito mi confianza en vosotros para prevenir que le suceda ningún daño a Su Alteza... —Sin dejar de pasearse por delante de las ventanas de la sala matinal, Honoria pasó revista a los tres sirvientes alineados—. Supongo que ya os ha hablado del incidente de anoche, ¿no?

Webster, la señora Hull y Sligo asintieron; el mayordomo actuó de portavoz:

—Su Alteza nos ha dado instrucciones para que no se repita el incidente, señora.

—De eso estoy segura.

Diablo había dejado la casa antes de que ella despertara, momento que él se había ocupado de retrasar. La había tenido despierta hasta la madrugada. Nunca lo había visto tan insaciable. Cuando la había despertado al amanecer, Honoria se había aplicado con entusiasmo a complacer su deseo voraz mientras pensaba, con la escasa lucidez que era capaz de conservar en esos instantes, que la razón de que se mostrara tan ávido de vida era la toma de conciencia, largo tiempo aplazada, de su condición de mortal.

Había previsto hablar con él sobre el desconcertante incidente del veneno mientras desayunaban y, al final, se había perdido el desayuno.

—No tengo intención de contradecir ninguna de las

órdenes de Su Alteza. Debe cumplirse lo que haya establecido. Sin embargo... —Hizo una pausa y estudió los tres rostros—. ¿Me equivoco si supongo que no ha dado órdenes para su propia protección?

—Se lo sugerimos, señora —respondió Webster con una mueca—; por desgracia, su alteza vetó la idea.

—En redondo —corroboró Sligo. Su tono dejaba claro lo que pensaba de tal decisión.

La señora Hull apretó los labios hasta convertirlos en una línea.

—Siempre ha sido extraordinariamente terco.

—Muy cierto. —Por el modo en que los tres la miraban, Honoria se dio cuenta de que sólo tenía que dar la orden. Sin embargo, la situación era algo delicada; en conciencia, no podía contradecir a su marido. Miró a Webster—. ¿Cuál fue la sugerencia que Su Alteza rechazó?

—Le sugerí que llevara un lacayo como protección, señora.

Honoria arqueó las cejas.

—Tenemos otros hombres a nuestro servicio; por qué no ellos, alguien que no fuese un lacayo.

Webster pestañeó una sola vez.

—Ciertamente, señora. Desde camareros a pinches de cocina.

—Y también están los mozos de cuadra —añadió Sligo.

Honoria asintió y los miró a los ojos, uno a uno.

—Muy bien. Para mi tranquilidad, aseguraos de estar siempre en situación de decirme dónde se encuentra Su Alteza en todo momento, cuando se halle ausente de la casa. Sin embargo, no debe hacerse nada contrario a sus deseos expresos. Confío en que ha quedado claro.

—Así es, señora. —Webster hizo una reverencia—.

Estoy seguro de que Su Alteza esperará de nosotros que hagamos todo lo posible para aliviaros de cualquier zozobra.

—Precisamente. ¿Tenéis, pues, idea de dónde está ahora?

Webster y la señora Hull negaron con la cabeza. Sligo miró el techo, se balanceó ligeramente adelante y atrás y dijo:

—Creo que el capitán está con el señor Veleta. —Bajó la cabeza y miró a Honoria—. En su alojamiento de Jermyn Street, señora.

Cuando Honoria, como los otros dos, lo miró inquisitiva, Sligo abrió los ojos como platos.

—Un chico de los establos ha tenido que salir hacia allí con un mensaje, señora —explicó.

—Entiendo. —Por primera vez desde que oliera a almendras amargas, Honoria sintió una pizca de alivio. Tenía aliados—. ¿Crees que ese mozo andará todavía con el recado cuando Su Alteza se despida de su primo?

—Es muy probable, señora —asintió Sligo.

Honoria asintió también, resuelta y enérgica.

—Tenéis vuestras órdenes, tanto de Su Alteza como mías. Estoy segura de que las cumpliréis con diligencia.

Sligo asintió con la cabeza.

La señora Hull hizo una reverencia.

Webster se inclinó, ceremonioso.

—Su Alteza puede confiar en nosotros.

21

Veleta miró a Diablo con expresión de horror.

—¿Cuántos atentados contra tu vida has sufrido, pues?

Diablo arqueó las cejas y respondió:

—Si Honoria acierta en sus suposiciones, tres. Todavía no hay nada que haga suponer que alguien manipuló el faetón, pero, a la vista de los otros dos episodios, me inclino a pensar que tal vez tenga razón.

Estaban en el salón de la casa de Veleta. Sentado a la mesa, Diablo bebió un largo trago de su jarra de cerveza.

Plantado ante los ventanales, Veleta seguía mirándolo.

—El faetón, el veneno... ¿cuál ha sido el tercero?

—Alguien disparó contra mí en el parque, ayer por la mañana.

—¿Saliste temprano?

Diablo asintió. A Veleta se le nubló la vista. Diablo esperó. Después de los dramáticos acontecimientos de la noche anterior, sentía una calma absoluta. Entre los encuentros amorosos con su esposa, había pasado la noche pensando. Estar al borde de la muerte lo había hecho centrarse en lo importante; estar a punto de perder a Honoria había borrado cualquier disimulo, había desenmascarado como apariencias todas las razones lógicas que había utilizado para justificar su matrimonio con ella. Lo que sentía por su esposa no tenía nada que ver con la lógica.

Se volvió bruscamente, miró a Veleta y luego sacudió la cabeza para sí, con ánimo burlón. Cada vez que sus pensamientos llegaban a ese punto, a esa emoción que no era capaz de definir, los ahuyentaba o se apartaba de ellos. Aquella emoción sin nombre lo dejaba con tal sensación de vulnerabilidad que le resultaba casi imposible no perder la compostura y reconocer incluso su existencia. Esa sensación abría una brecha en sus defensas y su respuesta instintiva era reconstruir a toda prisa sus murallas.

Sin embargo, pronto tendría que afrontar esa sensación. La inseguridad que sentía era como un peso en el estómago. La incertidumbre lo estaba volviendo loco.

Honoria lo cuidaba y se preocupaba por él; la noche anterior se lo había demostrado. Lo cuidaba de esa manera en que a veces lo hacían las mujeres, en un plano muy distinto del sexual. En otro plano. ¿Cuál? Necesitaba saberlo desesperadamente.

Descubrir sin preguntar, sin revelar el intenso interés en la respuesta, era un reto al que tenía intención de dedicar toda su atención tan pronto resolviera aquellos intentos de asesinato que habían estado a punto incluso de matar a su esposa.

Veleta le lanzó una mirada de preocupación.

—Esto es muy serio. —Veleta empezó a pasearse por la habitación—. ¿Por qué sólo en Londres? ¿En La Finca no ha habido acontecimientos sospechosos?

—Londres, sí. —Diablo sacudió la cabeza—. Londres es más seguro para un asesino, hay más gente. Cambridgeshire está en medio del campo y tengo muchos trabajadores en los cultivos.

—Eso no nos ha ayudado a desenmascarar al asesino de Tolly.

Diablo bajó la mirada y removió la cerveza de la jarra.

—Para sabotear el faetón tuvieron que entrar en el establo sin llamar la atención, saber qué carruaje ibas a usar y cómo hacer que pareciera un accidente, lo cual presupone cierto conocimiento de tus costumbres. Quien te disparó en el parque conocía tus hábitos de salir a montar tan temprano. Y quienquiera que pusiese el veneno en la botella —Veleta lo miró con expresión sombría— tenía que saber dónde estaban los aposentos ducales y conocer tu manera peculiar de beber.

—Sí —asintió Diablo—. Si no lo hubiesen sabido, habrían sido más prudentes con la dosis. Ahí había veneno suficiente para tumbar a un buey y por eso Honoria lo notó enseguida.

—Así pues —dijo Veleta—, quienquiera que sea sabe todo lo que hemos mencionado, pero... —Se interrumpió y miró a Diablo.

—No sabe que Honoria comparte conmigo copa y cama —replicó Diablo con una media sonrisa.

—No lo sabía ni yo —replicó Veleta, también sonriendo—, por lo que no nos ayuda a estrechar el cerco. —Hizo una pausa y luego preguntó—: Así que a Tolly lo mataron porque venía a advertirte de algo, ¿no?

—Eso explicaría también lo que dijo en la cabaña —asintió Diablo despacio.

—¿Y qué harás? —preguntó Veleta tras un silencio.

—¿Hacer? —Arqueó las cejas—. Pues precisamente lo que ya tenía previsto hacer, pero ahora lo haré con los ojos muy abiertos.

—Y conmigo para que te cubra la espalda.

—Si insistes —sonrió Diablo.

Era una broma recurrente entre ambos y Veleta se sintió aliviado de cierta tensión. Se sentó delante de su primo.

—¿Y que ocurre con Bromley? ¿Tiene ya algún triunfo en la mano?

—Todavía no, pero cree que le ha llegado la carta ganadora. Ayer apareció con la oferta de un encuentro, la madame en cuestión quería ciertas garantías. Le dije lo que podía ofrecerle y se marchó a negociar dónde y cuándo será ese encuentro.

—¿Dónde?

—En el mismo «palacio».

—¿Irás? —preguntó Veleta con ceño.

—Comprendo por qué la dama quiere que se haga de esa manera. —Se encogió de hombros.

—Puede ser una trampa.

—Poco probable. Esa mujer tiene más que perder poniéndose en mi contra que poniéndose de mi parte. Y Bromley ama demasiado su vida de lujos y nunca alentaría una traición.

—Todo esto no me gusta nada. —Veleta se mostraba poco convencido.

Diablo apuró la cerveza, sacudió la cabeza y dijo:

—No, pero no voy a dejar que nada me pase por alto. Todavía tengo que recordar un detalle que he olvidado sobre el asesinato de Tolly.

—¿Y estás seguro de que es algo de vital importancia?

—Sí, claro. —Se puso en pie con expresión sombría—. Algo tan vital que no lo vi de inmediato. Luego, con la muerte de Tolly, se me borró de la mente.

—Volverá —sonrió Veleta.

—Pero ¿volverá a tiempo?

Se oyeron unos pasos firmes que se aproximaban a la sala matutina. Honoria se retiró de la ventana y se sentó en la *chaise*. Había pasado el día analizando metódicamente todos los intentos de asesinato sufridos por Diablo. Y había llegado a la única conclusión lógica. Mientras que su impulso más inmediato fue comentar sus ideas con Diablo, tras pensarlo un poco más, creyó que éste tal vez no aceptaría fácilmente esa conclusión. Tras sopesar el asunto un buen rato, mandó llamar a la persona en la que Honoria sabía que su marido confiaba por completo.

Se oyeron unos golpecitos en la puerta.

—Adelante —dijo ella.

La puerta se abrió y entró Veleta. La miró a los ojos, cerró la puerta y avanzó con un porte que recordaba al de Diablo.

—¿Cómo estás?

—Aturdida.

—¿En qué puedo ayudarte? —le preguntó arqueando una ceja tras sentarse ante ella—. En tu nota decías que era urgente.

—He estado pensando en todo lo ocurrido —respondió Honoria estudiando su rostro con los labios apretados—. Tiene que haber una razón que explique por qué alguien quiere matar a Diablo.

—Sigue —asintió él sin dejar de mirarla a la cara.

—Que yo sepa, sólo hay una razón apremiante que relacione a Diablo con una persona que supiese lo suficiente para sabotear el faetón y poner veneno en el brandy. Y esa razón es la herencia que, dicho de paso, es más que considerable. Eso explicaría también que los ataques no empezasen hasta que quedó claro que íbamos a casarnos.

—Ya. —En el rostro de Veleta se hizo la luz—. Yo había estado centrado en Tolly y no había mirado el asunto desde esa perspectiva.

—¿Y estás de acuerdo? ¿Estás de acuerdo en que puede ser Richard?

—¿Richard? —Veleta la miró pasmado.

—Es el heredero de Diablo —respondió ella con el entrecejo fruncido.

—Ah. —Veleta estudió su rostro—. Honoria, tu lógica es impecable pero, por desgracia, Diablo no te ha contado todos los detalles para llegar a la solución correcta. —Dudó unos instantes y sacudió la cabeza—. Lo siento, pero no es oportuno que yo dé explicaciones. Tendrás que preguntárselo a él.

—¿Preguntarle qué?

—Preguntarle quién es su heredero. —Los ojos de Veleta se endurecieron.

—¿No es Richard?

Veleta se puso rápidamente en pie y con los labios apretados dijo:

—Tengo que irme, pero prométeme que contarás tus conclusiones a Diablo.

—Puedes estar seguro de ello. —Los ojos de Honoria brillaron.

—Bien. —Él le sostuvo la mirada—. Si va a facilitarte las cosas, apostaría a que Diablo ha llegado a tu misma conclusión.

—¿Crees que lo sabe? —Honoria le tendió la mano.

—Lo sabe pero, como hace siempre en estos casos, no dice absolutamente nada hasta estar muy seguro, hasta tener pruebas. —Veleta le soltó la mano—. Con tu permiso, tengo que investigar algo; cuanto antes le demos a tu marido la prueba que necesita, antes nos libraremos de ese asesino.

Ella asintió y le dio permiso para que se marchara. No quería que las investigaciones se retrasaran por su culpa. Pasó mucho rato sentada en el mismo lugar, mirando las paredes revestidas de madera, incapaz de comprender nada de lo que estaba ocurriendo.

Los Cynster, una ley por y para sí mismos. Con un gruñido de disgusto, se puso en pie y fue a cambiarse a sus aposentos.

Aquella noche, Su Alteza el duque de St. Ives cenó en casa. Honoria esperó hasta que se retiraron y luego se quitó el vestido, se puso el camisón y se dirigió, anhelante como una doncella, a la cámara ducal. Dejó caer la bata, se quitó las sandalias y se acurrucó bajo las mantas.

Desde el otro lado del dormitorio, Diablo observó con interés su actuación, un interés que ella pasó por alto, al tiempo que se desataba la corbata. Apoyada en los almohadones, lo traspasó con la mirada y dijo:

—He estado pensando.

A Diablo se le paralizaron las manos un momento; luego se quitó la pieza blanca del cuello. Se desabrochó el chaleco y se acercó a la cama:

—¿En qué?

—En quién puede querer matarte.

—¿Y has llegado a alguna conclusión? —preguntó al tiempo que se sentaba en la cama para quitarse las botas.

—Sí, pero Veleta me ha dicho que mi conclusión es errónea.

—¿Veleta?

—Yo, como es natural, creía que tu heredero era Richard.

—Oh. —Dejó caer la segunda bota. Se puso en pie, sin camisa ni pantalones, y se metió bajo las mantas. Honoria se acercó a él, que la acomodó a su lado—. Supongo que tendría que haberte hablado de eso.

Honoria parpadeó en la oscuridad. Estaba casi segura de que Diablo sonreía.

—Supongo que sí. ¿Qué es lo que no sé?

—¿Sabes el apodo de Richard? —Diablo se recostó en las almohadas.

—¿Escándalo?

—Del mismo modo que el mío es una abreviación de «ese diablo Cynster», el de Richard lo es de «el escándalo que no llegó a ser».

—¿Qué quires decir?

—Richard es mi hermano pero no es hijo de mi madre.

—Oh —se sorprendió Honoria. Frunció el entrecejo—. Pero os parecéis muchísimo...

—Nos parecemos a mi padre, ya has visto su retrato. Sólo nuestra tez y, en mi caso, los ojos, vienen de nuestras madres respectivas. Richard también tiene el cabello negro.

Aquello era un verdadero escándalo: Richard era más joven que Diablo. Sin embargo, Honoria no había detectado el menor asomo de desaprobación de la nobleza hacia Richard Cynster.

—No lo entiendo —dijo.

Diablo sonrió.

—La verdad sobre el nacimiento de Richard ha sido un secreto a voces desde hace tres décadas, son noticias muy viejas. *Maman*, por supuesto, es la clave.

—Cuéntame —Honoria le pasó las manos por el pecho y lo miró a los ojos.

—Cuando tenía tres años —dijo tras abrazarla por la cintura—, mi padre fue en misión diplomática a las Highlands de Escocia. Se había producido un estallido de deslealtad y los asesores de la corte querían amenazar con una guerra sin enviar tropas. Se creyó que lo más adecuado y parecido era enviar a un Cynster. *Maman* decidió no acompañarlo. Cuando yo nací, le dijeron que ya no podría tener más hijos por lo que, para mi pesar, era excesivamente protectora conmigo. Así que mi padre marchó solo hacia el norte. El terrateniente al que iba a ver era... —Hizo una pausa en busca de la palabra adecuada.

—¿Intimidante? —sugirió Honoria.

—Exacto. Ese terrateniente, que era pelirrojo, se había casado hacía poco, una boda de conveniencia, con una belleza de las tierras bajas.

—Debía de ser una belleza —murmuró Honoria.

—Los Cynster tenemos buen gusto, ¿sabes?

—¿Y qué pasó? —preguntó ella, clavándole un dedo en el pecho.

—Por extraño que parezca, no estamos del todo seguros. Sabemos que la misión de mi padre fue un éxito; volvió a casa a las cuatro semanas. Richard apareció doce meses después.

—¿Doce meses?

—Su madre murió pocos meses después de su nacimiento. No sabemos si confesó o si el terrateniente supo, por la coloración de la tez, que no era hijo suyo, pero no había ninguna duda de que Richard era hijo de mi padre ya que era idéntico a mí a la misma edad. En cualquier caso, el destino de Richard quedó sellado cuando Webster lo encontró en la puerta de casa. Lo habían traído en carro, envuelto como un hatillo. Y lo dejaron allí sin ningún mensaje. Webster lo entró y Richard empezó a soltar berridos.

»El sonido era horrendo, lo recuerdo porque yo nunca lo había oído. *Maman* me estaba desenredando el cabello en el cuarto de los niños y lo oímos desde ahí arriba. Dejó caer el cepillo y bajó corriendo, más deprisa que yo. Cuando llegué al último tramo de escalera vi que ella ya estaba junto a Webster y a mi padre que intentaban hacer callar a Richard. *Maman* lo tomó en sus brazos, lo arrulló y Richard dejó de llorar. Se le iluminó la sonrisa, ya sabes cómo sonríe.

Honoria asintió con la barbilla apoyada en su pecho.

—Enseguida advertí que Richard era un regalo del cielo. *Maman* se quedó tan prendada de él que se olvidó de mi ingobernable cabello. Desde ese momento, Richard tuvo todo mi apoyo. Mi padre se acercó, pienso que pretendiendo dar alguna explicación y, visto en retrospectiva, lamento no haberla oído, aunque seguro que no la habría entendido. Pero mamá se apresuró a decirle lo inmensamente listo que había sido proporcionándole la única cosa que ella no podía tener y que de veras quería: otro hijo. Mi padre calló, por supuesto. Y desde entonces *maman* pasó por alto cualquier objeción. Hacía cinco años que era la duquesa de mi padre y tenía un importante poder social. Declaró que Richard era hijo suyo y, ni entonces ni ahora, nadie se atrevió a contradecirla.

Honoria notó una sonrisa en su voz.

—Y está muy claro que criar a Richard hizo feliz a *maman*. El asunto no perjudicó a nadie, mi padre lo reconoció e incluyó una cláusula especial para él en su testamento. —Diablo respiró hondo—. Y ésa es la historia del escándalo que no llegó a ser.

Honoria no se movió y Diablo le acarició el cabello.

—Así que ahora ya sabes que Richard no es mi heredero. —Con la mano en su nuca, añadió—: No es él quien intenta matarme.

Ella escuchó los firmes latidos de su corazón. Se alegraba de que no fuera Richard, le caía bien y sabía que Diablo le tenía mucho aprecio. Sin levantar la cabeza, murmuró:

—Tu madre es una mujer fascinante.

—Sí, fascinó a mi padre —dijo Diablo poniéndose encima de ella. Se apoyó en los codos y le apartó el cabello de la cara. Honoria sintió sus ojos en el rostro y él la besó brevemente—. Igual que mi duquesa me fascina a mí.

Aquéllas fueron las últimas palabras lógicas que pronunció esa noche.

Necesitaba tener una conversación larga y seria con su esposo. Cubierta con una bata casi transparente ribeteada con plumas, Honoria se paseó por la cámara ducal y esperó a que apareciera.

Se habían encontrado en el desayuno y la cena pero no había podido interrogarle debido a la presencia de los criados. En esos momentos había ido a reunirse con el vizconde Bromley en el White's. Eso era todo lo que sabía, todo lo que él le había dicho. Lo que no le había dicho era lo que pensaba ni de quién sospechaba.

Como Richard era hijo ilegítimo, no podía heredar, sobre todo habiendo tantos varones legítimos en la familia. Después de enterarse de dónde le venía el apodo Escándalo, no había necesitado preguntar quién era el heredero de Diablo. Durante las semanas anteriores a su boda, había interrogado a Horatia sobre el padre de Diablo y, de pasada, Horatia había mencionado que George, su marido, el padre de Veleta, era un año más joven que el padre de Diablo, lo cual significaba que, como Richard era ilegítimo, George era el heredero de Diablo y Veleta el segundo en la línea sucesoria.

Ni en sus razonamientos más descabellados podía imaginar que George fuera quien quisiera matar a Diablo. Éste lo trataba como a un padre adoptivo, un cariño que George le correspondía. Y la devoción de Veleta por Diablo estaba fuera de toda duda. Así pues, el asesino no era el heredero de Diablo pero, tan pronto como había llamado la atención de Veleta sobre ese punto, éste había visto una luz.

Con un gruñido de frustración, Honoria apartó a un lado las plumas del dobladillo.

«Entonces, ¿descartar al heredero lo aclara todo?», se preguntó. Pero ¿cómo?

Diablo lo sabía. Veleta estaba seguro de que el duque había seguido el mismo razonamiento y había encontrado una respuesta. Al parecer, si el culpable no era el heredero, algún proceso de eliminación desenmascararía al verdadero asesino...

Honoria miró el reloj e intentó no pensar en por qué caminaba de un lado a otro de la habitación con muchas ganas de ver de nuevo a su esposo. Alguien intentaba matarlo. La casa era un reducto seguro, allí estaba a salvo, pero ¿y fuera?

Deseaba tenerlo allí y sentirse segura en sus brazos.

Se estremeció. Se rodeó el cuerpo con los brazos y, frunciendo el entrecejo, volvió a mirar el reloj. Con los labios apretados, se dirigió a la puerta. La abrió, escuchó y, tal como el reloj de la repisa de la chimenea había anunciado, el de la escalera empezó a dar la hora. En la casa resonaron doce graves campanadas. Era medianoche y Diablo todavía no había regresado.

Estaba cerrando la puerta cuando la aldaba de la puerta principal sonó con unos golpes secos y premonitorios. Honoria frunció el entrecejo. ¿Quién podía estar llamando a medianoche? Diablo tenía llave...

Palideció como la cera. Su corazón se saltó un latido y luego se aceleró. Ya había recorrido medio pasillo antes de darse cuenta de que se había movido. Se recogió la bata y corrió.

Cruzó la galería como una exhalación y llegó a las escaleras. jadeante, se agarró a la ancha barandilla y miró hacia abajo. Webster había abierto la puerta y en el umbral había una silueta sombría. La silueta entró y la luz del vestíbulo iluminó los rizos morenos de Veleta.

—¿Dónde está Diablo? —preguntó al tiempo que tendía el bastón a Webster.

El mayordomo cerró la puerta y dijo:

—Su Alteza no ha regresado todavía, señor.

—¿No?

Aunque estaba en lo alto de la escalera, Honoria captó sorpresa en la voz de Veleta.

—Creo que ha ido al White's, señor.

—Sí, lo sé. —Veleta parecía desconcertado—. Me fui antes que él, tenía que visitar a un amigo, pero sus intenciones eran marcharse inmediatamente después que yo. Pensaba que a estas horas ya habría llegado.

Honoria vio que los dos hombres se miraban y, con el corazón latiéndole con fuerza, el espectro negro que había mantenido a raya todo el día de repente se arremolinó. Se asomó por la barandilla y preguntó:

—¿Veleta?

Él alzó la vista y parpadeó, sorprendido, pero al punto se quedó inexpresivo. Webster también miró hacia arriba pero volvió a bajar los ojos enseguida.

—¡Ve a buscarlo, por favor! —rogó Honoria, y sus palabras rezumaban miedo.

—No te preocupes. Seguramente se ha encontrado con algunos amigos y se ha retrasado —replicó Veleta con ceño.

Honoria sacudió la cabeza con vehemencia. En su interior despertaba un pánico conocido.

—No —dijo—. Ha ocurrido algo, lo sé. —Se agarró a la barandilla con fuerza y los nudillos se le pusieron blancos—. ¡Por favor, ve a buscarlo!

Veleta cogió el bastón antes de que sus palabras se apagaran. La emoción de su ruego era apremiante. Contagiado de su preocupación, se volvió hacia la puerta.

Webster reaccionó con la misma rapidez y la abrió. Veleta bajó la escalinata deprisa. Con pasos cada vez más apresurados, emprendió el camino habitual que Diablo seguía para volver a casa desde su club favorito. A diez metros de la escalinata, Veleta recordó el callejón que discurría entre Berkeley Street y Hays Mews. Soltó una maldición y echó a correr.

En la casa, Honoria se agarró a la barandilla e intentó controlar el pánico.

Tras cerrar la puerta, Webster la miró brevemente.

—Con su permiso, Su Alteza, voy a notificárselo a Sligo.

—Sí, por favor, hazlo —asintió Honoria. Recordó que le había pedido que vigilara a Diablo. Se aferró a ese hilo de esperanza. El protector y vigilante Sligo se habría asegurado de que su «capitán» estuviese bien escudado.

Abajo, la puerta del servicio se abrió con violencia y Sligo cruzó el vestíbulo como una exhalación, abrió la puerta principal y bajó los escalones de dos en dos. Cuando desapareció, Honoria sintió que le arrancaban de la mano ese último hilo de esperanza y se encontró mirando de nuevo el pozo negro de sus miedos.

—¡Ah! —Diablo no desperdició aliento gritando demasiado fuerte. El callejón era largo y estrecho y en las altas paredes de ladrillo no había ventanas. Movió la delgada hoja de su bastón de estoque describiendo un arco y, mientras sus tres atacantes retrocedían, se agachó para arrastrar el cuerpo desplomado en los adoquines de la calle.

Se incorporó de inmediato, esgrimiendo el estoque con la punta de acero manchada de sangre. Con la otra mano sostenía la vaina vacía, una vara rígida con que parar los golpes de otras armas. Los señaló con la vaina, blandiéndola en su dirección.

—Bien, caballeros, ¿quién será el primero?

Con mirada de desafío, observó los rostros de los hombres que alguien había enviado para matarlo. Habían esperado hasta que enfiló el callejón, caminando despreocupado, pensando en otras cosas. Dos lo habían seguido; el otro había aparecido por el otro extremo de la calleja. Los tres eran corpulentos y musculosos y por sus ropas parecían marineros. Todos empuñaban espadas, no de hoja fina como la que los mantenía a distancia, sino sables largos, rectos y de un solo filo.

Diablo pensó las posibles vías de escape; no había ninguna. Hasta entonces la suerte, en forma de dos grandes toneles en aquel callejón habitualmente vacío y de un hombre que al parecer había ido a buscarlos, le había salvado la vida. Con un grito, el hombre se había abalanzado sobre sus atacantes, alertándolos así de su presencia. Esa intervención había sido más heroica que sabia. Después de forcejear con uno de los marineros, otro lo había golpeado con la empuñadura de la espada.

Ahora, sin embargo, estaba de espaldas a la pared, con el estoque en una mano y la vaina en la otra. Los toneles reducían el espacio que tenía que defender.

—Adelante —les dijo—. Venid, valientes. No temáis a la muerte.

Se miraron unos a otros, sin saber quién sería el primero. Era la única esperanza de Diablo, mantenerlos indecisos. Con el rabillo del ojo, controló la entrada y la salida del callejón, iluminadas por las luces de la calle y la plaza adyacentes. Si pasaba alguien, vería su sombra en el callejón. Así pues, tendría que mantener controlados a sus atacantes hasta que eso ocurriera y pudiese pedir ayuda. Por desgracia, era medianoche pasada en una zona de residencias elegantes y la temporada de fiestas aún no había comenzado.

Unos pies se movieron en los adoquines. El marinero más corpulento, que parecía el cabecilla, intentó el ataque con su espada. Diablo paró el golpe con la vaina mientras su estoque silbaba en el aire camino del brazo del hombre, que, con una maldición, saltó hacia atrás y reconsideró sus posibilidades.

Diablo rezó para que no las reconsiderase demasiado. Uno a uno podía vencerlos o retenerlos todo el tiempo que quisiera. Eran más corpulentos pero él era más alto, sus movimientos eran más ágiles y su alcance mayor. Pero si lo atacaban todos a la vez estaría perdido. En realidad no comprendía por qué no lo habían hecho todavía. Su chaqueta negra, su corbata blanca como la nieve y los puños de la camisa también blancos lo identificaban claramente. Los tres intercambiaron otra mirada de cautela y entonces Diablo lo comprendió todo.

—El infierno no es un lugar tan desagradable, os lo aseguro —dijo con una sonrisa diabólica—. Hace un calor terrible, por supuesto, y el dolor es eterno, pero sin duda os buscarán un buen sitio.

Los marineros intercambiaron otra mirada y el cabecilla se burló de él:

—Tal vez te parezcas a Satanás pero no lo eres. Tú sólo eres un hombre, te corre la sangre por las venas. No somos nosotros los que moriremos esta noche. —Miró a sus compinches—. Venga, terminemos con esto de una vez. —Levantó su espada.

Diablo paró la acometida de los dos que lo atacaron. El tercero estaba detrás de los toneles y era probable que no interviniera. Cuando una espada chocó contra el acero templado de su estoque, saltaron chispas. Paró el otro golpe con la vaina y lanzó una estocada que perforó carne.

Se apartó y paró el segundo golpe del cabecilla. La espada, lanzada con fuerza, rozó la madera pulida de la vaina y le dio en la mano. No fue un corte profundo pero enseguida notó la sangre pegajosa entre los dedos. Diablo controló el dolor de la herida y lanzó una estocada contra el cabecilla, que saltó hacia atrás cuando la afilada punta le pinchó el pecho.

Diablo soltó una maldición. El tercer marinero se acercó, dispuesto a participar en la lid. Los tres se reagruparon y se prepararon para el asalto final.

—¡Aguanta!

Una figura alta obstaculizó la entrada de luz desde Hays Mews. Unos pasos presurosos resonaron y una silueta se precipitó hacia ellos.

Diablo aprovechó el desconcierto de sus atacantes y alcanzó al cabecilla, que gritó y se tambaleó agarrándose el brazo derecho. Sus compinches miraron alrededor y soltaron las armas, al tiempo que los tres huían por piernas.

Diablo salió en su persecución pero tropezó con el cuerpo de su salvador, que todavía yacía a un lado.

—¿Quiénes eran? —preguntó Veleta, deteniéndose junto a él con su espada desenvainada.

Ambos primos vieron que las tres sombras de los agresores desaparecían en Berkeley Square.

—No nos hemos presentado —respondió Diablo, encogiéndose de hombros.

—Pues te has cargado a uno. —Veleta se agachó y volvió al hombre boca arriba.

—No es uno de ellos. —Diablo miró a su agonizante salvador—. Intentó ayudarme, pero a cambio de su valor se llevó un buen golpe en la cabeza. Por extraño que parezca, creo que es uno de mis mozos de cuadras.

En ese momento Sligo llegó resoplando y miró a

Diablo de arriba abajo. Luego se apoyó contra la pared y dijo:

—¿Estáis bien?

Diablo arqueó las cejas y envainó el estoque en el bastón. Tras cambiarse de mano aquel artilugio de aspecto inocente, se examinó la izquierda.

—Sólo tengo un corte y no parece serio.

—Gracias a Dios. —Apoyado contra la pared, Sligo cerró los ojos—. La señora nunca me lo habría perdonado.

Diablo los miró con ceño.

Veleta se había agachado para examinar las espadas que los marinos habían abandonado. Las recogió y se puso en pie.

—No son las habituales navajas callejeras.

—Muy extraño, sí —dijo Diablo, tomando una de ellas—. Son como las espadas que antes usaba la caballería. —Al cabo de un instante, añadió—: Probablemente sabían que yo llevaba un bastón de estoque y que lo utilizaría.

—También sabían que tenían que ser tres para vencerte.

—Si no hubiese sido por él —señaló al hombre que yacía en la calle—, lo habrían conseguido. —Se volvió hacia Sligo—. ¿Sabes qué estaba haciendo aquí?

—Seguramente tenía la tarde libre y regresaba a casa. Os vio a vos, sois fácilmente reconocible, y a los demás y...

—Llévalo a casa y asegúrate de que reciba todos los cuidados que necesite —gruñó Diablo—. Mañana iré a verlo. Una lealtad tan oportuna merece una recompensa.

Sligo tomó nota mentalmente de explicarle al otro mozo de cuadras que el herido se había tomado la noche libre y se lo cargó al hombro. Acostumbrado a esos pesos, echó a caminar por el callejón con paso firme.

Diablo y Veleta lo siguieron y cuando salían del angosto pasaje, Diablo miró a su primo y le preguntó:

—Hablando de acontecimientos oportunos, ¿qué os ha traído aquí?

—Tu esposa —respondió Veleta, sosteniéndole la mirada.

—Tenía que haberlo sabido. —Diablo arqueó las cejas.

—Estaba frenética. —Veleta lo miró—. Muy preocupada por ti. —Diablo sonrió y su primo se encogió de hombros—. Tal vez saque conclusiones apresuradas, pero muchas veces han resultado ciertas. Decidí no discutir con ella. El callejón era el lugar apropiado para que te tendieran una emboscada.

—Muy apropiado —asintió Diablo.

Veleta miró al frente. Sligo caminaba vadeando Grosvenor Square y Veleta redujo el paso.

—¿Te ha preguntado Honoria por tu heredero?

—Sí —respondió Diablo mirándolo de soslayo.

—¿Cuánto hace que lo sabes? —preguntó su primo, devolviéndole la mirada.

—Todavía no lo sé, sólo lo sospecho. No puedo decir cuándo lo supe exactamente. De repente vi esa posibilidad.

—¿Y ahora?

—Ahora quiero averiguar todo lo que pueda de esa madame. —Diablo tensó la mandíbula—. Atar ese cabo suelto, si es que resulta ser un cabo suelto. Bromley ya me ha confirmado el lugar y la hora del encuentro. Después... —Torció el gesto—. Tenemos unas pistas muy valiosas, tal vez tengamos que desenmascararlo.

—¿Tenderle una trampa?

Diablo asintió.

—¿Contigo como cebo? —La expresión de Veleta se endureció.

—Conmigo y con Honoria Prudence. —Habían llegado a la escalinata de la casa de St. Ives y Diablo miró hacia la puerta.

Veleta se había quedado asombrado, pero cuando reaccionó, Diablo ya subía los peldaños. Cuando Sligo llegó ante la puerta con su carga, Webster la abrió de par en par y pidió refuerzos. Luego ayudó a Sligo.

Honoria caminaba de un lado a otro de la galería retorciéndose las manos de impaciencia cuando oyó ruido. Entre susurros de seda y plumas, corrió hacia la barandilla pero lo que vieron sus ojos no la tranquilizó, precisamente.

Webster y Sligo cargaban un cuerpo.

Honoria palideció. Su corazón dejó de latir unos instantes y tenía tal opresión en el pecho que no podía respirar. Entonces advirtió que el cuerpo no era el de Diablo y se sintió invadida por un alivio que la dejó aturdida. Al cabo de un momento, su esposo cruzó el umbral, tan elegante como siempre. Veleta lo seguía, con tres espadas y un bastón en la mano.

Diablo llevaba su bastón con empuñadura de plata. Estaba manchado de sangre y el dorso de su mano izquierda también.

Honoria se olvidó de todo y entre frufrú de seda y plumas que se desprendían de la bata, bajó corriendo la escalera.

Sligo y dos criados atendían al mozo inconsciente y Webster cerraba la puerta. Veleta la vio y agarró a Diablo por el codo.

Éste alzó la mirada y consiguió contener una exclamación. La bata de su esposa no era transparente pero dejaba muy poco a la imaginación. La suave seda se pegaba a sus redondeados contornos y a sus largas extremidades. Diablo encajó la mandíbula, se tragó una maldición y lanzó el bastón a Webster antes de que Honoria se echara en sus brazos.

—¿Estás herido? ¿Qué ha ocurrido? —Frenética, pasó las manos por su pecho en busca de heridas. Luego retrocedió un paso y lo examinó.

—Estoy bien. —La tomó en brazos y empezó a subir la escalera utilizando su cuerpo para ocultarla de las miradas del vestíbulo.

—¡Pero si estás sangrando! —Honoria se revolvió e intentó seguir examinado las heridas.

—Sólo es un rasguño. Cuando lleguemos a la habitación podrás curármelo —dijo Diablo, haciendo hincapié en las últimas palabras. Cuando llegó a lo alto de las escaleras, miró a su primo y le dijo—: Nos veremos mañana.

—De acuerdo. —Veleta le devolvió la mirada.

—¿La herida está en el brazo o en la mano? —Honoria se debatía en sus brazos para seguir examinándolo.

—En la mano. —Diablo contuvo una maldición—. Estáte quieta. —La abrazó con más fuerza y se dirigieron al dormitorio—. Si vas a esperarme despierta y salir a recibirme frenética, tendrás que ponerte una bata más adecuada.

Aquel sucinto comentario no impresionó a Honoria en absoluto.

Resignado, Diablo la dejó en el suelo y se rindió a lo inevitable. Obediente, se quitó la camisa, se sentó en el borde de la cama y dejó que ella le curase el corte. Respondió a todas sus preguntas con la verdad. Al fin y al cabo, al día siguiente lo sabría de labios de su doncella.

La señora Hull apareció con vendas y un frasco de bálsamo y ayudó a Honoria a curarlo. Entre las dos, le pusieron el doble de vendas de lo que él creía necesario pero no dijo nada y se sometió dócilmente a sus manos. Antes de salir, la señora Hull le dirigió una suspicaz mirada.

—¡Espadas! —prosiguió Honoria con voz irritada y mirada asustada—. ¿Qué clase de rufianes atacan a los caballeros con espadas? Eso tendría que estar prohibido.

Diablo se puso en pie, la tomó de la mano y la llevó al otro lado de la habitación. Se detuvo ante el botellero, sirvió dos vasos de brandy, los cogió los dos con la misma mano y tiró de Honoria, cuya letanía de exclamaciones se iba agotando gradualmente. Cuando llegaron al sillón que había ante el fuego, se dejó caer en él, sentó a Honoria en su regazo y le tendió un vaso.

Ella lo tomó y se estremeció.

—Bebe. —Diablo le guió el vaso hasta los labios.

Sujetando el vaso en las dos manos, Honoria bebió un sorbo y luego otro. Después se estremeció, cerró los ojos y se apoyó contra él.

—Aún estoy aquí —dijo Diablo, atrayéndola hacia sí con el brazo. La besó en la sien—. Ya te dije que no te abandonaría.

Ella se acurrucó más y respiró hondo, apoyando la cabeza en su hombro.

Diablo esperó a que se bebiera el brandy y luego la llevó a la cama. Le quitó la prenda casi transparente de seda y la metió entre las sábanas. Al cabo de un instante, él también se acostó y la tomó entre sus brazos para demostrarle de la manera más convincente posible que estaba entero, vivito y coleando.

A la mañana siguiente Honoria durmió hasta tarde, pero cuando despertó distaba mucho de encontrarse descansada. Después de tomar té y tostadas en una bandeja en su cuarto, se dirigió a la sala matutina. Sentía inquietud y tenía la cabeza pesada. Se sentó en la *chaise* y cogió su labor de bordado. Al cabo de un cuarto de hora aún no había dado ni una puntada.

Suspiró y dejó la tela a un lado. Se sentía tan frágil como la delicada tracería que tendría que estar bordando. Tenía los nervios absolutamente tensos. Estaba segura de que se estaba fraguando una tormenta que enturbiaría su horizonte, y que tal vez le arrebataría a Diablo.

Su marido significaba mucho para ella. Era el centro de su vida; no podía imaginar lo que sería vivir sin él, por más arrogante y tirano que fuese. Se compenetraban de maravilla, pero alguien estaba dispuesto a estropearlo.

Aquella idea le hizo fruncir el entrecejo. Podía pensar que el asesino era una nube negra, encumbrada en el cielo, y sin embargo el asesino era sólo un hombre.

Aquella mañana había despertado temprano y había encontrado a Diablo sentado en la cama, acariciándole el cabello.

—Descansa —le había dicho—. No es necesario que te levantes. —La miró a la cara y luego la besó—. Recupérate. Si te encuentro pálida y preocupada, no me gustará. —Con una sonrisa, se puso en pie.

—¿Estarás por aquí?

—Volveré para la cena.

Lo cual estaba muy bien, pero para la cena faltaban muchas horas.

Honoria miró hacia la puerta. Estaba a punto de ocurrir algo, lo notaba en su cuerpo. Un estremecimiento le recorrió la espalda. Tembló pero eso no la libró de aquellos inquietantes pensamientos. No sabía qué podía hacer, qué acción emprender, para evitar la inminente fatalidad. Se sentía impotente, indefensa.

Un golpe en la puerta interrumpió su lúgubre ensoñación. Entró Sligo portando una bandeja.

—La señora Hull ha pensado que tal vez os gustaría tomar su té especial. —Dejó la bandeja en la mesa y sirvió una taza.

La reacción instantánea de Honoria fue rechazarlo. Tenía el estómago tan revuelto como su estado mental, pero el relajante aroma que le llegó con el humo la hizo cambiar de opinión.

—Es manzanilla —dijo Sligo, tendiéndole la taza.

Honoria bebió un sorbo. Entonces se acordó del mozo de cuadras.

—¿Cómo está Carter?

—Mejor. Tiene un bulto del tamaño de un huevo, pero esta mañana el capitán se lo ha agradecido de manera especial. Carter dice que ya casi no le duele.

—Bien. Y dale también las gracias de mi parte. —Honoria bebió—. ¿Sabe Carter de dónde venían los hombres que atacaron a Su Alteza?

—No. Dice que parecían marineros. —Sligo jugueteó con el tapete de la bandeja.

—Sligo —Honoria lo traspasó con la mirada—, ¿Carter no oyó nada?

—Los dos a los que siguió habían acordado encontrarse más tarde en El Ancla.

—¿El Ancla?

—Una taberna del muelle.

Un demonio la incitaba a actuar pero se contuvo.

—¿Ha sido Su Alteza informado de lo que Carter oyó?

—No. Hace sólo una hora que Carter recobró plenamente el sentido.

—Comunica enseguida a Su Alteza lo que Carter ha dicho. —Honoria decidió obrar con prudencia.

Sligo se mordió el labio y apoyó el peso de su cuerpo en la otra pierna.

Honoria lo observó con incredulidad.

—Sligo, ¿dónde está Su Alteza?

—El capitán tiene que haber descubierto nuestros planes de protegerlo. Esta mañana, cuando los chicos se disponían a seguirlo, desapareció. Más hábil imposible.

—¿Hábil? —Honoria se irguió en el asiento—. Eso no tiene nada de hábil.

Allí estaban, con una posible pista importante que seguir y su esposo había desaparecido, se había escabullido de sus vigilantes ojos. Tendió la taza a Sligo, felicitándose para sus adentros por no haber vomitado. No iba a perder los nervios ni a ponerse histérica porque alguien quisiera matar a su marido en el centro de Londres y a plena luz del día. Sin embargo, lo que sí quería era que se detuviese lo antes posible al presunto asesino.

Miró a Sligo con los ojos entrecerrados y le preguntó:

—¿Sabes dónde almuerza habitualmente Su Alteza?

—En uno de sus clubes. En el White's, el Waitier's o el Boodles.

—Envía hombres a esperarlo en los tres. Cuando llegue Su Alteza, que le digan inmediatamente que quiero hablar con él lo antes posible.

—Muy bien.

22

Hacia las dos, Honoria empezó a pasearse, nerviosa, de un lado a otro de la sala. A las cuatro mandó llamar a Sligo.

—¿Has localizado a Su Alteza?

—Aún no. Tengo hombres en el White's, el Waitier's y el Boodles. En el momento en que aparezca todos lo sabremos.

—¿Y Carter reconocería a esos rufianes?

—Dice que sí, que si los viera podría reconocerlos.

—¿Cuánto tiempo se quedan los barcos en el puerto?

—Dos o tres días.

—Que traigan ahora mismo el carruaje, el que no lleva distintivos —dijo Honoria tras respirar hondo.

—¿Señoría? —Sligo parpadeó asombrado.

—Supongo que Carter está lo bastante repuesto para ayudarnos.

—¿Ayudarnos?

—A identificar a los hombres que atacaron a Su Alteza, si es que están en El Ancla.

—¿El Ancla? —La sorpresa de Sligo se convirtió en horror—. Usted no puede ir a El Ancla.

—¿Por qué no?

—Porque... porque no puede. Es una taberna del puerto, un lugar en el que no se sentiría cómoda.

—En estos momentos, mi comodidad es lo de menos.

—El capitán no lo aprobaría.

—Sligo, tu capitán no está aquí. —Honoria lo traspasó con una mirada tan maléfica como las de su esposo—. Ha escapado de nuestra vigilancia y sólo Dios sabe dónde está. Si actuamos enseguida, podremos recabar información para identificar al asesino. Si esperamos hasta que tu capitán se digne a volver, nuestra oportunidad se habrá hecho a la mar con la marea de la noche. En ausencia de Su Alteza, nosotros, tú y yo, acompañaremos a Carter a esa taberna. Espero haberme explicado con claridad.

Sligo abrió la boca y volvió a cerrarla.

—Que preparen el carruaje —dijo—. Voy a cambiarme.

Al cabo de diez minutos, Honoria cruzó la galería vestida con un traje de paseo marrón oscuro. La señora Hull la esperaba en las escaleras.

—Perdone, señora, pero he sabido que tiene la intención de ir a esa taberna del puerto. Es un lugar terriblemente inapropiado. ¿No cree que tal vez sería mejor esperar a que Su Alteza volviera...?

—Señora Hull, no espere de mí que permita que el hombre que quiere matar a mi esposo continúe acechándolo por falta de coraje por mi parte. Le aseguro que sobreviviré.

—Yo haría lo mismo que usted, señora, pero a Su Alteza no le gustará —dijo la señora Hull.

Honoria empezó a bajar la escalera. Webster, que esperaba en el descansillo, echó a andar a su lado.

—Me gustaría sugerirle, Señoría, que me permita ir en su lugar. Si descubrimos a los desvergonzados que atacaron a Su Alteza, Sligo y yo podemos persuadirlos de que vengan aquí y hablen con Su Alteza.

—¡Eso! —La señora Hull, que seguía a Honoria, asintió—. Es otra manera de solucionarlo.

Al llegar al último escalón, Honoria hizo una pausa. Sligo esperaba al pie de la escalera.

—Webster, ni tú ni Sligo podéis ofrecer ningún incentivo a esos hombres. Eso fracasaría. Pero si los encontramos en El Ancla, yo les ofreceré una cuantiosa recompensa a cambio de que me digan el nombre del hombre que los contrató. De mí no temerán nada porque soy una mujer y sopesarán mi propuesta. Cuando la acepten, me pondré en contacto con el banco Child. El señor Child me ayudará en las negociaciones. —Hizo una pausa y miró sus caras de preocupación—. Si bien es improbable que Su Alteza apruebe que me involucre en el caso, yo no apruebo que haya alguien que quiera matarlo. Prefiero afrontar el disgusto de mi esposo que arriesgarme a perderlo. —Bajó el último peldaño y añadió—: Deposito mi confianza en vosotros porque sé la preocupación que sentís. Sin embargo, estoy decidida a llevar adelante mi plan.

Tras dudar una fracción de segundo, Webster la siguió.

—Por supuesto, Señoría, pero tenga cuidado.

Honoria asintió con altivez, cruzó la puerta y bajó la escalera. Sligo tuvo que correr a abrirle la puerta del carruaje porque en ese momento no quedaba ni un criado ni un mozo de cuadras en la casa de St. Ives.

La dificultad del plan de Honoria se hizo evidente tan pronto llegaron a El Ancla, situado en una calleja estrecha y miserable de la zona portuaria. Una niebla sulfurosa, densa y espesa envolvía los bajos aleros de la taberna. Por la puerta abierta salía un retumbo de voces masculinas y algún grito femenino ocasional.

Sligo y Carter habían viajado en el pescante. Al apearse, Sligo miró alrededor y luego abrió la puerta del carruaje.

Honoria arqueó una ceja, con el rostro iluminado por una de las lámparas del vehículo.

—Hay un problema —dijo Sligo.

—¿Un problema? —Honoria contempló la taberna al otro lado de la calle—. ¿Qué problema?

—Esta zona no es segura. —Sligo miró en derredor—. Tendríamos que haber traído más hombres.

—¿Para qué? Yo me quedaré aquí mientras tú y Carter entráis. Si esos bribones están ahí, sacadlos y traedlos.

—¿Y quién la vigilará mientras estamos en la taberna?

—John, el cochero.

—Tendrá las manos ocupadas con las riendas. —Sligo sacudió la cabeza—. Si alguien quisiera secuestrarla, lo único que tendría que hacer es asustar los caballos. Y no quiero que Carter entre solo. Si esos hombres están ahí, tal vez no regresaría.

Honoria lo comprendió, pero aun así tenía que averiguar si los atacantes de Diablo estaban allí.

—Entraré con vosotros. No está muy bien iluminado... Si me pego a las paredes, nadie reparará en mí. —Acto seguido, se apeó del carruaje.

Sligo se quedó boquiabierto. Honoria lo miró con ceño y él llamó a Carter con una seña.

—Si entramos los tres juntos —dijo Sligo—, hombro con hombro, Su Señoría llamará menos la atención.

Honoria asintió lacónicamente. Cuando ambos hombres cruzaron el umbral de la taberna, los siguió muy de cerca.

Era un local de techos bajos, lleno de humo, y de pronto se hizo un silencio mortal. Todas las conversaciones se interrumpieron. Sligo y Carter se detuvieron y Honoria notó que intentaban ocultarla tras sus espaldas.

Había hombres apoyados en un largo mostrador y otros sentados en burdos bancos alrededor de toscas mesas. Todas las cabezas se volvieron hacia ellos y los ojos acostumbrados a la penumbra no tuvieron ninguna dificultad en distinguirla. La miraron primero con sorpresa, luego con prudencia y algunos incluso con malevolencia. El peligro, palpable, se cernía en aquel ambiente lleno de humo. Honoria notó que se arrastraba por su piel.

El primero en reaccionar fue el tabernero, un hombre de aspecto enfurruñado.

—Os habéis equivocado de sitio —dijo con la intención de que se marcharan—. Aquí no tenemos lo que buscáis.

—Eh, eh. —Un brazo robusto lo detuvo y un hombre no menos robusto se levantó de uno de los bancos—. No te precipites, Willie. ¿Quién eres tú para decir que no tienes lo que busca ese bombón?

Las risas que siguieron a ese comentario convencieron a Honoria de que el tabernero tenía razón.

—Exacto. Si la señora entra es porque sabe lo que busca —dijo otro parroquiano, ancho como un armario, sonriendo. Se puso en pie—. Yo creo que algunos de los aquí presentes podemos ofrecerle lo que busca.

—Tiene mucha razón —replicó Honoria, mirándolo a los ojos. La única manera de salir de allí era a base de ingenio. Apartó a Carter a un lado y dio un paso al frente—. Es posible que pueda ayudarme. Sin embargo... —Recorrió las mesas con la mirada—. Sin embargo, tengo que advertirle que mi esposo y sus primos, la Hermandad de los Siniestros, están de camino hacia aquí. Los seis. —Examinó al parroquiano—. Y son todos más altos que usted. Supongo que imagina por qué tienen ese nombre —añadió Honoria dirigiéndose al tabernero—. Anoche, tres de sus clientes atacaron a uno de ellos. Vienen con ánimo de venganza, pero cuando lleguen no van a perder el tiempo en identificaciones.

Al tabernero y los parroquianos les costó asimilar sus palabras. Honoria suspiró para sus adentros.

—Me temo que van a destrozar este local y a todo el que encuentren aquí.

Los marineros y estibadores montaron en cólera y se oyeron comentarios despectivos.

—Si lo que buscan es camorra, la tendrán —anunció un tipo corpulento.

—Me quejaré al magistrado —dijo el tabernero.

—Son seis, todos muy grandes. —Honoria miró a los presentes tomándoles la medida—. Y... —se volvió hacia el tabernero— y ¿os he dicho que mi esposo es duque? —El hombre se quedó pasmado y ella sonrió—. Se llama Diablo. Con él vendrán Lucifer y Demonio. —Miró hacia la puerta—. Y ahí fuera no hay ningún vigilante.

Los hombres intercambiaron miradas. Las historias de las riñas organizadas en la zona portuaria eran legendarias. Y los miembros de las clases inferiores siempre se llevaban la peor parte. Los parroquianos de El Ancla eran demasiado curtidos para hacerse partir innecesariamente la cabeza.

—Y entonces, ¿qué haces aquí? —le preguntó el hombre que había hablado primero en tono desafiante—. Siendo duquesa y todo eso.

—Supongo que sabe —replicó ella, mirándolo airada— que las duquesas hacemos actos benéficos. Mi acto benéfico de hoy es salvar El Ancla. —Hizo una pausa—. Siempre y cuando me digáis lo que quiero saber.

El hombre miró a sus compadres y muchos asintieron. Se volvió hacia ella y le preguntó con suspicacia:

—Y si te ayudamos ¿cómo sabremos que podrás frenar a ese Diablo antes de que lo destroce todo?

—No lo sabréis. Lo único que podéis hacer es esperar que no lo haga.

—¿Y qué quieres saber? —gritó alguien desde el fondo del local.

—Anoche se reunieron aquí tres marineros. Tengo que hablar con ellos. Carter, descríbeles cómo eran los dos a los que seguiste.

Carter lo hizo y unos cuantos los recordaron.

—Estuvieron aquí ayer por la noche. Habían desembarcado del *Lucero del Alba.*

—El *Lucero del Alba* levó anclas esta mañana con destino a Rotterdam.

—¿Estás seguro?

La confirmación llegó de varios rincones de la taberna. De pronto se hizo un silencio tenso y frío que heló el aire. Sin tener que volverse, Honoria supo que Diablo había llegado.

Se volvió para encararse con él y tragó saliva. Era él pero no era el hombre que habitualmente veía. Aquel hombre llenaba el umbral con su amenazadora presencia. Rezumaba oleadas de agresividad apenas contenida. Su atuendo elegante no ocultaba su poderosa figura ni el hecho de que estuviera dispuesto a tumbar a cualquiera que le diese la menor excusa para hacerlo.

Sus ojos, fríos e inexpresivos, examinaron el local, no con desafío pero sí con una promesa, una intención que todos captaron. A su lado estaba Veleta y sólo ellos dos ya conseguían que la taberna se viera abarrotada.

Cuando los ojos de Diablo se posaron en el asustado tabernero, Honoria esbozó una sonrisa y aprovechó la ocasión.

—Habéis llegado, milord, pero me temo que los hombres a quienes buscáis no están aquí. Han zarpado esta mañana.

Diablo ni siquiera parpadeó. Su mirada se clavó en el rostro de Honoria y las llamas sustituyeron a los carámbanos en sus ojos, aunque seguían extrañamente inanimados.

—¿De veras? —preguntó arqueando la ceja una fracción de segundo.

Aquellas dos palabras, pronunciadas con su voz profunda, no daban ninguna indicación de lo que pensaba hacer. Durante un largo instante, toda la taberna contuvo el aliento. Luego, Diablo miró al tabernero y dijo:

—En ese caso, tendrán que excusarnos.

Acto seguido, tomó a Honoria del brazo, salieron a toda prisa y la ayudó a montar en el carruaje, cuya puerta Sligo había corrido a abrir.

Veleta salió del local tras ellos. Se acercó a Diablo, que tenía ya un pie en el escalín del carruaje, y dijo:

—Iré en el coche de alquiler. —Señaló con la cabeza un carruaje más pequeño que esperaba.

Diablo asintió con expresión sombría y subió al carruaje detrás de Honoria. Sligo cerró la puerta y John azuzó los caballos.

Pasaron tres tensos y silenciosos minutos hasta que el cochero consiguió salir de aquella estrecha calle y otra media hora igualmente silenciosa hasta que llegaron a Grosvenor Square. Diablo se apeó. Esperó a que Sligo bajara los escalones y luego tendió la mano. Honoria la aceptó y él la ayudó a apearse y a subir la escalinata de la casa.

Webster abrió la puerta, tan aliviado que hasta se le notaba en la cara. Pero al ver la cara de Diablo su expresión se volvió impasible. Honoria entró en el vestíbulo con la cabeza alta y los dedos apoyados en un brazo que parecía más de roca que de carne humana.

—Si me excusas, querida —dijo su marido—. Ahora

tengo que hablar con Sligo. —Su tono era gélido, sombrío y no del todo firme; su helada superficie ondulada por la ira apenas contenida—. Te veré arriba, enseguida.

Por primera vez ese día, Honoria vio claramente su rostro iluminado por la lámpara del techo. Estaba más pálido e inanimado de lo habitual y parecía una máscara mortuoria cuyos ojos ardían extrañamente oscuros.

—Sligo actuó siguiendo mis órdenes —dijo Honoria mirando fijamente aquellos ojos desolados.

—¿De veras?

Honoria estudió sus ojos e inclinó la cabeza. Luego se volvió hacia las escaleras. Visto el estado de ánimo de Diablo, decir algo más habría complicado las cosas.

Con el cuerpo rígido, él contempló su ascenso. Cuando desapareció de la vista, miró a Sligo y dijo:

—Vamos a la biblioteca.

Sligo entró deprisa, seguido de Diablo. Un criado cerró la puerta. Sligo se quedó de pie a un lado del escritorio. Diablo dejó que el silencio se prolongara antes de acercarse.

En circunstancias normales, se habría sentado al escritorio. Ahora, la rabia que lo consumía no se lo permitió. Se detuvo ante las grandes ventanas que daban al jardín.

Las palabras llenaban su cabeza, se disputaban la carrera hasta la lengua, un desvarío desenfrenado de furia que clamaba por salir. Con la mandíbula encajada, luchó por contenerlo. Nunca en su vida había sentido aquella furia, tan aguda que le helaba hasta la médula, tan poderosa que casi no podía dominarla.

—Me encontré con un criado en St. James —dijo mirando a Sligo— y me contó que Su Alteza iba de camino a El Ancla. Antes de que pudiera encontrar un coche de alquiler, aparecieron otros tres criados con la misma noticia. Al parecer, la mitad de mis sirvientes estaban en la calle buscándome en vez de obedecer mis órdenes y proteger a mi esposa. ¿Cómo diablos se enteró de que existía siquiera esa taberna?

—Preguntó —respondió Sligo con un respingo—, y yo se lo dije.

—¿Y qué pretendías llevándola allí, maldita sea?

Justo en ese momento se abrió la puerta y apareció Webster. Diablo le lanzó una maléfica mirada y dijo:

—No quiero que me molesten.

—Por supuesto, Su Alteza. —Webster se apartó de la puerta, dejando pasar a la señora Hull y luego la cerró—. La señora Hull y yo queríamos asegurarnos de que no se está dejando llevar por una equivocación.

—Es extremamente difícil equivocarse si descubres a tu esposa en una taberna del muelle. —Las palabras sonaron cortantes como el acero.

Webster palideció pero perseveró.

—Pienso que queréis saber cómo ocurrió, milord. Sligo no actuó por decisión propia. Todos, la señora Hull, Sligo y yo estábamos al corriente de las intenciones de Su Alteza. Intentamos disuadirla pero, después de escuchar sus razones, no pudimos hacerla desistir.

—¿Qué razones? —repuso Diablo con los dientes apretados y la mandíbula tan encajada que le dolía.

Webster explicó el plan de Honoria y la señora Hull aclaró sus razones.

—En mi opinión —dijo—, son claramente comprensibles. Estaba preocupada, como lo estábamos nosotros. Nos pareció lo más sensato que podíamos hacer.

Diablo se tragó la diatriba que tenía en la lengua. Con el genio a punto de desbordarse, contenido por la delgada fachada de la conducta civilizada, los miró furibundo y exclamó:

—¡Fuera! ¡Marchaos todos!

Salieron y cerraron la puerta con cuidado. Diablo se volvió hacia una ventana y contempló el anochecer. A Sligo no le gustaban las aristócratas, Webster las toleraba y la señora Hull era ultraconservadora. Y sin embargo, todos habían sido seducidos por su esposa y por sus razones.

Desde su boda con Honoria Prudence Anstruther-Wetherby se había visto atosigado por las razones de ella. Y él también tenía razones, buenas, sensatas y sólidas, pero no necesitaba confiárselas a los criados. Después de llegar a aquella conclusión, Diablo giró sobre los talones y salió de la biblioteca.

Caminó a grandes pasos hacia los aposentos ducales pensando que Honoria había logrado proteger de su ira a sus tres cómplices sin estar presente siquiera. Si él descargaba en ellos una parte de la furia que se arremolinaba en su interior, ella no tendría que afrontarla toda.

Al llegar al final del pasillo, abrió la puerta, entró y la cerró de golpe a sus espaldas.

Honoria ni siquiera se sobresaltó. Estaba de pie, ante la chimenea, con una determinación inamovible en sus rasgos. El fuego doraba la falda de su traje de paseo de terciopelo marrón y los rizos castaños de su cabello. Tenía los brazos cruzados ante el pecho, el semblante pálido pero compuesto y sus ojos azules estaban muy abiertos, aunque no delataban ninguna ansiedad. Su barbilla Anstruther-Wetherby, perfectamente redondeada, estaba levantada.

Diablo se acercó y vio que Honoria elevaba aún más la barbilla sin quitarle los ojos de encima. Se detuvo ante ella y le dijo:

—Me diste tu palabra de que no intervendrías directamente en la búsqueda del asesino de Tolly.

—¿El asesino de Tolly? —Honoria arqueó las cejas despacio—. Yo no te prometí quedarme sin hacer nada mientras alguien intenta matarte.

En los ojos de Diablo flamearon unas sombras. Inclinó la cabeza y dijo:

—Muy bien, pues puedes prometérmelo ahora.

—No puedo. —Honoria se irguió.

—¿No puedes o no quieres? —Diablo se acercó, con los ojos convertidos en pequeñas ranuras más negras que verdes.

—No puedo. —Se mantuvo firme y le sostuvo la mirada con la mandíbula encajada—. Y no quiero. ¿Cómo puedes esperar eso de mí?

—Hablo muy en serio —dijo él. Apoyó una mano en la repisa de la chimenea, acercándose a ella—. Las mujeres, las esposas, tienen que quedarse en casa, bordando, y no participar activamente en la persecución de los criminales. Tienen que estar en casa cuando llegan sus maridos en vez de estar cortejando el peligro en una taberna del puerto. —Cerró los ojos para reprimir el impulso de rugir. Luego los abrió y prosiguió—: Quiero que me prometas que no volverás a cometer una imprudencia como la de hoy, que te quedarás en casa y no volverás a involucrarte en la búsqueda del asesino de nadie. —Con la mirada clavada en la suya, arqueó una negra ceja—. ¿Y bien?

—Y bien ¿qué?

—¿Me lo prometes?

—¡Ni en broma! —Los ojos de Honoria centelleaban—. No me voy a quedar de brazos cruzados mientras alguien intenta separarte de mí para siempre. Soy tu duquesa, no una espectadora pasiva. No me quedaré en casa bordando y esperando noticias que tal vez sean las de tu muerte. Como esposa tuya que soy, tengo el deber de ayudarte, y si en este caso eso significa adentrarse en un camino peligroso, así será. —Alzó más la barbilla con gesto desafiante—. Soy una Anstruther-Wetherby, soy tan capaz de afrontar el peligro y la muerte como tú. Si querías una esposa dócil y complaciente, no haberte casado conmigo.

Diablo la miró asombrado, más por su vehemencia que por sus palabras. Luego frunció el entrecejo y sacudió la cabeza.

—No —dijo.

—No ¿qué? —preguntó Honoria, enojada.

—No a todo lo que has dicho y, sobre todo, no tienes el deber de ayudarme en la captura de un asesino. Como esposa mía que eres, no tienes otros deberes que los que yo juzgue apropiados. A mis ojos no hay nada, ningún deber, ninguna razón que justifique el que corras peligro.

Sus rostros se encontraban a medio palmo de distancia. Si Honoria no había sentido la furia que emanaba de su cuerpo, no podía pasarle por alto el tono punzante de sus palabras.

—Entonces no lo acepto —dijo. No estaba dispuesta a someterse a su rabia.

—Lo aceptarás —replicó él esbozando una leve sonrisa. Su voz sonó grave y subyugante.

Le costó esfuerzo no temblar, no desviar sumisamente la mirada de la suya, tan apremiante que parecía una fuerza física. Por pura obstinación, Honoria le sostuvo aquella intimidante mirada.

—Te equivocas del todo. He perdido seres queridos a manos de fuerzas en las que yo no podía influir; no pude ayudarlos, no pude salvarlos. —Tensó la barbilla y apretó los dientes—. No voy a quedarme sentada esperando que te lleven de mi lado —añadió con voz trémula.

—¡Maldita sea! ¿Y tú crees que yo voy a permitir que

me lleven de tu lado? —Unos destellos de plata iluminaron los ojos de Diablo.

—Recuerda que fui yo la que descubrió el veneno.

—Pero eso ocurrió aquí —replicó Diablo, quitando importancia al asunto. Le estudió la cara y los ojos—. Dentro de esta casa puedes vigilarme todo lo que quieras, pero te mantendrás alejada de todo peligro. Has hablado de deberes. Mi deber es protegerte, pero el tuyo no es protegerme a mí.

Honoria sacudió la cabeza, Diablo le puso un dedo debajo de la barbilla y la miró fijamente.

—Promete que me obedecerás.

Honoria inspiró lo más hondo que pudo y sacudió la cabeza.

—No. Dejando de lado los deberes, también hemos hablado de las razones, una razón que justifica que haga todo lo que esté en mis manos para salvarte la vida. Mi razón se mantendrá firme ante cualquier objeción.

Las facciones de Diablo se endurecieron. Le soltó la barbilla y retrocedió. Honoria, con los ojos clavados en los suyos, se aferró al contacto pues no quería que él se ocultase por completo detrás de su máscara. Inspiró con fuerza y, soltando el aire, dijo:

—Te amo más de lo que nunca he amado a nadie. Te quiero tan profundamente que mi amor va más allá de la razón. Y nunca podría dejarte marchar, dejar que te arrebatasen de mi lado. Eso sería lo mismo que dejar que me quitaran la vida, porque tú eres vida para mí.

Diablo quedó paralizado. La miró a los ojos y lo que vio en ellos le conmovió. Desvió la mirada y se volvió. Anduvo hacia la puerta pero se detuvo. Con los puños apretados en los costados, el pecho que se le hinchaba, elevó la cabeza y miró al techo. Luego miró hacia abajo y exhaló. Sin volverse, dijo:

—Tu razón no es suficientemente válida.

—Para mí sí —replicó Honoria alzando la barbilla.

—¡Maldita seas, mujer! —Furioso, Diablo se volvió hacia ella—. Vive Dios, ¿cómo quieres que me sienta, sabiendo que en cualquier instante puedes ponerte en peligro para que yo esté a salvo? —Su voz fue un grito que casi hizo temblar la lámpara del techo. Gesticuló con vehemencia, caminando de un lado a otro como un gato montés enjaulado—. ¿Tienes idea de cómo me sentí cuando supe adónde habías ido? —Se detuvo delante de ella y la miró con ceño.

Honoria contuvo el aliento.

—¿Sabes qué habría podido ocurrir en un lugar como ése? —Había bajado la voz y su tono sonó gélido.

Ella no se movió.

—Podían haber matado a Sligo y a Carter, sin escrúpulo alguno. Y luego te habrían violado, uno detrás de otro. Y si hubieses sobrevivido, te habrían rebanado el cuello.

Diablo hablaba con una convicción total. Era verdad, una verdad que tenía que afrontar. Los músculos de sus hombros se ondularon. Se tensó, conteniendo la rabia y aferrándose a la realidad de la mujer que estaba ante él, erguida, sana y salva. Al cabo de un segundo sintió el impulso de abrazarla, pero se volvió y siguió paseándose por la estancia.

—¿Cómo crees que me hubiera sentido entonces? —preguntó de espaldas a Honoria—. ¿Cómo crees que me habría sentido si te hubiese ocurrido algo? —Hizo una pausa y añadió—: No apruebo que te pongas en peligro por mí. Eso no puedes pedírmelo.

Se hizo el silencio.

Diablo se volvió hacia ella y le preguntó:

—¿Me das ahora tu palabra de que no te pondrás en peligro a sabiendas?

—No, no puedo dártela. —Honoria le sostuvo la mirada y sacudió la cabeza.

La furia de Diablo iba en aumento. Soltó una única y violenta imprecación.

—No puedo —repitió Honoria y alzó las manos en gesto de impotencia—. No se trata de que quiera ser obstinada, es que no puedo. —Un rugido medio ahogado amortiguó sus palabras. Diablo abrió la puerta. Honoria se puso tensa—. ¿Adónde vas?

—Abajo.

—No se te ocurra marcharte. —Si se marchaba tal vez no volvería—. Todavía no he terminado.

Con la mano en el picaporte, Diablo se volvió, atravesándola con su mirada verde pálida.

—Si no me marcho, tú no vas a poder sentarte durante una semana.

Y cerró dando un portazo. Honoria oyó sus pasos, desacostumbradamente pesados, y se quedó inmóvil ante el fuego, con la mirada clavada en la puerta.

Al llegar a la biblioteca, Diablo se dejó caer en un sillón. Al cabo de un instante se levantó como impulsado por un resorte y empezó a pasearse de un lado a otro. Nunca lo hacía; era un claro indicio de que había perdido el control. Si seguía así, dejaría un surco en la alfombra.

Emitió un gruñido largamente contenido y se detuvo. Con los ojos cerrados, echó la cabeza atrás y se concentró en la respiración, en dejar que su rabia impotente se calmara en el cenagal de emociones que se arremolinaban en su interior, todas ellas provocadas por la mujer a la que había tomado por esposa.

Con la mandíbula encajada y los puños apretados se

obligó a relajarse. Uno a uno, los músculos se distendieron y al final se sintió más cómodo. Sin abrir los ojos, examinó sus reacciones para ver qué había debajo de ellas. Cuando vio lo que era, no se sorprendió.

Honoria estaba afrontando mucho mejor que él aquellos hechos inesperados, pero, claro, ella ya había pasado antes por un drama similar. Él nunca había experimentado nada parecido.

En realidad, Diablo nunca había conocido el miedo auténtico, ni siquiera en el campo de batalla. Era un Cynster. El destino cuidaba de los Cynster. Desgraciadamente, no era lo bastante optimista para suponer que la benevolencia del destino también se extendía a las esposas Cynster, lo cual le produjo un miedo cerval.

Exhaló despacio y abrió los ojos. Extendió los dedos y los estudió. Estaban casi firmes. Sus músculos, que habían estado tensos tanto rato, parecían helados. Miró la botella de brandy e hizo una mueca. Después, sus ojos se posaron en el fuego que danzaba alegremente en la chimenea y, deliberadamente, abrió la puerta de sus recuerdos y dejó que las palabras de Honoria le dieran calor.

Miró el fuego tanto rato que cuando, tras un hondo suspiro, se dirigió hacia la puerta, las llamas aún danzaban ante sus ojos.

Honoria tembló bajo las desconocidas mantas de su cama. Después de un largo debate mental, había vuelto a sus aposentos y se había acostado. No había cenado, pero no le importaba, había perdido el apetito. No sabía si lo recuperaría alguna vez pero, si tuviera que volver a vivir aquella escena con Diablo, no cambiaría ni una sola palabra de las que había dicho.

Su declaración había sido necesaria, aunque sabía

que a él no le gustaría. No tenía ni idea de cómo había afectado a Diablo su obstinación. Se había separado de ella tan pronto había visto la confirmación de sus palabras en sus ojos.

Frunció el entrecejo y miró la oscuridad, intentando por enésima vez comprender la reacción de su marido. Por fuera, él se había comportado como el tirano que era, insistiendo sin ceder en que ella tenía que obedecer sus órdenes y recurriendo a la intimidación al ver su firmeza. Sin embargo, no todo lo que había dicho encajaba con aquella imagen. Sólo pensar que la había visto en peligro agitaba todo su ser más allá de lo indecible. Era casi como si...

Aquel nebuloso pensamiento le dio vueltas en la cabeza y finalmente se durmió.

Cuando despertó, había alguien a su lado.

—Maldita mujer obstinada, ¿qué demonios haces aquí?

Su tono dejó claro que la pregunta era retórica. Honoria contuvo la risa. Sonaba muy agraviado, algo impropio de uno de los hombres más poderosos de la región. Los ojos de Honoria se acostumbraron a la oscuridad y lo distinguió con las manos en jarras, sacudiendo la cabeza. Luego se inclinó hacia ella.

Apartó las mantas, se inclinó sobre el blando colchón y pasó las manos por debajo de Honoria, levantándola con facilidad. Ella se hizo la dormida.

—Con este maldito camisón. ¿Qué demonios te crees que haces?

La tomó en brazos y salió al corto pasillo. Al cabo de unos segundos la depositaba en su cama con ternura. Honoria decidió que tenía que murmurar algo y revolverse para que pareciera auténtico.

Lo oyó gruñir y luego escuchó los ruidos familiares

que hacía al desvestirse, imaginando lo que sus ojos no veían.

El alivio que sintió cuando él se metió en la cama, se acurrucó alrededor de ella, con su cuerpo caliente, firme y tranquilizadoramente protector le encogió el corazón. Diablo le pasó un brazo por la cintura y la otra mano se cerró posesivamente alrededor de uno de sus pechos.

Honoria lo oyó emitir un largo y hondo suspiro. Se había librado de la última tensión que le quedaba.

Unos minutos más tarde, antes de que ella decidiese si fingía o no despertarse, su respiración se volvió más profunda. Honoria sonrió, se preguntó una vez más si debía despertarse y decidió que no.

23

A la mañana siguiente, Honoria despertó tarde y sola. Hacía mucho rato que Diablo se había marchado. Su infatigable energía le pareció injusta ya que los acontecimientos de la noche anterior la habían dejado agotada. Su mirada se posó en la prenda de seda color marfil caída sobre la alfombra. Era su camisón.

A medianoche habían forcejeado. Medio dormida, a ella no le había apetecido desprenderse del calor del camisón. Él había insistido y al final la había recompensado debidamente. Honoria todavía se sentía radiante, por dentro y por fuera. Sonrió y se arrebujó más en las mantas, deleitándose con aquella persistente sensación de satisfacción y calidez.

No sabía quién había dado el primer paso y no le importaba. Se habían vuelto el uno hacia el otro y permitido que sus cuerpos sellaran el tácito compromiso de que, pese a todas las diferencias, seguían siendo marido y mujer, con una alianza sólida como la roca y duradera como La Finca.

La puerta del dormitorio se abrió. Cassie asomó la cabeza.

—Buenos días, señora. —Entró y recogió el camisón—. Son casi las once.

—¿Las once? —Honoria la miró con los ojos muy abiertos.

—Webster dice que si quiere algo de desayuno. Como anoche no cenó...

—Comimos a última hora —dijo Honoria, sentándose. Una hora después de que su camisón cayera al suelo, a Diablo le había apetecido comer. Ella volvió a dormirse y él había ido a la cocina. Al volver, la había despertado y había insistido en que comiera un poco de pollo, jamón y queso, regado todo ello con vino blanco.

—Hay pescado ahumado, huevos hervidos y salchichas.

—No, gracias. Voy a tomar un baño —dijo Honoria, arrugando la nariz.

Tomó un baño acorde con su estado de ánimo, con lasitud y sin prisa. Miró a través del vapor y recordó los acontecimientos de la noche anterior. Y mentalmente oyó, en lo más profundo de la noche, que su esposo, saciado y ahíto, le decía: «No puedes temer perderme la mitad de lo que yo temo perderte a ti.» Había sido una confesión a regañadientes. Diablo pensaba que ella ya estaba dormida.

¿Por qué temería más perderla de lo que ella temía perderlo a él?

Los minutos pasaron y el agua se enfrió, pero siguió sin encontrar respuesta a esa pregunta. Cuando salió del baño, dedicó la media hora siguiente a aleccionarse sobre la inconveniencia de sacar conclusiones apresuradas, sobre todo conclusiones como aquélla.

Fue a la sala matutina pero le resultó imposible serenarse, paseándose entre la ventana y la chimenea, consumida por el anhelo de ver de nuevo a su esposo, de mirarle a la cara y ver sus ojos transparentes. La señora Hull le llevó una tetera con una infusión. Ella aceptó una taza, agradecida, pero se le enfrió mientras su mirada vagaba por la pared.

Louise y las gemelas le proporcionaron distracción. Fueron a almorzar y las chicas le describieron sus nuevos trajes. Honoria jugueteó con una porción de pescado hervido y las escuchó sin prestar atención. Había cancelado todos sus compromisos, aunque la noticia de que la nueva duquesa de St. Ives estaba indispuesta desataría, a buen seguro, todo tipo de especulaciones.

Y la principal especulación sería acertada. Dudó en dejar que se formase ese pensamiento en su mente, pero era incuestionable. Su lasitud matinal y su falta de apetito sólo podían significar una cosa.

Esperaba un hijo de Diablo.

Sólo de pensarlo, se sintió mareada de felicidad, con una expectación sólo teñida por una comprensible aprensión. El miedo verdadero no tenía posibilidades de entrometerse porque Diablo y su familia la protegían constantemente.

Y para poner de relieve aquello, antes de salir de la casa Louise la miró con cariño y le dijo:

—Tienes buen aspecto, pero si te surge alguna duda, estoy yo, y Horatia y Celia... Todas hemos pasado por esto antes que tú...

—Bueno, si es que... —Honoria se ruborizó. No se lo había dicho a Diablo, ¿cómo iba a decírselo primero a sus tías?—. Es que si... —Hizo un gesto vago.

—No *si*, querida, *cuándo*... —Louise sonrió y le dio unos golpecitos en el brazo. Luego se marchó, seguida por las gemelas.

Al subir la escalera, Honoria pensó en cómo iba a darle a Diablo la noticia. Cada vez que se imaginaba haciéndolo, el espectro del asesino se inmiscuía aunque ya estaban más cerca de apresarlo. Esa mañana, antes de marcharse, Diablo le había dicho que Veleta y él estaban buscando una prueba, aunque no había mencionado cuál. Lo que menos necesitaban ahora era una conmoción, y anunciar el nacimiento inminente de su heredero crearía un buen alboroto, despertando el rabioso interés que la nobleza sentía por ellos.

Entró en la sala matutina y sacudió la cabeza para sus adentros. Informaría a Diablo de su inminente paternidad una vez hubiesen capturado al presunto asesino. Hasta entonces, lo que preocupaba a Honoria era la seguridad de Diablo, ni siquiera su hijo significaba más que eso. Además, quería que fuese un acontecimiento feliz, un momento memorable que no se viera ensombrecido por un asesino.

Mientras se sentaba en la *chaise*, Webster llamó a la puerta y entró.

—Un mensaje, Señoría. —Le ofreció una bandeja de plata.

Honoria cogió la hoja doblada, escrita con una caligrafía negra, conservadora, precisa, que nada tenía que ver con la letra extravagante de su esposo.

—Gracias, Webster.

Rompió el lacre, devolvió el abrecartas a la bandeja y, con un asentimiento, le indicó a Webster que se retirase. Éste lo hizo y Honoria abrió el pliego.

> Para Su Alteza, la duquesa de St. Ives.
>
> Si deseáis saber más sobre quién intenta matar a vuestro esposo, venid de inmediato al número 17 de Green Street. Venid sola y no le digáis la dirección a nadie, o todo será inútil. Destruid esta nota para que nadie pueda leerla y os siga, asustando al pajarito que os susurrará al oído.
>
> Uno que os quiere bien

Honoria miró la nota durante un largo instante y luego la releyó. Respiró hondo y se recostó de nuevo en la *chaise*.

Diablo no le permitiría ir, pero ¿que pasaría si no iba? Estaba claro que ahí podía haber un peligro, pero enseguida desechó esa idea. Lo realmente importante era cómo reaccionaría Diablo. No se trataba, desde luego, que esa consideración fuera a influir en su estado de ánimo ya que sus temores eran más apremiantes que todo eso.

Miró la caligrafía negra y gruesa de la nota e hizo una mueca. Lo que Diablo le había dicho por la noche resonaba en su mente. Si lo había entendido correctamente, el miedo de él era una imagen en el espejo del que ella sentía. Sólo existía una emoción capaz de suscitar ese temor. Esa emoción, si él la sentía, exigía la consideración y el cuidado de Honoria, pero era la misma emoción que la impulsaba a ir a Green Street. ¿Cómo conjugar las dos emociones?

Pasados cinco minutos, se sentó a su escritorio y, al cabo de un cuarto de hora, pasó el secante a su carta, la dobló y la selló con el timbre que Diablo le había dado: el rampante ciervo de los Cynster dominando a los cheurones de los Anstruther-Wetherby. Se puso en pie y tiró del cordón de la campanilla para llamar al servicio.

—¿Sí, señora? —Fue Sligo quien se presentó.

—¿Dónde está Su Alteza en este momento? —preguntó mientras consultaba la hora en el reloj de la repisa de la chimenea.

—En el White's, con el señor Veleta. —Sligo casi sonrió—. Hoy no ha intentado escabullirse de los hombres que envié a seguirlo.

—Bien. —Honoria le tendió la carta—. Quiero que le sea entregado esto a la mayor brevedad posible.

—Ahora mismo, señora. —Sligo cogió la nota y se volvió hacia la puerta.

—Y que Webster llame a un coche de alquiler para mí.

—¿Un coche de alquiler, señora? —Sligo se volvió y en su expresión había cautela—. John, el cochero, puede tener listo el birlocho en un instante.

—No —dijo Honoria con cierto tono autoritario—. Necesito un coche de alquiler. Voy a ir muy cerca, por lo que no será necesario sacar el birlocho. —Con un altivo asentimiento, despidió a Sligo—. Dile a Webster que deseo salir dentro de diez minutos.

Sligo se marchó y Honoria cogió la carta anónima. La leyó de nuevo y luego subió a sus aposentos.

Al cabo de diez minutos, Honoria se acomodó en el asiento del coche. Llevaba una pelliza dorada y agarraba con fuerza un ridículo de cuentas de marfil. El criado le hizo una reverencia y empezó a cerrar la puerta pero alguien se lo impidió. Era Sligo, que subió al carruaje y se sentó en el otro asiento.

—¿Has enviado mi carta?

—Está de camino. —Sligo la miraba como un pollo encerrado con una zorra—. Mandé a Daley con ella. Se la dará a Su Alteza, tal como la señora me ha pedido.

—Y tú, ¿qué haces aquí?

—¡Oh! —Sligo parpadeó—. No me ha parecido correcto que salga sola. Podría perderse, como no conoce Londres y...

—Sólo voy a unas calles de distancia, a visitar a un conocido —dijo Honoria, componiéndose la falda.

—Como quiera, señora, pero yo iré con usted, si no le importa —dijo Sligo, tragando saliva.

Ella estuvo a punto de decirle que sí le importaba, pero comprendió lo que ocurría.

—¿Su Alteza te ha ordenado que permanezcas conmigo?

Sligo asintió.

—Muy bien —suspiró—, pero tendrás que esperar en el coche.

—¿Quieren que los lleve a algún sitio? —preguntó el cochero, abriendo la trampilla del techo—. ¿O sólo van a utilizar el vehículo para charlar?

Honoria lo hizo callar con una mirada airada.

—Vamos a Green Street. Cuando lleguemos, conduce despacio y ya te indicaré dónde parar.

—Muy bien.

Green Street era la calle donde vivía su abuelo, en el número 13. El 17 estaba más cerca del parque. El cochero se apeó y tiró del caballo. Honoria inspeccionó las fachadas. El número 17 era una elegante residencia, la mansión de algún caballero. Esperó hasta que pasaron ante dos casas más y dijo:

—Dile al cochero que pare. Y espérame aquí.

Sligo transmitió sus órdenes. El cochero se detuvo y Sligo se apeó para ayudarla a descender.

—Espérame aquí —repitió ella con tono de mando—. Dentro del coche.

—¿No debería acompañarla hasta la puerta? —insistió Sligo.

—Esto es Green Street y no el barrio portuario. Esperarás dentro del coche.

Sligo asintió con una mueca. Honoria esperó que ocupase de nuevo el asiento y giró sobre los talones para recorrer una corta distancia y cruzar la calle. Con briosa determinación, subió los escalones del número 17. Cuando fue a coger la aldaba, su mano se detuvo a medio camino. La aldaba de bronce era una sílfide, una sílfide desnuda. Honoria frunció el entrecejo e hizo sonar la indiscreta figura.

Aguardó, sosteniendo con fuerza el ridículo, e intentó no pensar en las imprecaciones que su marido soltaría cuando leyera la carta. Esperaba que los socios del White's lo comprendieran. Oyó pasos al otro lado de la puerta. No eran los pasos comedidos de un mayordomo con experiencia sino pasos lentos y conocidos. Antes de que se abriera la puerta ya supo que no la recibiría el mayordomo.

Cuando vio a la persona que la abrió, Honoria se quedó boquiabierta. Y el conde de Chillingworth también.

Ambos se quedaron desconcertados un instante, mirándose. Honoria vaciló y las posibilidades y las conjeturas se arremolinaron en su mente.

—Por el amor de Dios, no se quede ahí. Alguien podría verla —dijo Chillingworth con ceño.

Ella parpadeó, pasmada, y no se movió ni un centímetro. Chillingworth la cogió por el brazo y tiró de ella hacia dentro. Cerró la puerta y luego la miró a la cara.

Aunque no era tan alto como Diablo, no podía decirse que Chillingworth fuese un hombre pequeño. Honoria se dio cuenta de ello en aquel estrecho vestíbulo. Se irguió y sin la menor indicación sobre lo que estaba ocurriendo, lo fulminó con una imperiosa mirada.

—¿Dónde está su mayordomo?

—Ha salido. —La mirada que le devolvió era absolutamente insondable—. Lo mismo que el resto de mis criados. —Honoria puso unos ojos como platos y Chillingworth sacudió tristemente la cabeza—. No puedo creer que lo haga en serio. —La miró a los ojos.

—Por supuesto que lo hago en serio. —Honoria levantó la barbilla en gesto desafiante.

La expresión de Chillingworth denotaba una mezcla de incredulidad y desengaño, pero al punto se endureció y se convirtió en una máscara muy parecida a la de su principal rival. Se encogió de hombros con elegancia y dijo:

—Si insiste. —E inclinó la cabeza como para besarla.

Ella soltó un grito ahogado, se echó hacia atrás y le dio un sopapo.

Justo antes de las dos, Diablo subió, distraído, la escalera del White's y se tropezó literalmente con Veleta, que estaba en la puerta.

—¡Vaya! —exclamó Veleta, retrocediendo—. ¿Dónde demonios te habías metido? Te he buscado en todas partes.

—Pues me sorprende que no me hayas encontrado —replicó su primo con una sonrisa—, porque he estado en todas partes.

Veleta frunció el entrecejo y abrió la boca para decir algo, pero Diablo le preguntó:

—¿Has comido?

Veleta asintió sin dejar de fruncir el entrecejo. Diablo tendió su bastón al portero y su primo hizo lo propio.

—Te lo contaré mientras comes.

El comedor estaba lleno de caballeros que ya tomaban el brandy.

Sirvieron a Diablo casi enseguida, empezó a comer el lenguado y arqueó una ceja.

—Ya te lo diré después —decidió Veleta, lanzando una torva mirada a los que tenían sentados cerca.

Diablo asintió y se concentró en la comida, encantado de tener una excusa para no hablar. No le apetecía explicar por qué había pasado la mañana dando vueltas por la ciudad, fatigando a los dos criados que Sligo había enviado a que lo siguieran. Pensó que nunca le apetecería ya que su aflicción no mejoraba con el paso del tiempo.

Y tampoco podía decirle a Veleta que esquivaba a su esposa porque ésta le había dicho que lo amaba.

Lo había declarado en términos muy claros, con absoluta convicción.

Diablo bebió media copa de vino de un trago.

Le resultaba muy duro asimilar que su esposa albergaba esos sentimientos, saber que afrontaría el peligro sin pestañear, que nunca retrocedería aunque se viera ante una intimidación que haría huir hasta a un sargento de caballería, sólo porque lo amaba.

Sólo había un obstáculo, una dificultad en el camino.

Bebió otro sorbo de vino y siguió comiendo el lenguado. El dilema que lo había atosigado toda la mañana volvió a agobiarlo. Si le decía a Honoria cómo se sentía al saber que ella lo amaba, si mencionaba siquiera esa declaración, estaría reconociendo a la vez la validez de su justificación para correr peligro, lo cual era algo que no estaba dispuesto a hacer.

Por lo que él sabía, en tiempos aciagos, todas las esposas de sus antepasados Cynster habían permanecido a salvo en casa mientras sus esposos salían al campo de batalla. Al parecer, la visión de Honoria era por completo distinta: quería estar a su lado en primera línea. Diablo comprendía esa actitud, pero no podía aceptarla.

Explicar todo aquello no iba a resultar fácil, y mucho menos después de hacer una confesión que consideraba ineludible por una cuestión de honor.

Sentirse vulnerable era terrible, pero reconocer la vulnerabilidad, en voz alta, con palabras, era mucho peor. Y una vez pronunciadas, las palabras no podían volverse atrás. Todo ello significaría que le daba a Honoria una carta blanca como nunca le había dado a nadie. Y en vista de cómo había reaccionado al saberlo en peligro, a Diablo no le parecía prudente dársela.

No sabía si Honoria intuía su estado de ánimo, lo que sí sabía era que no podría permanecer mucho tiempo más en la ignorancia. No, su Honoria Prudence lo sabría, lo cual significaba que lo único que podía hacer para apartarla del peligro era suprimirlo. Tenía que colgar al asesino de Tolly por los pies.

—¿Qué has averiguado? —le preguntó a Veleta, apartando a un lado el plato.

—Vayamos a la sala de fumar —respondió su primo con una mueca.

Encontraron un rincón vacío y se sentaron. Veleta empezó sin preámbulos.

—En líneas generales tenía razón. Mi contacto ha comprobado todos los...

—Excusad, Alteza. —Ambos alzaron la mirada. Era uno de los sirvientes del club, con una bandeja en la mano—. Ha llegado hace un momento. El hombre que la trajo insistió en que se la entregáramos de inmediato.

—Gracias. —Diablo tomó la nota, rompió el lacre y con un gesto distraído despidió al hombre. Cuando la abrió y la leyó, Veleta vio que sus rasgos se endurecían. Los ojos de Diablo subieron de nuevo al encabezamiento de la carta y, con una expresión insondable, volvió a leerla entera.

—¿Y bien? —preguntó Veleta al cabo.

—Ha ocurrido algo. —Diablo arqueó las cejas—. Algo inesperado. —Dobló la nota y se puso en pie—. Tendrás que disculparme. Mandaré que vengan a buscarte en cuanto termine.

Y acto seguido, se volvió y, guardándose la carta en el bolsillo, se dirigió hacia la puerta.

Veleta lo miró sorprendido y su rostro se tensó. «Honoria Prudence, ¿en qué lío te has metido?», pensó.

—¡No! ¡Espere! No puede marcharse así.

—¿Y por qué no? —Honoria se volvió hacia él.

Chillingworth la siguió hasta el recibidor con una compresa fría bajo un ojo.

—Porque no tiene sentido correr riesgos innecesarios. A su esposo las cosas, tal como ya están, no le gustarán. Es absurdo querer complicarlas más. —Dejó la compresa en la mesita del recibidor y la miró de arriba abajo—. Lleva el sombrero torcido.

Honoria se volvió hacia el espejo con los labios apretados. Mientras se arreglaba el sombrero estudió el reflejo de Chillingworth. Estaba todavía muy pálido. No sabía si era prudente dejarlo, ya que sus criados todavía no habían regresado. Por otro lado, comprendía por qué él no quería que se marchase rápidamente.

—Ya está. —Se volvió hacia él—. ¿Le parece bien así?

—Pasable. —Chillingworth la miró airado y sus ojos se encontraron—. Y no se olvide de enseñar esa nota a Diablo tan pronto lo vea. No espere a que él haga preguntas.

Honoria alzó la barbilla.

—Gracias a Dios que es esposa de Diablo y no mía. —Chillingworth la miró con franca desaprobación—. Espere aquí, que voy a mirar si fuera hay alguien que la conozca, como su abuelo o el mayordomo de éste.

Honoria esperó a que abriera y mirara a uno y otro lados de la calle desde el primer escalón.

—Bien —dijo Chillingworth, sosteniéndole la puerta—. Aparte del coche de alquiler, no hay nadie.

Honoria salió con la cabeza muy alta, se detuvo y miró hacia atrás.

—No se olvide de tumbarse con los pies más altos que la cabeza —le dijo—. Y por el amor de Dios, vuelva a colocarse esa compresa o el ojo se le pondrá peor.

Chillingworth se quedó boquiabierto por segunda vez en poco rato. Luego reaccionó y le gritó:

—¡Buen Dios, qué mujer! Pero váyase de una vez...

—Bien, sí, cuídese —parpadeó Honoria, y bajó deprisa los peldaños.

Al llegar a la calle, vio el coche que la esperaba. Miró hacia el otro lado y vio un carruaje negro que doblaba por la esquina de Green Street. Oyó cerrarse la puerta de Chillingworth a su espalda. Eran más de las cuatro y empezaba a oscurecer. Tal como Chillingworth había dicho, en la calle no había nadie. Honoria suspiró aliviada y se dirigió a su coche.

No vio la figura oscura, embozada de negro, que surgió de la entrada de carruajes de la casa de Chillingworth. Cuando la silueta se acercó, no sospechó nada ni presintió peligro alguno. Oyó el tintineo de unos arneses y ruido de cascos y vio que el carruaje negro se detenía junto a ella y le bloqueaba el paso hacia el coche de alquiler. Sobre ella cayó un manto negro que la envolvió en sus pliegues impenetrables. Contuvo una exclamación y se agarró a la tela, que la envolvía cada más con más fuerza. Abrió la boca para gritar pero una mano se la cubrió. Honoria se quedó paralizada. Un fuerte brazo la tomó por la cintura y la levantó en el aire. No se resistió. Sabía que era Diablo. Esperó a que la dejara en el suelo pero, en cambio, la depositó sobre el asiento del carruaje. El vehículo dio una sacudida y se movió.

—¡Espera! —Envuelta todavía en lo que creía la capa de Diablo, Honoria se debatió para soltarse—. ¿Y Sligo?

Silencio.

—¿Sligo? —Diablo no dio crédito a sus oídos.

—Le ordenaste que me vigilara, ¿recuerdas? —Honoria luchó con la capa. Al cabo de un instante, se liberó. Soltó un resoplido y descubrió que su esposo la miraba con una expresión indescifrable—. Está en el coche de alquiler, esperándome.

—Espera aquí —dijo Diablo, tras mirarla con ceño y sacudir la cabeza.

Dio unos golpes en la trampilla del techo para indicarle a John que se detuviera y se apeó de un salto. Honoria oyó sus pasos en la calzada. No veía nada, las cortinas estaban bajadas.

Al cabo de dos minutos, el carruaje se meció. Sligo había subido junto al cochero.

—¡Ve a dar vueltas por el parque hasta que yo diga otra cosa! —gritó Diablo, antes de subir y sentarse al lado de Honoria.

El coche se puso en marcha y Diablo miró los ojos de su esposa, abiertos de par en par y suspiró, intentando disimular la tensión de que era presa.

—Será mejor que me digas qué está ocurriendo.

Había cometido un terrible error, no había querido que ella adivinase lo que había pensado y sentido al ver salir a Chillingworth en mangas de camisa y luego a ella, que se volvió a dedicarle incluso unas palabras antes de marcharse.

Desde donde estaba no había oído sus palabras, pero la imaginación le había suministrado bastantes, lo mismo que acciones para acompañarlas. La traición de Honoria lo había dejado helado. La idea de que su declaración de amor hubiese sido vana, meras palabras huecas, le había destrozado el corazón. Lo consumía una rabia negra, no sólo un arranque de cólera. Apenas recordaba el momento en que la había seguido. Sí recordaba el instante en que la había mantenido atrapada en su capa y había pensado en cuán fácil que sería dar por acabado el tormento antes de que comenzara. Aquel recuerdo lo dejó helado, por más que empezase a sentir alivio. El sentimiento de culpa por su desconfianza se le clavaba en las entrañas.

Honoria lo miraba con ceño. Diablo se aclaró la garganta.

—Sligo ha dicho que recibiste una nota —dijo para que ella empezara a explicarse.

En cambio, Honoria lo miró más torvamente todavía.

—Ya te hablé de esa nota en mi carta.

—¿Qué carta? —Diablo parpadeó, asombrado.

Tras buscar en su ridículo, Honoria sacó la nota y se la tendió.

—He recibido esto.

Diablo la leyó y luego la miró acusadoramente.

—Pone que debía venir de inmediato —Honoria levantó la barbilla—, por eso te escribí una carta explicándotelo y le pedí a Sligo que te la hiciese llegar. Sabía que estabas en el White's. Yo no sabía que le habías ordenado que no se moviera de mi lado, por lo que envió a Daley para que te la entregara.

—No he recibido tu carta. —Diablo frunció el entrecejo y miró la nota—. Tal vez me marché de allí antes de que Daley llegase —reconoció.

—Entonces —Honoria lo miraba enfurruñada—, si no has recibido mi carta, ¿por qué estás aquí?

Diablo calló y al final alzó la cabeza despacio para encontrarse con la mirada expectante de Honoria.

—Vine porque recibí esto. —Se obligó a sacar la nota doblada del bolsillo. No quería dársela, pero su sinceridad, su claridad, el amor que Honoria sentía por él no le daban opción. Se la tendió con pesar.

Honoria la abrió y la leyó. Cuando llegó al final hizo una pausa y respiró con dificultad. Sintió una presión en el pecho y el corazón le palpitaba. Sin alzar la cabeza, leyó la nota de nuevo.

Mientras imaginaba cómo podía haber ocurrido, las manos le temblaron. Ella intentó serenarse y miró a Diablo, cuyos ojos parecían verlo todo aunque en ocasiones la rabia los cegaba. El tiempo se dilató y siguió mirándolo con ojos incrédulos y suplicantes.

—No es cierto. Yo nunca haría una cosa así. Ya lo sabes. —En un susurro tierno y doloroso, añadió—: Te amo.

—Lo sé —replicó Diablo, cerrando los ojos. Con la mandíbula encajada, en su interior se arremolinaba una fiera rabia contra el asesino que había atacado justo en el lugar más vulnerable de su armadura y había hecho daño a Honoria. Respiró hondo y la miró ceñudo—. No he pensado, sólo he reaccionado. Cuando recibí la nota, no podía pensar. Después te vi salir de la casa de Chillingworth... —Se interrumpió y, con la mandíbula aún más tensa, se obligó a no desviar la mirada—. Me preocupo demasiado por ti —añadió en voz muy baja.

Honoria oyó sus palabras y lo que vio en sus ojos disipó todo su dolor. La opresión que sentía en el pecho desapareció y respiró hondo.

—Es justo —dijo, abrazándolo y apoyando la cabeza en su pecho—, porque yo también te quiero tanto que duele en el pecho.

Tal vez Diablo no habría podido decir esas palabras, pero Honoria las había dicho por él. La verdad estaba allí, brillaba en sus ojos. La estrechó con fuerza y luego apoyó la mejilla en sus rizos. Estaba tan tenso que sus músculos temblaban.

Honoria notó los latidos de su corazón en la mejilla. Diablo respiró hondo y soltó el aire despacio, al tiempo que le alzó la barbilla.

Sus ojos se encontraron en una larga mirada. Luego, él inclinó la cabeza y ella cerró los ojos mientras se daban un dulcísimo beso.

—Supongo que no querrás contarme qué ha ocurrido —dijo Diablo al cabo.

No era una orden ni una exigencia, sólo una petición suave. Honoria no pudo contener una sonrisa.

—En realidad, Chillingworth insistió mucho en que te lo contara todo cuanto antes.

—Muy bien, pues empieza por el principio. Cuando llamaste a su puerta, ¿crees que te esperaba?

—No exactamente. —Honoria se incorporó—. Él también había recibido una nota, me la enseñó. Escrita con la misma caligrafía que la que tú y yo recibimos. —Colocó la nota junto a la de Diablo—. ¿Ves? No se puede saber si es de un hombre o de una mujer.

—Hum... ¿Así que sabía que ibas a verlo?

—No —dijo Honoria con firmeza, atenta a las instrucciones de Chillingworth y al talante de su esposo—. Su nota era de una misteriosa dama sin nombre que le preparaba una cita con una prostituta para esta tarde. Era... era muy excitante.

—¿Y eso quiere decir que Chillingworth estaba deseoso de...? —preguntó Diablo con expresión airada—. ¿Qué dijo cuando abrió la puerta?

—Creo que él estaba más sorprendido que yo. —Honoria le lanzó una mirada malévola.

—¿Y? —preguntó él arqueando las cejas, escéptico.

—Intentó besarme y yo le di un buen sopapo —respondió Honoria, sosteniéndole la mirada.

—¿Le golpeaste? —Diablo parpadeó varias veces.

—Michael me enseñó a hacerlo antes de que empezara a trabajar como institutriz —asintió Honoria—. Supongo que tenía que haber utilizado la rodilla, pero en ese momento no lo pensé.

—Creo que Chillingworth estará muy agradecido de que le hayas pegado tú y no yo. —Diablo apenas podía contener la risa. Honoria era muy alta y Chillingworth era más bajo—. Tendré que informarle de qué poco ha faltado para que llegara yo.

—Sí —Honoria frunció el entrecejo—, pero eso no es lo peor. Cuando le golpeé, empezó a sangrarle la nariz.

Diablo ya no pudo contenerse y estalló en sonoras carcajadas.

—Oh, Dios mío. Pobre Chillingworth.

—Eso pensaba él también. Se le manchó el chaleco.

—Le has dado con la izquierda, ¿no? —dijo Diablo.

—¿Cómo lo sabes?

—Yo también le di un puñetazo de izquierda en Eton —explicó Diablo con una sonrisa que era puro placer diabólico—, y ocurrió lo mismo. Sangró como un cerdo.

—Precisamente por eso —suspiró Honoria—. Me temo que se siente maltratado por nosotros.

—Supongo. —El tono de Diablo se endureció de repente y Honoria lo miró inquisitivamente—. Eso lo tendremos que arreglar él y yo.

—¿Qué quieres decir?

—Que tendremos que hablar y ponernos de acuerdo en lo que ha ocurrido antes de que empiecen a correr rumores. —Abrazó a Honoria de nuevo y la atrajo hacia sí—. No te preocupes, no voy a retar a duelo a un hombre porque mi esposa le haya atizado en la nariz.

—Claro, pero es probable que él te rete a ti porque yo le golpeé la nariz —replicó Honoria con ceño.

—No lo creo —dijo Diablo. Luego sonrió y movió la cabeza de Honoria hacia arriba—. Eres una mujer de muchos recursos, ¿sabes?

—Claro, soy una Anstruther-Wetherby. —Honoria parpadeó.

—Pues ahora eres una Cynster —dijo Diablo antes de empezar a besarla.

El carruaje siguió avanzando en el atardecer, bajo las sombras inmóviles de los árboles.

Al cabo de unos momentos sin poder respirar, Honoria comprobó que él también tenía muchos recursos.

—¡Cielo santo! —dijo entre jadeos—. ¿No podemos...? —Sujetando las muñecas de Diablo, echó la cabeza atrás para recuperar el aliento—. ¿Dónde estamos?

—En el parque. —Concentrado en lo que estaba haciendo, Diablo ni siquiera levantó la cabeza—. Si miras hacia fuera, verás unos cuantos carruajes recorriendo el mismo circuito.

—No puedo creerlo. —Una oleada de placer le arrancó aquel pensamiento de la mente. Se debatió para contener un gemido y el pensamiento fue sustituido por otro que la hizo parpadear—. ¿Y John y Sligo? ¿No se darán cuenta?

—No, no notarán nada, te lo aseguro. —La sonrisa de su esposo sólo podía calificarse de diabólica.

Los criados no notarían nada, pero ella y él sí notaron todo.

Pareció que habían pasado horas, un número infinito de minutos jadeantes y de exclamaciones contenidas, cuando por fin se recostó contra el pecho de Diablo.

Honoria se incorporó con el entrecejo fruncido y examinó los botones de su abrigo.

—Qué cosa horrible... Se me clavan por todas partes. —Hizo girar los botones de madreperla—. No son tan grandes como los de Tolly pero...

—¿Qué? —Diablo, que tenía los ojos cerrados en una agradecida paz, los abrió de repente.

—Estos botones... Son demasiado grandes.

—No. ¿Qué más has dicho?

—Que se parecen a los de la chaqueta de Tolly. —Honoria frunció más el entrecejo.

Él dejó que sus ojos vagaran en la distancia y luego los cerró.

—Exacto. Eso es —dijo, atrayendo a Honoria hacia sí—. Eso es lo que intentaba recordar de la muerte de Tolly.

—¿El botón que desvió la bala? ¿Y eso nos ayudará?

—Sí, nos ayudará. —Con la barbilla apoyada en su cabeza, Diablo asintió—. Será el último clavo que cierre el ataúd de nuestro asesino.

—¿Sabes seguro quién es?

Honoria intentó mirarlo a la cara pero él la abrazaba con fuerza.

—Sí, sin ninguna duda. —Suspiró.

Tres minutos después, con la ropa correctamente puesta, el duque y la duquesa de St. Ives emprendieron el regreso a Grosvenor Square.

24

Cuando Honoria y Diablo entraron, Veleta los esperaba en la biblioteca. Estudió sus rostros y se tranquilizó.

—Estamos cerca del final.

Diablo condujo a Honoria hasta la *chaise* y tomó asiento a su lado. Su primo lo hizo en el sillón.

—¿Qué ha sucedido?

Diablo le hizo un resumen, saltándose detalles, y sólo le mostró la nota que había recibido Honoria.

—La que me llegó a mí fue escrita por la misma mano. —Veleta estudió la nota y frunció el entrecejo—. Fíjate en la caligrafía, no en la redacción —le indicó Diablo.

La cara de su primo se iluminó.

—¡La pluma! ¡El autor emplea siempre una pluma de punta ancha para que su escritura parezca más grandilocuente! ¡Lo tenemos!

—Sí y no. Todo lo que hemos descubierto es circunstancial. Después de lo que he recordado hoy...

—Y de mis noticias, que todavía no te he contado —le interrumpió Veleta.

—Si lo juntamos todo, la identidad del asesino es evidente —continuó Diablo—. Pero que sea evidente no significa que tengamos pruebas.

Veleta torció el gesto; Diablo mantuvo la expresión sombría. Honoria los miró a ambos. Al ver que no reaccionaban, estuvo a punto de hacer rechinar los dientes.

—Pero ¿quién es? Todavía no me lo habéis dicho.

Diablo puso cara de perplejidad:

—¡Pero si fuiste tú quien me lo dijo a mí! Fuiste la primera que pronunció su nombre.

—Yo pensaba que era Richard, ¿recuerdas? Pero los dos me dijisteis que me equivocaba.

—Y así es —intervino Veleta—. No fue Richard.

—Dijiste que el asesino era mi heredero —dijo Diablo, y esperó a que Honoria lo mirase—. Y, efectivamente, es él.

Honoria abrió los ojos de par en par. Miró a Veleta y volvió a fijarlos en Diablo.

—Pero... ¿quieres decir que George...?

—¿George? —Los dos hombres la miraron.

—¿Por qué George? —preguntó Diablo—. Ése no es mi heredero...

—¿Seguro que no? —Esta vez le correspondió a Honoria mirarlo con perplejidad—. Pues Horatia me dijo que es un año más joven que tu difunto padre.

—Es cierto —confirmó Veleta.

—¡Cielo santo! —Honoria no podía abrir más los ojos—. ¿Cuántos esqueletos Cynster hay en el armario? ¿George es otro Cynster como Richard?

—Has olvidado un detalle crucial: George y Arthur son gemelos. —Diablo miró a Honoria—. Arthur es el mayor... y no, tampoco es él.

—¿Charles, pues? ¿Cómo...? —Honoria vaciló un instante. Durante un largo minuto, fue incapaz de articular palabra; finalmente, con un brillo en los ojos, buscó los de Diablo—. ¡Qué cobarde! ¡Matar a su hermano pequeño!

—Hermanastro —le corrigió Diablo—, como él mismo se apresura siempre en señalar. Y ahora ha intentado matarme a mí.

—Varias veces —apuntó Veleta.

—También ha intentado matarte a ti... —Diablo tomó de la mano a Honoria.

—Y ahora parece que ha matado a su anterior secuaz, Holthorpe —continuó Veleta.

Diablo y Honoria lo miraron con sorpresa. —¿Qué has averiguado? —preguntó él.

—Siguen siendo pruebas circunstanciales, pero he comprobado todas las listas de embarque y no consta que ningún Holthorpe haya salido hacia América... ni hacia ninguna otra parte. Holthorpe no ha dejado nunca Inglaterra.

Diablo frunció el entrecejo.

—Empecemos por el principio. Tolly dejó Mount Street la tarde antes de morir. Por lo que sabemos, se dirigió a su casa a pie. Vivía en Wigmore Street, de modo que tuvo que pasar por aquí. Según Sligo, se presentó en la puerta y se enteró de que me había marchado a La Finca. Luego siguió su camino de buen humor.

—Y se detuvo a ver a George —dijo Veleta—. En la esquina de Duke Street.

—En vista de la desaparición de Holthorpe, parece razonable pensar que así fuera. —La expresión de Diablo se ensombreció aún más—. Probablemente, Tolly se enteró de algo sin proponérselo; quizás escuchó algo que le reveló que Charles se proponía matarme. Imaginemos que así fue; ¿qué haría Tolly en tal circunstancia?

—Hablar con Charles para hacerlo desistir —respondió Veleta—. Tolly no se detendría a pensar en el riesgo que corría al hacerlo; era demasiado abierto, sincero y cándido para imaginar que otros lo fueran menos.

—Supongamos que Charles no quiso escucharle y que Tolly se marchó.

—Pero antes, probablemente, dijo lo suficiente para

sellar el destino de Holthorpe —apuntó Veleta con tono abatido—. Y la mañana siguiente partió hacia La Finca.

—Sin embargo, Charles tomó la ruta más rápida. Sabemos que así fue. No hemos encontrado testigos que puedan situar a Charles en las cercanías del camino donde Tolly recibió el disparo, pero hemos comprobado exhaustivamente que no había nadie más en la zona. Ningún caballero llegó de Londres ese día.

—Tienes razón. De modo que Charles disparó a Tolly...

—Hay un detalle que había olvidado... —dijo Diablo, mirando a su primo—. El botón de la chaqueta de Tolly.

—¿A qué te refieres? —Veleta puso cara de desconcierto.

Diablo suspiró.

—El disparo que mató a Tolly fue prácticamente perfecto. Lo único que evitó que muriese en el acto con un agujero en pleno corazón fue que la bala se desvió en uno de los botones de la chaqueta. Un botón como éstos —señaló los de la suya—, pero más grande. Charles sólo posee un auténtico talento. —Miró fijamente a Veleta y luego a Honoria—. Es un tirador extraordinario.

—Sobre todo con una pistola de cañón largo —asintió Veleta—. Muy bien. Así pues, tenemos a Tolly muerto; Charles llega a La Finca y, al día siguiente, se muestra como el hermano desconsolado.

—En una actuación muy convincente... —Diablo endureció la expresión.

—Menuda sorpresa debió de llevarse cuando se enteró de que Tolly había vivido lo suficiente para hablar contigo.

—Sí, pero guardó silencio y asistió al funeral, como si tal cosa.

—Y luego llegó la noticia más sorprendente. —Veleta miró a ambos—. Charles se enteró de que ibas a casarte con Honoria.

Ella frunció el entrecejo.

—Pero yo me desembaracé de él —dijo. Al ver la mirada de interrogación de Diablo, hizo una mueca y continuó—: Vino a verme al cenador después del duelo. Me propuso que me casara con él, en lugar de contigo, aludiendo a que de esa manera protegería mi buen nombre.

—¿Eso hizo? —Diablo la miró fijamente.

Honoria se encogió de hombros.

—Le respondí que no tenía intención de casarme, ni contigo ni con nadie.

—Y él te creyó —intervino Veleta—. Más tarde, en el baile de mamá, se quedó asombrado cuando Gabriel y yo sugerimos que habías cambiado de idea.

—No es de extrañar. —Diablo miró de reojo a Honoria—. Acababa de hablar con nosotros en el parque y le aseguraste rotundamente que te marchabas a África en pocas semanas.

Ella volvió a encogerse de hombros.

—Y fue entonces cuando empezaron los atentados contra ti —dijo Veleta.

—El accidente del faetón... —Honoria palideció.

—Un primer intento impulsivo. —Diablo le apretó la mano—. Después del incidente estuve muy ocupado, y enseguida llegó la boda.

—Acabo de recordar que... —Honoria se estremeció—. El día de nuestra boda, Charles me advirtió que no debería haberme casado contigo.

Diablo la atrajo hacia sí.

—Mientras estuvimos en La Finca no intentó nada.

—Era demasiado peligroso —apuntó Veleta—. Allí corría un gran riesgo de que lo pillaran.

—Pero tan pronto regresamos a la ciudad, empezó a maquinar planes. Primero intentó convencerme de que te enviara de vuelta a La Finca. —Diablo miró a Honoria y torció los labios—. Me temo que le conté el lugar que ocupas en mi corazón, y desde entonces tú también te convertiste en objetivo; no podía arriesgarse a que apareciera un heredero póstumo. —Vuelto hacia Veleta, Diablo no advirtió la expresión sobresaltada de Honoria—. Luego vino el episodio del brandy, y después el de los tres agresores que conocían mi ruta de vuelta a casa. Charles tuvo ocasión de preparar ambos.

—Ese brandy habría acabado con los dos —murmuró Veleta, mirándolo fijamente.

Diablo se percató del estremecimiento de Honoria y fulminó a su primo con la mirada.

—Pero no fue así, de modo que insistió. La de los marineros, sospecho, fue una oportunidad que no podía dejar pasar; Charles ha vuelto del White's a casa conmigo bastantes veces.

—¿Y qué hay de ese asunto de los «palacios»? ¿Dónde encaja? —Veleta frunció el ceño.

—Quizá me equivoque, pero apuesto a que resultará ser cosa de Charles. En cualquier caso, esta noche lo sabré. —Diablo hizo una mueca.

—¿Esta noche? —Veleta parpadeó—. Es cierto; con tantas cosas, lo había olvidado. ¿Cuál es el plan?

Diablo miró a Honoria; abstraída en sus pensamientos, ella notó al fin su mirada. Alzó la vista y sonrió.

—Estaba acordándome de algo que mencionó lady Herring —declaró.

—¿Lady Herring? —repitió Diablo.

—Sí. Me dijo que Charles le había hecho proposiciones, murmurando algo acerca de reemplazar a su último amante. Ella lo rechazó, por lo que contó, con desagrado.

—Hum... —Diablo se quedó pensativo.

—Charles no debió de encajar muy bien su negativa. —Veleta acompañó su comentario con un movimiento de la cabeza—. Siempre se ha tomado a mal tus éxitos; también en este aspecto, al parecer. —Diablo le dirigió una severa mirada de censura, pero su primo se limitó a arquear las cejas y continuó—: Quizás esto explique por qué empezó a frecuentar los palacios. Lo hizo por esa época, más o menos. Un Cynster no podría visitar estos lugares mucho tiempo sin que nos enterásemos, y tuvimos noticia de ello poco después del funeral de Tolly.

—Sí —intervino Diablo—, pero voy a asegurarme definitivamente.

—¿Cuándo es el encuentro?

—A medianoche.

Veleta miró el reloj.

—Conduciré yo —dijo—. Sligo puede viajar detrás. Lucifer montará guardia en la calle y Escándalo estará en la esquina. —Diablo le miró; Veleta arqueó las cejas—. No imaginarías que íbamos a dejarte entrar allí sin apoyo...

Honoria apretó los labios con fuerza para reprimir una exclamación que su marido seguramente no apreciaría; sin duda, él no compartiría su: «¡Bendita sea la hermandad Cynster!»

Diablo frunció el ceño.

—¿Qué más habéis organizado?

—Nada. —Veleta se mostró apaciguador—. Pero ni se te pase por la cabeza que vamos a permitir que Charles te tienda otra encerrona. Si mueres, él quedará como jefe de la familia... y ninguno de nosotros lo soportaría.

Diablo miró a Honoria; como no decía nada, volvió a mirar a Veleta.

—Está bien, pero que no vaya a cargar la caballería

antes de que suene la corneta; necesitamos que Charles intente llevar a cabo su plan maestro, y hemos de darle suficiente cuerda para que se cuelgue solo.

—Su plan maestro... —Veleta dirigió una mirada a la nota que tenía en las manos—. ¿Es éste?

—Encaja —asintió Diablo—. Me preocupaba que todos los atentados eran demasiado simples, demasiado espontáneos; no me parecían propios de Charles. Ya sabes cómo es. Todos sus planes son retorcidos y complicados. También es muy conservador, muy estricto. En cambio, este último intento lleva estampado su sello. Complejo, cargado de intriga y rígidamente basado en la consideración social de Honoria, de Chillingworth y mía.

—¿Chillingworth? —Veleta torció el gesto—. ¿Por qué él?

—Porque parece el acicate perfecto.

—¿Para qué?

—Para mi mal genio.

Veleta parpadeó, recordando la nota que había recibido Diablo, la que no le había enseñado.

—¡Ya! —relajó la expresión.

—Esta vez Charles se ha superado; era un plan excelente, sí. Podría haber resultado. —Miró a Honoria y añadió—: Si las cosas hubieran sido de otra manera.

Ella estudió sus ojos y levantó una ceja:

—Yo no conozco tanto los procesos mentales de Charles. ¿Podrías explicarme a mí ese plan maestro?

Diablo le tomó la mano y le depositó un leve beso en los nudillos.

—Charles tiene que matarme, y ahora a ti también, para hacerse con el título. De momento ha evitado la actuación directa: no hay modo de relacionarlo con el faetón, el brandy o los marineros. Pero estos intentos no han tenido éxito. Así pues, reflexiona: necesita que nuestra muerte no levante sospechas. Después de la muerte de Tolly, que alguno de los dos tuviera un accidente de caza hubiese causado un gran revuelo.

—Nadie se lo habría tragado —asintió Veleta—. ¡Dos veces! ¡Y seguro que sabe que los demás no permitiríamos que tu muerte en circunstancias sospechosas quedase sin aclarar!

—Por eso se ha centrado en la única clase de muerte que la sociedad admitiría y, aún más importante, que la familia no sólo aceptaría, sino que colaboraría en ocultar.

—No me gusta lo que estoy pensando —dijo Veleta con la mandíbula encajada—, pero si es así cómo lo ha preparado, nos la ha jugado muy bien.

—Es astuto —asintió Diablo—. Hábil no, pero astuto sí.

—Sigo sin entenderlo —intervino Honoria—. ¿Cuál es, exactamente, esa muerte que Charles ha planeado para nosotros?

Diablo la miró con expresión sombría.

—Charles me conoce de toda la vida. Conoce mi mal genio y el alcance de mi rabia, y tiene una idea bastante acertada de cómo desatarla. Con sus tres notas, perfectamente calculadas, preparó el modo de que te descubriese saliendo de casa de Chillingworth.

—Hasta aquí, no me cuentas nada que no sepa.

—Y espera que, a partir de esto, mi furia prepare el escenario. Cuenta con que representaré el papel de marido loco de celos hasta el final y que así podrá matarnos a los dos y echar la culpa a mi temperamento, suficientemente conocido.

—¿Quiere que parezca que me has matado en un ataque de celos y que luego tú mismo te has quitado la vida? —Honoria le miró fijamente.

Diablo asintió. Ella entrecerró los ojos un momento y volvió a abrirlos de golpe. Levantó la barbilla y declaró, mirándolo a la cara:

—Charles no es un Cynster, está claro. ¿Cómo piensas atraparlo?

—De la única manera posible: dejando que muestre sus cartas.

—¿Y cuál será nuestro próximo movimiento? —preguntó Veleta, y devolvió la nota a Diablo.

—Estudiar nuestro plan, que debe consistir en hacer lo adecuado para convencer a Charles de que el suyo está dando resultado. En toda buena obra de teatro, el villano sólo se descubre en la última escena; Charles no lo hará a menos que nosotros, las presuntas víctimas, interpretemos bien las anteriores. —Observó a su primo, que permanecía muy atento, y contempló a Honoria, que esperaba con tranquila expectación a su lado. Sonrió burlonamente y añadió—: Ya hemos completado la primera escena de nuestro melodrama. Para la próxima...

A las seis de la mañana siguiente, envueltos en la niebla, dos hombres altos empuñando sendas pistolas se detuvieron frente a frente en Paddington Green. Los padrinos se retiraron a un lado y un pañuelo blanco dio la señal. Sonaron dos disparos. Uno de los duelistas se derrumbó en el suelo; el otro, vestido de negro, esperó a que el doctor se precipitara sobre el caído. Luego entregó la pistola al padrino y se dio media vuelta ceremoniosamente.

El hombre y su padrino montaron en un carruaje negro, sin distintivos, y se alejaron del lugar.

La tercera escena se desarrolló al cabo de un rato, aquella misma mañana. Las mujeres que daban su paseo matinal por Grosvenor Square —nodrizas con sus niños, institutrices y señoritas, jóvenes y mayores por igual— fueron testigos de la inesperada presencia del carruaje de viaje del duque. Cuando se detuvo ante la casa de St. Ives, los criados bajaron a encargarse de una montaña de equipaje.

Muchas miradas observaron el trajín, divertidas. Entonces se abrió la puerta y apareció Su Alteza, el duque de St. Ives, con gesto duro, acompañado de una dama cubierta con un tupido velo. Casi todos los presentes reconocieron enseguida a la duquesa, por su estatura. Su rigidez y su modo de erguir la cabeza condujeron a muchos a preguntarse si se habría producido algún distanciamiento, alguna desavenencia, posiblemente escandalosa, en la que hasta entonces había parecido una relación notablemente feliz.

Ante un puñado de miradas atentas, el duque ayudó a la duquesa a subir al carruaje y luego hizo lo propio. Un lacayo cerró la puerta y el cochero azuzó los caballos.

La noticia corría ya, en susurros musitados con ojos de sorpresa, en confidencias cuchicheadas tras unas manos de elegantes guantes, mucho antes de que el carruaje abandonara el distinguido barrio. Los St. Ives habían abandonado Londres inesperadamente, justo cuando empezaba la temporada. ¿Qué iba a pensar la nobleza?

Como era de esperar, la nobleza pensó —y dijo— exactamente lo que habían previsto.

Cuatro poderosos corceles negros arrastraron a toda velocidad el carruaje de St. Ives a Cambridgeshire. Apoyada en el hombro de Diablo, Honoria contemplaba el paisaje que pasaba velozmente.

—He estado pensando...

—¡Oh! —Diablo apenas entreabrió los ojos lo suficiente para mirarla.

—Tenemos que ofrecer un baile de gala tan pronto volvamos a la ciudad. Para despejar la impresión errónea que nos hemos preocupado en trasmitir.

Él torció el gesto.

—Tendrás que invitar a Chillingworth, por supuesto.

—Supongo que es inevitable —respondió ella, y le dirigió una mirada de advertencia.

—Claro —Diablo estudió sus facciones, iluminadas por un débil sol—. Por cierto, debo advertirte que, aunque ya era tarde, puede que anoche alguien me viera en el burdel.

El misterioso Cynster había resultado ser Charles; la explicación de la *madame* había sido absolutamente convincente.

Honoria se encogió de hombros, altanera.

—Si a alguien se le ocurre mencionarme tu presencia allí, te aseguro que encontrará una acogida muy fría.

Diablo observó el gesto altivo de su esposa, con la barbilla levantada, y llegó a la conclusión de que ni el cotilla más descarado se atrevería a comentarle tal rumor; Honoria estaba convirtiéndose rápidamente en una matriarca tan intimidante como la duquesa madre.

—¿Sospechas que esta mañana había alguien vigilando en Paddington Green? —preguntó ella.

—Gabriel vio a un tipo que se parecía a Smiggs, el nuevo secuaz de Charles.

—Entonces ¿hemos de considerar que Charles está al corriente de tu encuentro con Chillingworth?

—Parece razonable suponerlo. Ahora procura descansar. —Diablo la acomodó mejor contra su cuerpo. Al ver su mirada de desconcierto, añadió—: Mañana será un día agotador.

Honoria frunció el entrecejo ligeramente.

—No tengo sueño.

Apartó la mirada para no ver la mueca de exasperación de su marido. Al cabo de un momento, éste aventuró:

—Estaba pensando...

—¿Cuándo crees que aparecerá Charles?

Diablo suspiró para sí.

—O lo hace esta noche —dijo—, y si es así acudirá a la casa y anunciará su presencia, o mañana, en algún momento, en cuyo caso quizá no se anuncie. —¿Cuándo iba Honoria a decírselo?—. Enviaré un par de criados a Cambridge para que nos avisen en el momento en que se presente.

—¿Crees que tomará su camino de costumbre?

—No hay motivo para que tome otro. —Diablo estudió su silueta y se detuvo en su barbilla, firme y resuelta—. A propósito: suceda lo que suceda, deberás tener presente una cosa, por encima de todo.

—¿Qué? —Honoria ladeó la cabeza y lo miró con un parpadeo.

—Obedecer mis órdenes sin rechistar. Y si yo no estoy, debes prometerme que harás lo que te diga Veleta sin causarle dolores de cabeza a cada indicación.

Ella estudió sus ojos y volvió la mirada al frente.

—Está bien. Seguiré tus órdenes. Y las de Veleta, en tu ausencia.

—Gracias. —Diablo la atrajo hacia sí y rozó su cabello con los labios. Bajo su semblante confiado, se sentía profundamente inquieto. La necesidad de dejar que Charles actuara y, con ello, se delatara, de tener que seguirle la corriente y enfrentarse a él sin ningún plan establecido, ya era suficiente riesgo, pero que se viera comprometida la integridad de Honoria empeoraba cien veces las cosas. La abrazó más fuerte y apoyó la mejilla en su cabeza—. Si queremos frustrar los designios de Charles, tendremos que colaborar, que confiar mutuamente y en Veleta.

Honoria posó las manos sobre las de él, que rodeaban su talle, y murmuró:

—Confío en ti; colaboraré en todo.

Diablo cerró los ojos y rogó al cielo que ella no sufriera ningún mal. Para alivio suyo, Honoria no tardó en adormilarse, acunada por el balanceo del carruaje bajo el débil sol que bañaba la campiña.

Despertó cuando el carruaje se detuvo ante la escalinata de La Finca. Con un bostezo medio contenido, dejó que Diablo la depositara en el suelo.

Webster salió a recibirlos.

—¿Ha tenido algún problema, Su Alteza?

—Ninguno. ¿Dónde está Veleta? —preguntó. Su primo había partido hacia Cambridgeshire a la vez que ellos abandonaban Paddington Green; Webster y la señora Hull habían dejado Grosvenor Square con las primeras luces.

—Hay algún problema en el molino de Trotter's Field —respondió el mayordomo mientras ordenaba a los lacayos que se ocuparan del equipaje—. Su Señoría, Veleta, estaba aquí cuando Kirby se presentó a informar de ello y ha ido a echar un vistazo.

Diablo intercambió una mirada con Honoria.

—Debería ir a ver. Está a unos campos de aquí, apenas. No tardaré.

—Ve y suéltale las riendas a ese demonio negro que tienes por caballo. Probablemente, ya habrá olfateado tu regreso y estará piafando de impaciencia.

Diablo soltó una risilla, le cogió la mano y depositó un beso en su muñeca.

—Volveré en menos de una hora.

Honoria lo vio alejarse a grandes pasos y, con un suspiro contenido, subió los peldaños de la casa. Una casa que ya era su hogar; lo notó tan pronto entró. Se despojó del sombrero y sonrió a la señora Hull, que pasaba con un jarrón de lirios en dirección al salón. Suspiró otra vez, profundamente, y notó que la invadía una fuerza tranquila, la energía de generaciones de mujeres Cynster.

Tomó el té en la salita trasera y luego, inquieta, recorrió las estancias de la planta baja, familiarizándose de nuevo con las vistas. Regresó al vestíbulo e hizo una pausa. Era demasiado temprano para cambiarse para la cena.

Dos minutos después subía los peldaños de acceso a la glorieta. Instalada en el canapé de mimbre, contempló la imponente fachada que tanto la había impresionado la primera vez. Con una sonrisa, recordó cómo la había transportado Diablo en aquella ocasión. Pensar en su esposo aumentó su inquietud; llevaba fuera casi una hora.

Abandonó la glorieta y se encaminó a los establos. Cuando entró en el patio no vio a nadie, pero los establos nunca estaban desiertos. Los mozos de cuadra estarían fuera, pastoreando el preciado ganado del duque; los hombres maduros habrían ido, seguramente, a echar una mano en el molino estropeado. Melton, sin embargo, andaría escondido por algún rincón; si lo llamaba, acudiría, pero si no lo hacía, no se dejaría ver.

Honoria entró en la cuadra principal, pero no encontró allí a Diablo ni a *Suleimán*. Sin nadie que la interrumpiera, dedicó los cinco minutos siguientes a conversar con su yegua. Por fin, oyó ruido de cascos y levantó la cabeza. Un caballo entró en el patio. Con una sonrisa, dio de comer la última manzana seca a la yegua y, limpiándose las manos en la falda, desanduvo sus pasos hasta el portón de la cuadra y salió al patio.

Y se topó con un hombre.

Honoria retrocedió un paso, con los ojos desorbitados y un grito helado en la garganta.

—Perdona, querida mía. No pretendía sobresaltarte.

Con una breve y humilde sonrisa, Charles dio un paso atrás, también.

—¡Oh ...! —Honoria, con una mano sobre su corazón palpitante, no supo qué decir. ¿Dónde estaba Diablo? ¿Y Veleta? ¿Dónde estaban los que debían explicarle el plan?—. Yo... hum...

Charles frunció el entrecejo.

—Te he asustado. Lo siento. Sin embargo, me temo que traigo graves noticias.

Honoria palideció como la cera.

—¿Qué noticias?

—Me temo que... —Con los labios apretados, Charles estudió su expresión—. Ha habido un accidente —dijo por fin—. Sylvester está herido... Pide que vayas.

Honoria estudió el rostro de Charles con ojos desorbitados. ¿Era verdad lo que decía, o sólo el primer paso de su plan final? Si Diablo estaba herido, sobraban las preguntas; correría a su lado en cualquier caso.

Pero ¿y si Charles mentía? Controló la respiración e intentó calmar su corazón desbocado.

—¿Dónde? ¿Dónde está?

—En la cabaña del bosque.

—¿Donde murió Tolly? —Honoria parpadeó.

—Sí, ¡ay! —respondió Charles con expresión seria—. Un lugar desdichado.

En efecto; pero el molino estaba en la dirección contraria. Honoria trató de mantener la cabeza fría pero se descubrió retorciendo las manos, algo que no había hecho en su vida. En ausencia de Diablo y de Veleta, tendría que escribir la escena ella sola. Lo primero era emplear tácticas dilatorias.

—Me siento mareada...

Charles frunció el entrecejo.

—¡No hay tiempo para eso! —Cuando vio que ella se tambaleaba de costado hasta golpearse contra la pared del establo, su expresión se hizo aún más ceñuda—. No creía que fueras de las que se desmayan a todas horas.

Ella mantuvo una expresión de desconcierto, de aturdimiento.

—¿Qué... qué le ha pasado?

—Le han disparado. —Charles mantuvo la expresión grave, como se suponía que debía mostrarse un buen primo en aquellas circunstancias—. Está claro que algún canalla rencoroso con la familia utiliza el bosque como guarida.

Honoria tuvo que hacer un esfuerzo para reprimir su reacción. ¡Tenía delante al tal canalla!

—¿Está malherido?

—De gravedad. —Charles extendió la mano—. Debes venir enseguida... Dios sabe cuánto durará.

La agarró por el codo y Honoria contuvo el impulso de soltarse, pero notó la firmeza de su mano. Charles, casi a rastras, la condujo al interior de los establos.

—Tenemos que apresurarnos. ¿Cuál es tu caballo?

Honoria movió la cabeza:

—No sé montar.

—¿Qué significa eso? —Charles la miró, perplejo.

Las mujeres embarazadas no debían cabalgar y, hasta donde Honoria recordaba, Charles nunca la había visto a caballo.

—Los caballos me ponen nerviosa. Y los de Diablo

son imposibles. —Consiguió desasirse—. Tendremos que ir en la calesa.

—¿La calesa? ¡No hay tiempo de prepararla!

—Pero... ¡pero entonces no podré ir!

Honoria lo miró con impotencia; en medio de la cuadra ofrecía un aspecto patético. Él la miró y ella retorció las manos.

—¡Oh, está bien! —Charles salió a toda prisa del establo en dirección al granero.

Honoria salió al patio. Cuando él desapareció en el granero, se puso a buscar. Investigó las dependencias y penetró en la oscuridad de los establos del otro lado. ¿Dónde estaba Melton? Enseguida oyó ruido de ruedas.

Volvió donde estaba a toda prisa. Su papel estaba claro: debía continuar adelante con el plan de Charles y hacer que se incriminase a sí mismo. El pánico atenazaba sus nervios y le producía un hormigueo en la columna; mentalmente, la enderezó. Charles era una espada que pendía sobre sus cabezas: la suya, la de Diablo y la del hijo que esperaban. Tenían que atraparlo. Pero ¿cómo iba a rescatarla Diablo si no sabía dónde buscarla? Le flojearon las piernas y se golpeó contra la pared del establo.

Y entonces vio a Melton en las sombras del establo, directamente delante de ella.

Contuvo una exclamación de alegría y se apresuró a cambiar de expresión cuando Charles salió del granero tirando de una calesa ligera.

—Ven a sostener las varas del enganche mientras voy a buscar un caballo —le dijo con voz áspera.

Honoria relajó el gesto, ocultó cualquier asomo de resolución y obedeció, trastabillando. Charles entró en la cuadra; Honoria miró hacia el establo del otro lado. Por la puerta abierta se adivinaba apenas la gorra de Melton. El viejo se refugiaba en las sombras a un lado de la entrada.

Charles regresó con un potente tordo.

—Levanta las varas.

Honoria las dejó caer una vez; después, con disimulo, azuzó al caballo para que se las quitara de encima otra vez. Con gesto adusto, Charles se afanó en sujetar los arneses, visiblemente nervioso por el tiempo que perdía. Honoria esperaba haber calculado bien al escoger aquel carruaje... y que Diablo no hubiera decidido dar un paseo más largo.

Charles apretó bien la última cincha y retrocedió un paso para estudiar el enganche. Por un segundo, descuidó su expresión y Honoria hubiera querido ahorrarse la visión de la sonrisa que cruzaba sus labios, emanando expectación. En ese segundo vio al asesino tras la máscara.

Melton quizá fuera viejo, pero tenía un oído muy agudo y por eso siempre conseguía evitar a Diablo. Honoria lanzó su mirada más desvalida a Charles.

—¿Keenan está con él? Has dicho que estaba en la cabaña de Keenan, ¿verdad? —mantuvo su expresión vaga, perturbada.

—Sí, pero Keenan no está.

Charles preparó las riendas. Honoria, con los ojos desorbitados, se detuvo.

—¿Está solo, entonces? ¿Está muriéndose en la cabaña, solo?

—¡Sí! —La agarró del brazo y la subió a la calesa prácticamente en volandas. Le puso las riendas en la mano y añadió—: ¡Está muriéndose allí mientras tú te pones histérica aquí! Debemos darnos prisa.

Honoria esperó a que Charles montara en su caballo bayo y se volviera hacia la entrada de los establos. Entonces preguntó:

—¿Tú vuelves allí directamente?

—¿Directamente? —Charles se giró, perplejo.

—Bueno... —Honoria señaló la calesa con gesto de frustración—, esto no pasa por el arco de la puerta; tendré que salir por la puerta principal y tomar el camino hasta la cabaña.

Charles hizo rechinar los dientes.

—Será mejor que te acompañe —masculló—. No vayas a perderte.

Honoria asintió atolondradamente. Tomó las riendas y, mansamente, puso en marcha la calesa. Había hecho todo lo posible por retrasar la marcha. El resto era cosa de Diablo.

25

Diablo supo que algo iba muy mal en el instante en que vio a Melton agitando enérgicamente su gorra en el patio del establo, debajo del arco. Con una maldición, espoleó los flancos de *Suleimán;* la exclamación de Veleta se perdió a su grupa pero pronto retumbó en su estela el galope de su caballo.

—¿Qué? —preguntó Diablo y, con un tirón de la brida, obligó a *Suleimán* a detenerse.

—El señor Charles... —Melton se descubrió y sujetó la gorra delante del pecho—. La señora se ha ido con él. Le contó que Su Alteza estaba herido y agonizando en la cabaña de Keenan.

—¿Cuánto hace que han salido? —Diablo soltó un juramento.

—Cinco minutos, no más. Pero la señora es lista; insistió en coger la calesa.

—¿La calesa? ¿Y Charles fue con ella?

—Sí. Quería asegurarse de que no se perdía.

Diablo cerró su mente al pánico que gritaba en su interior. Dirigió una mirada a Veleta.

—¿Vienes?

—Nada en el mundo podría detenerme.

Fueron directamente a la cabaña, pero allí no había nadie. Cabalgaron por el camino en dirección al sur, por donde habían de aparecer Honoria y Charles, y batieron la zona. En la arboleda delante de la cabaña encontraron una zanja de suficiente profundidad para ocultarse. La zanja rodeaba el claro a ambos lados del camino. Estaban pensando en el mejor modo de utilizarla cuando oyeron ruido de cascos que se acercaban. Se ocultaron en la zanja y observaron.

Apareció Charles a caballo. Desmontó junto a la cuadra, se aseguró de que Honoria lo seguía aún y condujo dentro su montura.

Honoria detuvo la calesa delante de la cabaña, pero no hizo el menor ademán de descender. Tan pronto Charles desapareció de la vista, se puso a mirar a un lado y otro con gesto agitado. Tanto su rostro como sus movimientos delataban verdadero miedo.

A veinticinco metros de distancia, en la zanja, Diablo masculló un juramento.

—¡Esta vez acabaré contigo, maldito bribón!

No se atrevió a mostrarse ante Honoria; no cabía duda de que Charles vendría armado. Veleta y él empuñaban sendas pistolas, pero no quería iniciar un tiroteo mientras Honoria estuviera en la línea de tiro.

Charles salió del establo sacudiéndose el polvo de las manos. Cuando vio que Honoria seguía sentada en la calesa, con las riendas flojas en las manos, frunció el entrecejo.

—Pensaba que estarías impaciente por ver a tu marido —dijo y señaló la cabaña.

—Lo estoy. —Sostuvo su fría mirada. Estaba segura de que no encontraría a Diablo allí dentro. Por un instante había tenido la impresión de que se encontraba entre los árboles, muy cerca, pero no había visto nada. En cualquier caso, estaba segura de que su marido llegaría... y ya estaba harta de seguirle el juego a Charles. Éste aminoró el paso y su expresión se hizo aún más sombría. Con un profundo suspiro, Honoria enderezó la espalda y añadió—: Pero no lo encontraré ahí dentro.

Charles se detuvo y, durante unos segundos, se quedó impasible. Después levantó las cejas en una mueca de superioridad y condescendencia.

—Estás trastornada —dijo. Avanzó hasta la calesa y trató de asirla por el brazo.

—¡No! —Honoria se apartó de un brinco. A Charles le cambió la expresión. Lo que ella vio en sus ojos le hizo tragarse el pánico; no era el momento de perder la cabeza—. Lo sabemos todo. ¿Creías que no lo descubriríamos? Sabemos que has intentado matar a Diablo... y sabemos que mataste a Tolly.

Charles se detuvo otra vez; el barniz de cortesía y educación desapareció de su rostro, capa a capa, y dejó a la vista una mueca calculadora, fría, desprovista de toda emoción humana.

—Saberlo —declaró con un tono anormalmente monocorde— no va a salvarte.

Honoria le creyó. Su única esperanza era entretenerlo hablando hasta que llegara Diablo.

—Sabemos lo de ese hombre tuyo, Holthorpe, y lo de los matones que mandaste contra Diablo, y lo del veneno en el brandy. —¿Qué más sabían? Su palabrería no detendría a Charles mucho rato. Impulsada por el miedo, ladeó la cabeza y frunció el entrecejo—. Hemos averiguado todo lo que has hecho, pero no entendemos por qué. Mataste a Tolly para que no alertase a Diablo de que intentabas matarlo, pero ¿a qué viene esa ambición por acceder al título? —Desesperada, soltó todo lo que siempre había pensado de Charles, todo lo que siempre había intuido acerca de él—. No es por el dinero —continuó—. Ya eres suficientemente rico. Quieres el título, pero desprecias a la familia. ¿Por qué, pues, deseas ser su cabeza?

—Hizo una pausa, con la esperanza de que Charles se convenciera de que lo preguntaba con verdadero interés—. ¿Qué razón profunda te impulsa?

A Honoria le dio un vuelco el corazón cuando él la miró, inexpresivo. Luego, una sonrisa gélida asomó a sus labios y arqueó una ceja en la mueca arrogante propia de los Cynster:

—Eres muy perspicaz, querida, pero como vas a morir muy pronto, creo que no importará que te lo cuente. —La miró a los ojos—. Aunque me apellide Cynster, nunca he sido uno de ellos. Siempre me he sentido más próximo a la familia de mi madre. Y todos han muerto ya.

Sujetando la calesa con una mano, Charles dirigió una mirada a la arboleda con un brillo apagado en los ojos.

—Soy el último de los Butterworth, una familia de categoría infinitamente superior, aunque los Cynster no lo reconocerían nunca —añadió mientras esbozaba una mueca burlona—. Muy pronto no les quedará más remedio que hacerlo. Y, una vez tenga el mando, me propongo cambiar completamente el clan. No sólo la conducta que todos asocian a nuestro nombre, sino el propio nombre.

Miró a Honoria, que le devolvió la mirada, boquiabierta de asombro. Con una sonrisa, Charles asintió.

—Nada me detendrá. Y, al cabo, es así como deberían haber sido las cosas. Los Butterworth estaban destinados a convertirse en la línea principal. Mi madre iba a ser la duquesa; por eso se casó con Arthur.

—Pero... —Parpadeó—. ¿Qué me dices de...?

—¿Del padre de Sylvester? —Se volvió, malhumorado—. Mi madre no esperaba que se casase. Cuando ella contrajo matrimonio con Arthur todo parecía despejado: Arthur heredaría algún día, y luego su hijo. Yo. Pero entonces llegó esa furcia, Helena, meneando las caderas, y tío Sebastian se quedó prendado. Y nació Sylvester. Pero, incluso entonces, mi madre sabía que todo acabaría bien, finalmente; después del parto de Diablo, Helena quedó incapaz de engendrar más hijos, lo que colocaba a mi padre, y luego a mí, como los siguientes en la línea sucesoria. —Levantó la vista hacia Honoria y continuó—: ¿Quieres saber por qué he esperado tanto para quitar de en medio a Sylvester?

Ella asintió. Charles exhaló un suspiro.

—Aquella noche estaba explicándoselo a mamá, a su retrato, cuando llegó Tolly. No le oí entrar; ese cretino de Holthorpe lo dejó pasar sin anunciarlo. Como castigo adecuado a su descuido, Holthorpe tenía que morir. —Entrecerró los ojos y volvió a centrarlos en Honoria. Su tono se había vuelto malvado—. Como le dije a mamá, necesitaba una razón; no podía limitarme a matar a Sylvester y esperar que nadie reaccionara. Cuando era joven, Veleta andaba siempre con él y ninguno de los accidentes que preparé dio resultado. Esperé, pero han seguido juntos toda la vida. Peor aún: se les unió Richard, y luego los demás. La hermandad Cynster. —Apretó los labios, tensó la voz y endureció aún más la expresión—. Durante años ha sido una espina clavada en mi costado. Quiero ver a Sylvester muerto de una manera que le haga perder el respeto de la hermandad... y del resto de la familia. Quiero el título. —Su mirada tenía un brillo mortecino—. Quiero el poder. ¡Sobre todos ellos!

Bruscamente, borró de su rostro cualquier expresión.

—Le prometí a mamá que me haría con el título aunque ella ya no estuviera para verlo. Los Butterworth siempre han estado destinados a triunfar. Le expliqué por qué había esperado tanto y por qué me parecía, viendo a Diablo tan agitado, que tal vez había llegado por fin el momento.

Una vez más, Charles volvía sobre su pasado; Honoria se quedó inmóvil, contenta de que tuviera la atención puesta en otra cosa. Al momento siguiente, Charles volvió a mirarla con fiereza.

—¡Pero entonces llegaste tú y se me acabó el tiempo, completamente!

Ella se encogió; el caballo piafó y sacudió el lomo. A Charles se le encendió la mirada; por un instante, Honoria pensó que iba a pegarle.

No lo hizo. Con visible esfuerzo, se contuvo y luchó por controlar su expresión. Cuando recuperó el dominio de sí mismo, continuó en tono relajado:

—Al principio creí que eras demasiado inteligente para caer en las redes de Diablo. Me equivocaba. —La miró con desprecio—. Te advertí que cometías un error casándote con él, pero fuiste tan estúpida de no escucharme y ahora perderás la vida por ello. No correré el riesgo de verme apartado otra vez de mi propósito. Arthur está viejo; él no será problema. Pero si tú y el bebé que esperas sobrevivís a Diablo, tendré que enfrentarme a todos los demás. ¡Intentarán proteger al hijo del duque!

Honoria, asida con fuerza al asiento de la calesa, mantuvo la mirada fija en la de Charles y rogó al cielo que Diablo o Veleta llegaran a tiempo de oír una parte, al menos, de sus desvaríos. Charles había mordido el anzuelo y había contado lo suficiente para colgarlo dos veces.

Él jadeó profundamente y volvió la vista hacia la arboleda. Se enderezó, soltó la calesa y, de un tirón, se ajustó la capa.

Honoria aprovechó el momento para mirar alrededor. Aún tenía la sensación de que alguien la observaba, pero en el bosque no se movía ni una hoja. Había conseguido su principal objetivo. Diablo estaría a salvo de Charles, libre de él y sus maquinaciones. Su desaparición y muerte serían pruebas suficientes de la culpabilidad de Charles; Melton testificaría que Charles la había convencido para que lo acompañara.

Aun así, prefería seguir viva para celebrarlo con él y para disfrutar juntos de su hijo. Decididamente, no deseaba morir.

Él la agarró y ella soltó un grito. Dejó las riendas y se debatió, pero él era mucho más fuerte. La bajó de la calesa.

Forcejearon torpemente sobre la alfombra de hojas que cubría el claro. El caballo retrocedió con un relincho y Charles chocó contra la calesa. El caballo se asustó y salió al galope. Honoria lo vio alejarse con la sensación de que ya había vivido aquella escena. Otro caballo que se alejaba con otra calesa... y que esta vez la dejaba a solas con el asesino, no con la víctima. Esta vez la víctima sería ella.

Charles le rodeó el cuello con un brazo y la levantó del suelo.

—¡Charles!

La voz fiera de Diablo resonó en el claro. Honoria estuvo a punto de desmayarse; miró alrededor mientras Charles, sujetándola por detrás, la zarandeaba, pero no consiguió localizar a su esposo. Charles soltó una maldición; al instante, Honoria notó la presión del cañón de una pistola bajo su pecho izquierdo.

—¡Déjate ver, Sylvester! ¿O quieres presenciar desde ahí cómo mato a tu mujercita?

Honoria volvió la cabeza y observó brevemente la cara de Charles, exultante de malicia, y el brillo de sus ojos desquiciados. Frenética, intentó desasirse. Charles apretó el brazo en torno al cuello y la obligó a ponerse de puntillas, perdiendo el apoyo en el suelo.

—¿Diablo? —exclamó—. No te atrevas a salir, ¿me oyes? No salgas. No te perdonaré nunca si lo haces. —El pánico la atenazó, le clavó sus garras; ante sus ojos danzaban unas sombras negras—. No quiero que me salves. Tendrás más hijos, no es necesario que me rescates.

Se le quebró la voz y derramó lágrimas. Un ruido sordo llenó sus oídos. Si el precio era la vida de él, no quería que su marido la salvara.

Diablo, en la zanja, preparó la pistola. Veleta lo observó con el entrecejo tan fruncido que sus cejas se tocaban.

—¿Hijos? —preguntó.

—Buen momento escoge para anunciar su estado —masculló él entre dientes.

—¿Lo sabías?

—Es uno de los principales requisitos para ser duque: tienes que saber contar. —Con expresión sombría, Diablo metió la pistola en el cinturón, a la espalda, y se ajustó la chaqueta—. Ve al otro extremo de la zanja, al otro lado del camino.

Honoria balbuceaba, histérica; Diablo no podía soportar más tal tortura. Cogió la petaca de licor de Tolly, que llevaba en el bolsillo desde que Louise se la había entregado como recuerdo de su difunto primo, y la guardó en el bolsillo superior izquierdo de la chaqueta. Con un juramento por lo bajo, rasgó el forro hasta que finalmente la petaca encajó.

—No puedo creerlo —murmuró Veleta al verlo.

—Pues créelo —le aconsejó. Alzó la mirada otra vez; Honoria seguía en pleno ataque. Charles escrutaba el bosque sin apartar la pistola de su pecho.

—Supongo que es inútil insistir en convencerte, ¿no?

—Veleta, detrás de él, preparó también su arma. Al ver que Diablo no respondía, suspiró—. Lo imaginaba.

—¿Sylvester?

—¡Aquí, Charles!

La respuesta permitió a Charles situarlo aproximadamente.

—Sal. Y deja ahí tu pistola.

—¿Te das cuenta —susurró Veleta mientras se alejaba arrastrándose sobre el vientre— de que si cometes la locura que te propones, puedes perjudicar gravemente la fama de invulnerabilidad de la familia?

—¿Por qué dices eso? —Diablo se desabotonó la chaqueta y se aseguró de que su costado izquierdo quedara despejado de obstáculos.

—Cuando Charles te mate, yo lo mataré a él... y después tu madre me matará a mí por haber permitido que te mataran. Tu acto descabellado va a costar tres vidas de un solo golpe.

—Empiezas a hablar como Honoria —replicó Diablo con un bufido.

—Es una mujer muy sensata.

Diablo dirigió una última mirada a Veleta y se dispuso a incorporarse.

—¿Me cubres la espalda?

—¿No lo hago siempre?

Veleta se arrastró en dirección al otro extremo de la zanja. Diablo esperó un poco más, exhaló un profundo suspiro y se puso en pie.

Charles lo vio y sujetó con más fuerza a Honoria.

—Suéltala, Charles. —Diablo mantuvo la firmeza en la voz. Lo último que deseaba era que Charles, contra quien se proponía disparar a la primera ocasión, fuera presa del pánico—. Es a mí a quien quieres, no a ella.

Avanzó unos pasos hacia el claro, abriéndose camino

entre los tupidos matorrales y apartando bejucos y arbolillos jóvenes. No dirigió la mirada a Honoria.

—¡Atrás! —gritó ella. Su voz se quebró en un sollozo—. ¡Vuelve atrás! ¡Por favor, no ...! —Rompió a llorar. Sacudió la cabeza, se sorbió las lágrimas y, con ojos suplicantes y un hilillo de voz, continuó gimiendo.

Diablo siguió adelante sin vacilar y llegó al borde del claro. Charles cambió su expresión por una complacida sonrisa de victoria. De un empujón, apartó a Honoria, que cayó al suelo con una exclamación. Con calma, Diablo salió al claro de bosque. Charles levantó su arma, apuntó cuidadosamente... y le disparó al corazón.

El impacto levantó a Diablo del suelo, y por unas décimas de segundo permaneció suspendido en el aire; el tiempo suficiente para darse cuenta de que seguía vivo, de que Charles se había mantenido fiel a su costumbre y había apuntado al corazón, no a la cabeza, de que la petaca de Tolly había servido para su propósito. Después cayó y, mientras lo hacía, deslizó su diestra hasta la espalda. Cayó sobre el costado izquierdo y la mano derecha ya empuñaba la pistola. Como un buen actor, gimió y rodó de espaldas, con los pies apuntando a Charles. Sólo quedaba que Honoria, por una vez en la vida, se comportara como él esperaba.

Así fue; su grito casi ahogó el pistoletazo. Un segundo después se arrojaba sobre el cuerpo caído de Diablo. Con las mejillas surcadas por las lágrimas, tomó su cabeza entre las manos; al ver que no respondía, buscó frenéticamente, entre sollozos, la herida inexistente.

Sin apenas ser consciente de sus actos, Honoria abrió la chaqueta de su marido... y no encontró otra cosa que la camisa blanca, intacta, que cubría su pecho firme y palpitante. Jadeante y desconcertada, con la voz rota por los gritos y el corazón desbocado, palpó el cuerpo. Diablo estaba muerto: acababa de ver cómo Charles lo abatía. Observó la chaqueta. Una mancha de líquido empezaba a empaparla. La tocó y notó algo metálico.

Se quedó paralizada unos segundos. Luego miró los ojos verdes de Diablo y los vio brillar bajo sus largas pestañas. Y notó que debajo de su mano el pecho se alzaba levemente.

—Qué escena tan conmovedora...

Honoria volvió la cabeza. Charles se había aproximado y se hallaba a diez pasos de distancia. Había dejado la pistola con la que había disparado a Diablo y ahora empuñaba otra más pequeña. Sin dejar de sonreír, apuntó a Honoria.

—Es una pena que deba ponerle fin —añadió.

—¡Charles!

El grito de Veleta lo hizo girarse desconcertado. Diablo se apoyó en el codo izquierdo, dejando libre el brazo derecho, al tiempo que arrojaba a Honoria al suelo, protegiéndola con su cuerpo.

Charles volvió la cabeza y sus labios se contrajeron en una mueca feroz. Levantó la pistola y perdió unas décimas de segundo en apuntar al blanco.

Diablo y Veleta no titubearon. Sonaron dos disparos y Charles se estremeció una sola vez. En su rostro apareció una mueca de absoluta sorpresa. Retrocedió tambaleándose y su brazo descendió despacio. La pistola se le escapó de los dedos, los ojos se le cerraron y, lentamente, cayó al suelo.

Diablo se volvió... y recibió una solemne bofetada en la mejilla.

—¡Cómo te atreves! —Los ojos de Honoria escupían fuego—. ¿Cómo te atreves a dejar que te maten así? Si vuelves a hacerlo, te... —Lo agarró por la camisa e intentó zarandearlo.

—¿Yo? ¿Y qué me dices de ti? Marcharte tan tranquila con un asesino... Voy a darte una lección; te encerraré en tu habitación y..

—¡El tiro te lo ha disparado a ti! A mí sólo ha estado a punto de matarme. —Honoria le golpeó el pecho con los puños—. ¿Cómo crees que podría vivir sin ti, hombre imposible?

—¿Y crees que sin ti yo podría hacerlo? —Diablo la miró, enardecido. Su voz se había convertido en un rugido.

Sus miradas se encontraron, febriles, con furia posesiva. Se escrutaron mutuamente a los ojos. Parpadearon a la vez.

Honoria exhaló un suspiro y lo rodeó con sus brazos. Diablo intentó mantener su justa cólera, suspiró también y la estrechó entre los suyos. Ella lo abrazaba con tal fuerza que casi le impedía respirar. La alzó del suelo y la recostó en su regazo.

—Aquí estoy. Te prometí que nunca te dejaría —le susurró mientras le acariciaba el cabello. Al cabo de un momento, preguntó—: ¿Estás bien? ¿Y tú, Veleta?

Honoria lo miró con sus ojos azul grisáceo aún anegados; observó su rostro y soltó unos hipidos.

—Todos estamos sanos y salvos.

—¿No te has hecho daño al caer?

—Creo que no. No me noto nada.

Diablo frunció el entrecejo.

—Te llevaré a casa. La señora Hull sabe de estas cosas. Pero antes... —Miró a Charles, tendido sobre la hojarasca.

Honoria miró también y, sorbiéndose la nariz, se alisó las faldas y se dispuso a incorporarse. Diablo la ayudó y se levantó también. Ambos volvieron a estrecharse. Juntos, avanzaron hasta donde se hallaba Veleta, contemplando al caído Charles.

Dos balas disparadas desde distintos ángulos le habían destrozado el pecho. No cabía duda de que las heridas eran mortales, pero aún no había muerto. Cuando Diablo se detuvo a su lado, Charles parpadeó levemente.

—¿Cómo...? —susurró con voz áspera.

Diablo sacó del bolsillo la petaca de Tolly. Ya no serviría más para llenarla de licor: la bala había perforado una cara y se había alojado en la otra. Se la enseñó.

Charles lo comprendió. Su rostro se contrajo en una mueca.

—Vaya... —dijo entre jadeos. Cada palabra le costaba un gran esfuerzo—: Mi hermanastro ha conseguido lo que quería, finalmente. Estaba decidido a salvarte... —Un estertor lo interrumpió.

—Tolly era mucho mejor que tú —declaró Diablo.

Charles intentó una mueca despectiva.

—Yo, en tu lugar —intervino Veleta—, aprovecharía el tiempo que te queda para ponerte en paz con Dios. ¡Él sabe que nunca serás el jefe de los Cynster! —Y tras esto, se retiró de la escena.

Con gesto desdeñoso, Charles abrió la boca para replicar; sus facciones se contrajeron y sus ojos se nublaron, al tiempo que su cuerpo se ponía rígido. Luego se le cerraron los párpados y ladeó la cabeza.

Honoria siguió abrazada con fuerza a Diablo, pero no apartó los ojos de Charles.

—¿Ha muerto?

—Todo ha terminado —asintió Diablo.

Oyeron ruido de cascos que se acercaban por el sur. Veleta miró a Diablo, que se encogió de hombros. Se dispusieron a salir al encuentro de los recién llegados. Honoria avanzó junto a Diablo; todavía no estaba dispuesta a separarse de él.

Por el camino aparecieron dos jinetes al galope. Al

momento, el claro de bosque se llenó de hombres Cynster.

—¿Qué hacéis aquí? —inquirió Diablo.

—Hemos venido a ayudar —respondió Richard con tono casi ofendido. Vio el cuerpo tendido en el suelo y soltó una exclamación—. Parece que os habéis arreglado bastante bien sin nosotros.

Gabriel ató su montura a un árbol y se unió a la conversación.

—Y ahora ¿qué?

—Ni se os ocurra hacer pasar todo esto por un accidente —intervino Lucifer, sin desmontar—. Yo, desde luego, no asistiré a ningún funeral por Charles.

—Desde luego. —Harry se colocó al lado de Veleta—. Y si alguno de vosotros propone que lo enterremos junto a Tolly, que no cuente conmigo.

—Entonces ¿qué propones que hagamos con el cuerpo, hermano? —Richard miró a Diablo con una mueca inquisitiva.

Los demás también lo miraron, incluso Honoria, pero Diablo se había puesto una máscara. Se volvió hacia la cabaña y dijo:

—No podemos arriesgarnos a enterrarlo. Alguien podría descubrir la sepultura. —Apartó la mirada de la cabaña y la paseó por el bosque circundante—. No ha llovido mucho. El bosque está bastante seco.

Veleta estudió la cabaña.

—Es tuya, al fin y al cabo —dijo—. Nadie lo sabría, excepto Keenan.

—Yo me encargo de eso. En el pueblo hay una viuda que estará muy contenta de acogerlo como huésped.

—Bien. —Richard se despojó de su capa—. Tendremos que hundir el techo y derribar las paredes para que queme bien.

—Será mejor que empecemos. —Gabriel miró al

cielo—. Tendremos que asegurarnos de que el fuego queda apagado antes de irnos.

Honoria los vio quitarse chaquetas, chalecos y camisas. Richard y Gabriel desenterraron unas hachas del establo; Harry y Lucifer se llevaron los caballos, incluido el tordo alquilado de Charles.

—Dejadlo suelto en los campos, cerca de la carretera de Cambridge —les indicó Diablo.

—Lo haré esta tarde —asintió Harry.

Momentos después, el sonido de las hachas que atacaban la madera seca llenó el claro. Diablo y Veleta arrastraron el cuerpo de Charles hasta la cabaña. Honoria los siguió y observó desde el umbral cómo lo depositaban sobre el jergón donde había muerto Tolly. Veleta se restregó las manos.

—Muy apropiado —murmuró.

Honoria retrocedió un paso y una astilla pasó rozándole la cara.

—¡Qué...! —Richard, hacha en mano, la miró con alarma y levantó la voz—: ¡Diablo!

No fue preciso que explicara qué sucedía. Diablo se presentó de inmediato y miró a Honoria con severidad.

—¿Qué demonios haces aquí? ¡Ve a sentarte ahí, en lugar seguro! —Señaló un tronco, al otro lado del claro. El mismo tronco en que la había hecho sentarse seis meses antes.

En seis meses había habido muchos cambios. Honoria no se movió de donde estaba. Detrás del torso desnudo de Diablo vio cómo Veleta, de un solo golpe, hacía pedazos un taburete desvencijado.

—¿Qué hacéis con esos muebles? —exclamó.

—Vamos a echar abajo la cabaña, sobre el cuerpo de Charles. Tenemos que emplear mucha madera para que el fuego alcance suficiente temperatura para incinerarlo.

—Pero... —Honoria retrocedió y contempló la cabaña, los gruesos medios troncos de las paredes y las robustas vigas bajo los aleros—. Tenéis suficiente leña; no necesitáis los muebles de Keenan.

—Honoria, esos muebles son míos.

—¿Cómo sabes que él no los utiliza? —insistió ella con una mirada testaruda. Diablo apretó los labios. Honoria levantó la barbilla—. Sólo llevará un par de minutos sacarlos. Podemos usar las sábanas para taparlos y que Keenan venga a buscarlos más adelante.

Diablo levantó las manos con exasperación y volvió a entrar en la cabaña.

—Está bien, está bien, pero debemos darnos prisa.

Cuando Diablo se lo dijo a Veleta, éste se limitó a mirarlo fijamente, pero no protestó. Sacaron las piezas más pesadas entre los dos; Honoria recogió los objetos más pequeños en cestas y baldes. Harry y Lucifer regresaron y contemplaron la escena con incredulidad. Honoria se apresuró a reclutar a Lucifer; Harry se escabulló con el pretexto de que iba a buscar los caballos de Diablo y Veleta para colocarlos al otro lado de la cabaña, contra el viento.

Mientras Richard y Gabriel aflojaban las junturas, el montón de posesiones de Keenan creció. Finalmente, Harry, a quien Honoria había cazado por fin y enviado a despejar el establo, volvió con un viejo hule y un quinqué polvoriento. Puso el quinqué sobre los muebles y lo cubrió todo con el hule.

—¡Ya está! —dijo y se volvió hacia Honoria, no desafiante o irritado, sino con esperanza—. Ya puedes sentarte. Sal de en medio.

Sin darle tiempo a replicar, Lucifer sacó la gran silla tallada de debajo del hule, cogió el cojín con borlas y lo ahuecó. Con un carraspeo enojado, lo depositó en el asiento y le dedicó una reverencia, ligera pero algo histriónica.

—Su silla, Alteza. Tome asiento, por favor.

¿Qué podía decir Honoria?

Su leve titubeo resultó demasiado para Gabriel, que intervino para devolverle el hacha a su hermano.

—¡Por el amor de Dios, Honoria, siéntate, antes de que nos vuelvas locos a todos!

Honoria le dedicó una mirada altiva y, extendiendo la falda con gesto regio, se sentó. Casi pudo escuchar el suspiro de los dos hombres.

Desde ese momento no volvieron a prestarle atención, mientras permaneció en la silla. Cuando se levantó y dio unos pasos para estirar las piernas, se vio frenada por sus miradas ceñudas, y tuvo que volver al asiento.

Echaron abajo la cabaña con rapidez y eficacia. Honoria lo observó todo desde su regio estrado. El surtido de torsos masculinos desnudos, brillantes de sudor honrado, cuyos músculos se hinchaban y vibraban en su esfuerzo contra vigas y marcos, resultaba revelador, por decir poco, pero le sorprendió descubrir que la atracción que le suscitaba tal visión estaba extremadamente reducida.

Sólo le afectaba el pecho al aire de su esposo; esta visión sí que conservaba la capacidad de transfigurarla, de hacer que, de pronto, se le secara la boca. Era algo que no habia cambiado en aquellos seis meses.

Pocas cosas, aparte de ésa, eran igual que entonces entre ellos. El hijo que crecía en su seno llevaría los cambios un paso más, al inicio de su rama de la familia. Sería el primero de una nueva generación.

Cuando hubieron encendido el fuego, Diablo fue hasta ella. Honoria lo miró y sonrió entre lágrimas.

—Es el humo, nada más —dijo ella en respuesta a su mirada.

Con un súbito estruendo sibilante, las llamas surgieron entre el techo hundido. Honoria se levantó; Diablo volvió a poner la silla debajo del hule y la cogió de la mano.

—Es hora de volver a casa.

Ella se dejó conducir. Richard y Lucifer se quedaron para asegurarse de que el fuego se apagaba. Harry se marchó a dejar libre el caballo de Charles. Los demás volvieron por el bosque, cabalgando entre las sombras alargadas. Honoria, delante de Diablo, se apoyó en su pecho y cerró los ojos.

Estaban a salvo y volvían a casa.

Horas más tarde, sumergida hasta la barbilla en la bañera ducal y relajada por los vapores perfumados, Honoria oyó unos repentinos ruiditos, como de ratones. Entreabrió los ojos y vio que Cassie se escabullía del baño y cerraba la puerta.

En otras circunstancias, eso la habría irritado, pero esta vez estaba demasiado cansada. Minutos después, se aclaró el misterio: Diablo se metió en la bañera, en la que cabían los dos holgadamente. Él mismo la había encargado especialmente.

—¡Ahhh!

Diablo se sumergió en el agua, cerró los ojos y se recostó en la pared de la bañera. Honoria lo contempló y vio las arrugas que el cansancio había marcado en su rostro.

—Tenía que suceder... —murmuró.

—Lo sé —respondió él con un suspiro—. Pero Charles era un miembro de la familia. Habría preferido que todo se desarrollara de otra manera.

—Has hecho lo que debías. Si se hubieran conocido

sus tejemanejes, la vida de Arthur y la de Louise habrían quedado arruinadas, como las de Simon, las gemelas y los demás: habrían tenido que soportar comentarios toda su vida. La sociedad nunca es justa. —Honoria habló con calma, dejando que la verdad calara en él y lo tranquilizara—. Supongo que, tal como han sucedido las cosas, todo quedará en que Charles ha desaparecido.

—Inexplicablemente. —Al cabo de un momento, Diablo añadió—: Veleta esperará unos días; luego despedirá a Smiggs. La desaparición de Charles desconcertará a la familia y se convertirá en un misterio insoluble. Sus cenizas quedarán enterradas en el bosque donde murió Tolly. Que su alma encuentre alguna paz, si puede.

—Tenemos que contarles la verdad a Arthur y Louise —apuntó ella con gesto sombrío.

—Humm... —Diablo entrecerró los ojos—. Más adelante.

Cogió el jabón y se lo ofreció a Honoria. Ella parpadeó y lo aceptó. Con una suave sonrisa, se incorporó de rodillas entre las piernas flexionadas de él y se dedicó a uno de sus pasatiempos favoritos: enjabonarle el pecho y limpiar su espléndido cuerpo. Se apresuró a formar abundante espuma sobre la rizada mata de vello de su torso y extendió las manos sobre él, acariciando sus poderosos músculos y esculpiendo amorosamente los hombros y los brazos.

«Te quiero, te quiero», repitió mentalmente la letanía. Dejó que sus manos pronunciaran las palabras, dieran voz a la música, impregnaran con su amor cada contacto, cada caricia. Él movió las suyas en respuesta y recorrió sus curvas, tomando posesión de cada una de ellas sin prisa, orquestando un acompañamiento a su canción.

Sólo una vez le había permitido Honoria utilizar el

jabón con ella... y la habitación había quedado completamente inundada. Para su asombro y placer, Diablo demostraba tener más dominio de sí mismo que ella.

Una mano grande y poderosa se extendió sobre su vientre levemente redondeado. Honoria captó el brillo de sus ojos verdes y esbozó una mueca:

—Tú lo sabías.

Él levantó una ceja en su típico ademán arrogante y curvó lentamente los labios.

—Esperaba a que tú me lo dijeras.

—Mañana es el día de San Valentín. Te lo diré entonces —dijo ella y enarcó las cejas con altivez.

Él le dedicó una de sus sonrisas de pirata.

—Tendremos que organizar una ceremonia adecuada...

Honoria captó su mirada y contuvo el impulso de devolverle la sonrisa. Refunfuñó y cambió de posición en la bañera.

—Vuélvete.

Diablo obedeció y ella le enjabonó la espalda; después, se ocupó de su pelo y le hizo echar la cabeza atrás para enjuagarle. Finalmente se sentó entre sus muslos, delante de él y dándole la espalda, y le enjabonó una de sus largas piernas. Mientras lo hacía, Diablo se inclinó, la rodeó por la cintura y le mordisqueó el lóbulo de la oreja.

—¿Estás segura de que te encuentras bien?

—Perfectamente. Y nuestro hijo también. No te preocupes más.

—¿Que no me preocupe? —bufó Diablo—. ¡Buen consejo, viniendo de ti!

Honoria soltó la pierna, sonrió y, echándose hacia atrás, disfrutó el contacto de aquel torso cálido, firme y mojado con sus hombros y su espalda.

—¡Oh!, yo he renunciado a preocuparme por ti.

Diablo soltó otro bufido, que sonó excesivamente escéptico.

—Piénsalo. —Honoria hizo un gesto con el jabón en la mano—. Sólo últimamente, has salido lanzado de un faetón que se hizo astillas, han intentado envenenarte, te han atacado con espadas y, hace muy poco, te han disparado al corazón. ¡Y todavía estás aquí! —Abrió sus brazos en un gesto teatral—. Está claro que, si eres tan invulnerable, preocuparme de que pueda sucederte algo es un esfuerzo inútil. Es evidente, como tantas veces me han contado, que el destino protege a los Cynster.

Diablo sonrió. Honoria dejaría de preocuparse por él el mismo día que él dejara de hacerlo por ella. Cerró las manos en torno a su cintura y atrajo sus caderas más cerca de sí.

—Te dije que estabas destinada a ser la esposa de un Cynster; es evidente que necesitabas un marido invencible.

Subrayó sus palabras acariciándola entre los muslos y su erección se hundió unos centímetros más en aquel refugio que ya le era familiar. Honoria dejó el jabón en la repisa de la bañera, arqueó la espalda y lo introdujo aún más en ella.

—Te lo advierto: si tenemos que pintar el techo de abajo otra vez, el servicio empezará a hacerse preguntas.

—¿Estás desafiándome?

—Sí —dijo ella con una sonrisa.

Diablo soltó también una risilla, con un sonido tan profundo que conmovió a Honoria.

—Ni un solo chapoteo —le advirtió.

—Tus deseos son órdenes —asintió él.

Lo decía en serio. Respondió al desafío de Honoria —en todos los sentidos— y la meció en la cuna de sus caderas hasta que ella creyó volverse loca. Las manos de Diablo la exploraron, acariciaron sus pechos henchidos y jugaron con sus sensibles pezones. Las ligeras ondas que los movimientos provocaban en el agua azuzaron sus puntos eróticos como una dulce y sutil tortura. Una sensación febril se adueñó de ella haciendo que el agua, ya tibia, pareciera más fría y sensibilizando su piel al tonificante calor del cuerpo velludo que se frotaba íntimamente contra el suyo.

Poco a poco, la fiebre aumentó: Honoria abrió las rodillas e intentó levantarse un poco, pero él la retuvo rodeándola por las caderas con manos fuertes.

—Sin chapoteos, ¿recuerdas?

Ella sólo pudo soltar un jadeo mientras él seguía empujándola hacia abajo y la penetraba más profundamente con su miembro duro y ardiente. Al cabo de tres embestidas contenidas pero enérgicas, su fiebre estalló. Musitó su nombre mientras sus sentidos se disparaban; con los ojos cerrados saboreó el vuelo, quedó suspendida por un instante en el vacío de la culminación y luego, suavemente, regresó a la tierra.

Él no se había unido al vuelo; con sus brazos en torno a ella, la sostuvo mientras volvía en sí. Emocionada, Honoria sonrió y lo ciñó en su interior con el mismo afán posesivo con que él lo hacía. No le había dicho que la quería pero, después de todo lo sucedido, no necesitaba oírlo. Como todos los Cynster, sus actos hablaban por él. Ya había dicho suficiente.

Era suya; y él, suyo. No necesitaba nada más. Y lo que había crecido entre ellos, lo que crecía dentro de ella, era de los dos: era su vida, la de ambos. Cuando sus pies mentales pisaron de nuevo el suelo, se concentró en hacerle caricias íntimas, estimulantes, expertas. Y notó que él tensaba los músculos.

Bruscamente, él la separó; al momento siguiente estaba en pie y la estrechaba en sus brazos. Cuando la sacó de la bañera y se encaminó con ella al dormitorio, Honoria abrió los ojos, alarmada:

—¡Todavía estamos mojados!

—Nos secaremos muy deprisa —replicó su marido, ardoroso.

Así lo hicieron. Rodaron, se retorcieron y se enredaron en las sábanas de seda en una gloriosa afirmación de la vida y del amor que compartían. Más tarde, mientras él reposaba boca arriba, Honoria se quedó profundamente dormida sobre su pecho. En los labios de Diablo apareció una sonrisa.

Todos los varones Cynster, los auténticos, morían en la cama.

Contuvo una risilla y observó a su esposa. No podía verle el rostro. Con suavidad, la colocó de costado, de cara a él; Honoria se acurrucó contra él y le deslizó la mano por el pecho. Diablo le dio un beso en la sien y la rodeó con sus brazos.

Tener y retener, era el lema de la familia. También aparecía en los votos matrimoniales. Uno de sus antepasados había pagado un precio terrible para mantenerlo. Casado con Honoria Prudence, Diablo podía entender por qué.

Tener era muy agradable; retener —el amor, la intimidad— era aún mejor.

Epílogo

Somersham, Cambridgeshire, septiembre de 1819

La hermandad Cynster estaba reunida.

Estaban todos en la biblioteca, relajados y satisfechos como depredadores bien alimentados. Diablo había retirado la silla de su escritorio y había cruzado una pierna para improvisar una cuna para su heredero, Sebastian Sylvester Jeremy Bartholomew Cynster. El recién nacido, atracción central de la reunión del clan, acababa de ser bautizado hacía unas horas y estaba a punto de serlo otra vez, en otro templo.

Veleta ocupaba el sillón al lado del escritorio; Gabriel y Harry, la *chaise*. Lucifer estaba repantigado en uno de los sillones junto al fuego y Richard era su reflejo en el otro. Todos sostenían grandes copas del mejor brandy de las bodegas de Su Alteza de St. Ives; en la estancia flotaba un aire soñoliento de profunda satisfacción viril.

El taconeo apresurado de unos pasos femeninos en el pasillo fue el primer indicio de que la calma iba a romperse. Se abrió la puerta y apareció Honoria. Una mirada a su rostro, a sus ojos centelleantes, bastó para que todos entendieran que alguien se encontraba en apuros.

Seguro de que, fuera cual fuese la causa de su ira, él no podía tener la culpa, Diablo le dirigió una vaga sonrisa. Cuando Honoria le respondió con un gesto seco de la cabeza, muy seria, tuvo malos presagios. Los demás hicieron ademán de ponerse en pie, pero ella les indicó con un gesto que no se movieran. Acompañada del crujido de su falda, Honoria cruzó la biblioteca y, al llegar al escritorio, dio media vuelta. Cruzando los brazos, miró a los reunidos y repartió imparcialmente su ira entre todos ellos. Sólo Diablo se salvó.

—Ha llegado a mi conocimiento —proclamó Honoria con palabras cortantes y precisas— que se han cruzado apuestas respecto a la fecha, no del nacimiento de Sebastian, lo cual ya habría sido suficientemente reprobable, sino de su concepción. ¿Es cierta tal información, Gabriel? —Clavó la mirada en el aludido y arqueó las cejas.

Gabriel la miró con cautela; un asomo de color apareció en sus mejillas enjutas. Dirigió una breve mirada a Diablo, que se limitó a imitar el gesto de su esposa, y se volvió de nuevo hacia ella con el entrecejo fruncido:

—La información es cierta —admitió.

—¿De veras? —La mirada de Honoria era puro acero—. ¿Y cuánto habéis apostado entre todos?

Gabriel parpadeó. A su izquierda, Sebastian tragó saliva. Era inútil pedir ayuda a Diablo, pues el duque de St. Ives estaba embobado con su hijo y con su mujer. Por el rabillo del ojo, Gabriel vio mujeres que se agolpaban en la puerta; eran las partidarias de Honoria: las madres de los reunidos. Notó la tensión de Harry, sentado a su lado. Veleta se revolvió y descruzó las piernas. Despacio, Richard y Lucifer se incorporaron hasta quedar bien sentados.

Gabriel no tuvo dificultad en interpretar el mensaje silencioso de todos ellos. Por supuesto, pensó. No eran ellos los que tenían que afrontar la cólera de la duquesa de St. Ives.

—Siete mil seiscientas cuarenta y tres libras.

Honoria puso cara de sorpresa y, con una sonrisa, comentó:

—El señor Postlethwaite se pondrá contento.

—¿Postlethwaite? —El tono de Richard reflejó su creciente inquietud—. ¿Qué tiene que ver él con todo esto?

—La iglesia del pueblo necesita un tejado nuevo —explicó Honoria—. Un buen emplomado resulta muy caro y el señor Postlethwaite se ha quedado sin blanca. Y, como nosotros ya financiamos los arreglos de nuestra capilla, no se atrevía a pedirnos más fondos.

Gabriel miró a Veleta, que miró a Richard, que a su vez miraba a Harry. Lucifer lanzó una mirada de incredulidad a su hermano. Diablo mantuvo la cabeza gacha, con las mandíbulas encajadas y los ojos fijos en el rostro angelical de su hijo.

Fue Veleta quien asumió el peso de la batalla.

—¿Y? —Pronunció el monosílabo con un tono de superioridad incuestionable.

Con cualquier otra mujer quizás habría resultado. Honoria se limitó a volver la cabeza, miró a los ojos a Veleta y se dirigió de nuevo a Gabriel:

—Donaréis todo el dinero que habéis jugado al señor Postlethwaite, para que lo administre según su buen entender. Y como tú has sido el corredor de apuestas de este acto reprobable, te hago responsable de reunir esa suma y entregársela al vicario. —Su tono era el de una magistrada que dictara una sentencia—. Además, como última penitencia, todos asistiréis a la dedicación de las obras. —Hizo una pausa y paseó la mirada por todos los rostros—. Espero haber sido suficientemente clara... —Sus ojos los desafiaron a contradecirla, pero ninguno lo hizo. Honoria asintió con gesto adusto.

Sebastian rompió a llorar, anunciando elocuentemente que era su hora de comer. Al momento, Honoria perdió interés por las apuestas, los tejados emplomados o las especulaciones indecorosas. Se volvió y extendió las manos con gesto imperioso, Diablo le entregó el niño y sus ojos brillaron risueños, acompañados de una sonrisa.

Honoria tomó en brazos a Sebastian y se encaminó a la puerta, sin volver a mirar siquiera a los presentes. Salió sin detenerse y las mujeres cerraron filas en torno a ella.

Seis varones la vieron marcharse. Uno, con orgullo contenido; los otros cinco, incómodos y turbados.

Pagaron sin rechistar. El señor Postlethwaite quedó encantado. Un mes más tarde asistieron a la ceremonia de dedicación; cada uno elevó una oración para que Honoria no volviera a fijarse en él en mucho tiempo.

Por desgracia para ellos, sus peticiones no se cumplieron.